STEPHAN HA

TOD IM HOHEN VENN

EIN FALL FÜR PIET DONKER

Kriminalroman

emons:

Bibliografische Information der Deutschen Nationalbibliothek
Die Deutsche Nationalbibliothek verzeichnet diese Publikation in der Deutschen Nationalbibliografie; detaillierte bibliografische Daten sind im Internet über http://dnb.d-nb.de abrufbar.

MIX
Papier aus verantwortungsvollen Quellen
FSC® C083411
FSC
www.fsc.org

Umschlagmotiv: Benjamin Harte/Arcangel.com
Umschlaggestaltung: Nina Schäfer, nach einem Konzept von Leonardo Magrelli und Nina Schäfer
Umsetzung: Tobias Doetsch
Gestaltung Innenteil: DÜDE Satz und Grafik, Odenthal
Lektorat: Lothar Strüh
Druck und Bindung: CPI – Clausen & Bosse, Leck
Printed in Germany 2021
ISBN 978-3-7408-1276-8
Originalausgabe

Dieser Roman wurde vermittelt durch die Literaturagentur Kai Gathemann GbR, München.

Für Hanna

Warum die Hölle im Jenseits suchen?
Sie ist schon im Diesseits vorhanden.
Im Herzen der Bösen.

Jean-Jacques Rousseau

Prolog

Der Junge stützte sich auf seinen Ellbogen und versuchte sich aufzusetzen. Doch ehe er sich aufrichten konnte, stieß sein Kopf auf einen Widerstand. Vorsichtig legte er sich wieder auf den Rücken und hob die Hände, um den Widerstand abzutasten. Es waren raue Holzbretter, die dicht aneinanderlagen und eine Decke über ihm formten. Eine niedrige Decke. Die Nase des Jungen war etwa zehn Zentimeter davon entfernt. Er zog die Arme vor die Brust und stemmte sich gegen die Bretter. Aber der Platz reichte nicht aus, um genug Druck aufzubauen.

Er fuhr mit den Fingern über das Holz zur linken und rechten Seite seines Körpers. Dort fühlte sich die Oberfläche anders an: glatt und aufbereitet. Offenbar war bei diesem Holz Lack verwendet worden. Er schien in einer engen Holzkiste zu liegen.

Wo bin ich hier?

Er tastete noch mal das Holz direkt über sich ab. Mit den Fingern fuhr er die dünnen Spalte zwischen den Brettern entlang und versuchte, darin Halt zu finden. Zuerst mit dem Zeigefinger, dann mit dem kleinen Finger. Doch sosehr er auch drückte und zog, die Abstände waren nicht groß genug. Seine Finger passten nicht hinein.

Er versuchte, seinen Körper zu drehen. Womöglich könnte er mit dem Steiß einen größeren Druck auf die Bretter ausüben als mit seinen Händen. Das Wenden misslang jedoch, er blieb auf halbem Weg mit der Hüfte stecken.

Erst jetzt bemerkte er das blecherne Poltern, das von außen zu ihm hereindrang. Darauf folgte ein lautes Brummen, wie es nur von einem Motor kommen konnte.

Kleine Schweißtropfen bildeten sich auf der Stirn des Jungen. Sie waren kalt.

Was wollen die von mir?

Er versuchte, sich zu konzentrieren und einen klaren Gedanken zu fassen. Er musste die letzte Stunde rekapitulieren, um sich zu erinnern, was genau mit ihm geschehen war. Doch das war bei der Menge Alkohol, die er in sich hineingekippt hatte, nicht so einfach.

In seinem Magen befanden sich ziemlich viel Bier, ein Hamburger und ein paar Fritten. Sein Bauch krampfte. Der Junge schloss die Augen und versuchte, den Würgereiz zu unterdrücken. Eine violette Spirale erschien vor seinem inneren Auge. Sie nahm immer mehr von seinem Sichtfeld ein und begann sich zu drehen. Erst langsam, dann immer schneller. Ihm wurde noch übler. Schnell öffnete er die Augen wieder. Es war so dunkel wie vorhin, aber zumindest hörte das Drehen auf. Und langsam stiegen die Erinnerungen in ihm auf.

Zuerst war ich bei Lucas vorglühen, dann waren wir zu der Party am See. Dort haben wir mit den anderen Jungs weitergetrunken, bis ich gesehen hab, dass Ellie mit Jan redet. Ich bin zu ihr hin, hab sie zur Seite gezogen und mich fürchterlich mit ihr gestritten. Dann bin ich aus dem Zelt rausgelaufen und wollte nach Hause. Ellie hat mich noch gerufen, aber ich bin einfach weitergegangen. Nach ein paar Metern hab ich angefangen zu rennen, wie ich es oft mache, wenn es zu Fuß nach Hause geht. Aber was war danach?

Den Kreisverkehr habe ich auf jeden Fall noch überquert. Und in der Kurve hinter dem Kreisverkehr hat der Transporter gestanden. Ich wollte daran vorbeilaufen, dann hab ich Schritte gehört und auf dem Teerboden einen Schatten gesehen …

Hat mich jemand niedergeschlagen? Und in diese Kiste gesteckt?

Die Muskeln des Jungen spannten sich an, bevor er noch einmal versuchte, die Bretter aufzubrechen. Er presste die Lippen zusammen, sein Gesicht verkrampfte sich vor Anstrengung. Mit aller Macht stemmte er sich gegen die Bretter.

Sie bewegten sich keinen Millimeter.

Einzig das Gefährt, in dem er mitsamt der Kiste zu liegen schien, holperte unaufhörlich. Mehrere Male wurde der Junge mit dem Kopf gegen die Bretter geschleudert. Und am heftigsten, als der Motor zu stottern begann. Das Ruckeln im Fahrzeuginneren ließ langsam nach. Das Quietschen einer Bremse ertönte. Schließlich wurde der Motor abgewürgt.

Das Stottern, das Quietschen, das Abwürgen des Motors. Die Abfolge dieser Geräusche war ihm vertraut. Ein fürchterlicher Schauer durchlief ihn.

Er kannte das Auto. Und dessen Halter.

Doch bevor er weiter darüber nachdenken konnte, was diese Person mit ihm vorhatte, hörte er, wie die Türen des Fahrzeugs geöffnet wurden. Dann Schritte. Eine Person hatte den Innenraum des Wagens betreten. Es klackte, als an beiden Seiten der Kiste etwas gelöst wurde. Holz kratzte über den Boden, und dann rutschte die Kiste über eine Art Rampe hinunter. Der Kopf des Jungen knallte gegen die Bretter über ihm. Schmerz zuckte über seine Stirn. Im nächsten Moment vernahm er ein eindringliches Schürfen. Darauf folgte das dumpfe Geräusch von Erde, die auf Holz fiel.

Der begräbt mich.

Der Junge schrie um Hilfe. Doch die Person, die ihn in seiner Gewalt hatte, blieb stumm. Reagierte nicht. Warf weiter Erde auf die Kiste, bis sie komplett bedeckt war. Der Junge schlug von innen gegen die Bretter, doch anstatt das Holz aufzubrechen, wurden seine Arme und Beine allmählich müde. Und das Einzige, was der Junge inmitten der Finsternis noch wahrnahm, war die Erde, die durch die Spalte hindurch in seine Augen rieselte.

Samstag, 4. Mai

1

Es war schon Mittag, als ich mich auf den Weg zu der kleinen Schreinerei in Weybach machte. Die Scheibenwischer jagten von einer Seite zur anderen, ohne dem mit Wucht aufs Glas einprasselnden Regen beikommen zu können. Vor mir auf der Straße verschwamm alles, und wenn ich mal für den Bruchteil einer Sekunde durch den Regenvorhang spähen konnte, sah ich nur rote Rücklichter und beschlagene Innenscheiben anderer Fahrzeuge, die vor und neben mir dem Unwetter trotzten. Die Infos über den Verlauf meiner Strecke bezog ich aus dem Navi: Einen Unfall hatte ich bereits hinter mir gelassen, den zweiten würde ich gleich im Stau passieren. Sollte danach die Bahn frei sein, hätte ich für die normalerweise knapp einstündige Strecke Aachen–Weybach zwei Stunden gebraucht.

Bald ist es geschafft!

Sich selbst gut zuzureden, schien zu helfen. Bereits nach wenigen hundert Metern rollte der Verkehr wieder. Und wie auf eine geheime Absprache hin klarte der Himmel auf, als ich das Hohe Venn durchquerte. Der Anblick des wilden Hochmoors zwischen den Städten Eupen, Monschau, Malmedy und Spa erzeugte allerdings ein seltsam unwohles Gefühl in mir. Die unendliche Weite dieser jahrhundertealten Urlandschaft wirkte wie aus grauer Vorzeit. Für die Gegend charakteristisch war ein nährstoffarmer Boden, über den sich nur langsam und mit viel Mühe Pfeifengras gelegt hatte. Alle paar Meter stach ein kleiner Baum hervor, doch ehe die junge Pflanze richtig wachsen konnte, war sie bereits in ihrer Existenz bedroht. Den Überlebenskampf annehmen – darin bestand die erste Herausforderung der Lebewesen des Moors. Nur wenn sie stark genug waren, würde es nicht ihre letzte sein.

Als ich das Ende der kargen Landschaft bereits von Weitem erkennen konnte, überquerte eine Handvoll Hühner die Straße.

Angeführt von dem stolzen Hahn, wackelten die Hennen wild hinterher – und direkt auf mich zu. Da mir kein Auto entgegenkam, wich ich blitzartig auf die Gegenspur aus.

Glück gehabt!

Kurz danach erschien am Straßenrand das Ortseingangsschild von Weybach, und ich fuhr in den Fünftausend-Seelen-Ort hinein. Die Sonne strahlte. Lediglich ab und zu wurde sie noch von einer der kleinen weißen Wolken verdeckt. Auf den grünen Rasen- und Wiesenflächen, die links und rechts die Straße säumten, blühten Butterblumen und Löwenzahn. Und auf dem See, der in der Ferne zu sehen war, waren vereinzelte Segler unterwegs und nutzten den soliden Ostwind. Die Eindrücke des beschaulichen Städtchens in der belgischen Eifel beflügelten meine schon große Vorfreude auf das gemeinsame Wochenende mit meiner Tochter Liv, die meine Freundin Sina und mich in unserer gemeinsamen Wohnung in Aachen besuchen würde.

Zu der Schreinerei fuhr ich, um dort eine Malstaffelei für Liv abzuholen. Während der Genesung nach ihrem Beinbruch hatte sie Gefallen am Malen gefunden. Nun wollte ich ihr mit der Staffelei eine Überraschung bereiten. Kurz versuchte ich nachzurechnen, wie oft ich sie in den vergangenen Wochen versetzt hatte. Ich kam nicht mehr auf die genaue Zahl, aber ich war mir sicher, dass es mindestens einmal zu viel gewesen war.

Die letzten fünf Wochen hatte ich damit zugebracht, zusammen mit den Kollegen aus den Niederlanden und Deutschland die Einführung einer neuen länderübergreifenden IT-Anwendung zu organisieren. Als neuer Leiter der Lütticher Kripo fiel diese Aufgabe in meinen Zuständigkeitsbereich.

Zweifellos würden wir mit Hilfe der Software effizienter arbeiten können. Jedoch tauchten während der Einführungsphase mehrere Stolperfallen auf. So zeigten sich beim Zusammenwirken mit anderen Anwendungen unerwartete Fehler, und nun musste eingehend die Kompatibilität überprüft werden. Außerdem wurden Richtlinien hinsichtlich des Datenschutzes von den beteiligten Ländern unterschiedlich ausgelegt. Beides führte zu unzähligen nicht enden wollenden Diskussionen und schließlich zu der Entscheidung, den Einsatz der Software erst mal um sechs Monate zu verschieben. Alles in allem waren es also fünf frustrierende Wochen gewesen, in denen die wirkliche Kripoarbeit liegen geblieben war. Nach endlosen förmlichen Gesprächen, die aufgrund der Sprachbarrieren auf Englisch geführt werden mussten, freute ich mich umso mehr, nach Hause zu kommen. Dort, wo ich der sein durfte, der ich war. Umgeben von den Menschen, die ich liebte.

Seit knapp einem halben Jahr lebte ich in Aachen. Die Stadt Karls des Großen war ein Kompromiss zwischen meiner Freundin Sina und mir. Sina wollte wegen ihres seit den Geschehnissen in Raaffburg erfolgreich laufenden Blogs die Nähe zu Ostbelgien wahren, während mir ein Ort in der Nähe Lüttichs gefallen hätte. Eine Stadt, in der Französisch gesprochen wurde, kam für Sina aber nicht in Frage, wohingegen ich mich nicht für das kleinbürgerliche Leben in der deutschsprachigen Gemeinschaft Belgiens begeistern konnte. So fiel die Entscheidung auf das im deutschen Westen gelegene Aachen, das nur wenige Autominuten von Belgien entfernt lag.

In den vergangenen Wochen war ich jedoch selten, oder wenn, dann sehr spät, nach Hause gekommen. Das IT-Projekt hatte leider oftmals den Vorrang erhalten. Ich hatte Sina gesagt, dass es in den kommenden Wochen wieder ruhiger werden würde und wir Zeit hätten, gemeinsam etwas Schönes zu unternehmen. Sie hatte nur geschmunzelt und gesagt: »Pass auf, was du sagst, Piet Donker. Mit Frauen Anfang dreißig spielt man nicht.«

Heute Nachmittag würde ich ihr zwar nicht meine ganze Aufmerksamkeit schenken können, da Liv zu Besuch war. Aber da Sina meine Tochter inzwischen fest ins Herz geschlossen hatte, freute sie sich auch schon seit Tagen auf das gemeinsame Wochenende. Außerdem würde Liv um spätestens halb acht ins Bett gehen. Dann hätten Sina und ich also noch ein paar Stunden für uns.

Um fünfzehn Uhr wollte Sina mit den Vorbereitungen für das Pizzabacken beginnen. Ich hatte angeboten, ihr zu helfen. Tomaten und Champignons zu schneiden, würde ich schon noch hinbekommen. Und wenn ich nicht zu viel Zeit mit der Staffelei vertrödelte, würde ich es sogar rechtzeitig schaffen.

Ich parkte direkt vor der Schreinerei. Sie war in einer alten Lagerhalle untergebracht, deren Außenwände mit grauen Metallblechen verkleidet waren. Auf der Vorderseite war ein grün-gelber, mit Schmutz überlagerter Schriftzug angebracht: »TK – Schreinerarbeiten«. Schaufenster gab es keine.

Die grüne Eingangstür befand sich seitlich am Gebäude. Ich drückte auf die schwarze Kunststoffklingel, hörte in der Folge aber kein Geräusch. So abgenutzt, wie die Klingel aussah, konnte es gut sein, dass sie nicht mehr funktionierte. Ich griff nach der Klinke, um zu prüfen, ob abgeschlossen war. Es tat sich aber nichts. Ich umklammerte den Griff und stemmte mich mit meinem ganzen Körpergewicht gegen die Tür. Dann versuchte ich es noch einmal. Türen in Werkstätten klemmten oftmals. Diese aber nicht. Sie war eindeutig verschlossen.

Was jetzt?

Der Besitzer der Werkstatt hatte die Staffelei auf einer Kleinanzeigenseite im Internet zum Verkauf angeboten. Ich durchforstete das Verkäuferprofil des Mannes auf der Suche nach einer Telefonnummer. Währenddessen lief ich das Gebäude ab und hoffte, noch einen zweiten Eingang zu finden.

Nach einer Weile fand ich tatsächlich eine Telefonnummer auf der Website. Ich wählte sie direkt an. Doch noch vor dem ersten Tuten erklang der lang gezogene Piepton, der die Mailbox ankündigte.

Mist!

Ich vergewisserte mich, dass ich die Angaben richtig abgespeichert hatte, und las mir noch einmal den letzten Chat mit dem Verkäufer durch.

»Samstag, 13 Uhr bei Ihnen. Wie ist Ihre Adresse? P. Donker«

»Okay. Adresse ist Lagerstraße 14. Gruß, Tom K.«

Lagerstraße 14. Das war hier. Alles war korrekt.

Wo steckt der Kerl bloß?

Inzwischen war ich an der Rückseite der Halle angekommen. Zwei kleine Fenster in der Mitte der etwa fünfzehn Meter langen Wand gaben den Blick in die Werkstatt frei – vermutete ich zumindest. Denn die Sicht war stark eingeschränkt. Holzstaub hatte sich auf das Glas gelegt. Mehr als ein paar auf Hochregalen liegende Bretter konnte ich nicht erkennen.

»Da ist keiner.«

Ich fuhr zusammen, als ich plötzlich die weibliche Stimme hinter mir hörte. Sie gehörte einem etwa fünfzehnjährigen Mädchen, das die wasserstoffblonden Haare zu einem Zopf gebunden hatte. Sie trug ein langes weißes T-Shirt, auf dem ein blauer, Banane essender Affe prangte.

»Weißt du, wo der Inhaber ist? Ich bin mit ihm verabredet.«

»Nein«, sagte sie, bevor sich ihr Gesicht auf einmal gequält verzerrte und eine Träne aus dem rechten Auge lief.

Ich machte einen Schritt auf sie zu und wollte ihr meine Hand auf die Schulter legen, überlegte es mir aber im letzten Moment anders. Warum sollte sie wollen, dass ein fremder Mann sie anfasst? »Hey, warum weinst du denn? Ist etwas passiert?«

Mit dem Handrücken wischte sie sich die Träne samt zerlaufener Schminke weg.

»Es ist wegen Paul. Er meldet sich nicht mehr bei mir.«

»Paul?«, fragte ich.

Sie schluchzte, ihre Unterlippe zuckte. »Paul ist Toms Sohn.«

»Und seit wann meldet er sich nicht mehr bei dir?«

»Seit heute Nacht.«

Oje, das hört sich nach einem typischen Teeniestreit an.

Sie senkte den Blick und begann an den Fingernägeln zu knabbern.

»Wo habt ihr euch denn das letzte Mal gesehen?«

»Auf der Party am See. Wir hatten einiges getrunken, hatten unseren Spaß. Auf einmal ist er aber einfach abgehauen.«

»Einfach so? Oder ist etwas vorgefallen?«

Sie hörte auf, an ihren Nägeln zu knabbern, und blickte verstohlen zu mir auf.

»Er war sauer, weil ich mit meinem Ex geredet hab.«

Ich grinste unwillkürlich.

»Dann könnte es doch sein, dass er immer noch sauer ist. Oder seinen Rausch ausschläft. Oder beides.«

»Er geht nicht ans Handy. Und er ist sonst immer online, wirklich immer! Er war auch nicht beim Fußball heute Morgen, das hat mir Carlo gesteckt. Und bei Paul zu Hause war ich schon. Da war keiner. Weder seine Eltern noch er.«

Ich stutzte, war mir aber trotzdem sicher, dass sich die Sache gleich aufklären würde.

»Wie heißt dein Freund mit Nachnamen?«

»Keyzer«, antwortete sie.

»Und wie heißt du?«, fragte ich das Mädchen.

»Ellie«, sagte sie mit einem gezwungenen Lächeln.

Der Fall sah mir stark nach einer jugendlichen Herzschmerzstory aus. Das war nicht unbedingt mein Spezialgebiet. Nicht etwa, dass mir in der Jugend Liebschaften gefehlt hätten. Ich war nur nicht unbedingt ein Frauenversteher. Trotzdem wollte ich Ellie helfen. Ich konnte ihr zumindest die Angst nehmen, dass etwas passiert war. Also wählte ich die Nummer eines Kollegen aus dem Ort. Der Anruf würde mich zwar der Malstaffelei nicht näher bringen, aber so könnte ich immerhin ruhigen Gewissens nach Hause fahren und mit Sina die Pizzas belegen. Wenn ich pünktlich um fünfzehn Uhr in der Küche stehen wollte, musste ich in fünf Minuten losfahren.

Der Kollege hieß Jacques Monnard, aber alle nannten ihn Jacky. Er war ungefähr fünfundvierzig Jahre alt und eine wahre Frohnatur. Ein paar Monate zuvor hatte ich auf einem Polizeiempfang in Lüttich Bekanntschaft mit ihm geschlossen. Ich erinnerte mich noch gut an den Abend. Jacky hatte den ganzen Stehtisch der Deutschsprachigen allein unterhalten.

»Hallo«, meldete er sich trocken.

»Hallo, Jacky, Piet Donker hier. Wie geht es dir?«

»Hallo, Piet«, antwortete er und hustete. Er klang nicht so stimmungsvoll, wie ich ihn in Lüttich kennengelernt hatte. »Was kann ich für dich tun?«

Erst jetzt fiel mir ein, dass es Samstagnachmittag war. Womöglich hatte er gar keinen Dienst, und ich störte ihn in seiner freien Zeit.

»Entschuldige die Störung am Wochenende. Es ist nichts Großes, ich halte dich nicht lange auf. Ich würde nur gern ein Mädchen aus deinem Heimatort beruhigen. Kannst du mir kurz bestätigen, dass gestern Abend und heute Morgen kein Unfall oder Ähnliches in Weybach registriert wurde?«

Jacky hustete etwas stärker. Seine Kurzatmigkeit deutete darauf hin, dass er zu Fuß unterwegs war.

Bestimmt kommt er gerade vom Joggen.

»Ich bin gerade nicht im Büro. Bisher habe ... nichts von einem Unfall ge–«

Plötzlich brach seine Stimme ab. Das Einzige, das gelegentlich noch zu mir durchkam, waren Hustgeräusche.

»Hörst du mich? Alles gut bei dir?«, fragte ich, um sicherzugehen, dass er mich noch hörte.

Doch die Verbindung war immer noch schlecht. Immerhin kam mit drei Sekunden Verzögerung ein stumpfes »Ja« bei mir an.

»Gut, dann können wir also davon ausgehen, dass es der Familie Keyzer gut geht?«, vergewisserte ich mich.

Ich sah Ellie an. Eine Strähne ihres weißblonden Haares hatte sich aus ihrem Zopf gelöst und baumelte vor den glasigen Augen, die mich erwartungsvoll ansahen.

Von Jacky kam keine Antwort.

Lediglich der starke Husten ertönte nach ein paar Sekunden Stille wieder aus dem Handy. Dann brach die Verbindung aufs Neue weg.

Verdammt!

»Jacky, wo bist du? Ist wirklich alles gut bei dir?«

Keine Rückmeldung. Ich warf einen Blick auf meine Uhr.

Bereits fünf Minuten über der Zeit, ich würde also zu spät nach Hause kommen. Mal wieder. Auch wenn es nur Minuten waren, für Sina symbolisierte das die Aufmerksamkeit, die ich unserer Beziehung widmete. Ich wollte bereits auflegen, um Jacky gleich noch mal anzurufen, als ich plötzlich wieder seine Stimme vernahm.

»Ich … dich wieder. Wir haben … Ungewöhnliches gefu… auf einer Wiese. Ein ausgebrann… Transporter.«

Was sagt er da? Hoffentlich hast du dich verhört.

»Ein ausgebrannter Transporter? Sind Personen drin?«

Rauschen.

»Keine Personen … Kollege hat was gefunden.«

Ich drückte mein Handy ganz fest ans Ohr, um nichts zu verpassen. Aber es war vergeblich. Ich verstand kein Wort. Die Stimme von Jackys Kollegen war viel zu leise, zudem war die Verbindung nach wie vor unterirdisch schlecht.

»Sag schon! Was habt ihr?«, fragte ich aufgeregt.

Inzwischen war es komplett still geworden. Keine Stimmen, kein Rauschen. Erst nach ein paar Sekunden, als ich die Hoffnung auf eine Verbindung bereits aufgegeben hatte, drang Jackys Stimme ein letztes Mal bis zu mir durch.

»Wir haben ein Stück Blech gefunden … Eine grüne Aufschrift … Sie beginnt mit den Buchstaben ›KEY‹.«

2

Nachdem die Verbindung zu Jacques Monnard endgültig abgerissen war, versuchte ich ihn erneut anzurufen. Ohne Erfolg. Ich hätte ihn gern noch einmal gesprochen, um seine Aussage hinsichtlich der Aufschrift, die mit »KEY« begann, bestätigt zu bekommen. So aber kontaktierte ich die Zentrale der Kripo in Brüssel, ohne vorher Rücksprache mit Jacky gehalten zu haben. Ich bat um ein Einsatzteam, das auf Vermisstensuche spezialisiert war.

»Sie selbst bleiben auch vor Ort, nehme ich an?«, fragte der Mann mit der tiefen Stimme am anderen Ende der Telefonleitung.

Liv wird bald zu Hause ankommen.

Ich zögerte.

»Wenn Sie Ihr Okay geben, werde ich Koen Zeekant darüber in Kenntnis setzen«, sagte mein Gesprächspartner rasch. »Das Einsatzteam wird Sie unterstützen.«

Zeekant war auf föderaler Ebene mein Chef. Über ihn liefen alle Personalentscheidungen und Einsatzpläne.

Bist du bereit für diesen Fall?

»Hallo?«, drängelte der Mann.

Ich war auf diese Entwicklung nicht vorbereitet. Wie selbstverständlich hatte ich nach dem Gespräch mit Jacky das Einsatzteam angefordert. Was danach kommen würde, darüber hatte ich mir noch keine Gedanken gemacht. Und doch wusste ich, dass es nur eine Möglichkeit gab.

»Ja«, antwortete ich. »Ich bleibe hier.«

Sina wird dich hassen!

Ich begann zu schwitzen. Kratzte mich nervös am Hals.

Ich sah das Gesicht von Liv vor mir. Sah, wie ihr Lächeln einer ernsten Miene wich.

Papa. Der ewige Enttäuscher.

»Gut, dann ist ja alles geklärt«, entgegnete der Mann aus Brüssel, bevor er auflegte.

Warum zum Teufel hast du zugesagt?

Immer wieder beging ich denselben Fehler. Ich vernachlässigte meine eigenen Bedürfnisse. Und die meiner Liebsten. Doch je länger ich über die Situation nachdachte, desto mehr fand ich inneren Zuspruch für meine Entscheidung. Seit meinem Telefonat schien es mir so gut wie sicher, dass es sich bei dem ausgebrannten Transporter um den der Keyzers handelte. Und dieser Umstand hob die Situation des vermissten Teenagers auf eine höhere, sehr viel dringlichere Alarmstufe. Es musste keinen Zusammenhang geben, ich hatte jedoch eine böse Vorahnung.

Ich fuhr Ellie nach Hause, und weil sie danach fragte, was ich denn vorhin am Telefon erfahren hatte, erzählte ich ihr auf dem Weg von einem »Zwischenfall«, ohne Einzelheiten zu nennen. Ich wollte sie nicht mit meiner Vermutung quälen, egal wie deutlich die Hinweise sein mochten. Ein von Störungen geplagtes Telefongespräch, in dem mir der Fund eines Blechstücks mitgeteilt worden war, das möglicherweise auf die Vermissten hinwies, erforderte natürlich eine weitere Bestätigung. Bevor ich ein fünfzehnjähriges Mädchen und womöglich eine ganze Stadt unnötig in Aufruhr versetzte, musste ich mir erst selbst ein Bild von der Situation vor Ort machen. Auch wenn das Bild eventuell ein grausames sein würde.

Nachdem Ellie ausgestiegen war, erreichte mich eine SMS von Jacky. Darin standen die Koordinaten des Fundorts. Ich tippte sie augenblicklich in mein Navi ein. Als die Route zu Ende berechnet war, fuhr ich los und wählte Sinas Nummer. Sie nahm sofort ab.

»Piet, gut, dass du anrufst. Ich sehe gerade, dass wir keine Salami mehr haben. Aber Liv liebt Salami, sie wollte letztes Mal nichts anderes auf ihrer Pizza haben. Kannst du noch welche besorgen, bevor du kommst?«

Ich mochte es, ihre leicht kratzige Stimme über die Freisprechanlage zu hören. Ihre Klangfarbe erinnerte mich an Werbefilme im Kino.

»Ich weiß nicht, ob ich das schaffe«, sagte ich zögernd.

»Du hast doch versprochen, mir bei den Vorbereitungen zu helfen.«

Ja, das habe ich versprochen. Und mal wieder werde ich es nicht schaffen.

»Hier in dem Ort, in dem ich die Staffelei für Liv abholen wollte, sind vermutlich Personen verschwunden. Ich muss mich erst mal schlaumachen …«

Ihr Seufzen war über die Freisprechanlage gut zu hören. Es war das Seufzen, das in den letzten Wochen langsam zur Gewohnheit geworden war. Das Schlimme dabei: Es war meine eigene Schuld.

Vor einem halben Jahr hatte ich das Angebot erhalten, das Amt des Kripoleiters der Provinz Lüttich zu übernehmen. Es war überraschend gekommen, zu einer Zeit, in der ich mich, abgesehen von einer Handvoll Fortbildungen, nicht gezielt mit meinem Job auseinandergesetzt hatte. Stattdessen hatte ich mir endlich einmal Zeit genommen, um mein Privatleben aufzuräumen. Ich hatte viel Zeit mit Liv verbracht und nach der Trennung von Elise meinen zweiten Frühling erlebt. Mit Sina. Doch das alles änderte sich, als ich wieder begann zu arbeiten.

Seitdem war ich für Liv lediglich ein Mann, dessen Name in ihrem Geburtsausweis stand. Sie lebte gemeinsam mit Elise in dem voluminösen Prunkbau des Herrn Zelfer, der seit ein paar Monaten meine Frau vögelte. Und für Sina war ich eher ein gelegentlicher Schlafgast in der neunzig Quadratmeter großen Wohnung in Aachen als ihr Partner. Denn den Großteil meiner Zeit verbrachte ich in Lüttich in meinem fünfzehn Quadratmeter großen Büro. Dort, wo die ganze elende Verwaltungsarbeit auf mich wartete und von wo aus ich die Einsätze an die Ermittler delegierte, obwohl ich jedes Mal selbst am liebsten loslaufen würde, um die Täter zu schnappen.

Nur zu gern hätte ich das Telefonat mit Jacky aus meinem

Gedächtnis gelöscht und die Spur gewechselt. Aber ich konnte nicht ignorieren, was da eben an Eindrücken auf mich eingeprasselt war.

»Nun gut, das ist dein Job«, sagte Sina verständnisvoll, bevor sie eine längere Pause machte. »Melde dich, sobald du klarsiehst. Ich fange dann schon mal an.«

»Danke. Ich werde mich beeilen. Und die Salami besorge ich natürlich auch«, entgegnete ich kleinlaut.

»Dann leg aber mal schnell los, mein Spitzendetektiv. Die muss hier sein, bevor die Pizza in den Ofen kommt.«

»Ich gebe mein Bestes«, sagte ich. Meine Hand schwebte bereits Richtung Bordcomputer, um das Gespräch zu beenden. Da erklang Sinas Stimme noch einmal.

»Piet?«

»Ja?«

»Komm nicht zu spät, ja? Liv freut sich auf ihren Daddy.«

Im Schritttempo rollte ich in Richtung des Ziels, das mir das Navi vorgab. Aufgrund von Straßenarbeiten war nur eine Spur freigegeben, und sie war mit Badeseetouristen überfüllt, die bereits vor dem Regenschauer von heute Mittag bestens über den schönen Sonnenschein am Nachmittag informiert worden waren. Vor mir fuhr ein roter Golf, der die basslastige Elektromusik so laut gestellt hatte, dass halb Weybach mithören durfte. Im Rückspiegel erblickte ich den sonnenbrillentragenden Fahrer eines schwarzen Audi-Cabrios, der bereits seinen Oberkörper freigelegt hatte. Seine Freundin bewegte ihren Kopf im Takt des Basses und blickte dabei schwermütig durchs Fenster nach draußen.

Währenddessen wurde die Kupplung meines geliebten BMW, Baujahr 78, nicht geschont. Alle paar Sekunden musste ich neu anfahren, um wenige Augenblicke danach wieder auf die Bremse zu treten. Und jedes Mal, wenn ich das Gaspedal berührte, puffte eine bläuliche Wolke aus dem Auspuff des Pestla. So nannte Sina, die vor Kurzem ihre ökologische Ader entdeckt hatte, mein Gefährt – in ironischer Anlehnung an den großen Elektrofahrzeughersteller aus dem Silicon Valley.

Was sollte ich sagen, der alte Knabe hatte vierzig Jahre auf dem Buckel. Ich war froh, dass er überhaupt noch ein Lebenszeichen von sich gab.

Aber mal abgesehen davon, dass mein geliebter Wagen leiden musste, störte mich an der Situation, in der ich steckte, noch etwas ganz anderes. Bei dem vorherrschenden Verkehr schaffte ich gerade mal zehn Meter pro Minute, so dicht standen die Autos auf der engen Straße hintereinander. Ich war also gezwungen, meine Zeit hinter dem Steuer abzusitzen.

Die Konsequenz war, dass ich erst nach fünfundzwanzig Minuten den Ort erreichte, dessen Koordinaten Jacky mir gegeben hatte. Hinter einem kurvenreichen Schotterweg, der ebenfalls zum See führte, lag ein größeres, leicht abschüssiges Stück Weideland, das von dichten Baumformationen unterteilt wurde. Ich folgte einer kleinen Abzweigung, die sich als alter Bauernweg herausstellte, und näherte mich dem Zielort. Bis der Weg plötzlich endete.

Laut Navi verblieben bis zum Ziel jedoch noch etwa vierhundert Meter. Ich stieg aus und blickte in die Richtung, in der die Koordinaten liegen mussten. Dort sah ich einen Mann, der neben ein paar mächtigen Laubbäumen stand. Er winkte mir zu und bedeutete mir per Handzeichen, zu ihm zu kommen. Zwischen uns war Stacheldraht gespannt, der den Weg von der Weide trennte. Ich ging den Zaun entlang und hielt Ausschau nach einer günstigen Einstiegsmöglichkeit. Und ein paar Meter weiter fand ich tatsächlich eine Stelle, an der der Draht über eine Strecke von etwa drei Metern links und rechts aufgerollt worden war. Bevor ich die Öffnung passierte, entdeckte ich auf der Weide Reifenspuren in der Erde. Weiter weg auf der Wiese war das Glas auffällig platt gedrückt worden und bildete mehrere parallel verlaufende Linien. Es war die Spur, die das ausgebrannte Auto vor seinem Ableben zurückgelegt haben musste. Und so wie es aussah, war es auch der Weg, den das

Fahrzeug der Kollegen genommen hatte – die somit bereits wichtige Spuren überfahren hatten.

Das wird kein guter Tag werden, dachte ich, während ich in die Sonne schielte. Dann setzte ich mir meine Sonnenbrille auf die Nase und machte mich auf den Weg zu dem Transporter.

3

Der Geruch von erhitztem Gummi brannte mir in der Nase. Die Karosserie des Transporters war grau wie Asche. Unter der Haube, dort, wo einst der Motor seinen Dienst verrichtet hatte, klaffte ein großes Loch. Die Felgen wirkten wie schwarz angelaufene Knochen. Das Feuer war hungrig gewesen. Das Einzige, was sich an diesem Wagen noch bewegte, war die dünne Rauchschwade, die aus dem hinteren Teil des Wracks aufstieg.

»Piet!«, rief Jacky beinahe euphorisch und streckte mir seine Hand entgegen. Seine hellblauen, fast kalt wirkenden Augen musterten mich. Die gelbblonden Haare, die im Kontrast zu dem rötlichen Gesicht standen, waren vermutlich das letzte Mal vor zwei Monaten alle auf eine Länge rasiert worden und standen nun etwa vier Zentimeter in die Höhe.

Seine Hände fühlten sich klebrig an, aber sein Händedruck war fest. In seinem Schatten stehend, grüßte ein weiterer Mann, indem er schüchtern die Hand hob.

»Das ist Holger Blockmans, mein Kollege«, stellte Jacky ihn vor.

Blockmans war eins fünfundsechzig groß, die braunen Haare hatte er in der Mitte gescheitelt. Die braune Lederjacke mochte nicht so recht zu den weiß-blauen Laufschuhen passen.

Ich nickte ihm zu. Daraufhin senkte er verlegen den Blick.

»Ihr seid bis hierher gefahren?«, fragte ich und richtete meinen Blick auf den grauen Peugeot 306, der ein paar Meter entfernt auf der Wiese stand.

Beide nickten im Gleichtakt.

»So konnten wir schneller hier sein«, sagte Jacky.

»Und nützliche Spuren zerstören«, erwiderte ich.

Jacky nahm erst Blickkontakt zu seinem Kollegen auf, bevor er sich wieder mir zuwandte.

»Wir haben heute Mittag einen Anruf eines Anwohners erhalten. Also mit Anwohner meine ich den Besitzer des Bauernhofs um die nächste Ecke, der ist ungefähr zwei Kilometer entfernt. Er berichtete von einem merkwürdigen Geruch, der ihm draußen aufgefallen sei. Daraufhin haben wir uns aufgemacht und sind dem Geruch nachgefahren. Von der Straße aus war nichts zu erkennen. Erst als wir in diesem von Bäumen verdeckten Tal Rauch aufsteigen sahen, haben wir verstanden, dass etwas brannte. Wir sind dann oben über den Schotterweg hier rein, sind auch über die Wiese gefahren. Wir wussten ja nicht, was uns hier erwarten würde. Es hätte ja auch sein können, dass noch Personen in dem Fahrzeug sind.«

Ich blickte noch einmal zurück in Richtung der Stelle, an der ich mein Auto abgestellt hatte. Es war nicht mehr zu erkennen. Ich hatte Jacky vorhin nur sehen können, weil er sich auf die kleine, von den gewaltigen Laubbäumen umstandene Erhöhung gestellt hatte, die ein paar Meter von dem ausgebrannten Transporter entfernt war.

Er hatte also vollkommen recht damit gehabt, mit dem Auto auf die Wiese zu fahren. Und er hatte sogar klug gehandelt, indem er zuerst an die potenziell in Gefahr schwebenden Menschen gedacht hatte.

Ist dir diese Intuition etwa abhandengekommen? Bereits nach einem halben Jahr hinter einem Aktenberg?

Ich glaubte eher, dass es der Frust über die selbst in meiner Freizeit überhandnehmende Fremdbestimmung war, der mich ablenkte. Nicht einmal eine harmlose Familienaktivität am Samstagnachmittag mit Sina und Liv – den zwei wichtigsten Menschen in meinem Leben – konnte ich durchführen, ohne dass mir beruflich etwas dazwischenfunkte.

»Nachdem wir uns vergewissert hatten, dass keine Personen gefährdet waren, haben wir die Feuerwehr sofort wieder abbestellt. Um die verbleibenden Spuren zu retten.«

Ich nickte ihm anerkennend zu. »Das habt ihr richtig gemacht.«

Und trotzdem wurmte mich noch immer etwas. »Aber ist

es nicht merkwürdig, dass der Brand vorher niemandem aufgefallen ist? Ich meine, der Transporter war ja bereits völlig abgefackelt, als ihr vor Ort ankamt. Wann hat der Bauer den Geruch denn bemerkt?«

Jacky schob nachdenklich die Unterlippe vor. »Das muss so kurz nach Mittag gewesen sein. Der Bauer meinte, der Wind habe gerade gedreht.«

Tatsächlich spürte ich einen Wind. Ich drehte mich, um zu sehen, in welche Richtung er wehte. Ich blickte auf das andere Ende der Weide. Dort begann ein Wald, der erst am Horizont endete. Die Bäume hatten den üblen Gummigeruch wohl aus der Luft gefiltert, ehe Spaziergänger oder Jäger im Inneren des Waldes eine Chance gehabt hatten, ihn wahrzunehmen.

Als ich mich wieder umdrehte und in die Richtung schaute, in der mein Auto parkte, sah ich in etwa fünfzig Meter Entfernung drei Männer über die Wiese stapfen. Sie kamen auf uns zu.

Das muss das Einsatzteam aus Brüssel sein, das du angefordert hast.

Einen Moment lang glaubte ich, einen der Männer wiederzuerkennen. Die Personen waren aber noch zu weit weg, um sie sicher zu identifizieren. Ich wandte mich wieder Jacky zu.

»Du hast am Telefon etwas von einem Stück Blech gesagt, auf dem eine Aufschrift zu erkennen ist.«

Jacky nickte und bewegte sich hinüber zu der anderen Seite des Wracks. Dort angekommen, hob er mit beiden Händen mühsam die übrig gebliebene Hälfte der Beifahrertür in die Höhe.

»Wir haben das bereits in der Druckerei abchecken lassen«, sagte Jacky. »Das ist der Schriftzug, den Tom Keyzer auf seinem Briefbogen verwendet.«

Mir fiel auf, dass der Schriftzug nicht mit dem übereinstimmte, den ich bei der Schreinerei gesehen hatte. »Heißt die Schreinerei nicht ›TK – Schreinerarbeiten‹?«

»So hieß sie mal, ja. Das war, bevor Keyzer in Konkurs ging. Danach eröffnete er neu mit ›Keyzer Möbel‹.«

Er ist schon mal in Konkurs gegangen. Ob dahinter ein Motiv steckt?

Ich las den grünen Schriftzug »KEY« auf der derangierten Tür, wobei von dem Y ein Teil des rechten Arms fehlte. Ein ungutes Gefühl überkam mich, als ich daran dachte, wie ängstlich Ellie gewesen war – und dass es jetzt wahrhaftig einen Grund dafür gab.

»Aber ich zeige dir mal, was wirklich schräg ist«, sagte Jacky. Er ließ die Beifahrertür wieder ins Gras fallen und eilte zu dem Heck des Fahrzeugs hinüber. Dann zeigte er auf eine Stelle am Boden, ohne ihr zu nahe zu kommen. Dort, am Übergang zwischen der grauen Asche und dem grünen Gras, lagen zwei tote Vögel.

»Mein Gott, sind das Tauben?«

»Ich fürchte, ja«, entgegnete Jacky. Dann nahm er ein soeben eingehendes Telefongespräch an, entschuldigte sich für einen Moment und machte ein paar Schritte zur Seite, um in Ruhe sprechen zu können.

Ich sah ihm nicht hinterher. Meine Aufmerksamkeit galt allein den Tauben. Friedlich und unschuldig lagen sie im Gras. Die Augen geschlossen, die dunkelgrauen Federn leicht mit Asche bedeckt.

Ich konnte den Blick nicht von den Vögeln abwenden. Ich denke, es war ein Déjà-vu aus Kindheitstagen, das mich derart fesselte. Die Erinnerung an die Vögel, die im Sommer gegen die Fensterscheiben der Veranda meiner Großeltern geknallt waren. Nach dem harten Aufprall fielen sie unmittelbar zu Boden. Mit meinen Vettern und Cousinen beobachteten wir sie. Dann beteten wir gemeinsam mit unserer Großmutter für sie und warteten, bis sie wieder aufwachten. Und als sie tatsächlich wieder aufsprangen und postwendend weiterflogen, war es, als hätte es den Aufprall nie gegeben.

Hier lag der Fall anders. Diese Tauben würden nicht wegfliegen. Auch nach zehn Stoßgebeten nicht. Sie waren tot, da gab es keinen Zweifel.

»Es sind Ringeltauben, um genau zu sein«, ertönte plötzlich eine Stimme hinter mir.

Ich drehte mich um und sah einen schlanken jungen Mann Mitte zwanzig. Die schwarzen Haare waren frech zur Seite gekämmt. Zu der dunkelgrauen Chino trug er schwarze Schuhe, über dem hellblauen Hemd lag ein dunkelblaues Jackett. Ich erkannte am Ausdruck in seinen Augen, die durch runde Brillengläser in einem blauen Gestell eingefasst waren, dass er sich ebenso wie ich über unser Wiedersehen freute.

»Théo Bender«, sprach ich seinen Namen zur Begrüßung aus.

Daraufhin schüttelten wir uns fest die Hände.

»So sieht man sich wieder«, sagte er lächelnd.

»Hoffen wir, dass es diesmal etwas weniger aufregend wird als das letzte Mal«, sagte ich und grinste.

Uns beide verband eine dunkle Erinnerung. Bender war einer der Polizeikollegen aus Raaffburg gewesen. In dem kleinen ostbelgischen Städtchen hatten wir vor knapp einem Jahr einen alten Vermisstenfall aufgeklärt. Ich hatte Bender seitdem nicht mehr gesehen, allerdings war mir zu Ohren gekommen, dass er bei den Vermisstenteams gelandet war.

»Wer leitet das Team?«, fragte ich, während die beiden Männer, die mit Bender hergekommen waren, ihre Alukoffer in das Gras stellten und sich weiße Überzüge über die Körper streiften.

»Das übernehme ich«, sagte Bender selbstbewusst und klatschte in die Hände. »Wir können sofort loslegen, wenn Sie möchten.«

Ich nickte ihm verhalten zu. Denn in mir kamen Zweifel auf, ob er der Richtige für diesen Fall war. Zwar hatte ich in Raaffburg gern mit ihm zusammengearbeitet – entgegen seiner schüchternen Art ging er Probleme proaktiv an. Aber aufgrund seiner Jugend hatte er kaum Berufserfahrung vorzuweisen. Und bei Vermisstenfällen zählte jeder Schritt. Es ging um Menschenleben, ein Kampf im Wettlauf gegen die Zeit.

»Zwei Leute habe ich hier, zwei weitere verschaffen sich

gerade Zutritt zu der Werkstatt von Tom Keyzer, und einer schaut zu Hause bei den Keyzers nach dem Rechten. Letzterer bringt dann Fotos von den dreien mit«, ergänzte er, während er auch Jacky Monnard, der soeben sein Telefongespräch beendet hatte, und Holger Blockmans per Handschlag begrüßte.

Fünf Leute hat er dabei? Ist das ein Zeichen dafür, dass er den Fall ernst nimmt?

»Hat sich die Rufumleitung aus dem Büro doch schon gelohnt«, sagte Jacky, bevor er schwer schluckte, als fühle er Schmerzen in der Halsgegend. »Das war gerade die beste Freundin von Toms Ehefrau Grit Keyzer. Lina Bleier, also die Freundin, sagt, dass Grit sie gestern versetzt habe. Die beiden wollten in Aachen was trinken gehen, aber Grit Keyzer sei sie nicht wie vereinbart abholen gekommen. Sie habe auch nicht auf Anrufe reagiert. Das sei sehr ungewöhnlich für sie.«

Gänsehaut legte sich über meinen Körper.

»Das deckt sich mit der Aussage von Ellie, der Freundin von Paul Keyzer«, sagte ich. »Sie hat ihn vergangene Nacht das letzte Mal gesehen – auf einer Party am See. Heute ist er dann nicht zum Fußballspiel erschienen, und sein Handy war ausgestellt. Und bei Tom Keyzer hätte ich vor einer Stunde etwas abholen sollen, aber zum vereinbarten Termin war er nicht in der Werkstatt. Die Tür dort war fest verschlossen.«

»Hm«, bekundete Jacky. »Das hört sich nicht gut an.«

Bender schüttelte den Kopf und blickte nachdenklich in den Himmel. Holger Blockmans musterte mich währenddessen misstrauisch. Als ich den Blickkontakt erwiderte, sah er rasch hinüber zu Jacky. Wie einen Schutzschild verschränkte er seine Arme vor der Brust. Erst jetzt fiel mir auf, dass an seinem Jackett, gleich unter den angehobenen Armen, ein Klecks weißer Farbe haftete.

Er erschrak, als Benders und mein Handy im selben Moment laut losvibrierten und -piepten.

»Stehen wir hier in einer Art Funkloch oder so?«, fragte Bender, während er seine Mailbox abhörte.

»Ganz Weybach ist ein Funkloch«, sagte Jacky genervt. »Das Netz hier ist eine Katastrophe. Die Gemeinde verspricht zwar schon seit fünf Jahren Besserung, getan hat sich aber nichts.«

»Na, da freuen wir uns ja richtig auf die kommenden Stunden«, sagte ich spöttisch und erinnerte mich mit Bauchschmerzen an das löchrige Telefongespräch mit Jacky von heute Mittag. Währenddessen warf ich einen kurzen Blick auf das Bild, das Sina mir geschickt hatte. Zwei belegte Pizzas waren darauf zu sehen, darunter stand: »We are ready ☺«. Ich musste schmunzeln, steckte mein Handy aber wieder weg, als Bender seine Nachricht zu Ende abgehört hatte.

Betreten schaute er mich an. »Das waren meine Männer aus der Schreinerei. Sie haben in Tom Keyzers Auftragsbuch für heute Morgen vier geplante Kundenbesuche gefunden. Keyzer hat aber keinen einzigen Termin wahrgenommen.«

»Mist«, sagte Jacky. »Ohne den verbrannten Transporter hätte man vermuten können, dass die Keyzers in Urlaub gefahren sind oder einen Unfall hatten. Aber so …«

»Aber so«, fuhr ich fort, »liegt eine Vermutung nahe: Die drei wurden entführt.«

Holger Blockmans trat einen Schritt vor, die Arme hielt er nach wie vor verschränkt vor der Brust. »Oder sie haben sich selbst aus dem Staub gemacht«, sagte er lauter als nötig.

»Gäbe es dafür einen Grund?«, fragte ich.

Blockmans verzog nur sein Gesicht, und Jacky antwortete für ihn.

»Es wäre nicht die erste Familie, die einen Ausweg suchen würde.«

Im selben Moment vibrierte und piepte Benders Handy ein weiteres Mal. »Eine SMS«, kündigte er an. Er las sie laut vor. »Im Haus der Keyzers ist niemand. Weder Einbruchsspuren noch leere Kleiderschränke. Alles sauber.«

»Also doch keine Entführung«, schlussfolgerte Jacky.

»Doch, aber wahrscheinlich auf offener Straße«, hielt ich dagegen.

Jacky zuckte die Schultern. »Da geht der Täter zwar ein größeres Risiko ein, aber es kann sein, ja.«

»Nicht unbedingt ein größeres Risiko«, sagte Bender. »Wenn der Täter den Ort geheim halten kann, hinterlässt er mit einer Entführung auf offener Straße keine Spuren.«

Blockmans löste seine Arme und steckte die Hände in die Hosentaschen.

»Jacky«, sagte ich. »Was meintest du eben damit, dass die Keyzers einen Ausweg suchten? Haben sie Feinde?«

Er sah mich mit nachdenklicher Miene an. »Feinde jetzt nicht unbedingt«, sagte er. »Aber die Schreinerei lief nicht so rund. Tom ist ein ziemlich gleichgültiger Typ. Er lebt ein bisschen nach dem Motto: ›Kommste heut nicht, kommste morgen.‹«

»Und seine Frau?«, fragte Bender.

»Grit ist da anders. Immer schick gekleidet, zielgerichtet. Aber ob sie ihr eigenes Auto abfackeln würde? Puh, ich weiß nicht«, antwortete Jacky.

»Auf jeden Fall wollte jemand seine Spuren verwischen«, sagte ich. »Womöglich ist die Person, die das Auto angezündet hat, mit einem anderen Auto weitergefahren.«

Die Distanz von dem Wrack bis zur Straße betrug ungefähr vierhundert Meter. Das zweite Auto hätte der Täter getrost in der Seitenstraße parken können. Es machte den Anschein, als verirrten sich nicht viele Menschen dorthin.

»Wir haben es noch nicht bis ins Detail untersucht, aber vorn an der Wiese sind uns nur Reifenabdrücke von zwei Fahrzeugen aufgefallen«, berichtete einer der Männer, die unter Benders Regie standen.

»Von dem Transporter und Jackys Peugeot«, vermutete ich.

»Genau«, erwiderte mein Gegenüber. »Das konnten wir bereits feststellen.«

»Wissen Sie, wann der Transporter ausgebrannt ist?«, fragte ich.

Benders Mann verzog nachdenklich das Gesicht. »Der

Rauchentwicklung nach zu urteilen, so zwischen drei und vier Uhr diese Nacht.«

»Haben Sie auf der Wiese Fußspuren finden können?« Ich erntete verdutzte Blicke. Angesichts des mittlerweile recht zertrampelten Umfelds musste meine Frage wie die naive Anmerkung eines Auszubildenden klingen. »Wenn das Ersatzauto des Täters an der Straße gestanden hat, muss er ja irgendwie dorthin gelangt sein«, fügte ich hinzu.

»Kommen Sie mit«, wies der Mann von der Spurensicherung mich an, ehe er bis vor die Fahrertür des Wracks trat. Dort zeigte er mit dem Finger auf eine Stelle im Gras. »Sehen Sie die eingedrückten Quadrate?«

Ich nickte. »Sie meinen, der Täter hat sich Holzplatten unter die Füße gelegt?«

»Genau. Auch das haben wir noch nicht überprüfen können, aber ich gehe mal davon aus, dass die Spuren bis zur Straße führen.«

»Wo sie sich dann höchstwahrscheinlich in Luft auflösen«, ergänzte ich, in der Hoffnung, dass er mir widersprach.

Aber er nickte bloß und wandte sich wieder ab, um mit der Sicherung der Spuren fortzufahren. Indes streichelte Bender sein Kinn. Sein Blick verriet, dass er sich mit den bisherigen Ausführungen nicht zufriedengab.

»Aber warum die Tauben, wenn die Keyzers freiwillig von dannen ziehen wollten? Braucht es da eine solche Inszenierung?«

Die Tauben. Ich hatte sie fast vergessen.

Ich stellte mich noch einmal vor die kleinen leblosen Körper. Betrachtete die Flügel, die nie mehr schlagen würden. Die Augen, die für alle Zeit ins Jenseits blickten. Die orangen Schnäbel, die für immer geschlossen bleiben würden. Unschuldig lagen sie im Gras. Unschuldig und unbeteiligt.

Warum musstet ihr sterben?

Je länger ich die Tauben anstarrte, desto näher schien ich der Lösung zu kommen. Aber ich irrte mich: Es war nicht die

Lösung, an deren Tür ich kratzte, sondern eine neue Frage. Eine, die uns alle in einen Fall katapultieren sollte, in dem wir nach und nach dunkle Geheimnisse aufdecken würden, die seit Jahren tief im Verborgenen gelegen hatten.

»Vorausgesetzt, die drei Keyzers wurden entführt. Warum hat der Täter dann nur zwei Tauben getötet?«

4

Ein ausgebrannter Transporter, zwei tote Tauben und drei Menschen, die seit ein paar Stunden vermisst wurden – das waren unsere Anhaltspunkte. Wie diese Hinweise zusammengehörten, wussten wir allerdings nicht. Und ich hatte nicht das Gefühl, als würde uns die Lösung auf dem Silbertablett präsentiert werden. Dafür waren die Fakten zu komplex.

Es war inzwischen kurz nach fünfzehn Uhr, die Temperatur war bis auf sechsundzwanzig Grad Celsius angestiegen. Wir standen noch auf der Wiese, vor dem ausgebrannten Transporter. Im Radio war zwar angekündigt worden, dass man die Jacke heute zu Hause lassen konnte, aber das, was wir gerade erlebten, fühlte sich bereits wie Hochsommer an. Ich spürte, wie das Hemd an meinem Rücken klebte und mir der Schweiß entlang der Schläfen hinunterlief.

Benders Männer suchten Tom Keyzers Schreinerei und das Haus der Familie auf Spuren und Anhaltspunkte ab. Das gab uns Gelegenheit, das engere Umfeld der Familie auszukundschaften und dort nach Hinweisen und vor allem Motiven für das plötzliche Verschwinden der dreiköpfigen Familie zu suchen.

»Das Unangenehme bei einem Vermisstenfall wie diesem ist, dass alles den Eindruck macht, dass uns für die Suche kaum Zeit zur Verfügung steht«, sagte Bender. Sein Blick verriet mir, dass er keinen Amateur hinter der Tat vermutete.

»Wir müssen zuerst in Erfahrung bringen, wann und wo die drei das letzte Mal gesehen wurden. Vielleicht gab es an den jeweiligen Orten Zeugen, die den oder die Täter gesehen haben«, sagte ich.

Bender nickte und kniff, von der Sonne geblendet, die Augen zusammen.

»Auf den Handys der drei meldet sich nur die Mailbox. Die

Kollegen der IT versuchen bereits, an die Daten zu kommen«, sagte er in einem zuversichtlichen Tonfall.

»Die Täter werden sich sicher bald melden«, sagte Jacky beschwichtigend, während er die Thermosflasche aufdrehte, die er soeben dem grauen Peugeot entnommen hatte.

»Ein Lösegelderpresser wäre schön, aber hätte er dann die ganze Familie entführt? Wen sollte er jetzt noch erpressen wollen?«, fragte ich. »Nach dem, was wir hier zu sehen bekommen haben, glaube ich nicht an einen Erpresser. Die Tauben, der verbrannte Transporter – das sieht eher aus wie ein Ritual.«

»Ein Ritual? In Weybach?«, fragte Jacky und lachte laut auf. »Das hört sich irgendwie alles psycho an.« Er neigte die Thermosflasche und goss sich Tee in eine Tasse. Dabei wackelte seine Hand beträchtlich. Ein Teil der heißen Flüssigkeit lief von der Tasse über seinen Handrücken hinunter ins Gras. Jacky schien es nichts auszumachen.

Bevor ich antworten konnte, zog Blockmans meine Aufmerksamkeit auf sich. Jackys Kollege, der bis dahin verkrampft neben uns verharrt war, fing plötzlich stark zu husten an. Hastig zog er seine Hände aus den Taschen und wandte Körper und Gesicht von uns ab. Dabei stolperte er und wankte unfreiwillig auf die toten Tauben zu. Erst im letzten Moment schaffte Bender es, Blockmans aufzufangen, bevor er stürzte.

Um ein Haar wäre Blockmans auf die wichtigen Beweistücke gefallen. Das Gesicht des kleinen Mannes lief augenblicklich rot an vor Scham. Den Blick zu Boden gerichtet, steckte er sich das Hemd wieder in die Hose, das ihm hochgerutscht war. Dann strich er mit den Handinnenflächen die Ärmel seiner braunen Lederjacke sauber. Ich wandte mich erneut Jacky zu. »Weißt du eigentlich, ob die Keyzers Familie haben?«

Jacky setzte einen Gesichtsausdruck auf, der nicht viel Hoffnung ausstrahlte. »Keyzer hat einen Bruder, er lebt auch hier im Ort. Die beiden haben aber nicht groß was miteinander zu tun.«

»Das muss nichts bedeuten. Den schauen wir uns später an«, sagte ich. »Gibt es darüber hinaus noch andere Verwandte?«

»Da hab ich keine Ahnung.«

Ehe ich Blickkontakt mit Bender aufgenommen hatte, vernahm ich bereits seine Stimme. »Ich lass das prüfen«, sagte er, zückte im selben Moment sein Handy und ging ein paar Schritte zur Seite, bis er außer Hörweite war.

»Und hier in dem Städtchen? Haben die Keyzers Freunde?«, fragte ich. Mit geschlossenen Augen schlürfte Jacky Tee aus der Tasse, die er inzwischen mit beiden Händen festhielt. Die hohen Temperaturen schienen ihm nicht die Lust auf ein Heißgetränk zu nehmen.

»Karl Maton ist Tom Keyzers bester Freund. Er ist ein eitler Typ Anfang vierzig. Ihm gehört das Hotel Weybacher Hof, das direkt am See liegt.«

»Gut, kann er in einer Stunde im Präsidium sein?«, fragte ich.

Jacky grinste schelmisch. »Nein, das geht nicht. Bei uns wird zurzeit renoviert.«

»Wir brauchen ja keinen Saal, ein kleines Büro würde reichen«, sagte ich.

Jacky schüttelte immer noch grinsend den Kopf. »In zwei Büros sind die Anstreicher zu Werke, und in zwei anderen werden die Böden rausgerissen. Da habt ihr euch wirklich eine schlechte Woche ausgesucht, um Weybach zu besuchen.« Seine Belustigung steckte selbst Blockmans an, dessen Mundwinkel zuckten.

»Und wo arbeitet ihr diese Woche?«, fragte ich, neugierig, wie sie das logistische Problem lösen wollten. »Ihr habt ja nicht die ganze Woche Außentermine, nehme ich an.«

»Nirgendwo. Die Woche war eigentlich dafür vorgesehen, Überstunden abzubauen«, entgegnete Jacky. »Aber wir können uns bestimmt an einen Tisch im Hotel setzen. Das stört den Karl nicht.«

Infolge des letzten großen Falls in Raaffburg hatte ich so etwas wie eine Allergie auf die Öffentlichkeit entwickelt. Zwar gehörte meine Freundin Sina auch dem Berufsstand der Journalisten an, jedoch vermieden wir es, Berufliches in unsere Beziehung hineinzutragen. Ich war kein Freund davon, Behauptungen oder Vermutungen zu verbreiten, bevor sie verifiziert worden waren. Erfahrungsgemäß hatten sensationsvernarrte Journalisten und tratschfreudige Stadtbewohner da weniger Skrupel. Daher wollte ich eine Zeugenbefragung an einem öffentlichen Ort lieber vermeiden. Sofern es denn möglich war.

»Da gibt es auch ruhige Plätze«, argumentierte Jacky, als erhielte er eine Provision für die Tischvermittlung.

Während ich zögerte, kam Bender von seinem Telefonat zurück. Kurzatmig berichtete er: »Tom Keyzer hat besagten Bruder, Luc Keyzer heißt er. Die Eltern der beiden sind tot. Auch Grit Keyzers Vater ist bereits vor Jahren verstorben, allein ihre Mutter lebt noch, und zwar in einem Altenpflegeheim in ihrer Heimatstadt Bremen. Allerdings hat sie Alzheimer.«

»Mist. Hat Grit Keyzer Geschwister?«, fragte ich.

»Sie hat eine Schwester, die in den USA lebt.«

»Also gibt's den Bruder und sonst nichts«, resümierte ich.

Jacky nickte. »Soll ich ihn anrufen?«

»Den nehmen wir uns morgen vor«, sagte ich.

»Dann fahren wir zum Hotel?«, fragte Jacky mich erwartungsfroh und kippte den Inhalt seiner Tasse hinunter.

»Ja«, sagte ich. »Machen wir uns an die Arbeit.«

Nach wie vor war der Verkehr in dem Städtchen am See sehr dicht. Jacky und Bender fuhren mit mir, Ersterer saß auf dem Beifahrersitz, er kannte den Weg zu dem Hotel, das Karl Maton gehörte. Wenn das Auto rollte, strömte frische Luft durch die geöffneten Fenster. Es roch nach Pellkartoffeln und gegrilltem Hähnchen. Überwiegend standen wir jedoch. Das gab mir Gelegenheit, die Bilder auf dem Handy anzusehen, die Bender mir gerade geschickt hatte. Es waren drei, jeweils eins pro Familienmitglied.

Das erste war von Tom Keyzer. Er war dreiundvierzig Jahre alt und hatte sich gut gehalten. Der Hals war muskulös und drahtig, der graue Joggingpullover lag eng an. Sein Teint war bräunlich, als wäre er gerade aus dem Urlaub zurückgekehrt. Von den dünnen kurzen Haaren, deren Farbe dem Schwedenblond nahekam, standen am Hinterkopf ein paar zur Seite ab. Vorn auf der Stirn hafteten vereinzelte verschwitzt aussehende Haare. Er grinste, man konnte die weißen Schneidezähne gut sehen. Seine blauen Augen wirkten lebensfroh.

Ich wandte meinen Blick kurz vom Handy ab, löste die Kupplung und schloss die zehn Meter bis zu meinem Vordermann auf. Als ich wieder stand, wischte ich auf dem Display nach rechts. Grit Keyzer kam zum Vorschein. Ihr Teint war etwas heller, ihre blonden Haare fielen glatt wie ein Wasserfall bis auf die Schultern hinunter. An den Ohren hingen silberne Kreolen. Sie passten zu der silberfarbenen Halskette, an der ein hellgrüner Stein baumelte. Die weiße Bluse war nur partiell sichtbar, darüber lag ein dunkelgrünes Jackett. Ihre Nase war schmal. Sie lachte nicht, sondern blickte etwas überheblich in die Kamera.

Ein lang gezogenes Hupen lenkte meine Aufmerksamkeit wieder auf den Verkehr. Ich sah, dass mein Vordermann etwa dreißig Meter von mir entfernt war. Ich drückte aufs Gas und schob den ungalanten Schaltknüppel meines vierzig Jahre alten Gefährts in den zweiten Gang. Das Gaspedal gab nach, der Motor brummte auf. Doch bereits fünf Sekunden später standen wir wieder. Und ich griff erneut zu meinem Handy.

Paul Keyzer war fünfzehn Jahre alt. Seine Haut wies den bräunlichen Teint seines Vaters auf, hingegen waren seine Haare eher braun als blond. Die Seiten waren auf eine einstellige Millimeterlänge rasiert, die längeren Haare obendrauf lagen gescheitelt zur Seite. Seine Nase kam nach der seiner Mutter, die gleiche schmale Form, allerdings fiel sie bei ihm aufgrund des größeren Kopfumfangs nicht so sehr auf. Die braunen Augen schauten stolz in die Kameralinse. Ein Lächeln bahnte sich in den Mundwinkeln an.

»Ich habe die Bilder gerade an die Kollegen geschickt«, sagte

Bender, der auf der Rückbank unentwegt in sein Handy tippte. »Sie werden sich in Weybach und Umgebung umsehen und die Augen nach den Vermissten offen halten.«

»Von wie vielen Kollegen sprechen wir?«, fragte ich.

»Fünf«, antwortete Bender.

»Ich befürchte, wir müssen mehr tun als das«, sagte ich.

»Sie meinen, wir sollten mit den Fotos an die Presse?«, fragte Bender und schob seinen Kopf zwischen die beiden Vordersitze, um mich besser verstehen zu können.

»Ja, das müssen wir wahrscheinlich auch tun. Die erhöhte Polizeipräsenz wird früher oder später sowieso Fragen aufwerfen«, sagte ich, obschon es mir innerlich bereits davor graute.

»Also kontaktiere ich jetzt die Zeitungen?«, fragte Bender, während er mich angespannt im Rückspiegel ansah.

»Vielleicht warten wir noch das Gespräch mit dem Hotelier und das Ergebnis der Suche Ihrer Männer ab. Danach müssen wir eine Entscheidung treffen. Wir sollten aber jetzt schon ein Dutzend mehr Leute anfordern, die bei der Spurensicherung helfen. Außerdem geben wir am besten den Polizeistationen in einem Umfeld von fünfzig Kilometern Bescheid, dass die drei als vermisst gelten. Und fragen Sie bitte auch, wann eine Suchstaffel hier sein könnte. Vielleicht werden wir heute Abend eine brauchen.«

Bender nickte und führte umgehend sein Handy ans Ohr. Getrieben, aber in fachlich korrekter Manier gab er alle Anweisungen durch. Doch plötzlich verstummte er, hörte nur zu und gab hier und da ein knappes »Ja« zurück. Ich dachte, er erhielt vielleicht schon ein paar Informationen zum Background der Keyzers. Aber als er auf einmal geschockt »Oh mein Gott« sagte und sein Gesicht unvermittelt an Farbe verlor, horchte ich auf. Sein Mund stand offen und blieb es auch, als der junge Kollege kurz danach das Gespräch beendete.

»Was ist passiert?«, fragte ich, während ich ihn im Rückspiegel anblickte.

»Etwas Heftiges«, sagte er kopfschüttelnd. »In Teunen, dem

Nachbarort, haben sie gestern Abend im Straßengraben einen grünen Land Rover gefunden. Es sieht so aus, als sei er abgedrängt worden. An der Seite befinden sich dunkelblaue Lackrückstände.«

»Der Transporter war doch dunkelblau«, bemerkte ich.

»Genau«, sagte Bender.

»Und wissen wir, wem der Land Rover gehört?«

»Ja, Grit Keyzer.«

5

An Grit Keyzers im Graben liegenden Auto sollten sich Lackspuren des abgebrannten Transporters befinden? Des Transporters, der ihrem Ehemann Tom Keyzer gehörte? Wie passte das zusammen? Hatte einer der beiden den Ehepartner samt Sohn in seine Gewalt gebracht?

Um was mit ihnen anzustellen? Was wäre das Motiv?

Wir hatten keine Antworten parat, der Fall war ja gerade einmal zwei Stunden alt. Während die Kollegen der Spurensicherung die Schreinerei, das Zuhause und die beiden Fahrzeuge auf Hinweise überprüften, bestand unsere Aufgabe darin, die engsten Vertrauten der Keyzers zu befragen. Wir mussten verstehen, was für Menschen sie waren. Nur so hatten wir eine Chance, uns in die beiden hineinzuversetzen und ihren dunklen Geheimnissen auf den Grund zu gehen.

Wir befanden uns auf dem Weg zum Hotel von Karl Maton, Tom Keyzers bestem Freund. Das Navi lotste uns in eine Straße, die an einer Reihe von Ferienhäusern im Bungalowstil vorbeiführte. Wir profitierten davon, dass die meisten Autos bereits eine Straße vorher abgebogen waren, um auf dem großen, für Badegäste vorgesehenen Parkplatz zu parken. Auf unserer Straße war der Verkehr wieder flüssiger, und schon bald konnten wir den See sehen.

Wir erreichten eine Zone, in der nur Schritttempo erlaubt war. Wir fuhren nun parallel zum See, hinein in eine Sackgasse, in der sich drei Hotels, ein Zeitschriftenladen, ein Pub und weiter vorn ein Bootsverleih befanden. Die Parkplätze vor den Hotels waren überfüllt, einzig vor dem Bootsverleih war noch ein Platz frei. Wir parkten, stiegen aus und wollten bereits in Richtung der Hotels losmarschieren, als uns eine Stimme hinter uns innehalten ließ.

»Hey, können Sie nicht lesen?«, fragte jemand aggressiv. »Der Parkplatz ist nur für Kunden.«

Ich drehte mich um und bemerkte jetzt erst das verblichene Schild, das halb von einem Mercedes SUV verdeckt wurde. Der Mann, der uns angeraunzt hatte, war Ende vierzig, hatte eine rundliche Figur und einen schwarzen Vollbart, der seinen Mund fast komplett verdeckte. Seinen Kopf zierte eine verblichene blaue Baseballkappe mit der Aufschrift »Daytona Beach«. Als wir unsere Blicke auf ihn richteten, nahm er die Sonnenbrille ab. Müde braune Augen und dunkle Augenringe kamen zum Vorschein.

»Dauert nicht lange. Wir sind gleich wieder weg«, sagte ich und wandte mich um. Wir hatten nicht die Zeit, uns wegen eines Parkplatzes zu streiten.

»Das kostet mich einen Kunden«, sagte er. Er schnaufte beim Sprechen wie ein Hund, seine Stimme klang belegt. »Fahren Sie Ihre Karre weg, sonst …« Er versuchte weiterzusprechen, aber es wollte ihm nicht gelingen. Er hustete laut los.

»Hallo, Nora«, grüßte Jacky eine Frau, die vom Ufer aus zu uns herübersah. Sie hatte soeben das Seil eines ausfahrenden Boots vom Steg gelöst. Das Wasser hinter ihr glitzerte. Die raschelnden Bäume links und rechts am Ufer spendeten etwas Schatten. Sie übergab das Seil einem Gehilfen, der neben ihr stand und es etwas unbeholfen entgegennahm. Dann richtete sie sich auf und grüßte lächelnd zurück. Sie war hochgewachsen und bewegte sich mit ihren weißen Sneakern lässig über den Holzsteg. Die Dreiviertelleggings und das weiße T-Shirt, das mit der Aufschrift des Bootsverleihs versehen war, zeigten viel Haut. Die muskulösen Gliedmaßen verrieten, dass sie es gewohnt war anzupacken. Die hellblonden Haare fielen natürlich nach hinten. Doch weder die legere Frisur noch die große Sonnenbrille schafften es, ihre hohe Stirn zu verbergen. Die Haut an dieser Stelle war hellbraun und so glatt, als wäre sie eigentlich zehn Jahre jünger als die etwa dreißig, auf die ich sie schätzte. Sie machte ein paar Schritte auf den Dicken zu und rief ihm auf halbem Wege zu: »Du regst dich unnötig auf, Rick! Im Moment sind eh alle Boote draußen.«

Knurrend winkte der Dicke ab, der offenbar jetzt erst Jacky erkannt hatte. »Ihr macht doch eh, was ihr wollt«, ätzte er in dessen Richtung.

Jacky fühlte sich angegriffen, das verriet sein angespanntes Gesicht. Bevor er jedoch etwas sagen konnte, grätschte die athletische Frau diplomatisch dazwischen.

»Die verstehen besser als wir, was richtig ist. Und wer weiß, vielleicht drehen sie ja gleich noch eine kleine Bootstour. Natürlich erst, nachdem sie die Verbrecher geschnappt haben«, sagte sie und grinste schelmisch.

Ich grinste zurück, hatte aber gleichzeitig das Gefühl, dass uns eigentlich keine Zeit blieb, um Small Talk zu halten. »Danke, gern ein anderes Mal. Heute ist die Zeit etwas knapp«, entgegnete ich und wünschte den beiden einen schönen Tag.

»Welches ist es?«, fragte ich, als wir uns auf die drei Hotels zubewegten. Links, etwas im Hintergrund, stand ein wenig kreativer und in die Jahre gekommener Bau aus roten Klinkern. Die Holzvertäfelungen unter und über den Fenstern sowie die Haustür waren stark von der westeuropäischen Witterung in Mitleidenschaft gezogen worden. In der Mitte stand wohl das neueste der drei Gebäude. Die Vorderseite bestand beinahe komplett aus Glas. Die Seiten und das angeschlossene Schwimmbad waren mit roten und weißen Betonfaserplatten verkleidet. Weiter rechts befand sich das dritte Hotel. Es war ein solides weiß verputztes Gebäude. Das Dach war flach. In den Töpfen, die an den Balkongeländern hingen, blühten violette und weiße Blumen. Vor dem Eingang lag ein kleiner Teich, der von Sträuchern und Gräsern umgeben war.

»Warten wir nicht noch auf Ihren Kollegen?«, fragte Bender in Jackys Richtung, ehe dieser auf meine Ausgangsfrage reagiert hatte.

»Nein, Holger kommt nicht mehr.«

Jackys immer rotem Gesicht war keine Wertung abzulesen.

»Hat er frei?«, fragte ich. Für den Abbau von Überstunden schien es meiner Ansicht nach geeignetere Tage zu geben als den heutigen.

»Nein, er erledigt andere Sachen«, sagte Jacky vage.

»Was denn für andere Sachen?«, fragte ich verwundert.

»Ja …« Jacky geriet sichtlich in Erklärungsnot. »Was halt so liegen geblieben ist.«

»Das hört sich ein wenig merkwürdig an«, bekundete ich.

»Er hat vor ein paar Jahren seinen Sohn verloren. Seitdem sieht man ihm einiges nach«, erklärte Jacky widerwillig.

»Vor ein paar Jahren? War er denn mal bei der Arbeitsmedizin?«, fragte ich.

»Ich weiß es nicht.« Jacky sprach nicht gern darüber, das merkte man ihm an.

»Nun gut, das ist wohl kein Thema für heute. Welches Hotel ist es?«

»Das rechte«, sagte er, während er auf das Gebäude zeigte. »Dahinten kommt Karl gerade.« Meine Aufmerksamkeit richtete sich auf den eins neunzig großen Mann, der die Treppenstufen zur Eingangstür des Hotels hinaufhüpfte. Er wirkte eitel, so, wie Jacky ihn beschrieben hatte. Er trug ein blau-rot kariertes Hemd über einer eng anliegenden Jeans der schickeren Art und braune Lackschuhe. Die gewellten dunkelblonden und nach hinten fallenden Haare sahen gepflegt aus. Er hatte es offenbar eilig und bemerkte deswegen nicht, dass Jacky ihm zuwinkte. Ich schaute bis ans Ende der Straße, dorthin, wo er hergekommen war. Dort entdeckte ich eine Frau, ich sah sie allerdings nur von hinten. Sie hatte lange kastanienbraune Haare und trug einen roten Pullover. Doch bevor ich mehr erkennen konnte, verschwand sie um die nächste Häuserecke.

Wir folgten dem Hotelbesitzer. Ich drückte die schwere Glastür auf und hielt sie für Jacky und Bender auf. Karl Maton stand in dem mit Blausteinfliesen ausgelegten Eingangsbereich. Er unterhielt sich vor der Rezeption mit einer Angestellten. Als er Jacky erkannte, schritt er mit offenen Armen und einem breiten Lächeln auf uns zu. »Jacky, hast du Verstärkung mitgebracht?«

»Na ja«, druckste Jacky etwas unbeholfen herum. »Das geschieht nicht ganz freiwillig.«

»Nicht freiwillig?«, wiederholte Karl amüsiert. »Da bin ich ja mal gespannt.« Er rieb sich die Hände. Vor Freude, nahm ich an, aber es hätte auch ein Zeichen von Nervosität sein können. Eine Breitling-Armbanduhr kam unter seinem Ärmel zum Vorschein.

»Vielleicht setzen wir uns zum Reden an einen Ort, an dem wir ungestört bleiben«, schlug ich vor.

»Natürlich«, willigte Karl sofort ein. »Bitte folgen Sie mir.« Rasch schritt er durch die nächste Tür. Man spürte, dass dieses Tempo für ihn, der in seinem Job vermutlich unter Dauerstrom stand, ganz alltäglich war. Wir liefen einmal komplett durch den Speisesaal, über einen dunkelblauen Teppichboden. Ein paar Tische waren besetzt, größtenteils ältere Gesellschaften saßen bei Kaffee und Reisfladen zusammen. Am Ende des Speisesaals angekommen, öffnete Karl Maton eine Tür. Sie führte zu einem Besprechungsraum, in dem ein ovaler Tisch stand, der acht Personen Platz bot. An einer Wand prangte ein großes Gemälde, das eine Obstwiese zeigte. Ansonsten war der Raum spärlich eingerichtet. In der Ecke stand eine kleine Topfpalme, an der Decke hing ein Beamer. Als wir uns setzten, trat eine Frau herein.

»Das ist Carolin«, stellte Maton sie mit einer entspannten Handbewegung vor. »Meine wunderschöne Frau.«

Carolin Maton lächelte schüchtern in die Runde. Sie war ein paar Jahre jünger als ihr Mann, ich schätzte sie auf Mitte dreißig. Ihre Zähne waren weiß wie Schnee, auf ihre Lippen hatte sie ein klassisches Rot aufgetragen. Die schwarzen Haare waren sehr dünn und endeten im Nacken. Sie trug einen schwarzen Rock und ein weißes Poloshirt mit roten Punkten. An den Ohren hingen mittelgroße Perlen.

»Wünschen die Herren Kaffee?«, fragte sie, während sie ihre Hände ineinanderfaltete.

»Wenn es schnell geht, gern«, sagte Bender etwas ungehalten.

»Ich schließe mich an«, sagte ich.

»Für dich sicher einen Tee, Jacky?«, fragte Carolin liebevoll.

Jacky nickte dankbar.

»Gut, hätten wir das geklärt«, sagte Maton. Nun klang er etwas ungeduldig. Er hatte soeben ein Gletscherbonbon aus der Hosentasche gekramt und befreite es von seiner Verpackung.

»Herr Maton, warum wir hier sind«, begann ich. »Ihr Freund Tom Keyzer und seine Frau Grit sowie ihr gemeinsamer Sohn Paul werden seit gestern Abend vermisst.«

Maton lachte auf, als hätte ich einen Witz erzählt. Dabei riss er den Mund so weit auf, dass das Bonbon zu sehen war. Im nächsten Moment bemerkte er, dass außer ihm niemand lachte. Ungläubig schaute er seine Frau an, die den Raum noch nicht verlassen hatte, ehe er seinen Blick wieder auf mich richtete. »Was meinen Sie mit ›vermisst‹? Abgehauen, oder was?«

»Nein, davon gehen wir im Moment nicht aus«, sagte ich und räusperte mich kurz. »Wir haben vor zwei Stunden Tom Keyzers Transporter gefunden. Er ist vollkommen ausgebrannt.«

»Ausgebrannt?«, wiederholte Karl Maton neugierig. »Sie meinen, er hat Feuer gefangen?«

Wieder wanderte sein Blick zu seiner Frau hinüber, die daraufhin eilig zur Tür ging und den Lehrjungen herbeirief.

»Der Transporter wurde mit ziemlicher Sicherheit angezündet. Zum Glück waren aber keine Personen darin.«

Wie wild klackerte das Bonbon gegen Matons Zähne. »Sie meinen, die drei wurden entführt?«, fragte er grob.

»Das ist eine Möglichkeit«, sagte ich und beobachtete, wie Maton sich nervös durch die gepflegten grau melierten Haare fuhr.

»Warum sollte jemand eine ganze Familie entführen?«, fragte er. Ein Lächeln umspielte seine Lippen, als wollte er das Ganze nicht wahrhaben.

»Das möchten wir von Ihnen erfahren«, sagte ich. »Sie kennen Tom Keyzer am besten.«

Maton warf sich zurück in den Stuhl. Spielte mit dem Bonbon in seinem Mund, schüttelte ungläubig den Kopf. Dabei lächelte er nach wie vor, ein wenig schwächer vielleicht. Sein Blick ging währenddessen verständnislos ins Leere.

Indes betrat der Lehrjunge den Raum und servierte die Getränke. Carolin Maton, die die ganze Zeit wartend neben der Tür gestanden hatte, ging ihm zur Hand. Das Geschirr klirrte, und der Kaffee plätscherte. Niemand sagte etwas. Erst als der Lehrjunge den Raum wieder verlassen hatte und sich allmählich der Geruch frisch gemahlener Kaffeebohnen verbreitete, fuhr ich mit meiner Befragung fort.

»Wie ging es der Schreinerei?«, fragte ich.

Karl Maton zuckte die Schultern. »Nicht gut. Ich kenne Toms Zahlen nicht, aber es ist kein Geheimnis, dass er es mit den Arbeiten nicht so genau nimmt. Er ist ja auch schon mal in Konkurs gegangen. Er ist eben alles andere als ein Perfektionist.«

Nachdem sie Jacky noch mit Honig versorgt hatte, rang sich nun auch endlich Carolin Maton dazu durch, sich hinzusetzen. Sie wählte den Platz am Kopf des Tisches. Sie war bemüht, sich so geräuschlos wie möglich zu bewegen, aber ihre Kurzatmigkeit konnte sie nicht verbergen. Als sie meinen Blick bemerkte, versuchte sie, ihr Unbehagen wegzulächeln.

»Aber ehrlich gesagt«, ergänzte Karl Maton, der erst weitersprach, als ihm meine Aufmerksamkeit wieder sicher war, »ich glaube nicht, dass Grit und Tom Geldprobleme hatten, wenn Sie das meinen.«

»Sie wollen sagen, dank Grit Keyzer hatten die beiden keine Geldprobleme?«, hakte ich nach.

»Verdrehen Sie mir nicht die Worte im Mund«, sagte Maton und erhob mahnend den Zeigefinger. »Ich weiß nicht, was die beiden verdienen. Klar, Tom und Grit sind ziemlich verschieden. Aber das war schon immer so, und die beiden hat es nie gestört.«

Bender machte mir ein Handzeichen. Ich beugte mich zu ihm vor.

»Vor zwei Jahren hat Keyzer mit der Schreinerei TK – Schreinerarbeiten Konkurs angemeldet«, flüsterte Bender. »Ein Jahr später hat er ein neues Unternehmen registriert: Keyzer Möbel. In dem Jahr Pause hat Keyzer sich mit Gelegenheitsarbeiten über Wasser gehalten. Unter anderem stand er als Model einer Baufachfirma zur Verfügung.«

»Interessant«, bekundete ich. »Wie läuft denn die neue Firma?«, fragte ich leise, während Karl Maton beschäftigt auf sein Handy schaute.

»Mittelprächtig. Niedrige schwarze Zahlen. Man muss jedoch fairerweise dazusagen, dass er neue Maschinen abbezahlt. Grit verdient aber mit ihrem Job als Juristin bei einer Versicherung eindeutig mehr.« Bender richtete sich den Seitenscheitel, ehe er weitersprach. »Als Vermögen haben die beiden das Haus und vierzigtausend Euro.«

»Okay«, sagte ich.

Geldprobleme hatten sie also keine. Dann saß der Stachel irgendwo anders.

»Herr Maton«, sprach ich den Hotelier an, der mir sofort wieder aufmerksam in die Augen sah. »Was meinten Sie eben damit, dass die beiden verschieden sind?«

»Na ja«, setzte er an, ließ sich dann jedoch noch ein paar Sekunden Zeit für die Ausformulierung seiner Antwort. »Tom ist der Handwerker, der gegenüber vielen Dingen eine gleichgültige Haltung hat, und sie die Juristin, die stark auf ihr Äußeres achtet und auch sonst sehr perfektionistisch ist.«

Er spitzte seine Lippen und drückte das Bonbon gegen seine Zunge. Ein lautes Schmatzen ertönte.

»Starke Gegensätze für Eheleute«, stellte ich fest.

»Ja, kann sein«, sagte Maton fast trocken. »Aber das war schon immer so.«

»Hat Tom Keyzer irgendwann einmal über die Geschäfte geklagt? Oder über sein Leben?«

Karl Maton schüttelte den Kopf, erst langsam, dann immer schneller. »Nein. Er ist nicht der Typ, der sich viel vornimmt und Pläne schmiedet. Er interessiert sich einfach nicht für so was. Er lebt in den Tag hinein, macht sich keinen Kopf. Aber verstehen Sie mich nicht falsch. Ich glaube nicht, dass er unglücklich ist.«

»Vielleicht ist er einfach nicht dazu imstande, Pläne zu schmieden und so konsequent zu sein wie seine Frau Grit. Und irgendwann ärgerte ihn das«, sagte Bender.

Karl Matons Gesicht verzerrte sich. Er zerbiss das Bonbon in Einzelteile, die klackend durch seinen Mund wirbelten. »Sie glauben, er hätte Grit und Paul entführt?«, fragte er nüchtern.

»Wir müssen es in Betracht ziehen«, erwiderte ich.

Er seufzte und lachte dann kurz auf.

»Haben die Keyzers Feinde?«, fragte Bender und bot damit eine Alternative zu der von mir dargebrachten Vermutung an.

Carolin Maton antwortete mit einem leisen »Nein«. Alle Blicke am Tisch schwenkten zu ihr herum, wie beim Ballwechsel im Tennis. »Sie verstehen sich eigentlich mit allen gut.«

Mir fiel auf, dass ihr linkes Augenlid langsamer nachzog als das rechte. Es schien festzuhängen, wie ein defekter elektrischer Rollladen. Erst nach zweimaligem Blinzeln ging es ganz auf.

»Hm«, gab Bender nachdenklich von sich. »Haben die beiden irgendwo einen Rückzugsort? Eine Hütte am See, ein Boot oder so etwas?«

Kopfschütteln bei Carolin.

»Können Sie uns sagen, wer Grit Keyzers beste Freundin ist?«, hakte Bender weiter nach.

Betreten sah Carolin Maton ihren Mann an. Er sollte offenbar die Antwort auf die Frage liefern.

»Lina Bleier. Sie führt die Straße runter einen Pub«, antwortete er, ohne aufzuschauen.

»Mit ihr habe ich heute Mittag telefoniert«, flüsterte Jacky etwas zu laut.

Ich nickte.

»Wann haben Sie Tom Keyzer das letzte Mal gesehen, Herr Maton?«, fragte ich.

»Mittwochabend«, sagte er schnell, als hätte er die Frage längst erwartet. »Wir haben zusammen Fußball geschaut.«

»War er an dem Abend irgendwie anders als sonst?«

Mit zusammengepressten Lippen schaute er wieder zu uns hoch. »Nein«, sagte er knapp. Dann machte er eine Pause. »Ich war zwölf, als mein Vater sich umbrachte. Er tat es abends, als meine Mutter und ich schliefen. Den ganzen Tag lang hatte die Sonne geschienen. Im Freibad haben wir nebeneinander auf dem Gras gelegen, Eis gegessen. Er war wie immer. Kein Mensch hätte geglaubt, dass er am selben Tag die Brücke hinunterspringt.«

»Das tut mir leid«, sagte ich.

Er sah mich direkt an. Seine Lippen zitterten, sein ganzer Körper schien nicht länger stillhalten zu können. »Wenn Sie denken, Sie könnten in die Köpfe der Menschen hineinschauen, dann irren Sie sich«, sagte er barsch und erhob sich dann.

Er ließ es zu, dass Carolin nach seiner Hand griff. Sie stand daraufhin ebenfalls auf. Dann fielen die beiden sich derart plötzlich in die Arme, als hätten sie just in diesem Augenblick gemerkt, dass in ihnen noch etwas Verdrängtes lag, das es aufzuarbeiten galt.

Ich nickte Bender und Jacky zu. Wir standen auf, um zu gehen.

Als wir uns gerade verabschiedeten, klingelte Benders Handy. Es war ein wahnsinnig lauter Anfangston, der nach zwei Sekunden abrupt in klassische Musik überging. Er zog das Handy aus dem Jackett, es blieb aber stecken und fiel auf den Boden. Als er im Begriff war, es aufzuheben, ertönte plötzlich eine tiefe Männerstimme. Offenbar war durch den Sturz die Lautsprecherfunktion aktiviert worden.

»Wir haben da was in der Schreinerei gefunden. Es sieht nach Mord aus.«

Als wir ankamen, war der Bereich vor der Schreinerei bereits mit rot-weißem Sicherheitsband abgesperrt. Zwei schwarze Vans standen vor der Halle, sie glänzten im Sonnenlicht. Wir eilten hinüber zum seitlich gelegenen Eingang. Als wir durch die offen stehende Tür traten, fanden wir uns einem dünnen Mann im Anzug gegenüber, der kritisch auf uns herunterblickte. Er machte den Eindruck, als wäre er gerade aus einer Bankfiliale gekommen. Wie eine Schranke fiel sein ausgestreckter Arm zwischen uns und den Raum. Ich zeigte ihm meinen Ausweis, den er grimmig begutachtete, dann ließ er uns passieren.

Zu den zwei Männern, die Bender ursprünglich für die Spurensicherung in der Schreinerei vorgesehen hatte, waren noch zwei hinzugestoßen. Gekleidet in weißen Kitteln, schienen sie soeben den ersten groben Durchgang hinter sich gebracht zu haben, denn sie berieten sich nun in dem kleinen, direkt am Eingang liegenden Büro darüber, wie sie bei der weiteren Spurensuche am besten vorgehen sollten. In dem Büro war es so eng, dass wir nicht alle hineinpassten. Der Schreibtisch quoll über vor Papierstapeln und Ordnern, das gleiche Bild bot sich am Boden und entlang der Mauern. Tom Keyzer war kein Freund der Ordnung, das sah man auf den ersten Blick.

»Sie haben was für uns?«, fragte ich in die Runde.

»Ja«, sagte der kleinste der vier Männer und kam mit einer Handvoll Fußüberzüge auf uns zu. »Hier, ziehen Sie die bitte über.«

Wir stülpten uns die Synthetikstrümpfe über und folgten dem Mann, der hastig in die Werkstatt voranging. Schnell war zu erkennen, dass auch hier das Prinzip Chaos herrschte. Mitten im Raum waren Bretter verschiedener Längen wild auf einem Stapel abgelegt worden. Unvollendete Türen und Schränke waren schutzlos verklebten Acrylpistolen und offenen Farbtöpfen ausgeliefert. Der Boden war übersät mit losen Werkzeugteilen, abgeranzten Metermaßen und Holzresten. Die Arbeitssicherheit hätte leichtes Spiel gehabt, diesen Laden zu schließen.

Wir machten halt vor dem Zeichenpult, das hinten links in einer dunklen Ecke stand. Der in einen Handschuh gehüllte Zeigefinger des Mannes von der Spurensicherung wies auf eine

Zeichnung, die ausgebreitet neben dem Pult lag. Ich stand etwas schräg zum Pult, da mich ein Brett daran hinderte, näher zu treten. Grob erkannte ich Querschnitte und Maße, die zu einem Möbelstück gehören mussten. *Nichts Besonderes*, dachte ich. Und zunächst begriff ich auch nicht, worauf der Mann hinauswollte. Dann aber, als er die Zeichnung in die Hand nahm und vor uns in die Höhe hielt, machte es bei mir klick.

Es war der Plan für den Bau eines Sargs.

6

Blut lief an seinem Unterarm herab. Er sah es nicht, aber er nahm den metallenen Geruch in der Luft wahr. Paul Keyzer hatte den Nagel zunächst nicht bemerkt. Zu dunkel war es in der Kiste. Erst nachdem er sich daran verletzt hatte, tastete er ihn ab. Nur um wenige Millimeter hatte der Entführer die Außenwand der Kiste verfehlt. Den Nagel ins Leere gehauen. Die Stelle lag über Paul Keyzers Stirn. Mühsam drückte er mit der verletzten Hand gegen das Brett. Es gab an dieser Stelle nach. Nur minimal, aber es reichte aus.

Erde rieselte ins Innere, direkt auf Pauls Stirn und Haare. Augenblicklich bildete sich eine Staubwolke in der Kiste. In dem engen Raum gab es vor ihr kein Entkommen. Paul Keyzer begann zu husten. Dabei stieß sein Knie gegen die Decke. Das Geriesel dauerte ein paar Sekunden, dann ließ es nach. Doch der Staub blieb in der Luft hängen.

Ist das meine Strafe?

Dafür, dass er mehr über sich hatte in Erfahrung bringen wollen? Die Wahrheit herausgefunden hatte? Über sich und seine Eltern.

»Der Ehrliche ist der Dumme« – das sagte Ellie immer, wenn etwas danebenging. Wenn sie einen Test verhaute oder sie den Rasen für ihren Vater mähen musste. »Der Ehrliche ist der Dumme«, sagte sie dann – auch wenn es gar nicht zur Situation passte.

Hat sie recht?

Hatte er zu viel herausgefunden? Dinge, die verborgen bleiben sollten?

Der Staub erreichte Pauls Atemwege. Er trocknete die Schleimhaut aus. Mit der Wucht eines Sandsturms drang er über den Mund und die Luftröhre in die Lunge ein. Schnappatmung setzte ein. Wie wild schlugen Pauls Arme und Beine um sich, er schloss die Augen und schrie laut los. Panik ergriff ihn. Er war sich sicher, dass er gleich ersticken würde.

Doch sein Herz schlug weiter. Er legte die Hände gefaltet vor Mund und Nase, sie filterten etwas Staub aus der Luft. Als er dann die Augen wieder aufschlug, fiel ein dünner Lichtstrahl durch den Spalt zwischen den Brettern ins Innere der Holzkiste.

Luft zum Atmen.

Der Staub sank langsam zu Boden. Die Luft wirkte etwas klarer, doch das trockene Gefühl im Hals blieb. Erneut hustete er. Zunächst leicht, bald immer stärker. Ein Schluck Wasser würde Abhilfe schaffen. Aber was er sich noch mehr wünschte als Wasser, war Raum. Raum zum Atmen, Raum, um sich zu bewegen. Wieder drückte er erst Arme, dann Beine gegen die Bretter. Der Husten hörte auf, dafür begann ein Kribbeln in Händen und Füßen.

Ich werde hier wahnsinnig!

Wie sehr die Kiste ihn doch einengte. Wie sehr es ihn störte, sich nicht bewegen zu können. Er konnte nur liegen und warten. Aber worauf?

Auf den Tod.

Er konnte nicht sterben, ohne Ellie noch einmal gesehen zu haben.

Unsere letzte Begegnung ein Streit? Niemals.

Nie mehr würde er mit ihr streiten. Er würde ihr immer recht geben. Sie in den Arm nehmen. Ihr Gesicht streicheln. Sie küssen. Ihre Hand halten. Und nie mehr loslassen.

Hundegebell.

Paul hielt inne. Selbst seine Gedanken an Ellie verstummten. Nichts. Nichts als Stille.

Hatte er sich verhört?

Da. Wieder das Bellen.

Es kam näher. Paul machte keine Bewegung. Gebannt wartete er auf den Hund. Vernahm die Stimme seines Herrchens. »Matze, bei Fuß!«

Paul verfiel in Schockstarre.

Ist das mein Entführer?

Er sagte nichts. Er lauschte lediglich. Blinzelte durch den Spalt in den Brettern. Hörte das Hecheln des Hundes. Und dann wieder das Bellen. Es war so laut, dass er die Stimme des Mannes nicht mehr verstand. Der brüllte den Hund an, aber es war kein Wort auszumachen.

Wenn es mein Entführer ist, weiß er eh, dass ich hier drin bin.

Paul wurde auf einmal bewusst, dass er sich bemerkbar machen musste. Wenn der Mann da draußen nicht der Entführer war, würde er ihn retten können.

»Hilfe!«, rief Paul. Er konnte kaum seine Stimme erheben. Zu dicht lag ihm noch der Staub in der Kehle. »Hilfe!«, schrie er noch einmal. Diesmal etwas lauter, aber noch immer nicht kraftvoll genug. Er hatte das Gefühl, dass das Gerufene im Raum blieb. In der Kiste verebbte. Draußen bellte der Hund unaufhörlich. Im Hintergrund nach wie vor die Befehle des Mannes.

Dann sah Paul etwas durch den Spalt hindurch. Es war eine behaarte Hundeschnauze. Sie schnaufte und wühlte in der Erde.

»Maaats!«, brüllte der Mann so laut, dass Paul zusammenzuckte. Der Hund ließ augenblicklich ab.

Paul starrte den Spalt an. Er war wieder mit Erde bedeckt. Das musste der Hund mit seiner Nase gewesen sein.

Verflucht!

Paul hoffte, dass der Mann ihn noch hören würde, wenn er jetzt laut losbrüllte. Er atmete zweimal tief ein und aus, dann schrie er um Hilfe. Seine Stimme erreichte endlich die gewünschte Lautstärke. Paul hielt inne, um zu lauschen, was sich draußen tat. Doch das Einzige, was er hörte, war sein Atem.

Er richtete seinen Blick wieder an die Decke der Kiste. Dort, wo der Spalt war, den der Hund wieder zugeschüttet hatte. Er wollte die Bretter ein weiteres Mal anheben, damit die Erde wieder nach innen rieselte und den Spalt freigab. Er schaffte es auch diesmal, das Brett über ihm minimal anzuheben. Bald schon rieselte aufs Neue Erde in die Kiste hinein. Aber irgendetwas lief falsch. Es drang kein Lichtstrahl hinein, der Spalt blieb zugedeckt.

Die neue dichte Staubwolke hinderte Paul nicht daran, noch einmal mit ganzer Kraft gegen das Brett zu drücken. Immer wieder hob er den Arm und stemmte sich gegen das Holz. Es gab nach, aber ohne Ergebnis. Die Kiste war lückenlos mit Erde zugedeckt. Seine Luftzufuhr abgeschnitten.

7

»In einer halben Stunde«, sicherte mir der Kollege aus Lüttich zu. Dann würde die Hundesuchstaffel vor Ort sein und mit der Arbeit beginnen. Ihr Auftrag: die Keyzers suchen.

Meine innere Stimme sagte mir, dass die zwei Baupläne für einen Sarg nicht zufällig in Tom Keyzers Schreinerei gelegen hatten. Zwar waren die Kollegen noch dabei, Keyzers Aufträge der letzten Wochen zu überprüfen. Der hoffnungsvolle Hintergedanke dabei war, dass sich vielleicht irgendwo eine harmlose Bestellung eines offiziellen Bestatters auffinden ließe. Ohne eine derartige Erklärung mussten wir allerdings vom Schlimmsten ausgehen und alle Vorkehrungen für das dunkelste Szenario treffen. Auch wenn wir es uns alle nicht wünschten.

Mit der Hundesuchstaffel hätten wir zumindest schon mal einen kompetenten Support, wenngleich eine Frage noch beantwortet werden musste: Wo sollten wir mit der Suche nach den Keyzers beginnen? Die Fläche Weybachs betrug hundert Quadratkilometer. Es gab einen Wald, mehrere größere Wiesen- und Weideflächen sowie den See. Und im Norden lag das Hohe Venn, das sich weit über fünftausend Hektar erstreckte. Wenn jemand zwei Särge unter der Erde verschwinden lassen wollte, hatte er also genügend Orte zur Auswahl.

»Ich hab mal im Fernsehen einen Bericht darüber gesehen, dass ein Täter seine Opfer in die Kellerwand einbetoniert hat«, sagte Jacky, während er sich am Kopf kratzte. Seine glasigen blauen Augen sahen mich erwartungsvoll an.

»Du willst damit sagen, dass sie überall sein können«, versuchte ich seine Aussage zu deuten.

»Ja, überall und nirgendwo«, entgegnete Jacky mit betretener Miene.

Meine Rede.

Währenddessen hatte Bender eine Karte auf seinem Tablet aufgerufen. Er hielt das Gerät so, dass wir es alle im Blick hatten.

»Am besten beginnen wir mit der Suche hier in der Werkstatt und bei den Keyzers zu Hause. Die Grundstücke müssen beide abgegrast werden. Wenn dort alles clean ist, würde ich zu der Stelle gehen, wo der abgebrannte Transporter steht. Von dort aus sollen die Hunde versuchen, eine Fährte aufzunehmen. Je nach Ergebnis können wir dann systematisch das Suchfeld eingrenzen.«

Ich hörte die Hektik in Benders Stimme und musste mir eingestehen, dass auch bei mir die Ungeduld langsam überhandnahm. Ich sah uns bereits ziellos durch Wiesen und Wälder streifen, ohne den Hauch einer Ahnung zu haben, worauf wir zusteuerten und wie viel Zeit uns letztlich blieb, um die Vermissten lebend zu finden.

»Prinzipiell ist das eine gute Idee. Aber ich würde vorschlagen, wir sprechen das gleich noch mal mit dem Einsatzleiter ab.«

Ich wollte die Sache abkürzen. Es würde nichts bringen, lange über Optionen zu diskutieren, wenn der Einsatzleiter der Suchstaffel am Ende anderer Meinung war. Außerdem war ich mit meinen Gedanken ganz woanders. Irgendwo, wo uns nicht mehr viel Zeit blieb.

Ich nahm mein Handy aus der Hosentasche und wählte den Kontakt »Albert Zeedorp« aus. Er war Pathologe an der Freien Universität in Brüssel und stand unseren Polizeimedizinern gelegentlich als Mentor zur Seite. Er war ein trockener, fast asozialer Mensch, der keinen Wert auf den üblichen Small Talk legte.

»Was gibt's?«, grüßte er lakonisch.

In den ersten Telefonaten mit ihm hatte ich mich immer noch mit »Piet Donker« gemeldet. Er hatte jedes Mal geantwortet: »Ja, habe ich gerade gelesen.« Mittlerweile schoss ich einfach drauflos, wenn er abnahm.

»Wie lange kann man in einem geschlossenen Sarg überleben?«

»Kinder- oder Erwachsenensarg?« Seine Gegenfrage kam prompt. Das war ein gutes Zeichen, denn es zeigte, dass ein solcher Fall nicht neu für ihn war.

»Erwachsene.«

Paul Keyzer war fünfzehn. Den größten Teil des Wachstumsprozesses sollte er also schon hinter sich haben.

»Komplett verschlossen?«, fragte er.

»Ja«, antwortete ich, während mir ein Schauer über den Rücken lief.

»Zwischen fünfundzwanzig und neunzig Minuten. Je nachdem, welcher Aktivität man nachgeht.«

»Maximal neunzig Minuten?«, fragte ich geschockt.

»Ja, das Kohlendioxid verdrängt den Sauerstoff«, antwortete Albert in typisch lakonischer Manier.

Mein Bauch krampfte, als hätte sich eine Schlange um meinen Magen gelegt.

»Das ist verdammt kurz«, sagte ich, obschon ich wusste, dass diese Aussage wahrscheinlich schon zu viel Small Talk für Albert war.

»Vielleicht bis bald«, verabschiedete er sich auch umgehend.

Wie benommen starrte ich in die Werkstatthalle. Irgendwann blieben meine Augen an den wendigen Mitarbeitern in den weißen Ganzkörperanzügen hängen. Die Spurensicherung ging gründlich vor, drehte jede Parkettdiele und jedes Blatt Papier um, in der Hoffnung, einen kleinen Hinweis zu finden. Das Piepen meines Handys riss mich aus der kurzen Trance. Ich hielt es noch in der Hand und führte es nun vor meine Augen. Natürlich hoffte ich auf eine neue Erkenntnis in dem Fall, aber es war Sina, die mir geschrieben hatte.

»Weißt du schon, wann du kommst? Kuss.«

Ich überlegte, was ich antworten sollte. Aber meine Finger konnten nicht das verarbeiten, was sich in meinem Kopf abspielte. Es war zu widersprüchlich. Natürlich wollte ich nach Hause zu meiner Freundin und meiner Tochter. Aber ich konnte unmöglich jetzt hier abhauen und die Arbeit dem jungen Bender und dem Revierpolizisten Jacky überlassen. Die drei Keyzers mussten gefunden werden – eher konnte ich hier nicht weg. Doch alles, was mir als SMS-Text einfiel, war: »Ich melde mich später.«

Dann steckte ich das Handy wieder in meine Hosentasche. Ich musste den Fokus hier in Weybach behalten. Als ich wieder klar im Kopf war, blickte ich hinüber zu den Kollegen Bender und Jacky. Sie nickten mir zu, offenbar hatten sie nur auf mein Zeichen gewartet. Ich öffnete die Autotür und stieg mit den anderen ein, dann ließen wir die Schreinerei hinter uns.

Während ich die Adresse des Pubs ins Navi tippte, bereitete Bender einen Text für die lokalen Presseanstalten vor, denen wir eine Erklärung sowie Fotos der drei Vermissten zukommen lassen wollten. Die Suchstaffel würde Fragen aufwerfen, da war es unserer Ansicht nach besser, wenn wir offen mit den Bürgern der Kleinstadt kommunizierten. Auch wenn die Gefahr bestand, dass die Medien uns bei den Arbeiten stören würden, glaubten wir fest daran, dass jede Person, die von den Vermissten erfuhr, uns bei der Suche nach ihnen unterstützen würde. Mit Ausnahme der Person, die den perfiden Plan zu verantworten hatte.

Ob es der richtige Weg war? Wir waren uns nicht sicher. Wir wussten nur, dass wir uns so schnell wie möglich ein Bild von der Gesamtsituation machen mussten.

Zwei Baupläne, zwei Tauben. Was stand auf der anderen Seite der Gleichung? Ich ahnte es, wollte es aber nicht aussprechen. Und doch kam ich nicht an dem Gedanken vorbei.

Zwei Särge, zwei Tote.

Alles wies auf zwei Opfer hin. War die dritte Person also der Täter? Unser biologischer Urinstinkt sagte uns, dass der Stärkste auch der Gefährlichste war. Demnach wäre Tom Keyzer der Täter. Plante er, Frau und Sohn umzubringen?

Warum sollte er das tun?

Wir wussten es nicht, hatten noch keinen triftigen Beweggrund gefunden.

Ein Familiendrama ohne Motiv?

In diesem Moment waren wir noch meilenweit von den großen Puzzleteilen entfernt. Wir hatten lediglich zwei einzelne Randstücke auf beiden Seiten positioniert, aber noch keine Ahnung davon, dass uns das Böse mit jedem weiteren Teilstück einen neuen Schlag in die Magengrube versetzen würde.

»Mal angenommen, Tom Keyzer hätte Frau und Sohn in die Särge gelegt, dann hätten Grit und Paul Keyzer nur mehr anderthalb Stunden zu leben. Ab dem Moment des Verschließens der Särge natürlich«, trug ich den Kollegen die Botschaft vor, die Albert Zeedorp mir vor wenigen Minuten mitgeteilt hatte.

»Und das kann bereits passiert sein«, sprach Bender die wahrscheinlichste aller Varianten aus. Auch wenn niemand sie hören wollte.

»Aber vielleicht verbuddelt er die Särge gar nicht. Vielleicht stehen sie noch irgendwo offen rum«, sagte Jacky. Er sah mich über den Rückspiegel an und zuckte die Schultern, als fiele ihm selbst auf, wie unwahrscheinlich seine These war.

»Wer den Transporter so gewissenlos abfackelt, der weiß auch, wie er einen Sarg vergräbt. Oder zwei Särge«, entgegnete ich. »Hätte er gewollt, dass die beiden überleben, hätte er zwei Betten gebaut.«

»Dann wird es Zeit, dass die Suchstaffel kommt. Ich muss mir wohl noch andere Schuhe anziehen«, sagte Jacky und sah auf seine Lederschuhe hinab. »Die haben schon genug abbekommen.«

»Du kannst sie anlassen. Wir suchen nicht mit.«

»Wieso nicht?«, fragte er überrascht.

»Wir müssen das soziale Umfeld der Keyzers abchecken, an Infos gelangen, die nicht auf der Straße oder im nächsten Straßengraben liegen. Deswegen fahren wir jetzt zu Lina Bleier. Beste Freundinnen wissen oftmals mehr als der eigene Ehemann.«

Enttäuschung legte sich über Jackys Gesicht, als hätte ich einem Kleinkind gerade seinen Lolli verwehrt.

Aber ich wusste nur zu gut, dass die Spurensuche ein wahrer Zeitfresser war. Es konnte mehrere Stunden, wenn nicht Tage dauern, bis eine neue verwertbare Spur der Vermissten gefunden wurde. Zeit war in diesem Fall zu wertvoll, als dass wir es uns leisten konnten, sie damit zu verschwenden, irgendwo auf gut Glück mit Gummistiefeln und Suchstock durch die Lande zu ziehen. Die Suche nach den Vermissten würde ein Spiel auf Zeit werden. Und es war bereits in vollem Gange.

Der Pub lag in derselben Sackgasse, in der sich auch die drei Hotels befanden. Die Sonne schien unnachgiebig, aber ein laues Lüftchen sorgte für ein wenig Abkühlung. Von den voll besetzten Terrassen der Hotels wehte der Duft von Miesmuscheln und Fritten herüber. Beim Blick zu den Tischen bemerkte ich, dass die meisten Gäste ein Abteibier dazu tranken. Mein Magen knurrte, und es dauerte nicht lange, da setzte das schlechte Gewissen ein.

Was wird Liv von dir denken, wenn du heute nicht nach Hause kommst? Nun ist sie endlich noch mal da, und du beschäftigst dich nur mit der Arbeit … Konzentrier dich! Das kannst du gleich in Ordnung bringen, nicht jetzt!

Ich legte einen Zahn zu, um die ein paar Schritte vorausgegangenen Bender und Jacky wieder einzuholen. Die beiden umrundeten gerade den weißen Porsche Macan, der vor dem Pub stand und hier irgendwie nicht hinpassen wollte. Von vorn sah das Gasthaus unscheinbar und wenig belebt aus: abgedunkelte Scheiben, die Fassade aus glasierter marineblauer Keramik. Lediglich ein Leuchtreklameschild der Biermarke Jupiler wies darauf hin, dass es hier etwas zu trinken gab. Der Name des Ladens war allein auf der schwarz gestrichenen Eingangstür aus Holz zu sehen, die ich mit viel Aufwand aufdrückte. In kleiner Schrift las ich: »Pub two«.

Wir betraten einen Raum, der so groß war wie ein herkömmliches Wohnzimmer. Die Luft war kalt und dünn, das Licht stark abgedunkelt, einzig über der Theke leuchtete eine blaue LED-Leiste. Bis auf einen Mann, der am Tresen mit seinem Handy spielte, war der Pub leer. Der Mann war eins siebzig groß, von magerer Statur und komplett in Schwarz gekleidet. Die abrasierten Haare standen in Kontrast zu den dichten Augenbrauen. Nur kurz schaute er bei unserem Eintreten auf, ehe er sich wieder dem Display zuwandte.

Im Toilettengang, der parallel zur Eingangstür verlief, bemerkte ich eine weitere Tür, die nach draußen führte. Sie öffnete sich, Licht fiel in den Gang. Für den Bruchteil einer Sekunde waren mehrere Männerstimmen zu hören, bevor die Tür ins Schloss fiel und die Geräuschkulisse abschnitt. Eine Frau betrat den Raum. Sie trug ein schwarzes Top, das ihre attraktiven Rundungen betonte. Die braunen Haare waren zu einem Zopf gebunden, auf der Stirn glitzerten kleine Schweißperlen, die von dem blauen LED-Licht angestrahlt wurden. Und erst als das Licht den Rest ihres Gesichts erreichte, entdeckte ich über den vollen roten Lippen eine etwa zwei Zentimeter große Narbe, die noch nicht so alt sein konnte.

»Hallo«, grüßte sie, begleitet von einem abgekämpften Lächeln. Dann suchten ihre großen braunen Augen Blickkontakt mit dem Mann an der Theke, der sich wortlos hinter den Zapfhahn begab.

»Vierzehn Bier, drei Cola, sechs Jägermeister«, sagte sie mit heiserer Stimme.

Der Mann nickte, während sie die Backen aufblies und sich an die Theke lehnte.

»Lina Bleier?«, fragte ich.

Sie sagte nichts, sah mich lediglich misstrauisch an. Als sie schließlich näher trat und im Halbdunkel Jacky erkannte, lief ein Schatten über ihr Gesicht.

»Was ist mit ihr?«, fragte sie. Ihre Augenbrauen zogen sich ängstlich zusammen.

Sie hatte bereits heute Mittag mit Jacky telefoniert, daher

musste sie davon ausgehen, dass wir wegen Grit Keyzer hier waren.

»Wir wissen es nicht. Es sieht so aus, als wäre sie entführt worden«, sagte ich bedächtig.

»Ja, und … lebt sie? Und was ist mit Paul und Tom? Wissen die beiden etwa auch nichts?«

»Paul und Tom Keyzer sind auch verschwunden. Wir wissen zum jetzigen Zeitpunkt nicht, wo sie sich aufhalten.«

»Oh mein Gott«, sagte sie fassungslos und schlug sich die Hände vors Gesicht.

»Wir sind hier, weil wir denken, dass Sie uns weiterhelfen können. Sie kennen Grit, sind ihre beste Freundin.«

Lina Bleier nickte, während eine Träne an ihrer Wange hinunterlief. Jacky sprang ihr zur Seite, streichelte ihre Schulter und reichte ihr ein Taschentuch.

»Sie hatten gestern eine Verabredung mit ihr?«, fragte ich.

»Ja«, antwortete sie schniefend. »Sie sollte mich zu Hause abholen. Wir wollten in Aachen was trinken und vielleicht auch was essen. Aber sie ist nicht gekommen. Ich habe sie dann mehrere Male angerufen, aber sie ging nicht ran.«

»Und was haben Sie dann gemacht?«, fragte ich.

Sie wischte sich mit dem Taschentuch die Tränen aus dem Gesicht. Dann nahm sie einen Schluck von der Cola, die der Kellner auf einem Serviertablett auf der Theke abgestellt hatte. Sie schluckte laut. Danach fuhr sie fort.

»Ich dachte zuerst, sie wäre noch sauer vom letzten Mal. Aber dann sagte ich mir: Nein, das ist eigentlich nicht ihre Art, einfach so nicht zu kommen. Sie hätte zumindest Bescheid gesagt.«

Ich wurde stutzig.

»Was hat sie denn beim letzten Mal sauer gemacht?«

Sie blickte ins Leere und schwieg eine Zeit lang, so als überlegte sie, wie sie das, was ihr durch den Kopf ging, am besten verpacken sollte.

»Ich glaube, Grit hatte eine Affäre«, sagte sie schließlich und sah mir direkt in die Augen. Ich hatte das Gefühl, dass sie bei mir Bestätigung suchte.

Ich wandte mich jedoch ab und schaute stattdessen zu Jacky hinüber, in der Hoffnung, dass er etwas dazu sagen konnte. Aber sein Gesicht drückte pure Ahnungslosigkeit aus.

»Mit wem?«, fragte ich dann Lina Bleier. Doch bevor sie antworten konnte, kam der Kellner und fragte uns, ob wir etwas trinken wollten. Bender und ich lehnten ab. Jacky bestellte einen Tee.

»Das weiß ich nicht«, sagte Lina, nachdem der Kellner weg war. »Aber so, wie sie sich in letzter Zeit verhalten hat … Die neue Frisur und die neuen Kleider. Aber nicht nur das, sie war auch seltener erreichbar. Dienstags hatte sie Yoga, donnerstags ging sie zum Tennis, und an den restlichen Tagen machte sie Überstunden – immer war irgendwas.«

»Sie vermuten also lediglich«, stellte ich fest.

»Ja, mein Gott. Sie war halt anders. Ich weiß es doch auch nicht. Als ich sie darauf ansprach, beteuerte sie, dass da nichts sei. Aber das hat sie damals auch gesagt, als sie was mit Jan hatte.«

»Jan?«, hakte ich nach.

»Jan Lemaire«, erklärte sie und seufzte. »Er war Pauls Lehrer. Das ging knapp ein Jahr, dann hat er sie verlassen. Grit hat mir auch erst davon erzählt, als es bereits aus war. Das ist jetzt aber auch schon wieder drei Jahre her.«

»Könnte er –«, begann ich meinen Satz, doch Lina unterbrach mich sofort.

»Nein. Er ist vor drei Monaten Vater geworden, wohnt mit seiner Frau in Berlin. Der ist raus aus ihrer Welt.«

»Weiß Tom von der aktuellen Affäre?«

Sie lachte. »Tom«, wiederholte sie spöttisch. »Ist dem Kerl jemals was aufgefallen?«

Das klang nicht so, als hätte sie für den Ehemann ihrer besten Freundin viel Sympathie übrig. Darüber musste ich mehr erfahren.

»Ich kenne ihn leider nicht. Sagen Sie es uns.«

»Tom ist blind für solche Dinge. Er ist zwar ein lieber Kerl, aber sehr naiv. Vieles ist ihm auch einfach egal. Sie wissen ja gar nicht, wie der neben ihr rumläuft. Wenn sie in einem schicken Kleid zu Besuch kommt, behält er den Arbeitspullover an. Da steckt keine böse Absicht hinter, der ist einfach so.« Verständnislos schüttelte sie den Kopf. »Vielleicht wusste er von der Affäre, ich glaube es aber ehrlich gesagt nicht. Er vertraut ihr, denkt nicht mal an so was.«

»Sie trauen ihm also nicht zu, dass er seiner Frau und seinem Sohn etwas antut?«

Sie presste ihre Lippen zusammen. »Nein«, sagte sie und wiederholte dann mit mehr Nachdruck: »Nein, ich glaube nicht.«

»Wer könnte die aktuelle Affäre sein?«, fragte ich.

»Ich weiß es wirklich nicht«, sagte sie resigniert, bevor sie mit einem Aufflackern von Hoffnung eine Gegenfrage stellte. »Haben Sie Grits Handy gefunden?«

Ich wusste, worauf sie hinauswollte. Der Chatverlauf wäre natürlich wertvoll, aber leider auch nur dann einsehbar, wenn wir Grits Handy oder das ihrer Affäre in den Händen hielten. Hingegen war eine Liste der geführten Telefonate und Anrufe einfacher zugänglich.

»Nein, leider nicht. Die Kollegen suchen aber bereits nach alternativen Wegen«, antwortete ich. Bender nickte mir versichernd zu und entschuldigte sich im nächsten Moment, um ein Telefonat zu führen.

»Haben die Keyzers Feinde, oder gibt es Straftaten, die die beiden verübt haben?«

Sie schüttelte den Kopf und ließ dann den Blick hinüber zu dem Kellner schweifen, der ihr Kopfschütteln wiederholte.

»Sind Sie miteinander verheiratet?«, fragte ich unverhohlen, während ich den Kellner musterte.

Dieser hatte vor wenigen Augenblicken die große Bestellung auf das Tablett gestellt und inzwischen auf einem der Barhocker auf der Kundenseite Platz genommen.

»Nein, Simon ist mein Bruder«, sagte Lina Bleier.

»Zwei Singles im besten Alter«, kommentierte ich, während Simon Bleier für einen kurzen Moment das überdimensionale Handy beiseitelegte. Die Rückseite zeigte nach oben, das Porsche-Wappen schimmerte in rot-weiß-goldenen Farben darauf.

»Uns geht es gut«, sagte er und grinste genügsam in die Runde.

Ich fragte mich bereits damals, ob es öfter vorkam, dass Pubbesitzer einen Porsche fuhren, aber Benders schriller SMS-Ton lenkte mich von den Überlegungen ab. Sein Anruf war offensichtlich ins Leere gelaufen.

Er las die eingegangene SMS und machte uns ein Zeichen, dass es an der Zeit war, das Lokal zu verlassen. Wir verabschiedeten uns von Lina und Simon Bleier und stießen die Tür nach draußen auf.

»Scheiße«, fluchte Bender, als die Tür von außen ins Schloss fiel.

Ich blinzelte. Meine Augen brauchten ein paar Sekunden, um sich wieder an das Sonnenlicht zu gewöhnen.

»Die Sargmaße auf den Plänen aus Toms Werkstatt betragen hundertachtzig und hundertfünfundachtzig Zentimeter, das sind jeweils genau zehn Zentimeter mehr, als Grit und Paul Keyzer groß sind.«

»Na ja«, sagte ich. »Das sind ja keine absonderlichen Maße. Die Größen treffen womöglich auf jedes zweite Paar zu.«

»Ja, das kann sein«, sagte Bender. »Aber die Kollegen haben inzwischen alle Bestatter in einem Umkreis von fünfzig Kilometern erreicht. Keiner von ihnen hat einen Sarg bei Tom Keyzer bestellt. Geschweige denn zwei.«

8

Die Suchstaffel war inzwischen in Weybach angekommen. Einsatzleiter war der vierzigjährige Fred Malherbe, ich kannte ihn von einem anderen Vermisstenfall, der sich vor zwei Jahren im Drogenmilieu abgespielt hatte. Er war ein sehr sportlicher Typ, der seinen kurzen schwarzen Haaren mehr Gel zumutete, als ihnen guttat. Sein Kinn war markant, sein Gesicht allzeit akkurat rasiert. Einige Kollegen fanden ihn arrogant. Da ich ihn nicht so gut kannte, konnte ich das nicht beurteilen. Ich wusste nur, dass er voller Ehrgeiz war, wenn es darum ging, eine vermisste Person zu finden. Und genau solch einen Mann brauchten wir hier.

Wir gaben zunächst telefonisch unsere Informationen an Malherbe durch, die Verbindung war zur Abwechslung mal ganz passabel. Wir teilten ihm mit, dass die drei zentralen Orte bei den Ermittlungen das Zuhause der Keyzers, Toms Werkstatt sowie der Fundort des Transporters waren. Letzterer war auch unser empfohlener Ausgangspunkt für die Suche. Auf dieser Grundlage musste er überlegen, wie er seine Männer am besten aufteilte. Mit den im Süden des Dorfes gelegenen See- und Waldflächen sowie dem Hohen Venn im Nordosten gab es eine Vielzahl an Möglichkeiten, Leichen zu verstecken.

Zwar wäre es besser gewesen, sich vor Ort mit dem Leiter des Suchtrupps zu treffen, aber der Weg zu der Wiesenlandschaft, inmitten derer der Transporter stand, hätte uns wieder eine halbe Stunde gekostet. Eine Zeitspanne, in der unseren Vermissten die Luft ausgehen konnte.

Inzwischen war der Fall knapp drei Stunden alt, und wir hatten noch immer keine Informationen zu den Orten und Uhrzeiten, an denen die Vermissten zuletzt gesehen worden waren. Um weiterzukommen, benötigten wir dringend eine Chronologie der Geschehnisse. Und, nicht unerheblich: Wir brauchten einen vernünftigen Arbeitsplatz.

Ich wies Bender und Jacky an, sich ins Auto zu setzen.

»Einsteigen, bitte! Wir fahren jetzt ins Präsidium.«

»Da wird angestrichen«, sagte Jacky und lachte, als hätte ich gerade einen Witz erzählt.

»Ja, aber nicht an einem Samstag, oder?«, sagte ich verärgert. »Wir brauchen einen Ort, an dem wir zuverlässigen Handyempfang, Internetzugang und Ruhe haben.« Ich drückte aufs Gaspedal.

»Du wirst sehen, da steht alles voll«, sagte Jacky schmollend.

Ich ignorierte ihn und legte so schnell wie möglich den Weg durch das Städtchen zurück. Da die Strecke diesmal nicht über die Touristenroute führte, waren wir innerhalb weniger Minuten da. Das Polizeigebäude war unscheinbar, es lag inmitten einer Reihenhauskette. Der Sockel des Gebäudes bestand aus braunen, der Hauptteil aus gelben Klinkern. Die dunkelbraunen Fensterrahmen aus Holz schrien danach, neu gestrichen zu werden. Bender und ich folgten Jacky, der die Eingangstür aufschloss.

»Hier«, sagte er, während er eintrat und mit seiner Hand in Richtung einer der Türen zeigte. »Dieses Büro wurde noch nicht gestrichen.«

Wir traten auf einen Boden, der zur Abdeckung mit Plastikfolie ausgelegt worden war. Der Raum war so groß wie ein gewöhnliches Schlafzimmer. In der linken Ecke standen zwei Farbtöpfe, daneben lagen ein paar Pinsel. Bender und ich machten uns sofort daran, Schreibtisch und PC von der Folie zu befreien und die Strom- und Netzkabel anzuschließen. Als der Computer gerade hochfuhr und das Telefon ein Freizeichen von sich gab, fluchte Bender plötzlich.

»Verdammt noch mal, hier wurde doch schon gestrichen!«

Er hielt seinen rechten Arm in die Höhe und verrenkte beinahe seinen Hals, um nachzusehen, ob sein Jackett Farbe abbekommen hatte.

Jacky, der inzwischen die Alarmanlage deaktiviert hatte, stürmte in den Raum und musterte Bender entsetzt.

»Der ganze Rücken ist weiß«, sagte ich. Dann begutachtete ich meine eigenen Klamotten und bemerkte entlang des Oberschenkels einen Streifen weißer Farbe.

»Na klasse«, stöhnte ich und versuchte, die Farbe mit einem Taschentuch abzutupfen. Doch als ich merkte, wie wenig das brachte, hielt ich inne.

Was machst du hier eigentlich?

Während irgendwo da draußen zwei Personen um ihre letzten Atemzüge rangen, ließen wir uns von ein paar Farbtupfern ablenken.

»Es wird uns schon nicht umbringen«, sagte ich, um unsere Prioritäten wieder geradezurücken.

Indes hatte Bender sein Jackett ausgezogen und wendete es derart ungeschickt, dass die Seite mit der Farbe über sein Hemd streifte. Er bemerkte, dass er die Farbe nur weiter verteilte, und machte einen Schritt zur Seite, um den Schaden zu minimieren. Doch als er mit dem Fuß wieder aufkam, hörte man etwas am Boden krachen. Bender riss die Schutzfolie an der Stelle auf und zog ein zerbrochenes Jesuskreuz hervor.

»Meine Güte, können Sie nicht aufpassen?«, raunzte Jacky. Sein Gesicht war mit einem Mal feuerrot geworden. Er riss dem jungen Ermittler das Kreuz aus den Händen, ehe er hinterherschoss: »Sie Idiot!«

Na toll. Jetzt geht's rund.

»Immer mit der Ruhe, Jacky. Steck es weg und dann lass uns endlich anfangen«, versuchte ich ihn zu besänftigen.

»Das ist Holgers Kreuz. Er wird ausflippen, wenn er das sieht.« Die blauen Augen starrten wie elektrisiert auf das zerbrochene Kreuz, während seine kurzen blonden Haare wie die Stacheln eines Igels emporstanden.

»Ja, kann sein. Aber es gibt jetzt Wichtigeres als das«, sagte Bender entschlossen. Er warf das Jackett in die Ecke und krempelte die Ärmel seines Hemdes hoch.

»Sehen wir den heute eigentlich noch mal?«, fragte ich.
»Wen?«, fragte Jacky abgelenkt.
»Deinen Kollegen, Holger.«
»Der macht schon seine Arbeit«, sagte Jacky. »Ist oft unterwegs, auf Streife.«
»Das hoffe ich für ihn. Bei einem Fall wie diesem sollten alle mit anpacken.«
Offenbar gefiel Jacky die Bemerkung nicht. Denn er zuckte mit verbittertem Blick die Schultern und verließ kurz darauf das Zimmer.
Mein Gott, was für ein Kindergarten!
Mein Handy vibrierte, ich zog es aus der Hosentasche, ohne nachzudenken.
Eine SMS von Sina. »Warum ignorierst du meine Nachricht?«
Ich ließ meinen Finger über das Display gleiten, um die Nachricht von vorhin noch einmal zu lesen.
»Weißt du schon, wann du kommst? Kuss.«
Eigentlich keine schwierige Frage. Wenn man wusste, wie es weiterging.
Ich antwortete: »Ich komme später … Arbeit. Tut mir leid.«
Es würde nichts bringen, ihr alle Einzelheiten zu erklären, ich durfte aus ermittlungstechnischen Gründen eh nicht mehr sagen. Ich hätte noch schreiben können, dass es um Menschenleben ging und die Zeit drängte. Aber hätte es etwas gebracht? Nein. Für Sina und erst recht für Liv machte das keinen Unterschied. Ich war nicht da. Punkt.
Sinas Antwort kam postwendend. »Deine Tochter tut mir leid.«
Ich starrte die Nachricht lange an. Legte das Handy erst beiseite, als Jacky wieder den Raum betrat.
Er hatte mit dem Ellbogen die Tür geöffnet, wackelig hielt er mit beiden Händen ein Tablett. Darauf standen ein Wasserkocher, drei Tassen und mehrere kleine Honigtöpfe.
»Möchte jemand Tee?«, fragte er. »Wir haben Matcha, Darjeeling, Rooibos und Pfefferminz. Dazu haben wir erlesenen

Honig, unter anderem Waldhonig aus Weybach und Manukahonig aus Neuseeland.«

Seine Verärgerung von vorhin schien wie verflogen.

»Nein, keinen Tee«, sagte ich bestimmt. Wir hatten gewiss Sinnvolleres zu tun, als uns nach der Diskussion über den Wandanstrich nun noch den Kopf über Tee- und Honigsorten zu zerbrechen.

Dann wandte ich mich an Bender. »Wissen wir, wann die drei das letzte Mal gesehen wurden?«

Bender war in sein Handy vertieft. Er machte mir ein Handzeichen, dass er gleich fertig mit Lesen und wieder aufnahmebereit sein würde. Ich wartete und schielte währenddessen zu Jacky hinüber, der drei verschiedene Honigtöpfe geöffnet hatte und den Inhalt seiner Tasse mit einer Löffelspitze eines jeden Honigs versüßte.

Was ist nur los mit dem Kerl?

»So, jetzt kann's losgehen«, verkündete Bender schließlich. »Tom Keyzer wurde das letzte Mal gestern gegen sechzehn Uhr in seiner Werkstatt gesehen. Der erste Termin von heute Morgen war für acht Uhr dreißig eingetragen. Das heißt, irgendwo dazwischen ist er verschwunden. Seine Frau Grit Keyzer ist gestern Abend gegen achtzehn Uhr in Brüssel nach einem Kundenbesuch losgefahren, gegen zweiundzwanzig Uhr wurde der Land Rover in dem Graben im Nachbarort gefunden. Und der Sohn, Paul Keyzer, wurde zuletzt von seiner Freundin Ellie in der Nähe der Party am See gesehen, das war gegen ein Uhr letzte Nacht.«

»Er hat sie sich nacheinander gefischt«, stellte ich fest.

»Wer?«, fragte Jacky und stellte sich teeschlürfend hinter uns.

»Der Täter«, antwortete ich ungeduldig.

»Dazu hat er den Transporter benutzt«, sagte Bender.

»Ja, genau«, stimmte ich ein. »Und die Entführung des Sohnes dürfte am ehesten jemand mitbekommen haben. Vielleicht hat ein Partygast ihn oder den Transporter gesehen.«

Bender nickte. »Was halten Sie von einem Zeugenaufruf in den sozialen Medien?«, fragte er zögerlich.

Er wusste von meiner Skepsis gegenüber der Einbeziehung der Öffentlichkeit in solchen Fällen. Meine Hauptbefürchtung war, dass neben den wichtigen Aussagen ernsthafter Zeugen viele unnütze Meldungen eingehen würden und am Ende die Unterscheidung zwischen den beiden nicht mehr möglich wäre. Außerdem bestand die Gefahr, dass Wichtigtuer den Aufruf für die Verbreitung von Fake News nutzen würden. Darüber hinaus würden wir unsere Ermittlungen auf dem Silbertablett präsentieren und wären Anfeindungen aus allen Ecken ausgeliefert. Für mich war die Antwort daher klar: Nein.

Aber in meinem Kopf hörte ich unaufhörlich die Uhr ticken. Den Vermissten konnte jeden Moment die Luft ausgehen.

»Zwischen fünfundzwanzig und neunzig Minuten. Je nachdem, welcher Aktivität man nachgeht«, lag mir die Stimme meines Kollegen Albert Zeedorp in den Ohren.

Warum überlegst du noch?

Eigentlich waren wir jetzt schon viel zu spät dran.

»Ja, lass uns das machen.«

Bender hob den Daumen und suchte sein Handy nach dem richtigen Kontakt ab.

»Haben die drei nach ihrem Verschwinden noch mal telefoniert? Oder mit jemandem gechattet?«, fragte ich.

»Das wissen wir noch nicht, die Kollegen sind dran. Die Handys sind auf jeden Fall alle ausgeschaltet. Wir kriegen sofort Bescheid, sollte eins aktiviert werden. Dann wäre auch eine Ortung möglich.«

»Sehr gut«, sagte ich. »Fragen Sie bitte auch die Liste der Anrufe von Karl und Carolin Maton sowie von Lina und Simon Bleier an.«

Engste Vertraute sagten erfahrungsgemäß nicht immer die ganze Wahrheit. Manchmal, um sich selbst, manchmal aber auch, um Freunde zu schützen.

»Wird gemacht«, sagte Bender pflichtbewusst.

»Tom hat sie sich gefischt«, sagte Jacky plötzlich. Als ich ihn anblickte, biss er in einen Spekulatius und zermalmte ihn freudig zwischen den Zähnen.

»Wie meinst du das?«, fragte ich, irritiert von der Überzeugung, mit der er das gesagt hatte.

»Na, du sagtest eben: ›Der Täter hat sie sich nacheinander gefischt.‹ Und ich sage jetzt, dass es Tom war. Natürlich ist er als Erster verschwunden, denn er hat den Transporter gefahren. Er war eifersüchtig, weil Grit eine Affäre hatte.«

Bender nickte. »Und wie es aussieht, hat er die Särge für seine Zwecke gebaut.«

Ich stutzte, obschon ich die Faktenlage auch nicht übersehen konnte. »Wenn er von der Affäre gewusst hat, hätte er ein Motiv. Aber laut Lina Bleier, der besten Freundin Grit Keyzers, wusste er nichts von den Liebschaften seiner Frau. Und mal angenommen, er wusste doch davon und seine Gleichgültigkeit wäre in rasende Eifersucht umgeschlagen, warum sollte er dann seinem Sohn etwas antun?«

Bender trat zu mir. »Erweiterter Suizid«, erklärte er mit mehliger Stimme. »Es gibt immer wieder Fälle von Familienvätern oder -müttern, die nach der Trennung vom Partner die gesamte Familie auslöschen. Eben weil sie den Tod als einzige Lösung empfinden, bei der zumindest symbolisch alle wieder vereint sind.«

»Das hört sich nicht gut an«, sagte Jacky mit vollem Mund.

»Wir können es nicht ausschließen«, sagte ich.

Bender und ich blickten uns in die Augen. Wir wussten beide, dass es nur Vermutungen waren, die wir da anstellten. Vermutungen, die zwar auf Fakten basierten, aber nicht die nötige Aussagekraft besaßen, um uns in der Täterfrage festzulegen.

»Verdammt! Wir müssen sie finden«, sagte Bender schließlich in einem Ton, in dem zwar Entschlossenheit, aber wenig Zuversicht lag.

Im nächsten Moment klingelte das Telefon im Präsidium. Jacky schluckte den Rest seines Plätzchens mit schmerzverzerrtem Gesicht herunter und nahm ab. Er wechselte ein paar Worte mit dem Gesprächspartner, ehe er mich mit ernster Miene ansah. Schließlich hielt er mir den Hörer entgegen und flüsterte: »Tom Keyzers Handy wurde aktiviert.«

9

Wie gehetzt lief Dana durch den Garten. Entlang der langen Buchenhecke, auf den mächtigen Kastanienbaum zu, wo sie das Tempo drosseln und auf die stacheligen Früchte aufpassen musste, die im Gras lagen. Sie hob eine glänzende Kastanie auf und steckte sie in ihre Hosentasche. Als sie den Baum passiert hatte, blickte sie wieder auf. Sah in der Ferne das Mehrfamilienhaus, davor die Ziersträucher und die dicke Buche, hinter der sich ihre Schwester unzählige Male versteckt hatte. Doch diesmal nicht. Diesmal war sie nicht aufzufinden.

»Elena!«, rief sie mit unsicherer Stimme.

Keine Antwort.

Obwohl sie schon überall nachgesehen hatte, lief sie noch einmal alle Verstecke ab. Sah hinter dem dicken Stamm der Kastanie und dem noch dickeren Stamm der Buche nach. Von weiter weg hörte sie das Kreischen von Kindern – aber Elenas Stimme war nicht dabei. Dana lief nun noch schneller, rannte geradezu auf die Sträucher zu, stolperte aber dann auf halber Strecke und fiel auf den Rasen. Sie begann zu weinen, während sie ihre vom Gras grün gefärbten Handinnenflächen betrachtete. Die dumpfen Schritte, die sich von hinten näherten, vernahm sie erst zu spät.

»Aahhh!«, brüllte Elena. »Reingelegt!«

Mit ausgestreckter Zunge stand sie vor ihr. Lachte sie aus.

»Weini, Weini.«

Dana legte sich die Hände vors Gesicht. Sie mochte es nicht, wenn ihre Schwester sich über sie lustig machte. Sie weinen sah. Dana vor ihr Schwäche zeigte.

»Mama«, wimmerte sie.

»Mama ist nicht da«, sagte Elena patzig. »Die ist doch weg. Mit dem Mann von der Polizei.«

»Sie soll aber kommen.«

Sie muss kommen.

»Sie kommt erst spät. Sie muss dem Mann helfen. Das hat sie uns doch erklärt.«

Dana weinte bitterlich. »Mama«, war das Einzige, das sie unter Tränen hervorbrachte. Sie brauchte sie. Sie sehnte sich nach ihr.

»Mann, hör auf!«, fauchte Elena. »Mama sagt, das ist wichtig. Und der Mann von der Polizei hat das auch gesagt.«

Elena hatte recht. Das hatten Mama und der Mann gesagt. Nur, in letzter Zeit war Mama so oft weg. Meist verschwand sie am späten Vormittag und kam erst am frühen Nachmittag wieder nach Hause. In der Zeit waren Elena und sie allein. Oft schauten sie Fernsehen und schliefen darüber ein. Manchmal aber, so wie heute, spielten sie auch draußen.

Wenn Mama am Nachmittag nach Hause kam, warf sie den Herd an oder schob eine Pizza in den Backofen. Nach dem Essen trank sie dann immer aus der großen Flasche mit der blauen Flüssigkeit. Danach wollte sie ihre Ruhe haben. Sie setzte sich vor den Fernseher und schlief ein.

Manchmal durften Elena und sie an der Flasche riechen. Jedes Mal verzogen sie danach die Gesichter.

»Warum trinkst du das, Mama?«

»Das ist meine Medizin«, antwortete sie.

Elena sagte, als Papa noch da war, musste Mama noch keine Medizin nehmen. Elena sagte auch, als Papa noch da war, hätte Mama immer gelacht.

Dana kannte Papa nur von Fotos. Mama sagte zwar, dass sie Papa auch in echt gesehen hätte, aber sie erinnerte sich nicht mehr daran. Die Fotos von Papa standen auf der Kommode, direkt neben dem Fernseher. Wenn das Kinderprogramm lief, schaute Dana auf die Fotos. Sah dem ernsten Mann direkt in die Augen. Versuchte, sich zu erinnern. An die schwarzen Haare, den kurzen Schnurrbart, die braunen Augen. Versuchte, eine Beziehung zu dem Mann auf dem Foto herzustellen. Es gelang ihr nicht.

Allein im Traum erschien er ihr. Wenn sie ihm begegnete, spürte sie seine Hand um ihre. Sah seine Beine neben ihr, wenn sie beim Bäcker Brot und beim Bauern Milch holen gingen. Sie lächelte, blickte zu ihm hoch. Er war ihr Beschützer. Er war ihr Papa.

Doch dann sah sie die Flieger am Himmel. Papa nahm sie auf den Arm, er begann zu laufen. Den langen Feldweg zurück nach Hause. Je näher sie ihrem Zuhause kamen, desto schneller wurde er.

Und dann kamen die Bomben.

10

Bereits vor fünf Minuten war das Handy von Tom Keyzer aktiviert worden. So lange dauerte der Erkennungsprozess des Softwareprogramms der Kollegen in Lüttich, die uns über die Aktivierung informiert hatten. Inzwischen hatte ich die Nummer zweimal angewählt – ohne Erfolg. Jedes Mal ertönte direkt die Mailbox.

»Was ist da los?«, fragte Jacky, der seine Tasse wie ein Schoßhündchen streichelte.

»Entweder er telefoniert gerade, oder er hat das Handy wieder ausgeschaltet«, entgegnete ich.

»Oder es gibt zur Abwechslung mal ein Funkloch«, sagte Bender, der soeben einen weiteren Farbfleck auf seiner Hose entdeckt hatte.

Diese Option hatte ich gar nicht mehr auf dem Schirm gehabt. Dabei lag die Wahrscheinlichkeit hierfür angesichts des schlechten Empfangs in dieser Ortschaft hoch.

Aber irgendwann muss er ja auch wieder aus dem Funkloch raus sein.

Ich drückte also noch einmal auf Wahlwiederholung und wartete ab. Und tatsächlich ertönte diesmal der Freiton, der mir signalisierte, dass die Verbindung zu Tom Keyzer aufgebaut wurde. Nach dem zweiten Tuten nahm er schließlich ab.

»Hallo«, sagte die Stimme am anderen Ende in einem zögerlichen Ton.

»Herr Keyzer?«, fragte ich.

Ich musste zunächst in Erfahrung bringen, wer das Handy in der Hand hielt. War es wirklich Tom Keyzer oder womöglich sein Entführer?

Sobald wir über die Identität unseres Gegenübers Gewissheit hatten, war es wichtig herauszubekommen, wo sich diese Person aufhielt, ob sie die Vermissten bei sich und womöglich in ihrer Gewalt hatte und was ihr Anliegen war. Forderte die Person Geld, oder trieb sie die Suche nach der Wahrheit an? Oder war sie einfach nur ein kaltblütiger Killer? In Gesprächen mit einem Entführer war es vor allem wichtig, ihm jederzeit einen möglichen Ausweg offenzuhalten. Ohne dieses für ihn positive Element riskierten wir irgendwann, ihn zu vergrämen und den Kontakt zu ihm zu verlieren.

So weit die Theorie. Die Praxis sah jedoch jedes Mal aufs Neue erschreckend anders aus.

Mein Gegenüber hatte noch nicht wieder etwas gesagt. Ich vernahm lediglich ein lautes Atmen, dazwischen ertönte immer wieder ein Rauschen. Es wirkte fast so, als hätte diese Person das Handy unbeabsichtigt eingeschaltet und nun unbemerkt in der Hosentasche liegen.

»Was haben Sie gesagt?«, fragte dann schließlich doch eine schwache Stimme.

»Hier spricht Piet Donker von der Polizei. Können Sie uns Ihren Namen verraten?«

»Ach so«, sagte der Mann, gefolgt von weiteren Atemgeräuschen. »Tom Keyzer.«

Er ist es tatsächlich.

Erwartungsvoll schaute ich zu Bender auf, der mir zuversichtlich zunickte.

»Wo befinden Sie sich gerade?«

»Ähm«, keuchte er. Die Frage schien ihn vor ungeahnte Probleme zu stellen. »Hier ist eine Straße … Da vorn stehen Rasenmäher. Dahinter sind ganz viele Steine. Da wehen auch gelbe Fahnen.«

Verwirrt suchte ich Blickkontakt mit Bender und Jacky, die mich ebenso verständnislos anschauten.

Die Erklärung war so wirr und unpräzise, dass ich mir die Frage stellen musste, ob es sich bei dem Mann tatsächlich um Tom Keyzer handelte. Denn leider kam es selbst bei Vermisstenfällen immer wieder vor, dass Menschen die Nummer der Polizei missbrauchten, um Späße auf Kosten anderer zu treiben. Allerdings hatte mir die Polizistin, die uns vorhin über die Aktivität von Tom Keyzers Handy informiert hatte, versichert, dass die Nummer auch wirklich Tom Keyzer gehörte.

Ich war etwas überrascht, als Jacky mir nervös zunickte und den Zeigefinger hob.

»Ich glaub, ich weiß, wo er ist«, flüsterte er, bevor die Stimme aus dem Telefon wieder erklang.

»Holen Sie mich ab?«

Es war mehr eine Bitte als eine Frage.

Währenddessen beobachtete ich, wie Bender und Jacky im Internet auf der Karte Weybachs in die Industriezone der Kleinstadt hineinzoomten.

»Sind Sie allein, oder ist noch jemand bei Ihnen?«, fragte ich.

»Allein«, sagte er geschwächt. »Ich bin geflohen.«

Er ist geflohen? Was ist dann mit Grit und Paul?

Ich versuchte, mir die Verwunderung über Tom Keyzers Antwort nicht anmerken zu lassen. »Ihre Frau und Ihr Sohn, sind die beiden bei Ihnen?«

Mein ganzer Körper spannte sich an.

»Nein«, sagte er und klang überrascht von meiner Frage. »Ich bin allein.«

Ich blickte zu Bender, der mir ein euphorisches »Wir haben ihn« zuflüsterte und den Daumen entgegenstreckte.

»Gut«, sagte ich ins Handy, auch wenn ich alles andere als ein gutes Gefühl hatte. »Bleiben Sie, wo Sie sind. Wir machen uns auf den Weg zu Ihnen.«

Die Industriezone lag in nordöstlicher Richtung, fernab vom Kern des Städtchens, aber nicht allzu weit entfernt von dem Ort, an dem der ausgebrannte Transporter gefunden worden war. Geschätzt zwanzig Kleinunternehmer, größtenteils Handwerkerbetriebe, hatten sich hier niedergelassen. Wir fuhren auf der Hauptzufahrtsstraße, von der kleinere Wege nach rechts und links abzweigten. Ich saß am Steuer und folgte den Anweisungen Jackys, der uns in einen hinteren, nach rechts abgehenden

Weg lotste. Für den Fall, dass von Tom Keyzer Gefahr ausging, hatten wir zwei Krankenwagen herbestellt – aber von ihnen fehlte bisher jede Spur.

Wir können nicht mehr warten!, sagte ich mir mit Blick auf die Uhr und bog in die Straße ein, die Jacky mir zeigte. Das Erste, das mir in der Straße auffiel, war ein Gartenbauunternehmen, das im Vorgarten mehrere Rasenmäher aufgestellt hatte. Daneben kreiste ein Mähroboter auf einer eingezäunten Rasenfläche. Links neben dem Gartenbauunternehmen befand sich ein Baufachhandel, der verschiedene Ziegelsteintypen als Mauermodelle ausgestellt hatte. Wir fuhren auf den gepflasterten Parkplatz, an dessen Rändern gelbe Fahnen mit dem Schriftzug des Unternehmens wehten. Es gab kaum einen Zweifel: Das musste der Ort sein, den Tom Keyzer am Telefon beschrieben hatte. Wir zogen unsere Waffen und öffneten die Türen des Pestla, dann traten wir ins Freie und hielten Ausschau nach Tom Keyzer. Er war jedoch weder auf der Straße noch auf der Parkfläche zu sehen. Und in einem der Geschäfte hielt er sich mit großer Wahrscheinlichkeit auch nicht auf, da diese bereits seit dreizehn Uhr geschlossen waren – so vermeldete es das Schild auf Höhe der Einfahrt zur Industriezone.

»Der hat es sich anders überlegt«, zischte Bender, während er auf sein Handy blickte. »Die Kollegen schreiben gerade, dass sein Handy vor zwei Minuten wieder deaktiviert wurde.«

»Mist«, fluchte ich und biss mir vor Ärger auf die Lippe.

Doch genau in dem Moment raschelte es in dem Strauch neben der Eingangstür des Gartenbauunternehmens. Eine Person trat hervor. Sie trug einen veralteten dunkelblauen Trainingsanzug, der bis obenhin zugezogen war. Die blonden Haare lagen durcheinander und glänzten fettig. Das Gesicht war schmal, die Haut blass. Scheu schauten seine blauen Augen zu uns herüber, um sich nur wenige Sekunden später wieder abzuwenden. Ich hatte mir das Foto zwar nur einmal angesehen, aber das reichte aus, um sagen zu können, dass es sich bei diesem Mann um Tom Keyzer handelte. Er schien unbewaffnet zu sein. Er wirkte schwach. Seine zitternden Knie erweckten den Anschein, als drohten sie jeden Moment unter ihm wegzubrechen.

»Haben Sie etwas zu trinken?«, fragte er mit heiserer Stimme.

Bender kramte umgehend eine Flasche Cola aus dem Kofferraum und reichte ihm das Getränk. Das Schlucken strengte ihn sichtlich an. Man konnte förmlich hören, wie sich die Brause seine trockene Speiseröhre hinunterkämpfte. Als er die Flasche endlich absetzte, musterten Bender und ich ihn von oben bis unten. Äußerliche Verletzungen schien er nicht zu haben. Keyzer spreizte mit Mühe Arme und Beine, damit Bender ihn auf Waffen abtasten konnte. Währenddessen bat ich Jacky, bei den Kollegen nachzufragen, wo denn die bestellten Krankenwagen blieben.

»Er ist clean!«, rief Bender schließlich.

»Okay, dann fangen wir an«, sagte ich und wandte mich Tom Keyzer zu, der wieder einen normalen Stand eingenommen hatte.

»Sie sagten am Telefon, Sie seien geflohen. Sind Sie entführt worden?«

Tom Keyzer nickte und hob wieder die Flasche an den Mund.

»Kennen Sie den Entführer?«

»Nein«, sagte er und atmete durch. »Keine Ahnung, wer das war. Ich weiß noch, dass ich gestern in der Schreinerei niedergeschlagen wurde. Danach bin ich in dem Zimmer aufgewacht.«

»In welchem Zimmer?«, fragte ich stutzig.

»Ein normales Zimmer«, sagte er und blinzelte mich an, als wäre damit alles klar.

Ich verstand nicht, was er meinte.

»Ein Schlafzimmer?«

Er nickte knapp, während er den Mund mit Cola ausspülte und die Flüssigkeit schließlich ausspuckte.

»Und ein Bett gab es auch?«

»Ja, ich lag gefesselt auf einem Bett«, antwortete er. Dann fielen seine Augen für etwa drei Sekunden zu. Als er sie wieder öffnen wollte, suchte er mit der freien Hand blindlings nach Halt. Ich trat an seine Seite und führte ihn zu einem Mauervorsprung vor dem Bauhandel, damit er sich setzen konnte.

»Hat man Ihnen Drogen verabreicht?«, fragte ich.

Ich blieb vor ihm stehen und beobachtete, wie er auf den Boden starrte. Mit einigen Sekunden Verzögerung zuckte er die Schultern.

»Aber der Entführer hat Ihnen etwas zu trinken gegeben?«, hakte ich nach.

»Limo«, sagte Keyzer mit einem lallenden L.

Und in der Limo steckte wahrscheinlich die Droge.

Mit viel Zucker ließ sich bitterer Geschmack am elegantesten vertuschen.

»Konnten Sie erkennen, ob es eine Person oder mehrere waren?«

Tom Keyzer schaffte es diesmal, die Augen ganz zu öffnen. Er richtete seinen Oberkörper wieder auf, blieb aber sitzen. Es fiel ihm sichtlich schwer, sein Gleichgewicht zu halten. Selbst im Sitzen wankte er. Um Halt zu gewinnen, stemmte er seine Arme gegen den Mauervorsprung, auf dem er saß. Und dann schaffte er es auch, die Balance zu halten.

»Ich habe die Person nur gesehen, als ich weggelaufen bin. Ich war plötzlich ohne Fesseln. Dann ist die Person hinter mir her.«

»Und wie sah sie aus, die Person?«

»Weiß nicht. Sie trug eine Kapuze.«

»Was hat die Person mit Ihnen gemacht?«

Ahnungslos verzog Tom Keyzer das Gesicht. Blieb stumm.

Irgendwie vermisste ich bei ihm den Willen, die Sache hier und jetzt aufzuklären. Andererseits war es gut möglich, dass ihn die Fragen überforderten. Sollte er tatsächlich entführt worden sein, hatte er womöglich fürchterliche Eindrücke zu verarbeiten. Dazu möglicherweise Drogen. Doch selbst wenn dem so war, konnte ich im Moment keine Rücksicht auf Tom Keyzers Zustand nehmen. Denn von zwei weiteren Vermissten fehlte nach wie vor jede Spur.

»Wissen Sie noch, wo sich der Ort befindet, von dem Sie geflüchtet sind?«

Seine Augen hoben sich ziellos Richtung Himmel, sein Kopf blieb gerade. Er überlegte lange, bis er antwortete. »Nein, das weiß ich nicht mehr.«

Das kann doch nicht … Los, stell einfachere Fragen!

»Um hierherzukommen, zu den Rasenmähern, sind Sie da zu Fuß gegangen?«

Er nickte zaghaft.

»Wissen Sie noch, wie lange Sie gegangen sind? War es eine kurze Strecke, oder waren Sie mehrere Minuten lang unterwegs?«

Mit einem Blick ins Leere schüttelte er den Kopf. »Nicht lange.«

Ich machte Bender ein Zeichen, dass er den Kollegen Bescheid geben sollte, die nähere Umgebung nach Wohnungen abzusuchen.

Aus Benders Gesicht war inzwischen der Optimismus gewichen. Er machte einen Schritt auf mich zu und flüsterte mir ins Ohr: »Im Umkreis von zwei Kilometern stehen nur Industriegebäude. Hier gibt es keine Räume mit Betten.«

Er hatte bereits seine Hausaufgaben gemacht und sich bei den Kollegen informiert. Es gab also keine Wohnungen in der Nähe – alles andere hätte mich auch gewundert. Aber prinzipiell konnte jedes Büro zu einem Schlafzimmer umfunktioniert werden.

»Das Zimmer, in dem Sie festgehalten wurden«, wandte ich mich wieder an Tom Keyzer. »Können Sie sich noch an den Boden erinnern? Lagen dort Fliesen?«

Er blickte plötzlich zu mir auf. »Nein«, sagte er mit erstaunlich gefasster Stimme. »Der Boden war aus Holz.«

Das war die Antwort, die ich erhofft hatte. Mit diesem Detail hatten wir womöglich den Hinweis erhalten, mit dem wir das Zimmer finden würden. In den meisten Büros lagen Fliesen, Teppiche oder Linoleumböden. Aber einen Holzboden hatten sicher nur ganz wenige.

»Welches Holz? Parkett oder Laminat?«

Je genauer wir den Kollegen das Zimmer beschreiben konnten, desto effektiver würde die Suche verlaufen.

Doch Tom Keyzer zuckte nur mit den Schultern.

»Als Schreiner kennen Sie doch den Unterschied«, ermutigte Bender ihn. Ich spürte, dass er genauso entschlossen war wie ich, hier und jetzt weiterzukommen.

»Ja, aber …« Keyzers Gesicht war inzwischen kreidebleich geworden, seine Arme lagen schlaff in seinem Schoß. »Ich weiß es nicht mehr.«

Ratlos drehte ich mich zu Jacky um, der sich mit verschränkten Armen im Hintergrund hielt. Sein Blick war der eines teilnahmslosen Beobachters. Erst als ich laut »Krankenwagen?« fragte, schüttelte er ohne jede Gefühlsregung den Kopf.

Indes tippte mir Bender auf die Schulter. »Ich habe gerade die Bestätigung erhalten. Die Kollegen haben den Land Rover von Grit Keyzer untersucht. Die Spuren daran stammen eindeutig von dem blauen Transporter«, flüsterte er.

Sein misstrauischer Blick glitt hinüber zu Tom Keyzer. »Ich glaube, der spielt uns was vor.«

Das Gefühl beschlich auch mich, da Tom Keyzer noch mit keinem Wort seine Familie erwähnt oder gar nach ihr gefragt hatte. Ich hatte das Thema bewusst nicht angesprochen, wenngleich es mir mit jeder Silbe mehr unter den Fingernägeln brannte. Aber ich wusste, dass die Art und Weise, wie er seine Familie ins Gespräch bringen würde, mehr über ihn verraten würde als die Antwort auf eine gewöhnliche Frage. Andererseits konnten die Drogen sein Hirn derart beeinflusst haben, dass er vorübergehend jedes Gefühl für Prioritäten und Strukturen verloren hatte. Bisher hatte Tom Keyzer lediglich nach etwas zu trinken gefragt, die restlichen Fragen waren von uns gestellt worden. Er, der sichtlich unter Schock stand, war also genau ein Mal aktiv geworden, und zwar, um eines seiner Grundbedürfnisse zu erfüllen. Das war für einen Menschen, der soeben einer Extremsituation entkommen war, zumindest ein nachvollziehbares Verhalten.

»Können Sie meine Frau benachrichtigen?«, fragte Tom Keyzer schließlich, als hätte er meine Gedanken gelesen. Seine Augen schauten mich müde an, und er blinzelte schwach, als endlich der Krankenwagen auf das Gelände fuhr.

Nun war unsere Absicherung vor Ort. Das bedeutete, wir konnten einen Gang höherschalten. Zwar bot Tom Keyzers Gesundheitszustand nicht die besten Voraussetzungen dafür, aber wenn wir Menschenleben retten wollten, blieb uns keine andere Wahl. Denn am Ende ging es allein um die Wahrheit.

»Herr Keyzer«, begann ich, während er sich mit der Hand durch das fettige Haar fuhr. »Wir haben heute Mittag Ihren Transporter auf einer Wiese gefunden. Er war komplett ausgebrannt. Es befand sich keine Person in dem Fahrzeug. Wir wissen nicht, wo sich Ihre Frau und Ihr Sohn aufhalten. Sie gelten als vermisst, so wie auch Sie bis vor einer halben Stunde.«

Tom Keyzer riss seine Augen weit auf. Er wollte aufstehen, seine Beine knickten jedoch unter seinem Gewicht ein. Er rutschte an dem Mauervorsprung vorbei und landete auf dem Boden. Augenblicklich eilten Sanitäter zu ihm, hievten ihn auf eine Trage und legten zunächst den Zugang für eine Infusion. Danach zupfte einer der beiden Sanitäter an dem Reißverschluss an Tom Keyzers Trainingsjacke. Nach mehreren erfolglosen Versuchen reichte sein Kollege ihm schließlich eine Schere. Der Sanitäter nahm sie entgegen und schnitt die Jacke entlang des Reißverschlusses auf. Als er oben angekommen war und die Jackenteile an beiden Seiten auf die Trage fielen, kam ein hellgraues T-Shirt zum Vorschein. Und auf einmal hielten alle inne. Denn das T-Shirt war komplett mit Blut beschmiert.

11

Wie hypnotisiert starrte ich auf das graue T-Shirt von Tom Keyzer. In der Mitte prangte ein großer roter Fleck. Der rechte Ärmel war voller roter Spritzer, und an der linken Seite gab es zwei Stellen, an denen das Blut noch feucht aussah.

Bender und Jacky hatten sich inzwischen ebenfalls der Trage genähert.

»Keine sichtbaren Verletzungen«, sagte einer der Sanitäter, der Keyzer zusammen mit seinem Kollegen untersucht hatte.

Alle Blicke richteten sich nun auf Keyzer.

»Woher kommt das Blut?«, fragte ich fordernd.

Tom Keyzer blickte ängstlich zu uns auf. Wenn ich von seiner Version ausging, also dass er niemanden außer den Entführer gesehen hatte, gab es nur eine Möglichkeit.

»Haben Sie den Entführer verletzt?«, schob ich als zweite Frage hinterher, nachdem die erste unbeantwortet geblieben war.

Unsicher verzog er das Gesicht. »Nein.«

»Aber von wem stammt dann das Blut, wenn es weder von Ihnen noch vom Entführer ist?«, fragte Bender, der seine Ungeduld genauso schlecht verbergen konnte wie ich.

»Ich … Ich …«, stammelte Tom Keyzer.

Wir Polizisten standen zusammen mit den beiden Sanitätern vor der Trage und klebten förmlich an Tom Keyzers Lippen. Aber statt einer Erklärung kam aus seinem Mund nur Luft. Viel Luft. Seine Atmung steigerte sich erst langsam, dann nahm sie an Tempo auf und wurde immer schneller. Und schließlich war sie so rasend, dass die Sanitäter uns beiseiteschoben.

»Er hyperventiliert«, sagte einer der beiden, bevor Tom Keyzer überraschend schnell das Bewusstsein verlor. »Wir müssen sofort ins Krankenhaus.«

Gemeinsam mit seinem Kollegen schob er die Trage mit Tom

Keyzer in das Fahrzeug, wo sie sich daranmachten, ihn wieder zu Bewusstsein zu bringen. Dann schloss sich hinter ihnen die Tür, und der Krankenwagen fuhr los.

»Verdammt!«, fluchte Bender. »Der darf uns nicht abkratzen.«

Der junge Kollege wählte augenblicklich die Nummer des Krankenhauses. Er bat darum, in Tom Keyzers Taschen nach einem Handy zu suchen. Da er es bis wenige Minuten vor unserem Eintreffen noch benutzt hatte, konnten wir davon ausgehen, dass er es bei sich trug. Die Auswertung der Handydaten würde uns sicher weiterbringen.

Währenddessen versuchte ich, das gerade Erlebte irgendwie einzuordnen. Es gelang mir nur mäßig. Denn ich fühlte vordergründig ein dumpfes Brummen und eine schleichende Taubheit im Schädel. Wie passten das Verschwinden der Keyzers und der ausgebrannte Transporter mit den zwei davorliegenden toten Tauben zu diesem wirren Auftritt von Tom Keyzer?

Sagte er die Wahrheit? Hatte er nichts mit dem Verschwinden von Frau und Sohn zu tun? War er selbst ein Opfer des Entführers?

Es sah ganz danach aus.

Woher aber kam dann das ganze Blut auf seinem T-Shirt?

Ich fühlte mich machtlos. Mein Körper war träge und schwer. Aber mein Bauchgefühl sagte mir, dass ich diese Empfindungen ignorieren musste. Andernfalls würden Menschen sterben.

»Wir müssen dem Krankenwagen hinterherfahren«, sagte ich zu Bender, der das Handy inzwischen wieder weggesteckt hatte. »Tom Keyzer ist im Moment die wertvollste Quelle, die wir haben. Er ist der Einzige, der uns weiterbringen kann.«

Bender war offenbar noch in Gedanken vertieft. Er nickte mir zunächst zögerlich zu, ehe das Nicken in ein Kopfschütteln überging. »Irgendwie glaube ich dem Kerl nicht. Der muss sich doch an irgendwas erinnern.«

Jacky machte eine abfällige Handbewegung. »Die lassen uns eh nicht an ihn ran.«

Verdutzt schaute ich ihn und Bender an. In ihren Reaktionen

lag für meinen Geschmack zu viel Resignation. »Was schlagt ihr stattdessen vor?«

Das folgende Schweigen sagte mir, dass die beiden noch nicht darüber nachgedacht hatten. Und dass die Alternativen spärlich gesät waren.

»Je nachdem, welche Droge man ihm verabreicht hat, muss er tatsächlich ausnüchtern, ehe wir ihn verhören können«, sagte ich.

»Er muss erst mal überleben«, schob Jacky ein. Er suchte hinter dem Beifahrersitz nach seiner Thermosflasche. Dabei streckte er uns erst den Rücken und schließlich das Gesäß entgegen.

Wenn er nicht überlebt, ist alles verloren.

Das Worst-Case-Szenario hatte ich bereits ausgeblendet. In Kriminalfällen war ich hinsichtlich der Aufklärung ein unbeirrbarer Optimist.

»Aber zu warten, bis er wieder nüchtern ist, dafür haben wir keine Zeit«, sagte Bender mit hörbarer Wut über die Situation. »Der spielt uns doch nur was vor.«

»Nicht unbedingt«, sagte ich. »Es gibt tatsächlich Substanzen, die einen alles vergessen lassen. Rohypnol zum Beispiel.«

Und obschon die Möglichkeit bestand, dass Drogen seine Erinnerungen blockiert hatten, quälten mich dennoch entscheidende Fragen: Wusste Tom Keyzer mehr, als er uns sagte? Würde er mehr sagen können, wenn die Wirkung der Drogen verschwunden war?

»Andererseits«, fuhr ich mit meinen Ausführungen fort, »können wir nicht ausschließen, dass er Lügen erzählt. Deshalb müssen wir ihm genau zuhören und auf Widersprüche achten. So werden wir zur Wahrheit gelangen.«

»Sie meinen, so wie er als Schreiner nicht mehr weiß, ob der Boden aus Parkett oder Laminat bestand?«, fragte Bender spitz. Im nächsten Moment schrillte sein vertrauter Handyton wieder los. Zum Glück zog er das Gerät rasch aus der Hosentasche und nahm das Gespräch an.

Er hörte zu, sagte zunächst nur gut gelaunt »Gut«, erwiderte kurz »Aha«, dann fragte er: »Sind Sie sicher?« Schließlich beendete er das Gespräch mit einem »Verdammt!«.

Als er sich nach dem Telefonat Jacky und mir zuwandte, sagte er: »Tom Keyzer hat überlebt.«

Das muss das »Gut« gewesen sein.

»Aber sein Handy ist weg«, zischte er verärgert hinterher.

Verdammt!

Die Dämmerung hatte eingesetzt, und mit der langsam hereinbrechenden Dunkelheit kam die kühle Luft. Wir setzten uns in den Pestla und fuhren in Richtung des Krankenhauses, das im nordöstlich gelegenen Nachbarort Niederfeld lag. Wir mussten noch mal mit Tom Keyzer sprechen – er war unsere vielversprechendste Informationsquelle. Wir fuhren also auf die Landstraße, die nur wenige Minuten von der Industriezone entfernt war. Sie führte mitten durch das Hohe Venn, eines der letzten Hochmoore Europas. Nebel hüllte die Landschaft ein. Lediglich zehn Meter weit konnte ich sehen. Ich zog den Fuß ein Stück weit vom Gaspedal weg. Zögerlich wagte ich einen Blick zur Seite. Sah die Gräser, die im Licht blassgelb schimmerten, in der Dunkelheit aber wie leblose Wüstenpflanzen wirkten. Hier und dort dürre Baumgerippe, die wie Skulpturen in den Himmel ragten. Dann sah ich sie: Rote Augen blinkten auf. Vermutlich gehörten sie einem Fuchs.

Oder einem Wolf.

Gänsehaut überzog meinen Körper.

Was für ein unheimlicher Ort.

Als ich wieder auf die Straße blickte, hüpfte gerade ein Reh über den Asphalt. Ich bremste ab und beobachtete, wie es den Weg überquerte und auf der anderen Straßenseite ins hohe Gras sprang.

Das ist gerade noch mal gut gegangen.

Mit beiden Händen hielt ich das harte Lenkrad fest. Drückte meinen Rücken fest gegen den Sitz. Und hoffte, dass der unbeleuchtete Weg bald enden würde.

Es wird Zeit, dass wir ankommen!

Doch es kam anders. Denn plötzlich ertönte ein ohrenbetäubender Lärm. Wir konnten das knatternde Geräusch zunächst nicht einordnen. Erst als wir die großen Lichtkegel inmitten der weiten Brachlandschaft des Hohen Venns schweben sahen, konnten wir es dem am Himmel kreisenden Helikopter zuordnen.

»Das ist Malherbe!«, rief Bender. Er blickte unter dem tosenden Lärm nur kurz nach oben, bevor er seine Aufmerksamkeit wieder auf sein Handy richtete. »Er schreibt mir gerade, dass sie bei den Keyzers zu Hause und in Toms Werkstatt nichts Auffälliges mehr gefunden haben. Sie haben zwar ein Notebook mitgenommen, die Auswertung wird aber noch dauern. Erst mal muss das Passwort geknackt werden.«

Ich holte tief Luft und drehte mein Gesicht in Benders Richtung. »Und wo möchte Malherbe jetzt weitersuchen?«, schrie ich zurück.

»Bei dem Feld, auf dem der Transporter gefunden wurde. Und in dem danebenliegenden Wald.«

Ich hob den Daumen. Das schien mir effektiver, als »Gut!« zu brüllen.

Kurze Zeit später hatten wir den Helikopter hinter uns gelassen. Bender wusste die Zeit als Beifahrer gut zu nutzen. Er hatte zwei Kollegen auf die Suche nach dem Handy von Tom Keyzer angesetzt. Es musste irgendwo in der Industriezone liegen. Leider war eine Ortung nur dann möglich, wenn das Handy eingeschaltet war. Aus irgendeinem Grund aber hatte Tom Keyzer es nach unserem Telefonat wieder ausgeschaltet.

Und wir hofften, bald zu erfahren, weshalb.

12

Der weißgraue Gebäudekomplex mit der blauen Aufschrift »St. Helena Hospital« war bereits von der Landstraßenabfahrt Niederfeld aus zu erkennen. Ich parkte das Auto auf einem der für Ärzte reservierten Stellplätze vor dem Haupteingang – wir würden eh nicht lange bleiben. Als ich gerade den Motor abstellte, ertönte der Klingelton von Jackys Handy. Es war der Stones-Song »Sympathy For The Devil«. Als Jacky abnahm, klang er etwas außer Puste. Er hatte soeben erst seine Thermoskanne gefunden. Ich wandte mich ab, und meine Finger berührten bereits den Türgriff, als Jacky mir unvermittelt ins Ohr flüsterte: »Das ist der Bürgermeister. Der ist richtig sauer auf dich.«

Der Bürgermeister? Sauer auf mich?

Jacky stellte den Anruf auf Lautsprecher und hielt das Handy mit seinen honigverklebten Fingern auf Höhe der Mittelkonsole.

»Ja?«, fragte ich laut und ungeduldig.

»Herr Donker«, ertönte eine tiefe, basslastige Stimme. »Erklären Sie mir mal, was Sie da draußen veranstalten!«

Verdutzt schüttelte ich den Kopf. »Ich verstehe Ihre Frage nicht ganz. Wir sind auf der Suche nach den Keyzers. Die werden seit gestern Abend vermisst.«

Mir stand nicht der Sinn nach unnötigen Erklärungen. Ich wollte so schnell wie möglich aussteigen und mit Tom Keyzer sprechen. Wenn Grit und Paul Keyzer tatsächlich in den Särgen steckten, war jede gewonnene Sekunde von unschätzbarem Wert.

»Ja, das weiß ich inzwischen auch. Aber in den sozialen Medien gibt es die wildesten Spekulationen. Zum Beispiel glauben einige zu wissen, dass die Keyzers in dem Transporter verbrannt sind«, sagte der Bürgermeister aufgebracht.

»Nein, sind sie nicht«, stellte ich genervt klar.

»Ja, das haben mir Ihre Kollegen bereits bestätigt«, erklärte er im selben Atemzug.

»Gut, dann ist ja alles geklärt«, sagte ich und drückte die Tür des Autos auf.

»Nein!«, sagte der Bürgermeister entschlossen durch den Hörer. »Sie müssen eine Stellungnahme schreiben. Die Menschen benötigen Informationen.«

»Kippen die alle auf der Straße um, wenn die Infos ausbleiben?«

»Herr Donker, Sie wissen, was ich meine«, sagte er mit aufgesetzter großväterlicher Geduld.

»Nein, ich weiß ganz und gar nicht, was Sie meinen. Zwei Menschenleben sind akut gefährdet, und für Sie gibt es nichts Dringenderes, als die Sensationslust der Menschen zu befriedigen? Entschuldigen Sie, aber dafür haben wir jetzt keine Zeit.«

Ich drückte die Tür ganz auf und stieg aus. Bender tat es mir gleich. Lediglich Jacky blieb mit dem Handy in der Hand im Auto sitzen. Aber da die Lautsprecherfunktion weiterhin eingeschaltet war, konnte ich auch von draußen die Worte des Bürgermeisters vernehmen.

»Schreiben Sie bitte was! Die Menschen sind verängstigt.«

»Verängstigt«, wiederholte ich wütend.

Was sollen der Junge und seine Mutter denn sagen?

Ich knallte die Tür zu und schritt energisch in Richtung des Krankenhauseingangs. Als ich kurz zurückblickte, konnte ich sehen, wie Jacky sich mühsam aus dem Auto quälte. Er wollte es Bender gleichtun und loslaufen, aber seine Beine kamen durcheinander. Sie wirkten wie sperrige Stelzen.

»Sollen wir nicht doch was Kleines schreiben?«, rief er mir zu.

»Es wäre vielleicht besser«, sagte Bender, der mich kurz vor dem Krankenhauseingang wie mit Siebenmeilenstiefeln eingeholt hatte. Die automatische Schiebetür öffnete sich. Als wir den Empfangsbereich betraten, suchten meine Augen sofort die unzähligen Schilder nach dem Wort »Notaufnahme« ab.

Nach wenigen Augenblicken fand ich es bei »–1«.

»Also schreiben wir eine Pressemitteilung?«, hakte Bender nach.

»Wenn Sie unbedingt wollen«, sagte ich barsch. »Aber bitten Sie einen Praktikanten darum. Denn Sie brauche ich jetzt hier!«

Offenbar war er mit dieser Lösung zufrieden. Während wir den Treppen nach unten in Richtung Notaufnahme folgten, tippte er in Windeseile eine Nachricht in sein Handy.

»Okay, es kümmert sich jemand darum«, sagte er und zwinkerte mir zu, als wir die Station schließlich erreichten.

»Na, dann ist ja alles gut«, sagte ich sarkastisch.

Sobald wir den grün glänzenden Linoleumboden erreichten, verlangsamten wir unser Tempo. Links wie rechts befanden sich mehrere Räume, allerdings konnte ich nicht sehen, was sich darin verbarg. Zwar hatten die Türen integrierte Fenster, diese bestanden jedoch aus Milchglas.

»Wie erfahren wir jetzt, wo Tom Keyzer liegt?«, fragte ein abgekämpfter Jacky, der inzwischen auch den Flur erreicht hatte. »Wenn er überhaupt hier liegt«, schob er hinterher.

Wenn wir den offiziellen Weg wählten und erst einen Arzt um Erlaubnis für eine Befragung Tom Keyzers bitten würden, wäre die Wahrscheinlichkeit groß, dass wir abgewiesen wurden. Denn das Wohl des Patienten stand über allem. Insbesondere bei einem, der erst vor wenigen Minuten bewusstlos eingeliefert worden war. Da die Blutanalyse ohnehin noch etwas Zeit in Anspruch nehmen würde und wir angesichts der Situation mit den Vermissten zeitlich sehr unter Druck standen, konnten wir nicht warten, bis uns jemand grünes Licht erteilte. Nein, wir mussten uns selbst das Go geben. Ganz gleich, welche Konsequenzen das nach sich ziehen würde.

»Indem wir die Zimmer betreten«, antwortete ich Jacky und drückte die Klinke des ersten Zimmers auf der linken Seite hinunter. Es war verschlossen. Während ich zur nächsten Tür schritt, versuchte Bender sein Glück auf der rechten Seite.

»Verschlossen!«, rief er herüber.

»Mist«, sagte ich. Wahrscheinlich hatte man hier nur mit einem Chip Zugang.

Wir sind auf dem Holzweg.

Doch es kam anders. Denn als ich die zweite Tür auf der linken Seite öffnen wollte, gab die Klinke nach. Vorsichtig trat ich in einen Zwischengang ein, an dessen Ende eine weitere Tür wartete. Sie war mit einem Guckloch versehen, durch das ich erkennen konnte, dass im Raum dahinter ein Mann auf einem Bett lag. Außer ihm schien sich niemand dort aufzuhalten. Ich öffnete schließlich auch diese Tür, Bender und Jacky folgten mir.

Der Raum war spärlich beleuchtet, es roch nach Desinfektionsmittel. Tom Keyzer öffnete die Augen, als wir hereinkamen. Sein Gesicht war blass. Von einem Infusionsbeutel tröpfelte eine Flüssigkeit durch einen Schlauch direkt in seine Venen. Keyzers Oberkörper war leicht bekleidet. Mehrere Schläuche und Kabel waren an ihm befestigt. Sie führten zu dem Herzfrequenzmesser und einem anderen Gerät, das ich nicht einordnen konnte. Beide piepten synchron im Sekundentakt.

Er ist wach.

Auf seinem linken Unterarm fiel mir ein Tattoo auf. Es zeigte einen Indianer, der einen Bogen spannte.

»Eine Jugendsünde«, sagte Keyzer mit einem zaghaften Lächeln auf den Lippen. Er musste meinen Blick bemerkt haben.

Sehr gut, er ist aufnahmefähig.

Ich begann dort, wo ich vor einer Stunde aufgehört hatte, war mir jedoch der Gefahr bewusst, dass Tom Keyzer jederzeit wieder das Bewusstsein verlieren konnte.

»Von wem stammt das Blut auf Ihrem T-Shirt?«

Er blinzelte, seine Augenlider klebten aneinander. »Ich weiß es nicht«, sagte er mit schwacher Stimme.

Da Tom Keyzer sich in keinem guten Gesundheitszustand befand, musste ich von der gewohnten Verhörtechnik abweichen. Normalerweise sollte der potenzielle Verdächtige seine Handlungen schildern. Mehrmals, im besten Fall so oft, dass er sich dabei in Widersprüche verstrickte. Diese Vorgehensweise war hier nicht anwendbar. Ich war gezwungen, ihm etwas zu gönnen, das Tätern entgegenkam: die Möglichkeit, kurze Antworten zu geben.

»Ich fasse mal zusammen«, sagte ich. »Sie wissen nicht, wer den Transporter in Brand gesetzt hat. Sie wissen nicht, wer Sie entführt hat. Und Sie wissen nicht, von wem das Blut auf Ihrem T-Shirt stammt. Richtig?«

Er nickte angespannt.

»Haben Sie oder Ihre Frau Feinde?«

»Nein«, sagte er bestimmter, als ich erwartet hatte.

»Gab es vielleicht einen zweiten Mann im Leben Ihrer Frau?«

Ich spielte auf das an, was die Pubbetreiberin Lina Bleier uns erzählt hatte. Ich musste es tun, auch wenn ich mit der Frage riskierte, dass Tom Keyzers Puls in die Höhe schoss.

Eine Pause entstand. Keyzers Blick streifte ziellos durch das Zimmer. Es war still, bevor es in dem Infusionsbeutel unerwartet laut losgluckste. Schließlich schüttelte Keyzer den Kopf.

So kommst du nicht weiter!

Bender suchte Blickkontakt zu mir und machte mit seiner Faust ein Zeichen, dass ich mehr Druck ausüben sollte.

Na, dann mal los!

»Wir haben Pläne für zwei Särge in Ihrer Werkstatt gefunden«, sagte ich.

Während der Herzfrequenzmesser unentwegt weiterpiepte, surrte das andere Gerät, dessen Nutzen ich nicht kannte, plötzlich laut los. Erschrocken warf ich einen Blick darauf. Die aufblinkenden Lämpchen leuchteten alle grün.

Scheint alles in Ordnung zu sein.

»Die hat jemand bestellt«, presste Tom Keyzer heraus. »Per Mail.«

»Wer?«, fragte ich, nachdem ich den Blick von dem surrenden Gerät gelöst hatte und Tom Keyzer wieder in die Augen schaute.

»Er hat anonym per Mail bestellt.«

Diese Gleichgültigkeit.

»Sie haben Särge für jemanden angefertigt, dessen Namen Sie nicht kennen? Was glauben Sie, was er damit vorhat?«, fragte ich.

»Er hat das Geld in den Briefkasten gelegt«, sagte Keyzer mit fahler Stimme. »Zwei Tage vor dem geplanten Termin schrieb ich ihm jedoch, dass ich die Särge nicht rechtzeitig fertiggestellt bekäme. Er antwortete prompt, dass er sie unbedingt braucht.«

Tom Keyzer keuchte schwer und schnappte nach Luft. Mein Blick ging diesmal zu dem Herzfrequenzmesser. Der piepte zwar eine Spur schneller als vorher, aber die Werte schienen noch im grünen Bereich zu liegen.

»Und haben Sie die Särge rechtzeitig fertiggestellt?«

»Nein, ich habe die Deckel nicht mehr geschafft«, sagte er enttäuscht, während der Infusionsbeutel wiederholt aufgluckste.

»Und wohin haben Sie die unfertigen Särge geliefert?«

Er schüttelte den Kopf. »Nirgendwohin. Ich habe sie in den Transporter gestellt. Wollte sie Freitagabend ausliefern.«

Ich schaute zu Bender, der ebenso gespannt an Keyzers Lippen hing wie ich. »Wohin?«

Plötzlich ertönten Stimmen aus dem Flur der Notaufnahme. Ich hielt für einen Moment inne, bis sie sich entfernt hatten und es wieder ruhig war.

»Das weiß ich nicht. Der Besteller wollte mir die Adresse noch mitteilen«, sagte Tom Keyzer. Seine Augenlider flatterten. Die Partie unter seinen Augen hatte wieder eine bläulich graue Färbung angenommen. Zwar sah er nicht so mitgenommen aus wie noch vor einer Stunde, als er das Bewusstsein verloren hatte, aber es ging ihm zweifellos nicht gut.

Los, beeil dich! Frag, was du noch zu fragen hast.

»Kommen wir noch mal zurück zur Wohnung. Sie sagten, Sie seien von dort aus geflüchtet.«

Er nickte schwach.

»Und das Handy?«, fragte ich weiter. »Warum haben Sie es nicht schon eher benutzt?«

»Es befand sich erst in meiner Tasche, als ich auf der Straße lag.«

Das wird ja immer besser.

»Warten Sie, der Reihe nach. Sie sind aus dem Zimmer geflohen, und dann sind Sie …?«, fragte ich, um den Verlauf der Flucht komplett nachvollziehen zu können.

»Dann bin ich auf der Straße wach geworden. Von dem Handyklingeln.«

»Und was ist zwischen dem Moment, in dem Sie das Zimmer verlassen haben, und dem Wachwerden auf der Straße geschehen?«, fragte ich stutzig.

Er zuckte mit den Schultern.

Da klaffte noch immer eine große Lücke. Aber ich vermutete, dass diese Lücke bewusst vom Täter so inszeniert worden war. Vorausgesetzt, Tom Keyzer erzählte uns hier und jetzt die Wahrheit.

»Das heißt, Sie haben das Handy nicht selbst wieder in Ihre Tasche gelegt? Und es auch nicht aktiviert?«

Zaghaft und mit zusammengepressten Lippen schüttelte er den Kopf. Indes erinnerte ich mich daran, dass nach unseren ersten beiden Anrufversuchen direkt die Mailbox angesprungen war. Entweder war das Handy kurzzeitig ausgeschaltet worden, oder ein Funkloch hatte das Gespräch geschluckt. Und dann gab es noch eine dritte Möglichkeit.

»Sind Sie von unserem Anruf wach geworden? Oder hat Sie vor unserem Gespräch schon jemand angerufen?«

»Ich …«, sagte er unsicher. »Ich glaube, es war Ihrer.«

»Er glaubt«, wiederholte Bender leise an mich gewandt, während er skeptisch die rechte Augenbraue hochzog.

In dem Moment ging auf dem Flur das Licht an.

»Gut, das finden wir schon noch raus«, sagte ich und beobachtete, wie sich die Schweißperlen auf Tom Keyzers Stirn vermehrten.

Draußen auf dem Flur waren nun eindeutig Schritte zu hören. Sie wurden mit jeder Sekunde lauter.

Los, mach weiter! Wer weiß, wie viel Zeit dir noch bleibt.

»Das Zimmer, in dem Sie festgehalten wurden, wie sah das aus? War es tapeziert? Hing dort etwas an der Wand?«

»Auf dem Boden lag Eichenparkett«, sagte Keyzer so überzeugend, als hätte er in dieser Sache nie Zweifel gehabt.

Bender schüttelte fassungslos den Kopf.

»Ja, und weiter? Was gab es sonst noch in dem Zimmer?«, fragte ich ungeduldig.

»An der Decke hing eine schwere Lampe aus Glas«, sagte er und überlegte weiter. »Und ich lag auf dem Bett.«

»Damit finden wir das Zimmer ganz bestimmt«, sagte Jacky spöttisch. Genervt sah ich zu ihm hinüber. Nur zu gut wusste ich, dass sich in jeder noch so inhaltsleer erscheinenden Aussage ein Hinweis verbergen konnte. Wir mussten aufmerksam sein und alles, was uns zugetragen wurde, ernst nehmen.

Jacky bemerkte meinen verärgerten Blick nicht. Er hatte sich zur Tür umgedreht und blinzelte durch das kleine Milchglasfenster auf den Flur hinaus.

»Da war noch was«, ergänzte Tom Keyzer.

Hoffnungsvoll hielt ich den Atem an.

»Da hing ein Kalender an der Wand.«

»Ein Kalender?«, wiederholte Bender verwundert.

»Einer mit Monaten oder mit einzelnen Tagen?«, schoss ich hinterher.

Inzwischen hatten sich zu den Schritten auf dem Flur auch Stimmen gesellt. Eine männliche und eine weibliche, wenn ich richtig hörte.

Uns bleibt nicht mehr viel Zeit.

»So ein Kalender zum Abreißen. Tag für Tag«, erklärte Tom Keyzer.

»Ja, und?«, fragte ich. »War an dem Kalender etwas Besonderes?«

»Ja«, sagte er schläfrig. »Das obere Blatt war alt.«

Jacky drehte sich wieder um. Nun hatte Tom Keyzer auch seine ganze Aufmerksamkeit.

»Welches Datum war darauf zu sehen?«, fragte Bender angespannt. Der Herzfrequenzmesser piepte immer schneller, und die Stimmen von draußen waren nun deutlich zu vernehmen.

»Es war der 18. Juni 1992«, sagte Tom Keyzer.

»Wie bitte?«, sagte Bender in einem Ton, der fassungslos und überrascht zugleich klang. »Das ist ja siebenundzwanzig Jahre her«, rechnete er rasch nach.

»Und das sagen Sie uns jetzt erst?«, fragte ich.

Tom Keyzer starrte uns aus weit aufgerissenen Augen an.

»Das ist mir gerade erst eingefallen.«

Es klopfte an der Tür. Eine männliche Stimme drang herein, offenbar im Gespräch.

Los! Für eine Frage reicht die Zeit noch.

»Was war denn im Juni 1992?«, fragte ich Tom Keyzer.

Alle Augen richteten sich auf ihn. Aber er zuckte nur mit den Schultern. Eingeschüchtert und ahnungslos.

»Meine Güte!« Angesichts der dürftigen Reaktion des Mannes, der unsere vielversprechendste Quelle war, konnte Bender sich einen Fluch nicht verkneifen. Er war aber klug genug, seine Verärgerung hintanzustellen. Umgehend wählte er die Nummer der Kollegen, damit sie nach möglichen Ereignissen an diesem Datum suchen konnten.

Im nächsten Augenblick öffnete sich die Tür des Zimmers. Ein Arzt und eine Krankenschwester betraten den Raum. Sie waren nicht erfreut über unsere Anwesenheit und regten sich fürchterlich auf, aber ich hörte ihnen gar nicht zu. Meine Aufmerksamkeit galt allein Jacky. Der spöttische Gesichtsausdruck von vorhin hatte sich in eine finstere Miene verwandelt.

»Was ist los, Jacky?«, fragte ich vorsichtig, als der Arzt mich beiseitedrückte.

Langsam sah Jacky mich an. »Das ist der Todestag von Holgers Sohn.«

13

»Kannst du morgen früh die Wäsche in den Trockner werfen? Ich bin ja zum Yoga verabredet …«

Wir hatten gerade das Krankenhaus verlassen und befanden uns auf dem Weg zu meinem geliebten Pestla, als ich Sinas SMS erhielt.

Yoga? Stimmt, da war was.

Ich erinnerte mich, stolz angekündigt zu haben, allein mit meiner Tochter zu frühstücken. So würde Sina zu ihrem heiligen Yogakurs gehen können und ich mit Liv ein Vater-Tochter-Event haben. Ich hatte bereits Livs Lieblingscornflakes sowie Apfelsinen für den Orangensaft gekauft. Doch im Moment sah es stark danach aus, als müsste ich den beiden einen Korb geben.

Das kriegst du ewig vorgehalten!

Ich grübelte eine Weile, ob es Alternativen gab. Was, wenn ich nur für das Frühstück nach Hause fuhr und danach wieder nach Weybach zurückkehrte?

Und wenn genau dann ein neuer Hinweis auftaucht?

Ich würde wie auf heißen Kohlen sitzen. Ständig auf die Uhr schauen. Und meiner Tochter nicht die Aufmerksamkeit schenken, die sie verdiente.

Es gibt keine Alternative!

»Ich werde es wahrscheinlich nicht schaffen. Sorry! Ich melde mich morgen. Kuss«, tippte ich in das Smartphone und ließ es mit einem Kloß im Hals schnell wieder in der Hosentasche verschwinden. Ich war zwar mit meiner Antwort nicht im Reinen, vor allem, weil ich damit die beiden Menschen verletzte, die mir am meisten bedeuteten. Aber die Wahrscheinlichkeit, dass ich eine Antwort zustande bringen könnte, die mein Gewissen beruhigte, war ziemlich gering.

Ich öffnete schließlich den BMW, und wir stiegen ein. Gern

hätten wir Tom Keyzer noch weiter verhört, jedoch war mit dem zuständigen Internisten, Dr. Bodart, nicht zu verhandeln gewesen. Er hatte gar mit einer Anzeige gegen uns gedroht, weil er die Genesung seines Patienten gefährdet sah. Wären wir noch weitere zehn Sekunden in dem Raum geblieben, hätte er uns wahrscheinlich ans Bett gebunden und hinterher an die Staatsanwaltschaft ausgeliefert. Dabei hatten wir lediglich die Aufklärung des Falls und damit die Rettung von zwei Menschenleben im Sinn. Immerhin aber versprach Dr. Bodart, uns die Resultate der Bluttests mitzuteilen, sobald diese zur Verfügung stünden. So würden wir zumindest erfahren, ob Tom Keyzers Verhalten auf Drogen zurückzuführen war.

»Die Entführung war von langer Hand geplant«, sagte Bender, während er sein Tablet einschaltete. »Tom Keyzer sollte die Särge in den Transporter stellen, der Entführer wollte keine Zeit verstreichen lassen.«

»Makaber«, bekundete ich. »Fehlt nur noch, dass er die Opfer das eigene Grab schaufeln lässt.«

»Wer weiß?«, entgegnete Bender mit nachdenklichem Blick. »Vielleicht hat er das.«

»Auf jeden Fall muss der Entführer gut in Form sein, wenn er die Särge bewegen möchte. So ein Ding wiegt zwischen fünfzig und hundert Kilo.«

»Oder er hat einen Komplizen«, bemerkte Bender.

Jacky räusperte sich. »Mal eine andere Frage«, sagte er. »Lassen wir den Keyzer nicht besser bewachen?«

»Gut, dass du das ansprichst. Kannst du zwei Wachposten organisieren?«

Wenn Tom Keyzer tatsächlich entführt worden war, stellte er mit hoher Wahrscheinlichkeit noch immer ein Ziel für die Entführer dar.

»Natürlich«, antwortete Jacky. »Erledige ich als Erstes, wenn wir im Präsidium sind.«

Nicht jeder stand so auf Mobilfunk wie Bender. Aber ich konnte es ihm auch nicht verübeln, in dieser Gegend auf Festnetz zu setzen. Das gab mir die Gelegenheit, eine Frage zu stellen, die mich seit dem Verlassen des Krankenhauses beschäftigte.

»Wie ist Holgers Sohn damals gestorben?«

Ich startete den Wagen und legte den Rückwärtsgang ein.

Während Bender sein Tablet aufklappte und Gesprächsnotizen in das Schreibprogramm tippte, blickte Jacky gedankenverloren nach draußen in die Dunkelheit, die die Felder und Wiesen für sich eingenommen hatte. Der Abend war hereingebrochen, über der Kleinstadt lag eine gespenstische Stille. Ein paar Sekunden vergingen, ehe er mit heiserer Stimme auf meine Frage antwortete.

»Es war ein wunderschöner Tag, voller Sonnenschein. In der Schule stand eine Art Besinnung auf dem Programm. Am Vormittag fanden verschiedene Gespräche und Meditationen statt, und am Nachmittag sollten die Kinder Lose verkaufen. Der Erlös war für die Renovierung der Kirche gedacht. Aber dort ist das Geld nie angekommen. Es wurde für die Suche nach Eric verwendet. Er ist nämlich nie von seiner Losverkaufstour heimgekehrt.«

»Wurde er entführt?«, fragte Bender, während er kurz den Blick von seinem Tablet löste.

»Nein«, sagte Jacky knapp. »Am nächsten Morgen wurde seine Leiche in einem Waldstück hinter einem Rastplatz im Nachbarort gefunden. Er hatte Prellungen und Brüche an beiden Beinen, die Todesursache war ein Genickbruch. Mit hoher Wahrscheinlichkeit war es Fahrerflucht.«

»Der Täter?«, fragte ich.

»Wurde nie gefunden«, antwortete Jacky.

Durch den Rückspiegel musterte ich Jacky, der nur kurz den Blickkontakt zu mir aufrechterhalten konnte. Nervös rieb er sich mit der rechten Hand über den Mund. »Er war gerade mal zehn«, sagte er mit zittriger Stimme.

Ich beobachtete, wie eine Träne über die gerötete Haut kullerte. Er wischte sie schnell weg, offenbar in der Hoffnung, ich würde sie nicht bemerken.

»Damit ist dein Kollege verdächtig«, sagte ich.

Jacky presste die Lippen zusammen. In kurzen Abständen schüttelte er den Kopf. Die dünnen gelbblonden Haare schwangen bei jeder Bewegung mit.

»Holger macht so was nicht. Der tut keiner Fliege was zuleide. Er gibt sich doch selbst die Schuld an dem Tod seines Sohnes. Er wollte ihn damals ja eigentlich begleiten, aber ein Einbruch kam dazwischen.«

Ein schönes Plädoyer. Leider bringt es uns nicht weiter.

»Wie alt war Tom Keyzer 1992?«, wandte ich mich an Bender.

Bender drückte eine Tastenkombination auf dem Tablet und lieferte einen Sekundenbruchteil später die Antwort. »Er war sechzehn. Zu dem Zeitpunkt war er Lehrling in der Schreinerei Weiser. Den Führerschein hat er aber erst mit achtzehn gemacht.«

»Na ja, ich kenne auch Jugendliche, die bereits mit sechzehn am Steuer sitzen – ohne Führerschein«, entgegnete ich.

»Er hatte damals kein Auto«, sagte Jacky, dessen Stimme wieder gefestigter klang. »Er verdiente sich damals hier und da was mit kleinen Schreinerarbeiten dazu und war meist mit dem Fahrrad und einem Bollerwagen als Anhänger unterwegs.«

»Das Auto kann er von wer weiß wem bekommen haben«, sagte ich in einem barschen Ton. Mir war nicht nach Streit zumute, aber so langsam hatte ich die angestrengten Entkräftigungsversuche satt.

Jacky sagte nichts, jedoch sah man ihm an, wie aufgewühlt er war. Sein Gesicht war inzwischen so rot angelaufen, als hätte er den fünften Saunagang an diesem Tag hinter sich gebracht. Und die Luft, die bei jedem Atemzug durch seine Nase zog, hörte sich an wie ein gefährlicher Luftstrom, der bald über uns hereinbrechen würde.

»Kannst du Blockmans jetzt erreichen?«, fragte ich.

Jacky nickte mit wutentbranntem Blick.

»Gut«, sagte ich. »Kannst du ihm ausrichten, er soll ins Präsidium kommen? Wir müssen ihn dringend sprechen.«

»Ja«, brummte Jacky und zog im nächsten Moment widerwillig das Handy aus der Hosentasche.

»Was ist eigentlich mit Grit Keyzer?«, fragte Bender plötzlich derart aufgeregt, dass Jacky innehielt.

Ich starrte ihn irritiert an.

»Na ja«, sagte er. »Die Entführung kann auch auf Grit Keyzer abzielen. Tom Keyzer ist vielleicht nur ihretwegen involviert.«

»Sie hat damals ebenfalls Lose verkauft, aber auf einer anderen Route«, sagte Jacky, noch immer schnaufend. »Sie ist ein paar Jahre jünger als Tom.«

»Sie war damals vierzehn«, las Bender von dem Tablet ab.

»Ja, kann sein«, sagte ich, bevor ich wieder in meinen Gedanken versank.

Es wurde ruhiger. Als wir die durch das vernebelte Venn verlaufende Landstraße verließen und, umgeben von der kühlen Nacht, in das Städtchen hineinfuhren, befand sich keine Menschenseele mehr auf den Straßen. Lediglich ein paar Katzen zerwühlten den herausgestellten Hausmüll. Gutbürgerlich reihte sich ein Haus an das andere. Eine alte Frau zog die Vorhänge zu, ein junger Mann, vielleicht ein Student, knipste das Licht aus. Wenngleich in Seenähe, dort, wo die Touristen den Pub und die Hotels füllten, mehr Leben herrschte, bevorzugten die Einwohner des Städtchens Ruhe und Zurückgezogenheit. Diese Ruhe musste am 18. Juni 1992 in irgendeiner Form gestört worden sein. Irgendetwas war an jenem Tag in Weybach vorgefallen. Warum sonst sollte jemand ein Kalenderblatt mit diesem Datum in einem Zimmer aufhängen, in dem er Tom Keyzer ans Bett gefesselt hatte? Bezog der Entführer sich auf Eric Blockmans? Den zehnjährigen Jungen, der beim Loseverkaufen überfahren worden war?

Was aber hatte Tom Keyzer dann mit dem Verschwinden von Blockmans' Sohn zu tun? Hatte er sich als Sechzehnjähriger ein Auto geborgt und Eric damit überfahren?

Oder steckte etwas anderes dahinter?

Vielleicht wies das Kalenderblatt nur zufällig den 18. Juni

1992 aus. Oder Tom Keyzer hatte sich geirrt, falsch abgelesen. Das, was er uns bisher erzählt hatte, wies jedenfalls in großen Teilen Lücken auf. Seine Antworten lieferten kein einheitliches Bild. Seine Story klang zu verworren. Und doch wäre es ein bizarrer Zufall, wenn er ausgerechnet den 18. Juni 1992 falsch abgelesen hätte.

Bereits als Schüler war mir der Zufall zuwider, jedoch maß ich dem Schicksal eine große Bedeutung zu. Ich war überzeugt von der großen Liebe und der Fügung, die sich dahinter verbarg, dass der Lehrer mich zu Beginn des Schuljahres neben die hübsche Lena gesetzt hatte. Auch dann, als die Tischnachbarin das ganze Jahr über kein Wort mit mir wechselte, blieb ich voller Zuversicht. Und mit zunehmendem Alter und jedem weiteren Tag, an dem ich mit Mördern und kriminellen Psychopathen zu tun hatte, stand ich Zufällen mit immer mehr Skepsis gegenüber. Die wenigsten Dinge passierten ohne Grund. Niemand, der einen anderen Menschen in einem Raum festhielt, hängte ohne Grund ein siebenundzwanzig Jahre altes Kalenderblatt im selben Raum an die Wand. Für jedes Ereignis gab es eine konkrete Ursache. Hinter jedem Mord steckte ein Motiv.

»Wir müssen davon ausgehen, dass der Fall Eric Blockmans und der heutige Entführungsfall der Keyzers zusammenhängen«, sagte ich.

Bender, der gedankenverloren auf dem Beifahrersitz saß, schaute verdutzt zu mir auf. »Spekulieren Sie gerade?«

Er wusste genau, wie sehr ich es hasste, wenn ohne Begründung eine Behauptung aufgestellt wurde. Und jetzt fing ich selbst damit an.

»Wir haben keine andere Wahl, die Zeit wird knapp. Wir müssen uns den Fall von Eric Blockmans so schnell wie möglich anschauen. Die Akte benötigen wir als Fundament für unsere weitere Arbeit.«

Wenn der Täter auf den Todestag von Eric Blockmans anspielte, mussten wir bis ins letzte Detail in Erfahrung bringen, was damals passiert war.

Bender nickte. »Das kann ich übernehmen. Außerdem werde ich die Kollegen bitten, im Zeitungsarchiv und in Tom Keyzers Auftragsbüchern aus der damaligen Zeit nach Hinweisen zu suchen.«

»Das wird schwierig«, ertönte Jackys nüchterne Stimme von hinten. »Damals hatte Tom Keyzer sicher noch keine Auftragsbücher.«

»Wir werden sehen«, antwortete Bender und seufzte, während ich das Auto auf den Hof des Präsidiums lenkte. Im Scheinwerferlicht fiel mir ein junges Mädchen auf, das mit tränenüberströmtem Gesicht auf den Treppenstufen vor dem Präsidium kauerte.

»Das ist Ellie!«, rief Jacky.

Ich stieß die Tür auf und rannte zu dem Mädchen hin. Sie hatte sich inzwischen aufgerichtet. Die wasserstoffblonden Haare waren total zerzaust, an den Wangen haftete verschmierte Wimperntusche. Sie zitterte, ließ sich aber von mir in den Arm nehmen. Bender legte sein von Wandfarbe bekleckertes Jackett um ihre Schultern. Es dauerte eine Weile, bis sie sich beruhigt hatte. Als sie sich schließlich die letzten Tränen aus dem Gesicht gewischt hatte, versprach ich ihr, ihren Freund Paul und seine Mutter Grit zu finden. Ich glaubte, das würde sie beruhigen. Doch weit gefehlt! Sie schluchzte aufs Neue auf und brach in Tränen aus.

»Es gibt da etwas, das ich Ihnen erzählen muss«, sagte sie schließlich in einem schuldbewussten Tonfall.

»Ja?«, fragte ich verdutzt. »Was denn?«

»Paul hat vor zwei Wochen herausgefunden, dass er adoptiert wurde«, sagte sie.

»Adoptiert?«, wiederholte der inzwischen neben mir stehende Jacky.

»Ja«, antwortete Ellie mit zitternder Stimme. Ihr Blick war angsterfüllt. »Und als er es mir erzählt hat, sagte er über seine Familie: ›Ich wünschte, es hätte uns drei nie gegeben.‹«

Sonntag, 5. Mai

14

Wie wäre meine Reaktion gewesen, wenn meine Eltern mir mit fünfzehn offenbart hätten, dass ich nicht von ihnen stamme?

Wut.

Nicht wegen der Adoption an sich, vielmehr aus dem Grund, dass sie es mir schon viel eher hätten sagen müssen. Andererseits sollte es auch Eltern geben, die den Kindern ihre wahre Abstammung ewig verheimlichten. In jedem Fall aber konnte ich gut nachvollziehen, dass eine solche Botschaft an dem Familien- und dem Selbstbild nagte. Ungeahnte Fragen kamen auf: Wer bin ich eigentlich? War ich gewollt? Und je nachdem, in welchem emotionalen Zustand ich mich zu diesem Zeitpunkt befunden hätte, wäre meine damalige kleine Welt nicht nur ins Wanken, sondern wahrscheinlich auch aus den Fugen geraten.

Aber wärst du dadurch zum Mörder geworden?

Nein, ganz sicher nicht. Aber ich war auch nicht Paul Keyzer. Und wir wussten bisher nicht viel über den fünfzehnjährigen Schreinersohn.

Zum Glück aber hatte uns Ellie, Pauls Freundin, von der Adoption erzählt. Und wir hofften natürlich, dass sie uns noch mehr Infos zu der Familie liefern konnte.

Vorher aber freuten wir uns über die Fritten, die Jacky kurz vor Schließung noch von der gegenüber dem Polizeipräsidium liegenden Frittüre ergattern konnte. Wir hatten inzwischen das einzige freie Büro im Präsidium betreten und breiteten die in grauem Recyclingpapier eingewickelten Fritten auf dem Tisch aus. Dazu gab es Frikadellenwürste und Spezialsoße, also Curryketchup mit Mayonnaise und frischen Zwiebeln. Heißer Dampf stieg auf. Dann ertönte das leise Knacken, wenn die Zähne die feine Kruste der zurechtgeschnittenen Kartoffel durchbrachen. Ich jonglierte die heißen Einzelteile auf der

Zunge, nahm zwischendurch einen Schluck Cola und genoss den abrundenden Nachgeschmack von Zwiebeln und Curry.

Es hätte der Beginn eines schönen Abends werden können. Aber der Gedanke daran, dass da draußen möglicherweise zwei lebendige Menschen unter der Erde vergraben lagen, drängte den Appetit schnell wieder in den Hintergrund.

»Haben seine Eltern es ihm gesagt? Oder von wem hat er von der Adoption erfahren?«, fragte ich Ellie. Niedergeschlagen saß sie mir auf einem der antiquierten stoffüberzogenen Stühle gegenüber. Sie hatte ihre Portion Fritten noch nicht angerührt.

»Nein, er hat es nicht von ihnen erfahren. Paul hat so einen DNA-Test im Internet gemacht. Und dabei ist rausgekommen, dass seine beiden Cousins und sein Onkel aus Australien nicht mit ihm verwandt sind.«

Ich blickte sie fragend an. Mir war nicht ganz klar, wovon sie sprach.

»Das ist ein neuer Trend«, erklärte Bender schmatzend. Hastig zog er ein feines Stofftaschentuch hervor und wischte sich den Mund ab. »Es gibt Unternehmen, die damit werben, unbekannte Verwandte zu finden oder gar einen Familienstammbaum zu erstellen. Eine Speichelprobe und vierzig Euro genügen, um zwei Wochen später zu wissen, welche entfernten Cousins Sie haben. Angezeigt wird der Grad der DNA-Übereinstimmung zwischen Ihnen und den nächsten Verwandten, vorausgesetzt, diese haben ebenfalls ihre DNA zur Verfügung gestellt. Bei Jugendlichen liegt die Ahnenforschung jedenfalls im Trend, teilweise zum Ärgernis der Eltern. Denn wenn Mann oder Frau in der Vergangenheit nicht treu gewesen war, kommen durch diese lückenlose Darstellung der Verwandtschaftsverhältnisse natürlich auch eventuelle Kuckuckskinder ans Tageslicht.«

»Aber nur, wenn die Eltern auch ihre DNA mitschicken«, sagte ich.

»Nein, das ist nicht unbedingt nötig«, entgegnete Bender, während er sich die Brille richtete.

Ich warf einen flüchtigen Blick nach hinten, wo Jacky mit

einem Edding verschiedene Stichworte auf den Flipchart kritzelte. Sein Hunger war so groß, dass er in der anderen Hand seine Frikadellenwurst mit sich trug. Genüsslich biss er ein Stück davon ab. Als Bender mit seiner Erklärung fortfuhr, wandte ich mich wieder ihm zu.

»Nehmen wir mal an, Sie hätten einen Bruder und dieser Bruder hätte einen Sohn. Beide hätten ihre DNA eingeschickt und ein Matching von etwa fünfzig Prozent bestätigt bekommen. Bis dahin alles gut. Nun stellen Sie sich weiter vor, Sie selbst hätten ebenfalls einen Sohn, der auf die Idee kommt, nach unbekannter Verwandtschaft Ausschau zu halten. Dabei würde er dann feststellen, dass statt der etwa zwölf Prozent Übereinstimmung mit Ihrem Bruder und dessen Sohn, also mit seinem Onkel und seinem Cousin, überhaupt keine Übereinstimmung vorliegt.«

»Dann wäre klar, dass ich nicht der Vater bin.«

»Ja, oder die zweite Möglichkeit«, sagte Bender mit erhobenem Zeigefinger. »Ihr Bruder und Sie sind gar keine Brüder, sondern von unterschiedlichen Vätern und eventuell auch Müttern.«

Unwillkürlich lachte ich auf. So langsam erkannte ich das Ausmaß und die möglichen Folgen, die die Veröffentlichung solcher Tests nach sich ziehen konnte.

»Das klären wir ab«, sagte Bender und gab bereits einen Augenblick später ein DNA-Matching der drei Keyzers in Auftrag. Er schob sich kurzerhand noch eine Fritte in den Mund, ehe er sich mit dem Handy am Ohr von uns abwandte.

Währenddessen richtete ich meine Aufmerksamkeit wieder auf Ellie, die nervös an ihren Fingernägeln nagte. Sie hatte noch immer nichts von dem Essen angerührt.

»Verhielt Paul sich anders als sonst, nachdem er von dem Ergebnis des Matchings erfahren hatte?«

Sie faltete die Hände zusammen. »Er war sehr nachdenklich, wollte allein sein.«

»Ist er weiter zur Schule gegangen?«

Ein schweres Schluckgeräusch begleitete ihr Nicken.

»Hat er erzählt, was er vorhatte?«

Sie legte die Hände gefaltet vor ihren Bauch, ihr Blick zuckte von mir weg. »Er hatte nichts vor. Er saß nur da und dachte nach. Und wenn ich ihn gefragt hab, was los wär, sagte er nur: ›Nichts.‹«

Das hört sich nicht gut an.

»Weißt du, ob er seine Eltern auf die Adoption angesprochen hat?«

Wenn Tom Keyzer auf diesem Weg erfahren hatte, dass er nicht der Vater seines Kindes war, wäre das ein unbestreitbares Motiv für eine Entführung.

Sie schüttelte den Kopf und verzog den Mund. »Ich weiß es nicht.«

»Fragen wir doch Tom Keyzer!«, ertönte Jackys fordernde Stimme aus dem Hintergrund. Inzwischen hatte er den Edding niedergelegt und sich darangemacht, den Wasserkocher zu befüllen. Die Wurst war offenbar vollständig in seinem Magen verschwunden.

»Das können wir leider erst wieder ab acht Uhr. Der Doc hat ihm Nachtruhe verordnet«, sagte Bender, der sein Telefonat eben erst beendet hatte. »Dann werden wir aber auch Gewissheit haben. Die DNA-Ergebnisse sollten dann auch da sein.«

»Wie bitte?«, vergewisserte ich mich, nachdem ich mir die letzten Fritten reingedrückt hatte. »Erst um acht Uhr?«

»Ich habe telefonisch nachgefragt. Dr. Bodart sieht erst wieder ab morgen früh eine weitere kurze Befragung vor – sofern Tom Keyzers Zustand sich bis dahin stabilisiert hat«, erklärte Bender. »Wir haben dann Zeit bis acht Uhr fünfzehn, so Dr. Bodart. Danach benötigt der Patient vor allem Ruhe.«

Was soll das denn?

Mein Blick ging zur Uhr: Es war fast ein Uhr nachts.

»Und die nächsten sieben Stunden legen wir die Beine hoch?«, fragte ich.

»Wir können nach Alternativen suchen«, sagte Bender spitz.

»Das ist nicht witzig«, sagte ich verärgert. »Was nimmt sich dieser Dr. Bodart überhaupt heraus?«

Bender und Jacky blieben stumm, hatten nur Schulterzucken anzubieten.

»Haben Ihre Kollegen inzwischen das Handy von Tom Keyzer gefunden?«, versuchte ich das Gleis zu wechseln.

»Nein, leider noch nicht«, antwortete Bender. »Aber wir haben was anderes: In den sozialen Medien ist gerade ein Handyvideo aufgetaucht. Es zeigt Tom Keyzer, und zwar, wie er mit uns telefonierend durch die Industriezone taumelt.«

»Kennen wir die Daten des Filmers?«, fragte ich.

»Ja, aber bisher geht er nicht ans Telefon.«

»Weiter versuchen! Vielleicht hat er noch andere wichtige Beobachtungen gemacht«, sagte ich. Mein Stresslevel schoss in die Höhe. Seit dem Moment, als die Entführten zum letzten Mal gesehen worden waren, waren mittlerweile vierundzwanzig Stunden vergangen.

Zwar hatten wir vor etwa sieben Stunden Kontakt zu Tom Keyzer aufbauen können, aber sein gesundheitlicher Zustand zwang uns, bei seiner Befragung zu pausieren. Indes fehlte von seinem Sohn Paul und seiner Frau Grit Keyzer nach wie vor jede Spur. Anstelle eines Lebenszeichens hatten wir den Bauplan für zwei Särge. Wenn wir die Katastrophe noch abwenden wollten, benötigten wir dringend einen Hinweis, der uns weiterbrachte.

»Haben wir sonst etwas?«

»Ja, aber es wird Sie nicht erfreuen«, begann Bender vorsichtig. »In der gesamten Industriezone gibt es keinen einzigen Raum, in dem Parkett ausliegt.«

»Na klasse«, sagte ich flapsig. »Wir haben also nichts.«

Ich ging zum Fenster, riss die Plastikfolie der Anstreicher herunter und legte den Griff um. Ein kühler Luftzug strömte mir entgegen. Ich schloss die Augen und spürte, wie der Wind durch meine Haare wirbelte. Erst nach ein paar Sekunden, in denen ich vergeblich versuchte, den aufgestauten Druck in mir loszulassen, bemerkte ich das Knattern des Polizeihelikopters am Himmel. Wenn man ganz genau hinhörte, konnte man auch das Bellen der Suchhunde wahrnehmen. Sie begleiteten die Schar der Polizisten, die mit Nachtsichtgeräten die Suche im Dunkeln fortsetzten. Mit langen Stangen stachen sie in den Boden rund um den Fundort des abgebrannten Transporters und des dahinterliegenden Waldes. Sie suchten eine Fläche von etwa fünftausend Hektar ab – das entsprach siebentausend Fußballfeldern. Es war die Suche nach der Nadel im Heuhaufen. Mit dem einzigen Unterschied, dass wir hier keine Nadel suchten, sondern zwei Menschen. Zwei Menschen, die höchstwahrscheinlich in Särgen vergraben waren.

»Übrigens hat der Bürgermeister eben ein zweites Mal angerufen. Er meinte, wir sollten mehr Transparenz in unserer Arbeit zeigen«, sagte Jacky, bevor er vorsichtig an seinem Tee nippte. Etwas Curryketchup, der auf seiner Lippe klebte, übertrug sich dabei auf den Rand der Tasse.

»Mehr Transparenz?«, wiederholte ich verärgert. »Damit es den Leuten auf Social Media nicht zu langweilig wird? Wir haben doch geschrieben, wer vermisst wird. Und Bilder der Keyzers haben wir auch veröffentlicht. Ihre Kollegen haben dann zusätzlich noch beschrieben, wie die Suchstaffel bei ihrer Arbeit vorgeht. Das reicht doch allemal!«

»Er meinte«, sagte Bender, nachdem er sich kurz bei Jacky vergewissert hatte, dass er an seiner Stelle weiter ausführen durfte, »dass wir die Diskussion zu dem Video von Tom Keyzer in der Industriezone online begleiten sollen. Und wenn wir neue Infos für die User hätten, sollten wir diese mit ihnen teilen.«

»Wenn ich das mache, bleibt mir keine Zeit mehr, den Fall aufzuklären«, sagte ich. Ich entlud meine aufgestaute Wut an dem Fenster. Es knallte laut zu – dass das Glas nicht zerbrach, war reines Glück.

»Okay, ich beauftrage jemanden, der das kann«, sagte Bender.

Ich zuckte gleichgültig mit den Schultern.

Bender sah mich mit großen Augen an. »Da ist noch etwas –

gerade reingekommen: Wir haben die Auswertung der Anrufe, die wir angefragt hatten.«

»Dann mal los«, sagte ich und hörte gespannt zu, was er vorlas.

»Grit Keyzers Handy hat in der Anrufliste eine einzige Nummer, die wir nicht zuordnen können. Sie stammt von einer deutschen Prepaidkarte.«

»Dranbleiben«, sagte ich.

Bender nickte und ging zu dem nächsten Kandidaten über. »Simon Bleier führt hin und wieder Telefonate mit zwielichtigen Personen aus dem Drogenmilieu.«

»Irgendwoher muss er das Geld für den Porsche ja haben.«

»Das war auch mein erster Gedanke. Verfolgen wir ihn weiter?«

Ich überlegte kurz. Sah den kahl rasierten Typen mit dem überdimensionierten Handy vor meinem inneren Auge. »Nein. Ich denke, er vertickt nur.«

»Okay, das war's. Bei Lina Bleier und Paul Keyzer war nichts Besonderes.«

»Was ist mit Tom Keyzer?«, fragte ich erwartungsvoll.

»Bisher nichts.«

»Verdammt! Wann kriegen wir denn was?«

»Die Kollegen sind dran …«, begann Bender, als es plötzlich an der Tür klopfte.

Ein eins neunzig großer Mann in blau-rot kariertem Hemd trat ein. Die braunen Lackschuhe klackten bereits über den Boden, bevor wir »Herein« rufen konnten. Schnurstracks stiefelte Karl Maton auf mich zu. Die gewellten dunkelblonden Haare hüpften auf und ab. Sie hätten eine Dusche gut vertragen können, fettiger Küchendunst lag auf ihnen. Bonbonlutschend und die Hände in die Hüften gestützt, baute er sich vor mir auf. Er warf zuerst einen flüchtigen Blick auf den mit Essensresten überhäuften Tisch, danach richtete er seine Augen auf mich.

»Wissen Sie eigentlich, was da draußen los ist?«

Ich sah ihn verdutzt an. Ich war mir nicht sicher, was er meinte.

»Heute Abend sind sieben Gäste vorzeitig abgereist«, sagte er und bewegte seinen Kopf ruckartig nach vorn, um seiner Aussage Nachdruck zu verleihen.

»Zieht morgen Regen auf?«, fragte ich, obschon ich ahnte, dass er auf etwas anderes hinauswollte.

»Regen?«, wiederholte er ungläubig. »Für morgen ist bestes Badewetter angesagt! Aber trotzdem verlassen uns die Touristen.«

»Darauf haben wir keinen Einfluss!«, rief Bender aus sicherer Entfernung.

Karl Maton schielte zunächst wütend zu dem Kollegen hinüber, dann drehte er sich dorthin, wo sich der Flipchart mit Jackys vorhin gemachten Notizen befand.

»Haben Sie etwas Neues?«, fragte er in einem unerwartet sanften Ton.

»Nichts, das wir Ihnen erzählen dürften«, antwortete ich, in der Hoffnung, dass er sich wieder mir zuwandte. Aber er verharrte wie in Trance vor dem Flipchart. Ich versuchte zu erkennen, welche geheimen Informationen er davon aufschnappen konnte. Zwar war die Klaue von Jacky nur begrenzt leserlich, das aufgeschriebene Datum 18. Juni 1992 war jedoch deutlich zu sehen.

»Sie sagen uns doch, wenn Sie etwas wissen?«, erinnerte ich ihn an seine Aufklärungspflicht.

Er blieb stumm. Lediglich das Gletscherbonbon klackerte zwischen seinen Zahnreihen.

»Herr Maton?«, sprach ich ihn noch mal lauter an.

»Ja«, sagte er abwesend. Dann wandte er sich ruckartig von dem Flipchart ab. »Ich muss jetzt gehen.«

Mit großen Schritten und gesenktem Blick stampfte er aus der Tür. Ohne sich nach seinem besten Freund Tom Keyzer erkundigt zu haben.

15

Dunkelheit. Nichts als Dunkelheit.

Und sein Atem.

Paul atmete kontrolliert ein und aus. Schön regelmäßig, damit nicht zu viel Kohlenstoffdioxid in die Kiste geriet.

Es machte ihn schläfrig, immer wieder schloss er die Augen. Er war sich nicht sicher, ob es an der flachen Atmung lag oder an der Uhrzeit. Letztere kannte er nicht. Sein Aufenthalt in der Kiste kam ihm vor wie eine Ewigkeit. Und dennoch hätte er nicht sagen können, ob er nun eine, zwei oder zehn Stunden darin verbracht hatte.

Und ebenso unsicher war er, ob es eine gute Idee war, jetzt zu schlafen.

Dann werde ich sterben.

Er schlug die Augen wieder auf. Er erschrak vor der Dunkelheit. Spürte wieder die Enge, das Gefangensein. Die Ausweglosigkeit. Paul atmete kurz ein, aber beim Ausatmen drang viel zu viel Luft nach draußen. Die ruhige Atmung wich einer hastigen Schnappatmung.

So sterbe ich sicher.

Paul legte die Hände unter sein Gesäß und schloss wieder die Augen. Seine Atmung wurde ruhiger.

So ist es besser.

Er begann, zu Gott zu sprechen. Er war kein Gläubiger, ging allein an Weihnachten und Ostern in die Kirche, aber irgendwie stand ihm gerade der Sinn danach, Kontakt zu einer höheren Macht aufzunehmen. Doch die Worte an Gott wurden bald von seinen Gedanken unterbrochen.

Die Polizei sucht sicher schon nach mir.

In der Ferne glaubte Paul ein Motorengeräusch zu vernehmen.

Ist sie das schon?

Paul hielt die Luft an, um das Geräusch besser verfolgen zu können. Doch nun war es ganz still. Das Geräusch eines Motors war auch bei absoluter Konzentration nicht auszumachen.

Ich habe es mir eingebildet!

Paul schüttelte den Kopf und drückte seine Zahnreihen wütend aufeinander. »Fuck!«, brüllte er die Holzbretter über sich an. Erdstaub fiel in seine Augen. Er schloss und öffnete sie ein paarmal hintereinander, bis Tränen die Fremdkörper ausgespült hatten.

Da! Da ist es wieder!

Diesmal war es eindeutig. Ein Traktor oder ein anderes schweres Fahrzeug fuhr in der Nähe der Kiste über den Boden. Es kam näher, das konnte Paul an den vibrierenden Holzbrettern erkennen.

Er versuchte, das unglaublich laute Geräusch einzuordnen. Manchmal war es ein Schürfen, dann ein Dröhnen, insgesamt aber immer der Krach einer Maschine. Jedenfalls war es nicht einfach nur ein Traktor, eher ein Traktor mit einem Pflug oder etwas Ähnlichem hintendran. Mit Sicherheit aber war es nicht die Polizei.

Als Paul dies bewusst wurde, überkam ihn panische Angst. Wenn das da draußen nicht die Polizei war, konnte es nur einer sein.

Mein Entführer.

Was hat der Kerl mit mir vor?

Paul malte sich die schlimmsten Szenarien aus. Dass der Entführer ihn in hundert Stücke häckseln und über den Acker verstreuen würde. Schweiß lief an seiner Stirn herab, seine Hände und Füße zitterten.

Doch je länger der Motor der Maschine lief und das Geräusch mal lauter und mal leiser wurde, desto erleichterter wurde Paul. Wenn der da draußen wirklich seinetwegen hier wäre, dann hätte er ihn doch schon längst gefunden. Er wusste ja, wo Paul lag.

Habe ich also nichts zu befürchten?

Was, wenn da einfach ein Traktor mit Pflug seine Runden drehte? Nicht der Entführer. Jemand, der nichts von Paul wusste. Er würde einfach über ihn hinwegfahren, ohne etwas mitzubekommen.

Ich hoffe es.

Die Erdschicht über der Kiste konnte nicht so dick sein. Immerhin war Licht durch einen Spalt hereingelangt, bevor der Hund schnüffeln gekommen war.

Wie tief gräbt so ein Pflug?

Wahrscheinlich war die Einstellung abhängig von der Art der Saat. Was wusste er schon von der Landwirtschaft? Nichts. Aber seinen Gefühlen vertraute er.

Er wird mich häckseln.

Paul legte die Hände auf seiner Brust zusammen und begann, das Vaterunser zu beten, das einzige Gebet, das er kannte. Er sprach wie im Rausch, redete laut, mit starker Stimme. Wollte kein Motorgeräusch mehr hören. Er wiederholte es oft, zwanzig-, dreißig-, vierzigmal. Dann hörte er plötzlich auf. Hielt inne und lauschte. Draußen war es wieder still.

Er ist weg.

Paul öffnete die Augen. Erleichtert stellte er fest, dass er unversehrt war. Doch rasch schlug die Erleichterung in existenzielle Angst um. Der Gedanke kam plötzlich und mit der Wucht eines Vorschlaghammers.

Vielleicht war das meine letzte Chance.

16

Gegen halb vier in der Nacht befreite Bender den Schreibtisch in dem kleinen Nebenbüro von dem Anstreichermaterial. Er zog sich mit der Akte zu dem Fall Eric darin zurück. Und während Jacky laut gähnend seinen Tee mit Ahorn- und Waldhonig pimpte, streckte ich meine Fühler nach dem Mann aus, der Tom Keyzer in der Industriezone gefilmt hatte. Womöglich hatte er weitere wichtige Beobachtungen gemacht, die uns bei der Suche nach Grit und Paul Keyzer behilflich sein konnten. Im Moment schien das Handyvideo die erfolgversprechendste Spur zu sein. Denn Tom Keyzer selbst war erst wieder ab morgen früh zu erreichen, Holger Blockmans war nicht ausfindig zu machen, und draußen auf den Feldern, wo die Suchtrupps Meter für Meter nach den Vermissten abgrasten, konnte ich keinen großen Beitrag leisten.

Der Mann, der das Video aufgenommen hatte, hieß Philippe Lebrun. Er reagierte zwar nicht auf unsere Anrufe, sein Handy aber war eingeschaltet. Und so konnten die Kollegen aus Lüttich an seine Koordinaten gelangen und sie mir zur Verfügung stellen. Er wurde in einem Gebäude direkt hinter der Schule geortet, die knapp zwei Kilometer von dem Präsidium entfernt war. Ich hatte mich, ohne zu zögern, in den Pestla gesetzt und lenkte ihn nun auf die längliche Straße, die direkt auf den Stadtkern zuführte, in dem die Schule, die Kirche und verschiedene Geschäfte lagen. Die Straßen waren großenteils dunkel, nur alle hundert Meter leuchtete ein schwaches gelbes Laternenlicht auf.

Ich parkte vor der Schule und bemerkte, dass ich laut GPS nur noch zwanzig Meter von Philippe Lebrun entfernt war. Als ich den Innenhof erreichte, vernahm ich bereits die Metalmusik, die aus einem Kellerraum dröhnte. Ich stieg die Außentreppe hinab und öffnete die verrostete Stahltür. Schützend hielt ich mir die Hände über die Ohren und trat ein. Lautes Trommeln und heftiges Basssurren erfüllten das gesamte Kellergeschoss. Ich stieß die nächste Tür auf, hinter der ich vier Männer vorfand, die sich musikalisch austobten. In der Hoffnung, dass sie die Instrumente niederlegten, streckte ich ihnen meinen Polizeiausweis entgegen. In ihren Gesichtern las ich pure Abneigung, aber sie hörten tatsächlich auf zu spielen.

»Philippe Lebrun?«, fragte ich in die Runde.

»Das bin ich«, sagte der rothaarige Drummer, dessen grünes T-Shirt komplett von Schweiß durchnässt war.

»Haben Sie das Video von Tom Keyzer gemacht?«

»Ja, ist das strafbar, oder was?«, fragte er derart frech, als steckte er noch mitten in der Pubertät.

»Nein, aber ich wäre Ihnen sehr verbunden, wenn Sie es wieder aus Ihrem Profil löschen könnten«, sagte ich ohne viel Hoffnung auf Einsicht.

»Kann ich machen«, sagte er knapp, bevor er belustigt zu seinen Bandkollegen schaute. »Aber was bringt Ihnen das, wenn jemand anderes das Video schon runtergeladen hat?«

Diese Möglichkeit bestand natürlich, dennoch hoffte ich, dass das Löschen der Quelldatei die Verbreitung des Videos eindämmen würde.

»Sind Sie deswegen hier?«, fragte Lebrun, während er wieder seine Kumpel angrinste. »Hätten Sie dafür nicht auch anrufen können?«

Die anderen Bandmitglieder lachten spöttisch im Chor.

»Habe ich versucht, aber Sie sind nicht drangegangen.«

Der Rotschopf überprüfte sofort meine Aussage und kramte sein Handy aus der Hosentasche. Das Display war von einem Schweißfilm überzogen. Er brauchte drei Anläufe, ehe er die Entschlüsselungs-PIN richtig eingegeben hatte. Kurz danach nickte er demütig.

»Sie können uns noch mit etwas anderem weiterhelfen«, sagte ich, und sofort sah er mich aufmerksam an. »Haben Sie Tom Keyzer auch vor und nach der Aufzeichnung des Videos beobachten können?«

»Nein, ich konnte ja nicht ahnen, dass es um einen Entführungsfall geht. Ich dachte, er wäre einfach nur voll breit«, erklärte Philippe Lebrun.

Währenddessen zupfte der Bassist an den Saiten seines Instruments. Ich warf dem schwarzhaarigen Lulatsch einen prüfenden Blick zu und bemerkte, dass er mich verstohlen musterte. Ich schaute erst weg, als Lebrun das Wort wieder ergriff.

»Als ich das Auto hab wegfahren hören, bin ich sofort zum Fenster und hab auf Aufnahme gedrückt.«

»Welches Auto?«, fragte ich überrascht.

»Na, das Auto, das den Keyzer da abgeladen hat.«

»Das haben Sie aber nicht gefilmt, oder?«

»Nein.«

»Aber Sie haben das Auto noch gesehen?«, fragte ich. Meine Stimme klang angespannt.

»Ja, aber leider nur von oben. Es war klein und grau ... Sorry, ich kenne mich nicht wirklich gut mit Automarken aus.«

Die wenigsten Hobbymusiker kannten sich mit Autos aus.

»Aber Sie sind sich sicher, dass Tom Keyzer vorher in dem Fahrzeug gesessen hat?«

»Sicher bin ich mir nicht. Aber er lag auf jeden Fall noch am Boden, als ich ihn bemerkt hab – da fuhr das Auto gerade weg. Und ein paar Sekunden danach, also nachdem ich das Handy gezückt hatte, richtete Keyzer sich auf.«

Das waren mehr Infos, als ich mir erhofft hatte. Tom Keyzer war also mit hoher Wahrscheinlichkeit von einem Auto in der Industriezone abgeladen worden.

Nur – wer hat das Auto gelenkt?

Tom Keyzer hatte gesagt, dass er von einem Handyklingeln wach geworden war, als er auf der Straße gelegen hatte.

»Haben Sie ein Handyklingeln gehört?«

»Nein, aber der Auspuff des Autos war sehr laut. Vielleicht hat das Geräusch das Handyklingeln übertönt.«

Das klang plausibel.

»Können Sie mir die Speicherdaten der Videodatei zeigen?«

Er nickte und reichte mir sein Handy. Ich interessierte mich für die Uhrzeit der Aufnahme. Sie wurde um 17:57:23 gestartet und endete um 17:57:48, also fünfundzwanzig Sekunden später. Um kurz vor achtzehn Uhr hatten wir das Signal aus Lüttich bekommen, dass Tom Keyzers Handy eingeschaltet worden war. Und unser Telefonat mit Tom Keyzer hatte erst um achtzehn Uhr zwei stattgefunden. Die ersten beiden Versuche, ihn auf dem Handy zu erreichen, waren fehlgeschlagen. Das Telefonat, das auf dem Video zu sehen war, hatte Tom Keyzer also gar nicht mit uns geführt. Er musste mit jemand anderem gesprochen haben.

Aber mit wem?

Ich hatte keine Ahnung.

Wir müssen Keyzers Handy finden!

Aber da war noch eine zweite Sache: Das Handy war erst um siebzehn Uhr fünfundfünfzig aktiviert worden. Das wussten wir, weil wir um achtzehn Uhr die Nachricht von den Kollegen erhalten hatten, dass das Handy seit fünf Minuten aktiv sei – diese Zeitspanne war nötig, um ein Handy orten zu können. Tom Keyzer aber behauptete, dass er von dem Handyklingeln wach geworden sei. Es konnte also sein, dass er das Handy gar nicht aktiviert hatte, sondern derjenige, der das Auto gefahren und ihn dort mit hoher Wahrscheinlichkeit abgeladen hatte.

Warum sollte dieser Jemand das getan haben?

Es gab dafür nur eine logische Erklärung: Der Autofahrer wollte, dass Tom Keyzer gefunden wurde.

Aber warum?

Ich kannte noch keine Antwort auf diese Frage. Immerhin wussten wir nun aber, dass Tom Keyzer in der Industriezone von jemandem abgeladen worden war. Jetzt mussten wir nur noch herausbekommen, wer der Fahrer des grauen Fahrzeugs gewesen war und wer Tom Keyzer um siebzehn Uhr siebenundfünfzig angerufen hatte. Gut möglich, dass es ein und dieselbe Person war.

»Jungs«, richtete ich mich an die vier Rockmusiker, die sich soeben neue Bierflaschen öffneten. »Ihr könnt einpacken für heute, die Probe ist beendet.« Dann wandte ich mich an Philippe Lebrun: »Ein Kollege wird Sie in fünf Minuten anrufen. Sie müssen ihm das Auto so genau wie möglich beschreiben.«

Als ich um kurz nach halb fünf Uhr morgens wieder auf den Parkplatz des Polizeipräsidiums fuhr, fiel mir sofort der weißblaue Passat mit dem aufgedruckten Polizeiemblem auf – der hatte vor einer Stunde noch nicht dort gestanden. Ich klingelte, da ich keinen Schlüssel für das Gebäude besaß. Jacky öffnete mir. Schweißtropfen klebten auf seiner Stirn.

»Haben wir Besuch?«, fragte ich. Dafür, dass ich seit ungefähr zwanzig Stunden nicht geschlafen hatte, fühlte ich mich relativ fit.

»Ja«, antwortete Jacky. Er blieb im Türrahmen stehen. Bemühte sich, unschuldig zu wirken. »Holger ist da.«

Ich drückte mich an ihm vorbei und betrat das größere Büro, das Jacky inzwischen von den Essensüberresten befreit hatte. Blockmans kniete in seiner hellblauen Jeans auf dem Boden, die abgenutzten Sohlen der alten Sportschuhe waren leicht verformt. Die abgetragene Lederjacke machte bei jeder kleinen Bewegung Geräusche, die an knirschende Schritte im Schnee erinnerten. Blockmans hatte die Hände gefaltet und hielt sie, zusammen mit seinem festen Blick, nach oben gerichtet. Auf jenen fixen Punkt an der Wand, wo das Jesusbild hing, das Bender versehentlich beschädigt hatte.

Blockmans muss es wieder aufgehängt haben.

»Herr, du bist das Brot, das den Hunger stillt …«

Seine kräftige Stimme erfüllte den kahlen Raum.

Was geht hier vor?

Ich räusperte mich und stellte mich direkt vor ihn. Hoffte, dass er mich bemerkte.

»Herr Blockmans, ich muss mit Ihnen reden. Würden Sie bitte kurz aufstehen?«

Er kam meiner Bitte nicht nach. Betete einfach weiter, als hätte er mich weder gehört noch gesehen. Ich lief hinüber in den anderen Büroraum, wo Bender die Akte Eric studierte.

»Bender!«, rief ich, während ich die Tür öffnete.

Er saß nach wie vor in dem Stuhl, doch Kopf und Arme lagen auf dem Schreibtisch.

Er muss eingenickt sein.

Nur widerwillig sah er mit glasigen Augen zu mir auf.

»Holger Blockmans ist da«, sagte ich.

Bender erkannte den Ernst der Lage und erhob sich augenblicklich. Er folgte mir in das Büro, in dem Blockmans das kleine Jesusbild anbetete. Wir stellten uns neben ihn und schauten uns ratlos an.

»Gehe hinaus von mir, ich bin ein sündiger Mensch, Herr.«

Mit diesen Worten schien Blockmans sein Gebet beendet zu haben. Danach blieb er noch einen Moment am Boden knien. Wie in Zeitlupe zog er sich mit beiden Händen den Mittelscheitel nach, ehe er sich endlich erhob. Er stellte sich direkt vor mich. Er war gut einen Kopf kleiner als ich.

»Machen Sie das nie wieder«, sagte er drohend.

»Was?«, fragte ich überrascht.

»Mich während meines Gebetes stören.«

Irritiert starrte ich ihn an. »Ich möchte Paul und Grit Keyzer finden. Allein deswegen habe ich versucht, Sie zu unterbrechen«, stellte ich klar.

»Betende Menschen stört man nicht«, erwiderte er, bevor er sich wieder von mir abwandte und den Wasserkocher am Hahn auffüllte.

»Sind Sie nur zum Beten hergekommen?«, fragte Bender spitz.

»Um sechs Uhr beginnt meine Schicht. Ich komme immer eine Stunde früher.«

»Ich dachte, diese Woche gibt's wegen der Renovierungsarbeiten keine Schichten«, sagte ich zu Jacky.

»Es gibt auch keine«, antwortete Jacky knapp, während sein Gesicht rot anlief.

»Also sind Sie doch nur zum Beten hergekommen«, stellte Bender fest. Blockmans hob den Wasserkocher an, der soeben fertig geworden war, und füllte die schwarze Tasse, in der bereits ein Teebeutel baumelte.

»Ja, Sie haben recht. Heute war ich nur zum Beten hier«, sagte er ungerührt und mit dem Rücken zu uns gewandt. »Rituale sind wichtig.«

»Holger«, sagte Jacky in einem Tonfall, der Aufmerksamkeit forderte.

Blockmans' Sportschuhe quietschten, als er sich umdrehte. Die schwarze Tasse hielt er mit einem gekrümmten Finger am Henkel fest.

»Der Tom Keyzer wurde ja von seinem Entführer in einem Zimmer festgehalten. Hast du das schon gehört?«

›Schon‹ ist gut.

Blockmans nickte, während er den Teebeutel in dem heißen Wasser auf- und abtauchen ließ.

»In dem Zimmer, so sagt er, hing so ein Abreißkalender«, fuhr Jacky vorsichtig fort. Blockmans nickte abwartend.

Nun sag schon, Jacky!

»Und der angezeigte Tag war der 18. Juni 1992.«

Blockmans schloss die Augen. Ließ den Teebeutel in dem heißen Wasser versinken, bevor er die Tasse mit beiden Händen umschloss.

Ich hoffte, Blockmans würde etwas dazu sagen oder eine Reaktion zeigen, aber er blieb komplett regungslos. Eine merkwürdige Stille breitete sich aus.

»Wissen Sie, was Tom Keyzer mit dem Tod Ihres Sohnes zu tun haben könnte?«, fragte Bender schließlich so unverblümt, wie ich ihn in Raaffburg kennengelernt hatte. Die Frage war vollkommen berechtigt, denn für Höflichkeiten fehlte uns im Moment die Zeit.

Weitere Sekunden unangenehmer Stille verstrichen, ehe Blockmans langsam die Augen öffnete und die Tasse geräuschvoll auf der Spüle abstellte. »Nein. Und ich weiß auch nichts von einem anderen Ereignis, auf das der Täter sich beziehen könnte.«

Zu meiner Verblüffung sprach er sehr deutlich und gefasst.

»Können Sie uns sagen, wo Sie Freitagnachmittag und -abend sowie den gestrigen Nachmittag verbracht haben?«, fragte Bender. Damit fokussierte er sich vorrangig auf den Zeitraum der Entführung der Familienmitglieder und den der Freilassung von Tom Keyzer in der Industriezone.

»Kann ich«, antwortete Blockmans, während er seine Hände auf Bauchhöhe ineinanderfaltete. »Aber die Antwort wird Sie nicht weiterbringen.«

»Dann sagen Sie mal«, entgegnete Bender.

»Freitag bin ich gegen acht Uhr morgens nach Aubel gefahren, habe gegen neun Uhr um Einlass ins Kloster gebeten. Ich habe dort übernachtet und bin erst am nächsten Morgen gegen sechs Uhr nach Hause gefahren. Und gestern, also Samstag, habe ich mich nach unserem Treffen auf dem Feld bei dem Transporter auf den Weg nach Kevelaer gemacht. Dort habe ich mich in die Kirche gesetzt und bin abends gegen zweiundzwanzig Uhr heimgekehrt. Danach habe ich mich schlafen gelegt.«

Die Keyzers waren Freitag zwischen siebzehn Uhr und ein Uhr in der folgenden Nacht entführt und Tom Keyzer war Samstag gegen achtzehn Uhr freigelassen worden. Für beide Uhrzeiten hatte Blockmans ein Alibi. Vorausgesetzt, er erzählte uns die Wahrheit.

»Gibt es Menschen, die das bezeugen können?«, fragte Bender.

»Im Kloster war ich den gesamten Aufenthalt über in Gesellschaft der Mönche. In Kevelaer hat mich der Pastor begrüßt und verabschiedet.«

»Das werden wir prüfen«, sagte Bender, während er sich eifrig Notizen machte.

»Finden Sie das nicht merkwürdig?«, fragte ich.

Irritiert blickte Blockmans mich an. »Was?«

»Dass der Entführer der Keyzers offensichtlich auf den Tag anspielt, an dem Ihr Sohn ums Leben kam.«

Er nickte verhalten, so als würde er erst jetzt über diesen Sachverhalt nachdenken. »Ja, es ist merkwürdig. Aber ich kann Ihnen nur sagen, dass ich mit der Sache nichts zu tun habe.«

Konnte man ihm das glauben? Sein Sohn war 1992 von einem Moment auf den anderen aus dem Leben gerissen worden. Fremdverschulden, sagte die Autopsie. Fahrerflucht ohne konkreten Hinweis auf den Täter. Ich versuchte, mich in ihn hineinzuversetzen, den Vater, dessen Kind überfahren wurde. Siebenundzwanzig Jahre lang, Tag für Tag denselben Film vor Augen. Ein Auto. Eric. Der Zusammenprall. Die Flucht. Erics Leiche. Es war ein imaginärer Film – doch der Schmerz war real. Er war überall. Mit der Zeit wurde das Leben einsam und traurig, der Alltag schwer. Leere, wohin man auch sah. Die Ehe ging in die Brüche, der Job war nur mehr ein notwendiges Übel, das ganze Leben wurde zu einer lästigen Zwangsjacke, man versank tiefer und tiefer in einem Abgrund. Und das Einzige, das einen am Leben hielt, war die winzige Möglichkeit, doch noch irgendwann eine Antwort auf die allgegenwärtige und quälende Frage zu finden: Wer hat meinen Sohn getötet?

Aber Holger Blockmans schien einen Weg gefunden zu haben, mit dem Schmerz, mit dem Verlust umzugehen. Er besuchte Kirchen, sprach Gebete. In dem Glauben an Gott schien er Kraft und Halt gefunden zu haben.

Was aber, wenn Blockmans dahintergekommen war, wer das Fahrzeug damals gelenkt hatte? Wenn er – wie auch immer – herausgefunden hatte, wer seinen Sohn damals ins Grab befördert hatte? Hätte Gott ihn dann von einem Racheakt abgehalten? Niemand konnte hierfür eine Garantie geben. Und deswegen gab es nun nur eine Möglichkeit.

Ich blickte zu Bender hinüber, der mir entschlossen zunickte.

»Herr Blockmans, wir müssen Sie leider von den Ermittlungen abziehen. Sie sind vorerst beurlaubt.«

»Was?«, fuhr Jacky empört auf. Er trat an die Seite seines

Kollegen und legte seinen Arm über dessen Schultern. Verärgerung lag in seinen weit aufgerissenen Augen. »Warum denn beurlauben? Er sagt doch, dass er nichts mit der Sache zu tun hat. Das könnt ihr ihm glauben. Holger hat genug durchgemacht.«

Blockmans blickte regungslos zu Boden. Die gescheitelten Haare hingen an der Stirn herab. Als er sprach, bewegten sich seine Lippen nur langsam. »Ich werfe niemandem etwas vor. Nur mir selbst.«

Jacky hatte angedeutet, dass Blockmans seinen Sohn damals zum Losverkauf hatte begleiten wollen. Ein Einbruch, zu dem er gerufen worden war, hatte ihn aber daran gehindert. Wie oft musste er sich schon die Frage gestellt haben, was passiert wäre, wenn er Eric begleitet hätte. Wie ein Schatten musste ihn die Frage bis zum heutigen Tag verfolgen. Und am Ende eines jeden Tages gab es nur eine Antwort auf das ewige Kreisen im Kopf: Der Unfall wäre nie passiert. Und trotzdem blieb mir keine andere Wahl.

»Es tut mir leid. Wenn die beiden Fälle zusammenhängen, sind Sie befangen. Ich möchte Sie bitten, sich zu unserer Verfügung zu halten. Und bitte melden Sie sich, wenn Ihnen noch etwas einfällt.«

»Nicht zu fassen«, zischte Jacky und sah mich verächtlich an. Doch bereits im nächsten Augenblick wandte er sich wieder Blockmans zu und klopfte ihm kraftvoll auf die Schulter. »Mit welchem Auto bist du hier? Soll ich dich nach Hause fahren?«

Blockmans war auf den impulsiven Körperkontakt offenbar nicht vorbereitet gewesen und zuckte zusammen. »Mit dem PP«, entgegnete er schließlich mit gepresster Stimme.

»PP?«, fragte ich. Eine solche Marke sagte mir nichts.

»Das ist unsere Abkürzung für Polizei-Passat«, erklärte Jacky mit einem gewissen Stolz über die eigensinnige Abkürzung.

Polizei-Passat, wiederholte ich in Gedanken. Hört sich bescheuert an.

Aber als ich so darüber nachdachte, fiel mir ein, mit welchem Auto ich die beiden das letzte Mal gesehen hatte.

»Der graue Peugeot 306, mit dem Sie zu dem ausgebrannten Transporter gefahren sind, gehört der Ihnen?«

»Klein und grau«, hatte Philippe Lebrun das Auto beschrieben, das er aus der Industriezone hatte wegfahren sehen. Ich hatte noch keine Gelegenheit gehabt, Bender und Jacky darüber zu informieren.

»Ja, das ist mein Privatwagen«, sagte Blockmans knapp.

»Warum sind Sie denn mit Ihrem eigenen Fahrzeug auf die Wiese gefahren und nicht mit dem Passat?«

Blockmans blickte mich mit finsterer Miene an. Doch Jacky war es, der abrupt antwortete: »Der PP hatte einen Platten und musste in die Werkstatt.« Dabei legte er den Arm noch enger um Blockmans' Schultern. Dann nickten die beiden sich zu und schritten Arm in Arm nach draußen.

17

Seit Stunden lief der Fernseher. Ohne Unterbrechung. Erst das »Sandmännchen« am frühen Abend, dann der Asterix-Film und schließlich die Gameshow auf dem Hauptsender. Niemand störte die Mädchen dabei. Mama schlief tief und fest auf dem Sofa. Elena und Dana saßen auf dem Teppich und lachten, wenn Mama schnarchte oder ihren Körper stöhnend von einer Seite zur anderen wälzte. Einmal pupste sie sogar, ehe sie genüsslich losschmatzte. Die beiden Schwestern kriegten sich gar nicht mehr ein vor Lachen.

Die Tüte Chips hatten sie bereits geleert, in der Flasche Cola war noch ein Viertel des Inhalts übrig.

»Das ist für mich«, sagte Elena, während sie zum Einschenken in ihr Glas ansetzte.

»Nein. Du hast schon ganz viel«, schimpfte Dana und riss ihrer Schwester die Flasche aus der Hand. Dabei stieß sie Mamas Flasche um, die mit der blauen Flüssigkeit. Sie fiel auf den Teppich, es gab einen dumpfen Knall. Angespannt blickten die beiden Mädchen hinüber zu Mama. Eigentlich rechneten sie nicht damit, dass sie aufwachte, immerhin war das Glas nicht zersprungen, es hatte nicht geklirrt. Aber sie schlug ihre Augen auf. Sie hob ihren Kopf und blickte in Richtung des Fernsehers.

»Macht den Fernseher aus!«, sagte sie, bevor sie sich die Decke über den Kopf zog. Elena und Dana sahen sich an.

»Macht ihn aus, hab ich gesagt«, schimpfte Mama, strenger als zuvor.

Elena nahm die Fernbedienung und drückte auf den roten Knopf. Mit einem Mal wurde der Bildschirm schwarz. Es war vollkommen dunkel im Raum.

»Elena?«, fragte Dana unsicher.

Ihr Blick suchte Elena. Elenas Blick suchte Dana. Aber sie sahen sich nicht mehr.

»Ja.«

»Warum ist es so dunkel?«

»Die Lampe ist kaputt«, antwortete Elena. »Und die Rollläden sind runter.«

»Warum?«

»Morgen bringt jemand eine neue Lampe an«, sagte Mama. »Bis dahin kommen wir mit der Taschenlampe zurecht.« Sie knipste die kleine Lampe in ihrer Hand an. Jetzt sah Dana, dass Mama ihr Gesicht inzwischen von der Decke befreit hatte.

»Warum erst morgen?«, fragte Dana.

»Weil der Mann erst morgen kommt«, sagte Mama.

»Du kannst es doch reparieren«, erwiderte Dana.

Da sprang Mama auf, stellte die Taschenlampe auf den Tisch und stolperte ins Badezimmer. Sie übergab sich. Die Würgegeräusche waren für die beiden Schwestern nicht zu überhören.

»Mama kann nicht alles machen«, sagte Elena vorwurfsvoll und kniff ihre Schwester in den Arm. »Sie ist doch krank.«

Mama war schon lange krank. Und trotzdem schaffte sie es noch, anderen zu helfen. Wenn es hell war, musste sie dafür öfter weg.

»Ich muss der Polizei helfen. Damit die Bösen gefangen werden.«

Wenn Mama fort war, lief Dana mit Elena durch den großen Garten. Manchmal sahen sie hinter der Kastanie die alte Frau. Sie beobachteten sie, winkten ihr zu. Wenn sie die beiden erkannte, lächelte sie und kam mit Süßigkeiten zu ihnen. Lakritze und Gummibärchen. Ab und zu fragte Dana sich, ob die alte Frau nicht eine bessere Mutter für sie wäre, als Mama es war.

»Wenn das Licht wieder funktioniert, geht es Mama bald besser – oder, Mama?«, fragte Elena, als Mama aus dem Badezimmer trat. Ihre Augen waren glasig.

»Hoffen wir es«, sagte sie und schob Elena beiseite, um in die Küche zu gelangen.

»Hast du geweint?«, fragte Dana und versuchte, mit ihrer Mutter Schritt zu halten.

Sie sah, wie ihre Mama schluckte, ehe sie ins Wohnzimmer ging.

»Wartet hier«, sagte sie. Kurze Zeit später kam sie mit den Plüschtieren von Dana und Elena zurück. Sie reichte sie den beiden. Alf gehörte Elena und Micky Maus Dana.

»Wir gehen jetzt schlafen«, sagte Mama. »Morgen früh haben wir wieder Licht. Da geht die Sonne auf.«

18

Bender und ich waren nach dem gemeinsamen Abgang von Blockmans und Jacky allein in dem Büro zurückgeblieben. Während Bender vorhin kurz am Schreibtisch eingenickt war, hatte ich die Nacht durchgemacht. Und so langsam, aber sicher traten auch bei mir die ersten Müdigkeitserscheinungen auf. Meine Haut begann zu jucken, und ich blinzelte immer häufiger. Die toxisch beladene Anstrichfarbe, die überall ausdünstete und die Raumluft verpestete, machte die Sache nicht unbedingt besser.

Du brauchst frische Luft!

Ich bewegte mich zu den Fenstern und riss sie weit auf. Für ein paar Sekunden schloss ich die Augen und genoss den kalten Luftzug, der mir entgegenströmte. Als ich die Augen wieder aufschlug, begab ich mich zu dem Küchenschrank. Beim Öffnen fiel mir auf, dass meine Finger an der Tür kleben blieben.

Was zum Teufel ist das?

Ich führte einen Finger an die Nase. Ein süßlicher Geruch wehte mir entgegen. Die Schranktür war komplett mit Honig verklebt.

Egal jetzt. Das hier ist nicht dein Zuhause.

Ich suchte den Schrank nach Tee ab, aber ich fand nur die Sorten Kamille und Spitzwegerich.

Gibt es denn nirgendwo Kaffee?

Ich suchte weiter, schob etliche Dosen von links nach rechts und wieder zurück. Währenddessen erzählte ich Bender von der Beobachtung, die Philippe Lebrun vor der Aufzeichnung des Videos gemacht hatte.

»Graue Autos gibt es wie Sand am Meer«, entgegnete er. »Hat er keine detailliertere Beschreibung?«

»Fragen wir jetzt gleich nach«, sagte ich und entnahm dem Schrank eine Packung Instantkaffee.

Endlich!, dachte ich und atmete erleichtert auf. Doch dann sah ich das Verfallsdatum auf der Rückseite der Verpackung: 30. März 2016.

Mist!

Eigentlich hielt ich mich immer strikt an die angegebenen Verfallsdaten auf Lebensmitteln. Aber das hier war eine Ausnahmesituation. Ich schüttete ein paar Löffel der braunen Krümel in eine saubere Tasse und goss kochendes Wasser darüber. Die braune Substanz löste sich augenblicklich auf.

Indes tippte Bender eine Nummer ins Handy, die er von dem PC-Monitor ablas. »Mal sehen, ob die Mönche schon wach sind.«

Tatsächlich meldete sich jemand. Ein Mönch aus der Abtei in Aubel bestätigte Blockmans' Alibi für die Zeit von Freitagmorgen um neun Uhr bis Samstagmorgen um fünf Uhr. Und auch in Kevelaer bestätigte der Pastor das Alibi für Samstagnachmittag bis zum Abend. Blockmans konnte also weder die Entführung der Keyzers noch die Freilassung von Tom Keyzer ausgeführt haben. Es passte zeitlich nicht. Und auch die Story mit dem platten Reifen des PP war nicht erfunden. Das Fahrzeug war bereits am Donnerstag in die Werkstatt gebracht und Samstagnachmittag von einem Werkstattmitarbeiter zu Holger Blockmans nach Hause gefahren worden.

Blockmans schied also vorerst als Verdächtiger aus.

Wieder alles auf Anfang!

Ich nahm einen Schluck von dem Kaffee. Mein Mund kribbelte. Die Brühe schmeckte fürchterlich. Ich wusste nicht, ob er so widerlich war, weil er lange abgelaufen oder von mieser Qualität war. Jedenfalls stellte ich schnell fest, dass das Koffein noch wirkte. Ich fühlte mich fitter.

»Rufen wir nun die Kollegen wegen des grauen Autos an?«, fragte Bender.

Ich warf einen Blick auf meine Uhr, es war sieben Uhr fünfunddreißig. In einer halben Stunde durften wir Tom Keyzer besuchen. Vorher würde uns Dr. Bodart nicht zu ihm vorlassen.

»Das erledigen wir im Auto. Bevor wir Tom Keyzer fragen, was er am 18. Juni 1992 gemacht hat.«

Dünner Raureif lag über der arktisch wirkenden Vennlandschaft. Obschon das Frühjahr bereits begonnen hatte, war die dominierende Farbe Gelb. Die wenigsten der Bäume, die sich alle paar Meter aus dem Boden kämpften, hatten bereits grüne Blätter. Die meisten schafften es gar nicht erst bis ans Licht. Sie waren schwach, der nährstoffarme Boden hinderte sie am Wachstum. Alle paar hundert Meter tauchten Kreuze in der Landschaft auf. Sie waren aus Holz und teilweise schon so alt, dass sie ganz schief standen. Wie viele Menschen hatten hier wohl schon ihr Leben verloren? Indem sie die Orientierung verloren, sich verirrten und im Morast stecken blieben oder von einem Schneesturm überrascht wurden? Es mussten Unzählige sein.

Was für ein gruseliger Anblick.

Und doch waren die Kreuze insgeheim nur eins: die traurige Erinnerung an die Macht der Natur.

Vor uns, in einigen Metern Höhe, schwebte ein Adler über dem Moor und setzte plötzlich mit ausgestreckten Flügeln zum Sinkflug an. Sein Ziel war etwas Kleines, das sich inmitten der blassgelben Gräser bewegte. Ich vermutete eine Maus oder ein anderes Nagetier. Kurz darauf hob der Adler mit kräftig schlagenden Flügeln ab, während die Beute leblos in seinen Krallen hing.

Ich schüttelte mich und hatte meinen Fokus gerade wieder auf die Straße gerichtet, als Bender sich plötzlich zu Wort meldete. »Ist das nicht Malherbe da vorn?«

Mein Blick folgte Benders ausgestrecktem Zeigefinger. Am rechten Straßenrand hatten sich knapp ein Dutzend Polizisten versammelt, die Hälfte von ihnen trug Leuchtwesten. Sie schienen gerade am Ende eines Suchabschnitts angekommen zu sein und eine Pause eingelegt zu haben. Fred Malherbe, der den Sucheinsatz leitete, hielt eine aufgefaltete Karte in den Händen und blickte missmutig auf das weite Feld, das sich vor ihm ausbreitete.

Ich fuhr an den Straßenrand und aktivierte die Warnblinkanlage. Als wir ausstiegen, rief ich Bender über das Dach des Pestlas hinweg zu: »Wir haben zehn Minuten! So wie ich den Internisten im Krankenhaus kennengelernt habe, bestraft er Unpünktlichkeit.«

Bender nickte. »Das würde zu ihm passen.«

Wir joggten auf Fred Malherbe zu. Seit er die Einsatzleitung übernommen hatte, hatten wir ihn noch nicht persönlich gesprochen. Als er uns erkannte, drückte er die Geländekarte einem Kollegen in die Hand und begrüßte uns mit einem kräftigen Handschlag. Malherbes Mannschaft hatte gestern Abend gegen siebzehn Uhr dreißig mit der Suche bei dem Transporter, in Tom Keyzers Werkstatt und in dem Privathaus der Keyzers begonnen. Gegen zweiundzwanzig Uhr hatten sie dann mit der Suche in den Feldern angefangen. Seitdem waren keine neuen Informationen mehr zu uns durchgedrungen.

»Wie läuft die Suche?«, fragte ich.

Zunächst glaubte ich, sein Grinsen sei das selbstbewusste, das er ständig trug. Doch es hielt nur einen kurzen Augenblick an, dann sanken seine Mundwinkel nach unten, und sein Gesicht nahm einen skeptischen Ausdruck an.

»Schwierig«, sagte Malherbe und seufzte. »Von den Wärmebildkameras, die an dem Helikopter und an zwei Drohnen befestigt sind, haben wir bisher nur Fehlmeldungen erhalten. Ein kleiner Fuchsbau hat uns in die Irre geführt. Das hat uns viel Zeit gekostet.«

»Würden die Kameras denn eine Person erkennen, die in einem Sarg unter der Erde liegt?«, fragte Bender. Bei den Worten musste er selbst schwer schlucken.

»Das ist nicht so einfach zu beantworten«, sagte Malherbe und wiegte nachdenklich den Kopf. »Wenn die Person lebt, kann es sein, dass man sie auf der Kamera sieht. Aber nur, wenn sie nicht zu tief vergraben ist. Wenn der Täter jedoch eine Wärmefolie auf den Sarg gelegt hat, haben wir keine Chance. Da dringt nichts durch.«

»Und wenn die Person bereits tot ist?«, fragte ich.

»Dann strahlt die Person trotzdem noch Wärme ab, das hat was mit der Verwesung des Körpers zu tun. Aber wenn der Täter nicht möchte, dass wir das Opfer finden, legt er einfach eine Wärmefolie drüber.«

»Das sagten Sie schon«, erinnerte ich ihn. »Also stehen die Chancen, mit der Wärmebildkamera was zu finden, nicht gut.«

Malherbe nickte. »Die Suche mit der Hundertschaft und den Hunden ist in den meisten Fällen erfolgreicher. Das Problem ist nur, dass sie länger dauert, insbesondere dann, wenn die abzusuchende Fläche knapp fünftausend Hektar beträgt. Bisher haben wir das Haus der Keyzers, die Werkstatt und die Umgegend des Transporters durchkämmt. Von den großen drei – also dem Venn, dem See und dem Wald – haben wir vor einer Stunde mit dem Wald abgeschlossen. Dort haben wir viel Krempel gefunden, aber nichts, das direkt auf die Keyzers hindeutet.«

Ein kleiner Hügel voller Müll, der ein paar Meter neben uns errichtet worden war, zog meine Aufmerksamkeit auf sich. Zahlreiche Blechdosen und Plastikflaschen waren unter dem Abfall, aber auch ein paar Kleidungsstücke.

»Lassen Sie das alles bitte trotzdem untersuchen«, sagte ich. »Vielleicht finden wir irgendwo DNA-Spuren, die uns weiterbringen.«

»Natürlich«, sagte er, wenngleich ich ihm ansah, dass er dahingehend nicht sehr zuversichtlich war. Angespannt drückte er seine Zähne auf die Unterlippe. »Wir hatten uns viel von dem Wald versprochen, da der Transporter in unmittelbarer Nähe gefunden wurde. Jetzt muss ich umdisponieren«, erklärte er und stemmte die Arme in die Hüften. »Wir sind knapp hundert Leute, zudem haben wir zwölf Hunde, von denen sechs Leichenspürhunde und sechs Suchhunde für lebende Menschen sind. Ich werde nun einige Männer abgeben und sie mit der

Suche in entlegenen Ecken beauftragen, die wir bisher nicht auf dem Radar hatten. Der Großteil meiner Leute wird das Venn absuchen, das scheint mir der verlockendste Ort zu sein, um zwei Menschen verschwinden zu lassen.«

Malherbes Blick schwebte über die dürre Landschaft. So weit das Auge reichte, sah man stumpfe Gräser, die sich aus dem torfhaltigen Boden an die Oberfläche gekämpft hatten. Wo sollte man hier anfangen zu suchen, an diesem hoffnungslosen Ort?

Das Licht der tief stehenden Sonne blendete uns so sehr, dass wir unsere Blicke wieder abwenden mussten.

»Und was ist mit dem See? Suchen Sie dort auch?«, fragte Bender, der die Hand schützend vor die zusammengekniffenen Augen hielt.

»Der See hat keine Priorität. Trotzdem sucht eine Handvoll Taucher seit dieser Nacht die Ufer ab.«

»Warum hat der See keine Priorität?«, hakte Bender nach, bevor der schrille Klingelton seines Handys ertönte.

Ich nutzte den Moment für einen Blick auf die Uhr. Es war zehn vor acht. Wir mussten losfahren, wenn wir pünktlich bei Tom Keyzer im Krankenhaus sein wollten. Dr. Bodart würde es fertigbringen, uns um Viertel nach acht wieder rauszuwerfen, selbst wenn wir erst um acht Uhr dreizehn erscheinen würden.

»Wegen der Särge«, antwortete Malherbe auf Benders Frage, während dieser schon das Gespräch am Handy annahm. »Ich glaube nicht, dass jemand seine Opfer in Särge steckt, um sie dann im See zu versenken.«

Darin stimmte ich ihm zu. Wer einen Sarg bestellte, hatte ziemlich sicher vor, ihn auch unter der Erde zu vergraben. Und üblicherweise befand sich ein toter Mensch darin.

Ich schaute hinüber zu Bender, der sich mit seinem Handy außer Hörweite begeben hatte und konzentriert seinem Gesprächspartner lauschte. Hinter ihm formierten sich die Suchstaffeln in einer Reihe und brachen im Gleichtakt auf, um das weite Feld abzugrasen. Alle paar Zentimeter stachen die beteiligten Männer und Frauen in den Boden, begleitet von dem Urteil, ob sich die Konsistenz der Erde an dieser Stelle von der vorherigen unterschied. Die wenigen Hunde liefen in Begleitung ihres Herrchens voraus und ließen ihre trainierten Nasen wenige Zentimeter über der Erde schweifen. Der Boden war matschig, und man versank tief darin, obschon er in den vergangenen Tagen nicht viel Wasser abbekommen hatte. Aber der Torf behinderte den Abfluss und die Verdunstung. Und er erschwerte die Fortbewegung.

Unweigerlich musste ich an Albert Zeedorps Worte denken. *»Zwischen fünfundzwanzig und neunzig Minuten.«*

So viel Zeit blieb einem Menschen in einem geschlossenen Sarg. Bis er erstickte.

Inzwischen waren gut dreißig Stunden seit dem Moment vergangen, als Grit und Paul Keyzer das letzte Mal gesehen worden waren. Und ihre Lebenschancen, wenn es überhaupt noch welche gab, sanken mit jeder Sekunde.

Das dauert alles viel zu lange!

Ich ging gerade auf Bender zu und wollte ihn dazu bewegen, mich zu meinem Auto zu begleiten, als er plötzlich sein Handy vom Ohr nahm und mich mit blassem Gesicht ansah. Ich packte ihn am Ellbogen, um ihn zu stützen, denn ich befürchtete, dass er das Bewusstsein verlieren würde. »Was ist los mit Ihnen? Geht es Ihnen nicht gut?«

»Die Sanitäter haben in Tom Keyzers Jackett die Visitenkarte eines Michael Meller aus Köln gefunden. Er ist ein beruflicher Kontakt von Grit Keyzer.«

»Ja, und?«, fragte ich ungeduldig.

»Meller ist tot. Er wurde vor zwei Wochen in Köln mit einem Drahtseil erwürgt.«

Ach du Kacke!

»War es Keyzer?«, fragte ich.

»Die Kollegen prüfen es gerade. Bisher gab es in dem Fall Meller keine Spuren. Aber in jedem Fall hatte Tom Keyzer ein Motiv.«

»Hatte Grit Keyzer eine Affäre mit diesem Meller?«, fragte ich gespannt.

»Nein, oder besser gesagt: Das wird noch geprüft. Es ist offenbar nicht so einfach, eine Liste der geführten Telefonate zu erhalten. Was ich aber eigentlich meinte, ist: Die DNA-Ergebnisse der Keyzers sind da. Paul Keyzer ist nicht adoptiert, Grit Keyzer ist seine leibliche Mutter. Jedoch ist Tom Keyzer hundertprozentig nicht sein Vater.«

Shit!

»Das ist tatsächlich ein Motiv«, sagte ich. Wenn Tom Keyzer über den von seinem Sohn in Auftrag gegebenen Genealogietest herausgefunden hatte, dass seine Frau ihn hintergangen hatte, war eine gewalttätige Reaktion des Gehörnten nicht auszuschließen.

»Und was für eins«, antwortete Bender, bevor er laut schluckte und ergänzte: »Da ist noch etwas.«

Noch ein Mord?

»Die Kollegen haben das Handy von Tom Keyzer gefunden.«

»Endlich«, entgegnete ich.

»Es lag komplett zerstört in einem Blumenkübel in der Industriezone«, fuhr Berner fort. »Jedenfalls hat Keyzer am Samstag um siebzehn Uhr siebenundfünfzig ein zweiminütiges Gespräch mit einer Person geführt, die ihn von der Telefonzelle am See aus angerufen haben muss.«

Der Anruf, den Lebrun gefilmt hat.

»Ein Glück, dass es dort noch eine Telefonzelle gibt. Ich dachte, die Dinger wären ausgestorben«, sagte ich. »Gibt es im Umfeld Kameras, die die Zelle im Blickfeld haben?«

»Nein«, antwortete Bender knapp. »Sie steht hinter einem Jugendheim. Weit und breit keine Kamera.«

Bender holte kurz Luft, bevor er zum nächsten Punkt überging. »Aber die Kollegen haben Keyzers Mailaccount gehackt. Tatsächlich hat jemand die Särge per Mail bestellt. Nur leider existiert die Mailadresse des Absenders nicht mehr. Sie war ohne Namensangabe in einem Internetcafé angelegt worden.«

Das bedeutete, jeder hätte die Mailadresse anlegen und die Mail schreiben können. Auch Tom Keyzer selbst.

»Das Ganze macht Tom Keyzers Story nicht unbedingt glaubwürdiger«, resümierte ich.

»Genau, das ist auch meine Meinung. Wollen Sie wissen, wie die Mailadresse lautete?«

Ich nickte knapp, während ich meine Nase rümpfte.

»Weybach18061992@mail.com«, sagte Bender.

Da ist er wieder, der 18. Juni 1992.

»Also stimmt die Story mit dem Kalenderblatt, die Keyzer uns aufgetischt hat«, bemerkte ich.

Bender zuckte mit den Schultern. »Mal eine Frage: Würden Sie als Schreiner mit einem Sarg in Produktion gehen, ohne den Namen des Auftraggebers zu kennen?«

»Dass er nicht nach dem Namen gefragt hat, würde zumindest zu der Gleichgültigkeit passen, die Tom Keyzer zugeschrieben wird.«

»Na ja«, sagte Bender. »Ich glaube, dass er uns das Datum hinwirft, um uns zu verwirren. Er weiß doch ganz genau, dass wir wegen des Falls Eric Blockmans darauf anspringen. Was hat er uns denn ansonsten bisher erzählt? Dass er in einem Zimmer festgehalten wurde, in dem ein Kalenderblatt an der Wand gehangen haben soll. Aber wenn wir Einzelheiten wissen wollen, zum Beispiel, ob der Boden aus Parkett oder Laminat besteht, weiß er erst keine Antwort.«

Keyzers Erinnerungen wiesen in der Tat eigenartige Lücken auf.

»Sie denken, er möchte Zeit gewinnen«, sprach ich Benders Vermutung aus.

»Ich denke, dass Tom Keyzer ganz genau weiß, was er tut. Und er genießt es, dass wir ihm dabei zusehen.«

19

Ein Lkw hatte sich verfahren und verhinderte, dass wir es pünktlich zum Krankenhaus schafften. Der Fahrer wendete sein Fahrzeug mitten auf der Straße und manövrierte uns damit in eine zeitliche Notsituation. Gut, wir waren nicht ganz unbeteiligt an der Verspätung – wir hätten früher losfahren können. Aber Dr. Bodart interessierte weder die eine noch die andere Erklärung. Der etwa eins fünfundachtzig große Mittsechziger machte uns unmissverständlich klar, dass für ihn einzig und allein der Patient zählte.

»Ich hatte Herrn Keyzer darauf vorbereitet, dass er um acht Uhr einen fünfzehnminütigen Besuch empfangen würde«, sagte er in einem Ton, als würde er eine Aussage vor Gericht machen. Er trug einen Kittel, dessen Weiß makellos strahlte. Darunter lugte ein dunkelblaues Lacoste-Poloshirt hervor. Zweifelsohne gab es keine Kleidung, die besser zu dem gebräunten Teint und den feinen weißgräulichen Haaren passte.

»Die Tatsache, dass Sie nun …«, er legte eine kurze Pause ein, um auf die Uhr zu schauen, »vier Minuten zu spät sind, darf nicht zum Nachteil des Patienten ausgelegt werden. Sie werden sicherlich nachvollziehen, dass die Anspannung seinen sich nach Ruhe sehnenden Körper seit ebenso vielen Minuten belastet.«

Was für ein Pedant!

»Dann fragen Sie sich mal, warum er so angespannt ist«, sagte ich scharf.

»Das kann ich Ihnen sagen«, erwiderte Dr. Bodart prompt. Im selben Moment machte er uns ein Zeichen, ihm zu folgen. Er legte ein gutes Tempo vor und schritt mit seinen langen Beinen über den grün glänzenden Linoleumboden. Für die über sechzig Jahre, die er bereits auf dem Buckel hatte, schien er in guter Form zu sein.

»Der Patient stand unter dem Einfluss von Alkohol und Flunitrazepam.«

Flunitrazepam, auch bekannt als Rohypnol. Es wurde vorwiegend als Schlafmittel verschrieben. In Verbindung mit Alkohol führte die Droge jedoch zu Gedächtnislücken und bösen Abstürzen. Solange man diese allein erlebte, war alles in Ordnung. Meist jedoch wurde die Droge zweckentfremdet, daher auch die geläufigen Bezeichnungen Roofies und K.-o.-Tropfen. In Verbindung mit Alkohol ließ die Droge einen Dinge tun, an die man bei klarem Verstand nicht mal denken würde. Dazu zählte auch das Töten von Menschen.

Mir lief es eiskalt den Rücken herunter.

In jedem Fall hatten wir nun eine Erklärung dafür, warum Tom Keyzer sich an keine oder nur sehr wenige Details erinnerte.

»Hat er sich die Droge selbst verabreicht?«, fragte ich, während ich die beiden Wachposten registrierte, die vor der Tür der Intensivstation standen.

»Herr ...«, begann Dr. Bodart.

»Donker«, ergänzte ich.

»Herr Donker, ich bin Arzt und nicht irgendein Hellseher, der in eine Glaskugel schauen kann. Mit Sicherheit aber war die Droge im Blut des Patienten und hat mit hoher Wahrscheinlichkeit auch den Schwächeanfall, den er gestern Nachmittag erlitten hat, verursacht. Im Moment ist er außer Lebensgefahr, sprich, seine Herztöne zeigen keine Anomalien. Es gilt jedoch, die Herzaktivität in den kommenden achtundvierzig Stunden zu beobachten. Bis dahin benötigt der Patient absolute Ruhe. Das, was ich hier gerade mache, dürfen Sie als ausnahmegenehmigten gütlichen Beitrag zum Gemeinwohl betrachten. Dass Sie den Patienten möglichst nicht in Aufregung versetzen sollen, muss ich hoffentlich nicht hinzufügen, ich tue es hiermit aber trotzdem.«

Es geht hier um zwei Menschenleben!, hätte ich ihm am liebsten entgegengebrüllt. Aber der entschlossene Blick seiner hellblauen Augen sagte mir, dass es keinen Sinn ergab, hier und jetzt Kontra zu geben.

»Danke«, sagte ich knapp. »Dürfen wir jetzt rein?«

Inzwischen war es acht Minuten nach acht Uhr. Uns standen nur mehr sieben Minuten zur Verfügung.

Dr. Bodart nickte auf seine unnahbare Art. Im nächsten Augenblick öffnete einer der Wachposten die Tür zu dem Raum, in dem Tom Keyzer lag. Ohne zu zögern, traten wir ein. Ich registrierte das Piepen und Surren der Geräte und den starken Geruch von Desinfektionsmitteln. Tom Keyzer lag auf dem Bett, dessen Kopfteil leicht hochgestellt war.

»Hallo«, sagte er müde. In den glasigen Augen glaubte ich Furcht zu erkennen. Seine blonden Haare lagen durcheinander.

»Wer hat Sie in der Industriezone angerufen, bevor wir Sie kontaktiert haben?«, schoss ich los.

»Mich hat niemand angerufen.«

»Erzählen Sie keinen Scheiß!«, fuhr Bender ihn an. »Wir wissen, dass jemand Sie angerufen hat. Zwei Minuten lang haben Sie mit ihm gesprochen.«

Keyzer schüttelte den Kopf. Sein Mund zuckte.

»Aha, interessant«, kommentierte Bender sarkastisch. »Sie scheinen sich ja brennend für Ihre Frau und Ihren Sohn zu interessieren.«

Sein Blick war verschleiert. Ich war mir sicher, dass er kurz davorstand, in Tränen auszubrechen.

Und hoffentlich zu gestehen.

»Was haben Sie mit ihnen gemacht?«, fragte ich, diesmal mit ruhiger Stimme.

Keyzer blieb stumm und schloss die Augen, ehe er wieder den Kopf schüttelte.

»Haben Sie es getan, weil Paul nicht Ihr leiblicher Sohn ist?«

Keyzer öffnete seine Augen und blickte mich erschrocken an. »Was?«, fragte er mit weinerlicher Stimme. »Warum sollte Paul nicht mein Sohn sein?«

»Er ist es nicht«, sagte ich. »Wir haben es überprüft. Paul ist zwar der Sohn Ihrer Frau, aber Sie sind nicht der Vater.«

»Sie haben es überprüft?«, fragte er verwirrt. »Was erzählen Sie da?«

»Die Wahrheit«, entgegnete ich nüchtern.

Aus Keyzers Augen kullerten vereinzelte Tränen und liefen seine Wangen herab.

Für einen Moment zweifelte ich daran, dass Tom Keyzer uns hier etwas vorspielte. Er sah müde und abgeschlagen aus. Nicht wie ein eiskalter Mörder, dessen Plan aufging. Eher wie jemand, der ungewollt Spielball eines Psychopathen geworden war. Doch ich wusste nur zu gut, dass die meisten Psychopathen schauspielerisches Talent besaßen.

»Sagt Ihnen der Name Michael Meller etwas?«, fragte Bender. Wir sollten Keyzer zwar schonen, aber bereits beim Betreten des Zimmers war uns klar gewesen, dass diese Option nicht in Frage kam. Wir mussten Tom Keyzer mit allem konfrontieren, was noch ungeklärt war. Und das war einiges.

»Nein«, antwortete er mit etwas Verzögerung. »Nie gehört.«

»Wir haben seine Visitenkarte in Ihrer Tasche gefunden. Er war ein Arbeitskontakt Ihrer Frau«, erklärte Bender.

»Ja, und?«, fragte Keyzer schulterzuckend.

»Michael Meller wurde vor zwei Wochen mit einem Drahtseil erwürgt«, sagte Bender.

Tom Keyzer wurde zusehends nervöser. Er blickte erst Bender an, dann mich.

»Ihre Frau war nicht immer treu, wie man hört«, sagte ich, während ich einen Blick auf die Uhr wagte: acht Uhr elf.

Vier Minuten noch.

Tom Keyzer schlug sich die Hände vors Gesicht und brach in Tränen aus.

Jetzt haben wir ihn.

»Die wollen mich fertigmachen.«

»Wer will Sie fertigmachen?«, fragte ich.

Er blieb stumm, hielt sich weiterhin die Hände vors Gesicht.

»Herr Keyzer«, ermahnte ich ihn, als keine Antwort kam.

Schließlich löste er die Hände vom Gesicht, sein Blick aber ging ins Leere. Sein Kopfschütteln verriet mir, dass er zu keiner Antwort bereit war.

Da soll mal jemand durchblicken … Versuch's weiter!

»Der 18. Juni 1992 – was hat das Datum zu bedeuten?«

Kein Sterbenswort.

»Haben Sie damals Eric Blockmans überfahren?«, fragte Bender. »Oder war es Ihre Frau?«

»Nein, ganz sicher nicht«, antwortete er angesäuert. »Ich war es nicht, und Grit war damals erst vierzehn Jahre alt.«

Endlich eine Regung.

»Sie sind doch bestimmt ab und zu mal mit dem Auto Ihrer Eltern gefahren«, provozierte ich.

»Nein«, sagte er nüchtern. »Erst als ich mit achtzehn den Führerschein gemacht habe.«

Vielleicht sagt er die Wahrheit.

»Und was ist jetzt mit dem 18. Juni 1992? Was haben Sie damals gemacht?«, wiederholte ich meine Frage.

»1992«, sagte er schwermütig. »Das weiß ich doch heute nicht mehr.«

»Vielleicht gibt es ein Ereignis aus dem Jahr, an das Sie sich heute noch erinnern. Denken Sie nach!«, sagte ich.

Er atmete tief ein und laut aus.

»Das Einzige, an das ich mich spontan erinnere, ist die Fußballeuropameisterschaft in Schweden. Da war ich mit einem Kumpel zum Finale in Göteborg.«

Ich blickte hinüber zu Bender, der augenblicklich sein Handy zückte.

»Das Finale war am 26. Juni. Deutschland gegen Dänemark«, sagte er wenige Sekunden später. »Und am 18. Juni spielte Deutschland gegen die Niederlande. Das Spiel ging 1:3 aus.«

Während mir der Schweiß an Beinen und Armen hinunterlief, schaute ich Keyzer an. Ich hoffte, die Details würden sein Gedächtnis anstoßen.

Er nickte zögerlich. »Ich erinnere mich«, sagte er. Eine Weile herrschte Stille. »Ich erinnere mich daran, dass ich abends mit meinem Bruder bei meiner Oma gesessen hab. Mein Onkel war auch da, er steckte in kompletter Hollandmontur. Wir redeten über Eric, alle waren besorgt. Das muss der Tag gewesen sein, an dem er verschwunden ist.«

»Haben Sie auch diese Lose verkauft? So wie Eric?«, fragte Bender.

»Nein, das war eine Sache der Messdiener. Die anderen hatten, glaub ich, ein Rhetoriktraining oder so was, ich weiß es nicht mehr genau. Ich selbst steckte ja schon in der Lehre.«

»Genau. Sie hatten Berufsschule. Und an diesem Donnerstag um Mittag Schulschluss«, sagte Bender, der die Akte kannte.

Keyzer schaute ihn nachdenklich an. »Wenn es ein Donnerstag war, waren mein Bruder und ich bestimmt bei meiner Oma zum Essen. Sie kochte donnerstags immer für uns. Ich … ich glaube sogar, dass wir den ganzen Nachmittag bei ihr verbracht haben.«

»Na, das checken wir ab. Wie heißt Ihre Oma?«, fragte ich ungeduldig.

»Meine Oma hieß Greta Mühlen, sie ist 2001 verstorben. Und mein Bruder heißt Luc Keyzer, er wohnt im Niederfeldweg 14. Das ist auch die alte Adresse meiner Oma.«

Keyzers Bruder wollten wir eh überprüfen.

An Benders Nicken erkannte ich, dass die Infos mit seinen Kenntnissen übereinstimmten.

Unzufrieden stellte ich jedoch fest, dass wir mit unseren Ermittlungen stagnierten.

Ich spürte, wie die dröge Krankenhausluft meine Gedanken trübte und meine Augen austrocknete. Meine Kiefer mahlten.

Was zum Teufel soll Tom Keyzers Oma mit Eric Blockmans' Verschwinden zu tun haben?

Wir waren den beiden Vermissten – Grit und ihrem Sohn Paul Keyzer – noch keinen Schritt näher gekommen. Das lag auch daran, dass Tom Keyzer gewisse Fragen abblockte.

Warum redet der Kerl nicht?

Uns bleiben noch zwei Minuten, erkannte ich nach einem flüchtigen Blick auf die Uhr.

Ich entschloss mich kurzerhand, die Sache anders anzugehen, und machte einen Schritt nach vorn. Ich stand nun direkt vor seinem Bett.

»Wenn Sie Ihre Familie wirklich wiedersehen wollen, dann sagen Sie uns endlich, wer Sie angerufen hat!«

Keyzer schluckte schwer. »Ich kenne die Person nicht.«

»Sie müssen doch ihre Stimme gehört haben!«, sagte ich bestimmt.

»Sie hat einen Verzerrer benutzt.«

Alles andere hätte mich auch gewundert.

»Was hat die Person denn gesagt?«

Tom Keyzer haderte sichtlich mit sich. Schließlich setzte er zur Antwort an, doch genau in dem Moment trat Dr. Bodart ins Zimmer. Er suchte Blickkontakt zu mir und hob die fein gezogenen Augenbrauen.

»Die Zeit ist um.«

Was für ein Korinthenkacker!

Ich sah ihn entrüstet an. »Noch eine Frage!«

Dr. Bodarts Gesicht blieb regungslos, ich deutete dies als Zustimmung. Also stellte ich meine Frage noch einmal. »Was hat die Person gesagt, Herr Keyzer?«

Diesmal antwortete Tom Keyzer rasch: »Ich darf nichts sagen.«

»Hat die Person das gesagt?«, fragte ich. Ich spürte, dass er mehr sagen wollte.

Er nickte. Seine Augen waren nun starr vor Angst. »Ich darf niemandem etwas sagen.«

»Mein Gott! Ihre Frau und Ihr Sohn verrecken da draußen, und Sie wollen uns nichts sagen?«

»Würden Sie dann jetzt …« Dr. Bodart wies uns demonstrativ zur Tür.

»Hat die Person denn gesagt, was sie von Ihnen möchte? Hat sie eine Forderung gestellt?«

»Nein. Ich weiß nicht, was sie will«, sagte Keyzer mit gebrochener Stimme. »Ich soll das Zimmer wiederfinden.«

Was hat der Entführer davon, wenn er das Zimmer wiederfindet?

»Das Zimmer wiederfinden?«, wiederholte ich stutzig.

»Ja, die Person sagte: ›Wenn du das Zimmer wiederfindest, findest du deine Familie.‹«

Er schlug sich wieder die Hände vors Gesicht, nachdem er die Worte ausgesprochen hatte.

»Die Zeit ist um«, hörte ich Dr. Bodarts Stimme. Im selben Moment klopfte es an der Tür. Ein schmaler Mann in beigem Anzug und mit blauer Krawatte trat ein. Er baute sich direkt vor mir auf.

»Titz mein Name, ich bin der Anwalt von Herrn Keyzer. Würden Sie jetzt bitte das Zimmer verlassen.«

20

Wie sich herausstellte, war Frederic Titz ein alter Schulfreund von Tom Keyzer. Gleich nach dem Abitur war er nach Brüssel gezogen und hatte dort nach acht Jahren Studium ein durchschnittliches Juraexamen abgelegt. Seit knapp fünf Jahren führte er eine kleine Kanzlei, deren Haupteinnahmequelle aus Abmahnungen bestand. Er gehörte genau zu der Sorte Menschen, der man am liebsten aus dem Weg ging. Titz' Erscheinen schien Keyzer überrascht zu haben. Doch auch wenn die beiden sich lange Zeit nicht gesehen hatten, stimmte die Chemie zwischen den ehemaligen Klassenkameraden nach wie vor. Titz überzeugte Keyzer schnell davon, dass er in seiner misslichen Lage einen Anwalt gut gebrauchen konnte. Es dauerte nicht lange, da wies Titz uns mit breitem Grinsen freundlich nach draußen. Er wusste nur zu gut, dass ein öffentlichkeitswirksamer Fall wie dieser seine Bekanntheit augenblicklich steigern würde.

Als Bender und ich in den Pestla stiegen, bemerkte ich auf dem Handydisplay, dass Jacky und die Kollegen der Suchstaffel versucht hatten, mich zu erreichen. Ich wählte nacheinander die verschiedenen Nummern für einen Rückruf an. Es nahm zwar jedes Mal jemand ab, allerdings vernahm ich nicht mehr als zusammenhanglose Wortfetzen. Als ich wieder auf das Display schaute, sah ich, warum. Das Netz war zu schwach.

Verdammtes Kaff!

Auf dem Rückweg, der über das Venn führte, versuchten Bender und ich es mehrfach aufs Neue. Doch die Telefontechnik verlor sich in den Weiten des Venns. Das Empfangssignal wurde eher noch schlechter.

Ein Schwarm Vögel zog an uns vorüber. Die Tiere warfen ihre Schatten auf die Pfeifengraslandschaft, die hier und da von dünnen Bachläufen unterbrochen wurde. Das Hohe Venn war still. Es ruhte in sich. Doch insgeheim ahnte ich, dass die Ruhe bald als trügerisch entlarvt werden würde.

»Wenn du das Zimmer wiederfindest, findest du deine Familie«, sollte Keyzers Entführer gesagt haben.

Warum sollte Tom Keyzer das Zimmer wiederfinden, aus dem er gerade erst geflüchtet war? Ich wiederholte den Satz noch mal, um mich zu vergewissern, dass ich ihn richtig deutete. »Wenn du das Zimmer wiederfindest, findest du deine Familie.«

Das Zimmer sollte Keyzer wiederfinden, aber seine Familie würde er lediglich finden – nicht wiederfinden. War es nur ein Wortteil, den Keyzer ausgelassen hatte, oder spielte der Entführer hier bewusst mit der Bedeutung?

Spielt das eine Rolle?

Dass Grit und Paul Keyzer in Lebensgefahr schwebten oder gar schon tot waren, darüber gab es kaum mehr einen Zweifel. Was auch immer der Entführer im Detail gesagt hatte, für uns gab es keine Alternative: Wir mussten Grit und Paul Keyzer finden. Und dafür mussten wir in Erfahrung bringen, was am 18. Juni 1992 geschehen war.

Glücklicherweise war das Verkehrsaufkommen an diesem Sonntagmorgen verhalten, sodass wir innerhalb weniger Minuten das Präsidium erreichten. Bereits seit heute Morgen hatten wir versucht, Luc Keyzer zu erreichen. Doch der zwei Jahre jüngere Bruder von Tom Keyzer besaß kein Handy, verfügte allein über einen Festnetzanschluss. Und da er als Waldarbeiter tätig war, wusste kein Mensch außer ihm selbst, wo er sich zurzeit befand. Ich konnte also im Moment nicht mehr tun, als ihm eine Nachricht auf dem Anrufbeantworter zu hinterlassen.

Auf dem Parkplatz des Präsidiums angekommen, öffnete Jacky mit der Tasse in der Hand die Tür des Gebäudes.

»Ist Blockmans auch da?«, fragte ich, nachdem wir ausgestiegen waren.

Mies gelaunt schüttelte Jacky den Kopf. »Den hast du doch beurlaubt.«

Genau, ich wollte mich bloß vergewissern.

»Lässt du ihn auch beschatten?«, schob Jacky hinterher.

»Ich bin kein Freund von Zufällen«, antwortete ich.

Ein Bewacher folgte Blockmans seit heute Morgen auf Schritt und Tritt, alles andere wäre Leichtsinn gewesen.

»Oh Mann, ihr habt echt 'nen Knall«, warf Jacky mir an den Kopf. »Holger hat nichts damit zu tun. Der Handyfilmer aus der Industriezone hat das Auto inzwischen genauer beschrieben. Es war der Beschreibung nach ein grauer Peugeot 206, Baujahr circa 2008. Also war es kein 306, wie Holger ihn fährt.«

Ich blickte ihn emotionslos an. »So sehr unterscheiden sich die Modelle nicht. Und der Zeuge hat zugegeben, sich mit Modellen nicht auszukennen.«

Jacky zuckte die Schultern. »Wie auch immer, eine Liste aller grauen Peugeot 206 im Umkreis von fünfzig Kilometern ist angefragt.«

Im selben Augenblick klappte Bender sein Tablet auf. »Ich frage noch andere Kleinwagenmodelle von Peugeot an.«

Jacky blickte ihn missmutig an und setzte dazu an, ihm verbal etwas entgegenzusetzen – doch Bender kam ihm zuvor. »Schauen Sie mal«, richtete er sich an mich. »Malherbe hat Bilder aussagekräftiger Fundstücke hochgeladen.«

Er drehte das Display in meine Richtung und setzte die Diashow in Gang.

Ein abgetragener Sportschuh, eine mit Moos bewachsene Mütze, ein verdreckter Schal und eine Kette, an der kleine, eckige grüne Steine hingen.

»Die drei Kleidungsstücke sehen so alt aus – die lagen schon länger dort«, stellte ich fest, während wir ins Präsidium eintraten. »Die Kette könnte was sein, wir sollten sie mit Grit Keyzers Schmuck und Fotos von ihr abgleichen. Von ihrer Freundin Lina Bleier sollten wir die Kette auch abchecken lassen, vielleicht erkennt sie die ja wieder.«

Wir betraten das große Büro. Bender machte sich augenblicklich daran, eine vorbereitete Karte Weybachs an der Wand aufzuhängen. Dabei fuhr er sich immer wieder durch das gescheitelte schwarze Haar. Als die Karte endlich befestigt war, entschuldigte er sich für einen Gang auf die Toilette. Gut zehn Minuten später kehrte er mit fahlem Gesicht zurück. Schweißperlen glänzten auf seiner Stirn – offenbar ging es ihm nicht gut. Dennoch ließ er sich nicht davon abhalten, auf der Karte verschiedene Stellen mit bunten Punkten zu markieren.

»In den Zeitungsarchiven haben wir zu dem 18. Juni 1992 leider keine Informationen gefunden, die uns neue Erkenntnisse liefern. Und ein Auftragsbuch führte der damals sechzehnjährige Tom Keyzer noch nicht.«

»Dann hoffe ich, dass die Akte etwas Interessantes zu bieten hatte«, sagte ich erwartungsvoll. Ich spürte meine Anspannung steigen. Vieles sprach dafür, dass der Entführer auf den Fall Eric Blockmans anspielte. Was aber, wenn wir keine Verbindung zwischen dem Jungen und Tom Keyzer finden würden?

Dann bist du verantwortlich für den Tod von zwei Menschen.

»Tee, die Herren?«, schoss Jacky gut gelaunt dazwischen. Mit der rechten Hand hielt er die alte Porzellankanne fest, während am linken Zeigefinger eine leere Tasse baumelte. Er schenkte bereits ein, bevor Bender und ich überhaupt Gelegenheit hatten zu antworten. Wir ließen es geschehen. Und während sich der Duft von Holunderblüten verbreitete und Jacky die vollen Tassen auf den großen Tisch stellte, ergriff Bender das Wort.

»Der 18. Juni 1992 war ein sonniger Donnerstag mit vierundzwanzig Grad Höchsttemperatur. Es war Fronleichnam, ein Feiertag in Deutschland, nicht aber in Belgien. Der damalige, deutschstämmige Pastor Falter hatte allerdings mit der Schulleiterin vereinbart, dass die Schüler, die für den Messdienerdienst eingetragen waren, an diesem Tag eine Art Besinnung erleben durften. Das sah konkret so aus, dass der Pastor den Schülern am Vormittag etwas über Jesus und die Bibel vorgetragen hat. Am Nachmittag verkauften die Schüler dann Lose für eine Tombola. Die Erlöse sollten der Kirche zugutekommen. Insgesamt gab es sechs Messdiener, die sich für den Besinnungstag angemeldet hatten: Lina und Simon Bleier, Grit Lässig, heutige Keyzer, Karl Maton, Eric Blockmans und Benjamin Sarlette. Letzterer meldete sich am Morgen wegen Darmgrippe ab.«

Jacky schlürfte ohne Hemmungen seinen Tee. Ich warf einen Blick auf meine Tasse, aus der feine Dampfschwaden aufstiegen. Ich ließ sie stehen, der Tee war noch zu heiß.

»Die Vormittagsstunden verliefen ohne Zwischenfälle. Gegen Viertel nach elf hatte der Pastor seinen Vortrag beendet. Danach verteilte er belegte Brötchen und Trinkdöschen an die Kinder. Um kurz vor zwölf stiegen die Kinder samt Pastor in den Kleinbus des Jugendheims, der die Kinder dorthin brachte, wo ihre Losverkaufsrouten beginnen sollten. Je zwei Kinder waren pro Route eingeplant, wobei jede Route in der Nähe des Zuhauses eines der Kinder endete.«

»Die Kinder klapperten also die Häuser in einer ihnen bekannten Umgebung ab«, sagte ich.

»Genau«, bestätigte Bender, während er die Ärmel seines Hemdes mit feinen Handgriffen hochkrempelte. »Wobei man sagen muss, dass der Pastor schon eine ordentliche Strecke von zwei Kilometern für die Kinder vorgesehen hatte.«

»Zwei Kilometer«, wiederholte ich. Ich war mir nicht sicher, ob das nun eine lange Strecke war oder nicht. »Ist das viel?«

»Wenn man davon ausgeht, dass auf der Strecke ungefähr fünfzig Häuser liegen und die Kinder pro Haus im Durchschnitt drei Minuten benötigten, waren sie ohne Pausen zweieinhalb Stunden unterwegs«, rechnete Bender vor.

»Also bis vierzehn Uhr dreißig – das würde ungefähr der normalen Schulzeit entsprechen.«

»Ja, das stimmt. Die Schule endete um vierzehn Uhr fünfundvierzig.«

»Also war die Strecke doch in Ordnung«, sagte ich, und Bender nickte. »Wer hat denn welche Route mit wem gemacht?«

»Der Pastor hat sich bei der Auswahl der Straßen auf die dicht besiedelten Gebiete konzentriert. Die Bleier-Geschwister haben die drei Straßen in Seenähe übernommen. Die wurden hauptsächlich von Einheimischen bewohnt. Karl Maton und Grit Keyzer waren für die im Norden liegende Feldmannstraße eingeplant. Und Eric Blockmans sollte mit Benjamin Sarlette zusammen den Birnenweg entlanggehen.«

Auf der Karte erkannte ich, dass die Feldmannstraße und der Birnenweg sich nach etwa fünfhundert Metern kreuzten. Zusammen bildeten sie ein X. Während die Feldmannstraße im Westen unweit des Präsidiums begann und in der Nähe der weiten Vennlandschaft endete, verlief der Birnenweg vom östlichen Teil hinter der Industriezone bis in die Wiesen-und-Obst-Landschaft. Das Zuhause von Eric Blockmans hatte Bender mit einem blauen Punkt auf der Karte markiert. Es lag ungefähr dreihundert Meter von dem Ende des Birnenwegs entfernt.

»Wer ist mit Eric Blockmans gegangen, nachdem Benjamin Sarlette wegen Krankheit passen musste?«, fragte ich.

»Niemand, er ist allein los«, sagte Bender nüchtern, während er einen Schritt zum Tisch machte und an seiner Tasse Tee nippte.

»Niemand?«, fragte ich erschrocken. »Der Junge war erst zehn.«

Bender verzog sein Gesicht. Ich ordnete die Reaktion dem Tee zu.

»Ja, richtig. Erics Vater wollte eigentlich für Benjamin einspringen. Aber ein Einbruch im südöstlichen Teil Weybachs, in der Nähe des Waldes, kam dazwischen. Der Vater hatte dem Pastor vorher bereits das Einverständnis dafür gegeben, dass sein Sohn allein losging.«

Jetzt begriff ich erst die ganze Tragik dieses Falls: Blockmans war es gewesen, der seinen Sohn allein losgeschickt hatte. »Mein Gott, das ist schrecklich«, sagte ich.

»Und das wirft er sich bis heute vor«, ergänzte Jacky und blickte kopfschüttelnd auf den Boden.

Das konnte ich gut nachvollziehen. Unabhängig davon, ob an Blockmans' Entscheidung, seinen Sohn allein losziehen zu lassen, eine Schuld gekoppelt war. Fest stand, dass er die Entscheidung getroffen hatte. Und das würde er sich bis ans Lebensende vorwerfen. Er war nicht dabei gewesen, als sein Sohn getötet wurde. Er, der Polizist, hatte seinen Sohn nicht vor dem Tod beschützen können.

Mein Hals war angeschwollen und fühlte sich trocken an. Ich griff nun auch zu meiner Teetasse und nahm vorsichtig einen Schluck. Ich erwartete eine Holundernote, doch was ich schmeckte, war ein viel zu süßer und gleichzeitig scharfer Honig, der das Teearoma komplett überlagerte.

Bender grinste mich schadenfroh an, als ich das Getränk zurück in die Tasse spuckte. Jacky schien davon nichts mitzubekommen. Er war einen Moment vorher aufgestanden und füllte nun den Kocher mit neuem Wasser.

»Also«, sagte ich und versuchte, den Fokus wieder auf den Fall zu lenken. »Eric Blockmans hat die Route allein begonnen. Wenn er Lose verkauft hat, können wir ja herausfinden, bis zu welchem Haus er damit gekommen ist.«

»Ja, das ist richtig. Er ist bis zur Nummer 87 gekommen, das liegt knapp hundert Meter hinter der Kreuzung, wo der Birnenweg auf die Feldmannstraße trifft.«

»Ist er also dort, beim Birnenweg 87, umgekommen?«, fragte ich.

»Nein«, sagte Bender zögerlich. »Das ist nicht so einfach zu sagen. Eine Frau Piel hat Eric Blockmans die Strecke nämlich wieder zurückgehen sehen.«

»Er ist wieder zurückgegangen? Das ist merkwürdig«, bekundete ich.

Bender nickte.

»Was ist mit den anderen Losverkäufern, haben sie ihn auch zurückgehen sehen?«

»Grit Keyzer und Karl Maton haben Eric Blockmans das letzte Mal an der Kreuzung Feldmannstraße/Birnenweg gesehen – da ist ihnen nichts Merkwürdiges aufgefallen. Danach sind sie weiter ihrer Route gefolgt. Laut der Mutter von Grit Keyzer war sie um kurz vor vierzehn Uhr zu Hause. Und die

Bleier-Geschwister haben Eric zuletzt mittags gesehen, als den Kindern die Routen zugewiesen wurden. Ihre Route verlief ja Richtung See, also weiter weg von den beiden anderen. Sie waren jedenfalls um Viertel nach drei zu Hause.«

»War die Route der Bleier-Geschwister denn so viel länger als die von Grit Lässig und Karl Maton?«

Bender blätterte konzentriert in dem Stapel Papiere vor sich und zog ein paar Sekunden später eine Seite daraus hervor. »Die Strecke von Grit Lässig und Karl Maton betrug genau zweieinhalb Kilometer. Achtundsechzig Häuser befanden sich darauf. Auf der Bleier-Strecke lagen siebenundfünfzig Häuser, sie war knapp zwei Kilometer lang.«

»Da stimmt doch was nicht«, sagte ich.

»Nicht unbedingt«, widersprach Bender. »Das sind die Ankunftszeiten laut den Eltern. Man darf nicht vergessen, dass die Kinder zwischen zehn und vierzehn Jahre alt waren. Sie haben zwischendurch vielleicht noch ein Eis gegessen oder sonst was gemacht.«

»Ob Eis, Limo oder Schokokuss: Hier geht es um Menschenleben! Ich wüsste also gern, was die Kinder an dem Tag gemacht haben«, sagte ich bestimmt.

»Ja«, gab Bender kleinlaut bei. »Beide Gruppen haben zumindest alle zweihundert Lose verkauft.«

Der heutige Hotelier Karl Maton und die entführte Grit Keyzer erweckten zumindest den Eindruck, als wäre Sport kein Fremdwort für sie gewesen. Dennoch wäre es eine beachtliche Leistung, wenn die zwei Vierzehnjährigen in zwei Stunden achtundsechzig Häuser abgeklappert und alle Lose verkauft hätten. Vielleicht waren sie gelaufen – möglich war es allemal.

»Diese Frau, die Eric auf dem Birnenweg hat zurückgehen sehen, wo wohnt die?«, fragte ich.

»Frau Piel«, ergänzte Bender. »Sie wohnt in der Nummer 75, wenige Meter hinter der Kreuzung.«

»Gut, befragen wir sie. Wir müssen wissen, was sie genau gesehen hat.«

»Das geht nicht, die Frau ist tot«, sagte Bender. »Und sie war die Einzige, die bei der damaligen Befragung angegeben hat, dass Eric in die entgegengesetzte Richtung gegangen ist.«

»Vielleicht hat der Junge unterwegs etwas verloren«, spekulierte Jacky, während ihm der Dampf des Wasserkochers entgegenblies.

»Kann schon sein«, sagte ich, ohne näher auf seine Idee einzugehen. Ich versuchte mich wieder auf die Fakten zu besinnen. »Also wissen wir nicht, wo genau Eric gestanden hat, als er angefahren wurde?«

»Nein, sicher wissen wir das nicht. Aber vermutlich befand er sich in der Nähe dieser Hausnummern, als es passierte.«

Reicht uns das? Geben wir uns damit zufrieden?

»War der Tee gut?«, fragte Jacky. Mit einem Löffel füllte er gut gelaunt trockene Gräser in ein Sieb.

Ich schaute Bender an, der verhalten den Kopf schüttelte. »Für mich nicht mehr, danke«, sagte er knapp.

»Ich hab auch noch«, warf ich rasch hinterher. Mir hatte der eine Geschmacksversuch gereicht. Jetzt noch brannte auf jeder Partie meiner Zunge das fürchterliche Gemisch aus Süße und Schärfe.

»Okay, selbst schuld«, entgegnete Jacky und goss breit grinsend das heiße Wasser über das gefüllte Sieb, um sich danach direkt an die Honigmischung zu machen.

Diese Schuld nehme ich gern auf mich.

»Wo wurde die Leiche denn gefunden? Und welche Rückschlüsse ließ sie in puncto Unfallhergang zu?«, versuchte ich zu unserem eigentlichen Thema zurückzukehren.

»Die Leiche des Jungen wurde am Morgen des darauffolgenden Tages in einem Waldstück hinter einem Rastplatz im Nachbarort gefunden. Sie wies Prellungen und Brüche an beiden Beinen auf. Die Todesursache war ein Genickbruch.«

Bender schob zwei Fotos über den Tisch zu mir herüber. Darauf war eine rote Blessur im Nackenbereich des Jungen zu erkennen.

»Vermutlich wurde er von einem Auto angefahren und ist mit dem Hinterkopf gegen einen großen Stein oder ein Metallgeländer geprallt. Der Aufprall hat den Genickbruch verursacht.« Benders Stimme klang nüchtern, sein Gesichtsausdruck war ernst und sachlich.

»Spuren von Lack oder Ähnlichem?«, fragte ich.

Bender verneinte.

»Was ist mit den Vorgärten der Häuser auf dem Birnenweg? Wurden die Zäune untersucht?«

»Ja«, bekundete Bender. »Zäune und Einfahrten wurden gesichtet. Es gibt auch eine Liste anno 1992 mit den potenziellen Unfallorten in dieser Straße. Aber kein Verdacht konnte bestätigt werden.«

»Was heißt das? Welchen Verdacht gab es denn?«

»Rick Savelsberg, der Betreiber des Bootsverleihs, hatte einen Metallzaun vor dem Haus. Kurios bei ihm war auch, dass er seinen Opel Kadett am Tag drauf in Holland eingetauscht hat.«

»Das ist doch mehr als merkwürdig.«

»Für die Staatsanwaltschaft war der Zaun kein Beweis dafür, dass der Unfall dort stattgefunden hatte. Zumal der Zaun keinerlei Beschädigung aufwies. Aber selbst wenn der Unfall dort stattgefunden hätte, würde uns das nicht weiterhelfen. Wir hätten damit lediglich den Unfallort gefunden, was aber nicht bedeutet, dass der Hausbesitzer auch gleichzeitig der Täter ist.«

Ich stöhnte genervt. »Und was ist mit dem Auto, das er eingetauscht hat?«

»Rick Savelsberg hat das Auto zwar am Tag nach Erics Tod abgegeben, allerdings hatte er das neue Auto bereits vier Wochen zuvor bestellt. Es war wohl eher Zufall, dass der Tausch auf diesen Tag fiel.«

Ich dachte darüber nach, wie ich diese Information einordnen sollte. Der grummelnde runde Besitzer des Bootsverleihs war mir von Anfang an suspekt gewesen. Er versteckte sich hinter Baseballkappe und Sonnenbrille und hatte uns vom Platz vertrieben, noch ehe wir ihn betreten hatten. Spiegelte die feindselige Einstellung seine Wesensart wider, oder steckte etwas anderes dahinter? Ehe ich eine Antwort auf die Frage finden konnte, begann mein Handy zu klingeln. Eine nasale Stimme meldete sich, als ich abhob.

»Herr Donker, hier spricht Luc Keyzer. Es hat im Wald etwas länger gedauert, aber jetzt bin ich zu Hause. Sie können gern vorbeikommen, dann beantworte ich Ihre Fragen.«

»Gut«, sagte ich, während ich Bender zunickte. »Wir fahren jetzt los.«

Wenn Tom Keyzer nicht mit uns redete, so hoffte ich, dass sein Bruder uns vielleicht mehr verraten würde.

Und das tat er.

21

Luc Keyzer wohnte in einem alten Holzhaus, das einsam und verlassen etwa hundert Meter vor dem Waldrand lag. Wir waren getrennt angerückt: Bender und ich mit meinem BMW, Jacky allein mit dem PP – so konnten wir uns aufteilen, sollte sich etwas Neues ergeben. Im Vorgarten sowie an den Seiten des Hauses standen hochgewachsene Tannen, die das dunkle Haus noch düsterer wirken ließen, als es eh schon war. Das Gebäude machte einen tristen Eindruck: das Dach verwittert, die Holzbretterfassade vergraut und verbogen. Als Bender, Jacky und ich an die Tür traten und die kupferfarbene Klingel betätigten, bemerkte ich die herausstehenden verrosteten Nägel an den Brettern der Fassade. Es fehlte nicht viel, und das Haus würde seine marode Haut verlieren. Ich machte einen Schritt nach vorn, um unter dem Dachvorsprung in Schutz zu gehen. Als ich dann einen weiteren Blick nach oben wagte, sah ich den Dachüberstand, der bereits aus der Halterung gefallen war und nur mehr lose herunterhing. Ich beobachtete, wie ein Vogel in die frei gewordene Öffnung hineinflog und seinem Küken einen Wurm in den offenen Schnabel legte.

Dann öffnete Luc Keyzer die Tür.

Er kniff seine Augen zusammen, offenbar strengte ihn das Fokussieren an. Sein Gesicht war dünn und ein wenig eingefallen. Die blonden, leicht gewellten und zu einem Mittelscheitel gelegten Haare reichten bis zu den Ohrläppchen. Zu der blauen Jeans trug er ein Unterhemd mit braunen Flecken. Vermutlich kamen sie von dem Kakao, der in der Tasse, die an Keyzers Finger hing, hin- und herschwappte.

»Kommen Sie rein«, sagte er mit nasaler Stimme. »Ich hab gehört, was passiert ist.«

Wir gingen durch den muffigen Flur hindurch ins Wohnzimmer. Dunkle Holzmöbel dominierten den Raum. Auf der

Raufasertapete an den Wänden haftete leicht vergilbte Farbe, Bilder gab es keine. Über dem Ess-und-Couch-Tisch lagen gestrickte weiße Decken. In der hellgrauen Stoffcouch sprang eine Feder, als wir uns setzten.

»Dafür, dass Sie wissen, was passiert ist, geben Sie sich erstaunlich gelassen«, sagte Bender.

»Ich lenke mich ab«, sagte Keyzer und ließ sich in den Sessel fallen. »Außerdem glaube ich, dass die schon wieder auftauchen. Nichts gegen meinen Bruder, aber ich wüsste beim besten Willen nicht, wer etwas von ihm haben wollen würde.«

Luc Keyzer lehnte sich im Sessel zurück und schlürfte den Kakao.

Die Gleichgültigkeit passt zu seinem Bruder.

»Es sieht aber so aus, als gäbe es da jemanden. Und derjenige hat wahrscheinlich Ihre Schwägerin und Ihren Neffen in seiner Gewalt.« Ich machte eine Sprechpause, um zu überprüfen, ob Luc Keyzer begriff, was ich sagte.

»Das hört sich schlimm an«, sagte Keyzer, bevor er sich nach vorn beugte. »Und was fordert der Kerl?«

»Bisher nichts. Allerdings glauben wir, dass die Entführungen mit Geschehnissen aus der Vergangenheit zusammenhängen. Und zwar mit dem, was am 18. Juni 1992 passiert ist.«

»Was ist denn damals passiert?«, fragte er mit verdutztem Blick.

»An dem Tag ist Eric gestorben«, tönte Jackys Stimme vom anderen Ende des Sofas.

Ich warf Jacky einen scharfen Blick zu. Ich hätte das Gespräch lieber anders angefangen.

»Eric?«, fragte Luc Keyzer verwundert. »Was soll Tom mit seinem Tod zu tun haben?«

»Zunächst einmal würden wir gern erfahren, ob Sie sich noch daran erinnern, was Sie an diesem 18. Juni 1992 gemacht haben«, sagte ich mit ruhiger Stimme.

Luc Keyzer schwenkte seinen Blick durch das Fenster nach draußen. »Mein Gott, womit Sie kommen! Das ist ja Jahre her.

Da war ich vierzehn.« Er schloss die Augen und verzog das Gesicht.

»An dem Tag war Europameisterschaft. Deutschland gegen Niederlande«, sagte Jacky und gab damit wieder einen Hinweis, mit dem ich lieber noch etwas gewartet hätte.

Plötzlich öffnete Luc Keyzer die Augen. »Ja, ich erinnere mich«, schoss es aus ihm heraus. »An dem Tag war Julie zu Gast.«

»Julie?«, fragte ich überrascht. Diesen Namen hatte ich in diesem Fall bisher noch nicht gehört.

»Sie war meine Brieffreundin aus Amsterdam. Das war das letzte Mal, dass ich sie gesehen hab.«

Eine Freundin seines Bruders hatte Tom Keyzer nicht erwähnt.

»Erzählen Sie uns, was Sie an dem Tag mit Julie unternommen haben.«

Luc Keyzer räusperte sich, ehe er in Ruhe das Glas abstellte. »Sie wurde von ihren Eltern zu meiner Oma gebracht. Dort haben wir zusammen mit ihren Eltern gegessen. Danach sind die Eltern ins Hotel, und Julie ist bei uns geblieben.«

»Und was haben Sie beide gemacht? Waren Sie die ganze Zeit bei Ihrer Oma, oder sind Sie auch mal raus?«, fragte ich.

Er nickte konzentriert. »Wir waren den ganzen Tag bei Oma. Und Julie war den ganzen Nachmittag und Abend da. Es muss ein Mittwoch gewesen sein, denn ich glaube, dass ich nachmittags nicht zur Schule gehen musste.« Er schaute unsicher in meine Richtung.

»Es war ein Donnerstag. Aber den Nachmittag hatten Sie frei, das stimmt«, antwortete Bender.

»Jedenfalls sollte Julie über Nacht bei meiner Oma bleiben, aber sie wollte nach Hause, nachdem sie mitbekommen hatte, dass ein Junge im Dorf vermisst wurde. Ihre Eltern haben sie dann noch am Abend abgeholt.«

»Wo waren Ihre eigenen Eltern zu dem Zeitpunkt?«, fragte ich. Wir mussten alle Optionen prüfen.

»Sie waren im Urlaub, glaube ich.«

»War an dem Abend sonst noch jemand bei Ihrer Oma?«, fragte Bender, dessen rechtes Knie sich plötzlich auf und ab bewegte.

»Mein Onkel war da«, sagte Keyzer nach einer kurzen Denkpause.

Da ist der Onkel, den Tom Keyzer erwähnt hat.

»Er hatte ein Trikot der Niederlande an«, fuhr Keyzer fort. »Kam von irgendeiner Kneipe. Wenn ich mich recht erinnere, hatte er die Nachricht von Erics Verschwinden aus dem Dorf mitgebracht. Damals war ja noch nichts mit Handys und Internet. Julie trug auch ein Trikot und war total aufgedreht, weil die Holländer gewonnen hatten. Doch als sie erfuhr, was passiert war, bekam sie Angst.«

»Sie sagten, Sie seien zum Mittagessen zu Ihrer Oma und Julie und ihre Eltern seien auch dort gewesen. Wissen Sie noch, ob Ihr Bruder auch dabei war?«

»Ja«, sagte Luc Keyzer entschlossen. »Er war dabei, den ganzen Tag.«

»Wirklich den ganzen Tag?«, hakte ich nach. »Sind Sie sich sicher?«

»Ja, er hat die ganze Zeit kein Wort gesagt. Hat alle Fragen von Julies Familie ignoriert und Julie beim Spielen im Garten links liegen lassen.«

Ignoriert. Links liegen lassen. Ein merkwürdiges Verhalten.

»Warum hat er das Ihrer Meinung nach getan?«, fragte Bender vorsichtig.

»Weil er Julie hasste. Sie war meine Freundin, er selbst hatte ja keine.«

»Hegte Ihr Bruder oft böse Gedanken?«

»Ha!« Keyzer lachte auf. »Nee. Tom war eigentlich normal. Er hat nie Tiere gequält oder so was, wenn Sie das meinen.«

»Wie war sein Verhältnis Frauen gegenüber?«, fragte ich.

»Tom machte sich nie was aus Frauen. Grit war seine erste überhaupt, das müssen Sie sich mal vorstellen. Mit zwanzig die erste Frau und dann gleich so ein Geschoss. Er hat einfach Glück gehabt.«

»Und Sie? Haben Sie eine Frau?«, fragte Bender.

»Weder Frau noch Kind«, verkündete er grinsend mit einem gewissen Stolz. »Ich bewahre mir meine Unabhängigkeit.«

Ich spürte, dass das Gespräch vom eigentlichen Fall abkam. Ich hielt fest, dass es langsam Zeit war zu gehen. Wir hatten bekommen, was wir wollten: Das Alibi von Tom Keyzer für den Zeitraum, der Eric Blockmans' Tod beinhaltete, wurde bestätigt. Für Small Talk war jedoch die Zeit zu knapp.

»Gut, Herr Keyzer«, sagte ich, während ich mir die Augen rieb. »Haben Sie sonst noch etwas von dem Tag in Erinnerung? Jeder kleine Hinweis könnte uns helfen.«

Er blickte wieder zum Fenster. Die gescheitelten Haare wirkten inzwischen fettig, die Stirn glänzte. Langsam schüttelte er den Kopf.

Er weiß nichts mehr.

Doch nach ein paar Sekunden ließ die Bewegung nach, und er hielt inne. Als ich sein Zögern bemerkte, fragte ich ihn noch einmal: »Haben Sie noch etwas, was Sie uns erzählen können?«

»Ich weiß nicht, ob es wichtig ist«, sagte er. Je leiser er sprach, desto ausgeprägter war die nasale Note in seiner Stimme.

»Das können wir dann beurteilen«, sagte Bender gutmütig.

»Na ja«, begann Keyzer schließlich. »Da war so eine Frau auf der Straße. Die war ganz aufgelöst. Hatte einen Nervenzusammenbruch oder so was.«

»Den bekommt man nicht ohne Grund«, kommentierte ich, als ich merkte, dass Keyzer nicht von sich aus weitersprach. »Kennen Sie den Auslöser?«

»Nein, ich dachte nur später, dass es ja mit dem Unfall zusammenhängen könnte.«

»In der Akte steht nichts darüber«, sagte Bender.

»Ich habe es auch nie gemeldet«, entgegnete Keyzer.

»Wie hieß sie denn?«

»Sie stammte aus Jugoslawien. Ihren Namen kenne ich nicht.«

»Was wissen Sie noch über sie?«, fragte ich eindringlich.

»Ja, keine Ahnung. Zwei Töchter hatte sie, glaube ich. Die drei waren aber nicht lange hier. Vielleicht ein halbes Jahr.«

»Erinnern Sie sich an ihr Aussehen?«

»Puh, das ist so lange her«, stöhnte Luc Keyzer.

»Wie war ihre Haarfarbe? Ihre Augenfarbe? War sie schlank oder eher rundlich? Kommen Sie schon, so was vergisst man doch nicht!« Meine Stimme bekam einen aggressiven Unterton. Wir benötigten endlich konkrete Informationen, wenn wir die Sache aufdecken wollten.

Keyzer kratzte sich nachdenklich über dem Ohr. »Ja, sie war hübsch. Aber sie trug keine Kleider oder so, lediglich Jeans und T-Shirt. Und ihr Haar war schwarz. Sie trug es offen, etwa schulterlang. Ihre grünen Augen waren das Auffälligste an ihr. Sie verliehen ihr etwas Unnahbares.«

»Gut, das ist ja schon mal was«, stellte Bender fest, der inzwischen ebenso angespannt war wie ich. »Und sie fuhr mit dem Auto bei Ihrer Oma vorbei? Welches Auto fuhr sie denn?«

»Nein, nein. Sie war zu Fuß unterwegs. Sie wollte laufen, war aber zu schwach. Auf Höhe des Hauses meiner Oma fiel sie schließlich hin. Als wir merkten, dass sie nicht von allein wieder aufstand, sind wir zu ihr hin und haben ihr auf die Beine geholfen. Meine Oma hat sie reingebeten, um sich zu erholen, aber die Frau wollte unbedingt weiter. Sie ist dann auch losgehumpelt, in nördliche Richtung.«

»Wir brauchen den Namen der Frau«, sagte ich gehetzt. »Wer kannte diese Frau noch? Woher kriegen wir weitere Infos über sie?«

»Wie gesagt, die waren nur ein paar Monate hier. Und in der Zeit gab es mehrere Familien aus Jugoslawien, die im Ort lebten. Ich weiß, dass einige von ihnen im Jugendheim untergebracht waren. Aber ich bezweifle, dass dort die Namen registriert wurden. Es heißt, dass die meisten keine Aufenthaltsgenehmigung hatten. Der Bürgermeister wusste zwar Bescheid, aber das alles war nichts Offizielles.«

»Wir prüfen das«, sagte Bender entschlossen, während er bereits einen Kontakt auf seinem Smartphone anwählte. Und als ich schon dachte, dass Luc Keyzer uns bereits alle Ereignisse des 18. Juni 1992 geschildert hatte, schob er noch eine Information hinterher.

»Kurz danach, als die Jugoslawin gerade fort war, kam Holger Blockmans vorbeigefahren. Das Fenster des Polizeiwagens war heruntergekurbelt, seine Hand, mit einer Zigarette zwischen den Fingern, hing heraus. Er grüßte freundlich, sah glücklich aus. Als er anhielt, erzählten wir ihm von der Frau, die beinahe zusammengebrochen war. Er versprach, sich um sie zu kümmern.«

»Wann war das?«, fragte ich.

»Nach dem Mittagessen. Also gegessen wurde bei uns immer um zwölf Uhr dreißig, fertig waren wir in der Regel gegen Viertel nach eins. Oma war es wichtig, dass wir uns Zeit ließen. Sie sagte, man stresst sich den ganzen Tag, da kann man beim Essen langsam tun«, erklärte Keyzer.

»Und, hat Blockmans die Frau gefunden?«, fragte Bender.

»Ich weiß es nicht. Ich frage mich seit diesem Moment nur immer wieder: Wäre Eric noch am Leben, wenn wir Holger nicht auf die Jugoslawin angesetzt hätten? Wäre er dann noch rechtzeitig zu Eric gelangt, bevor der Idiot kam, der ihn überfahren hat?«

Mit einem Mal wurde es unheimlich leise in dem Raum. Die Fragen hallten nach.

Jacky war es schließlich, der die Stille durchbrach. »Das ist Blödsinn, Luc. Niemand konnte ahnen, was passieren würde«, sagte er schroff. »Ihr habt das Richtige getan.«

Luc Keyzer nickte, während sich eine Träne aus seinem Auge löste.

»Ich glaube, das war das letzte Mal, dass ich Holger hab lachen sehen«, sagte er.

Wir bedankten uns bei Luc Keyzer für seine Zeit. Und während wir das Haus verließen, löste eine bestimmte Frage Bauchschmerzen bei mir aus.

Warum hat Blockmans uns nie etwas von der grünäugigen Jugoslawin erzählt?

22

Die Milch plätscherte von der Küchentheke auf den Boden. Die weiße Flüssigkeit spritzte in alle Ecken, auf die Fliesen, gegen ihren Stuhl, gegen die Küchenschränke. Ängstlich blickte Dana hinüber zu ihrer Mutter. Sie saß am Wohnzimmertisch, war vertieft in die Papiere, die ausgebreitet vor ihr lagen. Entgegen Danas Erwartung hatte sie nichts gemerkt.

Dana kletterte von dem Stuhl herunter und schnappte sich den feuchten Lappen von der Spüle. Dann wischte sie die Flecken weg.

Als alles wieder sauber war, kletterte sie wieder auf den Stuhl, öffnete die Kakaodose und schaufelte ein paar Löffel von dem Pulver in das bis zum Rand gefüllte Fläschchen. Sie gab acht – schon oft hatte ihre Mutter sie ermahnt, das Fläschchen nicht allein zu befüllen –, doch auch von dem Pulver ging etwas daneben.

Plötzlich hörte sie Schritte. Sie kamen schnell näher.

Den Lappen würde sie nicht mehr rechtzeitig erreichen. Hastig wischte sie mit der Hand das Pulver von der Küchentheke. Es fiel auf den Boden.

»Was machst du da?«, fragte Mama streng. Sie stand direkt neben Dana.

Dana blieb stumm. Ihr Blick fiel auf ihre ältere Schwester Elena, die sich vom Fernseher losgerissen hatte und sich neben ihre Mutter stellte. In ihrer linken Hand baumelte Alf, ihr Plüschtier, das aussah wie der Außerirdische aus dem Fernsehen.

Mama griff nach dem Fläschchen und schüttete die Kakaomilch in den Abfluss.

»Du musst mich fragen, hörst du?«, sagte Mama eindringlich. »Du kannst dir nicht einfach so etwas nehmen.«

Dana schaute ängstlich auf. »Die war nicht für mich. Ich habe sie für Micky Maus gemacht.«

Elena lachte albern auf. »Du erzählst doch Quatsch.«

Dana lachte mit.

»Und Micky Maus springt dann auf und tanzt mit euch, oder wie?«, sagte Mama in einem ironischen Ton.

Dana und Elena sahen sich an und lachten nur noch lauter. Jetzt steckten sie auch Mama an.

»Können Plüschtiere laufen, wenn sie ein Fläschchen bekommen?«, fragte Elena.

»Kommt drauf an, was drin ist«, sagte Mama und grinste.

Elena sah Mama neugierig an. »Was muss denn drin sein?«

»Hm, weiß ich nicht. Bei euch kommt jedenfalls nichts mehr rein. Ich wollte eure Fläschchen eh bald abschaffen, warum dann nicht schon heute?«

»Neiiin!«, schrien die Schwestern mit synchroner Empörung auf.

Wütend warf Elena den Plüsch-Alf ins Wohnzimmer. Er flog weiter, als sie beabsichtigt hatte. Er landete direkt in Mamas Kaffeetasse, die daraufhin umkippte. Der Kaffee ergoss sich unversehens quer über den Tisch.

Mama stapfte hinüber und hob das weiße Papier hoch, auf dem sie eben noch geschrieben hatte. Der braune Fleck am unteren rechten Rand war nicht zu übersehen, und er wurde mit jeder Sekunde größer.

»Verdammt!«, fluchte Mama. »Jetzt muss alles wieder neu gemacht werden.«

Dana und Elena sahen sich ängstlich an. Mama würde sicher gleich auf sie zustürmen, ihre Plüschtiere einkassieren, den Fernseher ausschalten. So wie letzte Woche, als sie ganz spät nach Hause gekommen war und alle am Boden liegenden Spielsachen in den Müll geschmissen hatte. Doch alles, was sie jetzt tat, war, sich die Hände vors Gesicht zu schlagen und zu weinen.

Verunsichert von Mamas Reaktion, war es die ältere Elena, die sich traute, auf sie zuzugehen. Sie streichelte ihr Bein, schmiegte sich an sie.

»Entschuldigung«, flüsterte sie.

Mama löste die Hände vom Gesicht. »Ohne das Papier müssen wir wieder gehen.«

»Wohin?«, fragte Elena.

»Dahin, wo Krieg ist.«

»Wo Papa gestorben ist?«, fragte Dana.

Mama nickte schluchzend.

»Wir machen dir ein neues Papier, okay?«, sagte Elena. »Versprochen.«

Erleichtert beobachtete sie Mamas Reaktion. Es war eines der seltenen Male, dass sie lachte.

23

Der Himmel war leicht verhangen, trotzdem fanden genügend Sonnenstrahlen den Weg durch die Wolken. Und sie waren so energiegeladen, dass sie uns bereits um halb elf Uhr am Morgen die Schweißperlen auf die Stirn trieben. Jacky, Bender und ich hatten gerade das Haus von Luc Keyzer verlassen und diskutierten darüber, wie die nächsten Ermittlungsschritte aussehen könnten. Grit und Paul Keyzer waren noch immer verschwunden – seit mehr als sechsunddreißig Stunden hatten wir kein Lebenszeichen mehr von ihnen erhalten. Auch wenn bei objektiver Betrachtung alle Überlebenschancen der beiden gen null tendierten, gab es im Moment nur einen zentralen Gedanken: Wir mussten den Entführer finden. Er war der Schlüssel zu den Vermissten.

Malherbes Männer samt Hundertschaft und Spürhunden suchten unermüdlich weiter. Auf den Feldern sowie in Tom Keyzers Haus und dessen Werkstatt. Derweil versuchten wir, mittels Befragungen und Verhören den Entführer ausfindig zu machen. Langsam, aber sicher verzweifelten wir jedoch daran. Nach der durchgemachten Nacht kam ich mir vor wie ein LSD-abhängiges Trüffelschwein. Bender war zwar zwischendurch kurz am Schreibtisch eingenickt, aber auch er jagte unüberlegt jeder Spur nach, die ihm unter die Nase gehalten wurde. Wir wühlten in einem Meer aus Nebensächlichkeiten. Darüber hinaus ließen wir uns von Hinweisen leiten, deren Bedeutung wir zum gegenwärtigen Zeitpunkt weder erkennen noch einordnen konnten. Intuition und Ungeduld obsiegten, von objektiver Übersicht konnte schon lange keine Rede mehr sein. Aber uns blieb keine andere Wahl. Wir hatten nur diesen einen Weg, den wir weitergehen mussten.

Insgeheim hatten wir gehofft, dass Tom Keyzers Alibi nicht bestätigt würde. Aber es war anders gekommen. Luc Keyzer hatte die Aussage seines Bruders bekräftigt: Die beiden hatten den Nachmittag des 18. Juni 1992 zusammen bei ihrer Oma verbracht. Wir mussten uns also Alternativen zu der Theorie überlegen, dass Tom Keyzer der Todesfahrer gewesen war. Eine Option hatte Luc Keyzer vorgebracht. Die Szene mit der zusammengebrochenen Frau aus Jugoslawien schien einen Hinweis zu enthalten. Zwar konnte ich mich irren und die Beobachtung von Luc Keyzer lediglich eine belanglose Randnotiz sein. Dennoch wäre es schon ein kurioser Zufall, dass die Frau ausgerechnet um kurz nach Mittag auf offener Straße zusammenbrach – also genau in dem Zeitraum, in dem Eric Blockmans überfahren wurde. Und ich hegte nun mal eine große Skepsis gegen angebliche Zufälle.

Aber um meine Vermutung zu bestätigen, dass die beiden Ereignisse zusammenhingen, mussten wir den Namen dieser mysteriösen Jugoslawin in Erfahrung bringen.

»Jacky«, sprach ich den Kollegen direkt an. »Kannst du Holger Blockmans bitten, für eine Befragung ins Präsidium zu kommen?«

»Hab gerade versucht, ihn zu erreichen«, entgegnete er prompt, bevor er die Lippen aufeinanderpresste. »Geht nicht ran.«

»Ich ruf mal die Kollegen an«, erklärte sich Bender bereit. Währenddessen hielt ich nach einer alternativen Quelle Ausschau. Luc Keyzer hatte von mehreren jugoslawischen Familien gesprochen, die damals in Weybach untergekommen waren.

»Du kennst doch die Stadt und die Menschen von hier. Wer hat sich damals um die Flüchtlinge gekümmert?«

Jacky fuhr sich mit der flachen Hand über die gelbblonden Stoppeln und kniff dabei das linke Auge so zusammen, als wollte er etwas abschätzen. »1992 waren bestimmt um die fünfzig Flüchtlinge aus Jugoslawien hier – dort unten herrschte ja Bürgerkrieg. Ich weiß, dass der ehemalige Pastor, Gerd Falter, ein paar von ihnen hierhergelotst hat. Gelebt haben die im Jugendheim, teilweise wurden sie auch bei den Leuten zu Hause aufgenommen. Dr. Bodart zum Beispiel hat sich auch um einige gekümmert.«

Sieh an. Dr. Bodart hilft also nicht nur schwer leidenden Patienten, sondern auch Flüchtlingen.

Bender legte sein Handy wieder weg und verzog enttäuscht das Gesicht. »Blockmans ist nicht zu erreichen.«

»Mist!«, fluchte ich. Und noch während ich darüber nachdachte, dass wir dem ehemaligen Pastor und später auch Dr. Bodart einen Besuch abstatten sollten, kam mir ein fürchterlicher Gedanke.

»Blockmans war doch verheiratet, richtig?«

»Ja, wieso?«, fragte Jacky.

»Könnte es sein, dass seine Exfrau die Entführung geplant hat?«

Als ich die Frage formulierte, überkam mich augenblicklich ein ungutes Gefühl – denn diese Option hatten wir bisher komplett vernachlässigt. Natürlich hatte nicht nur Blockmans unter dem Verlust seines Sohnes gelitten, sondern garantiert auch Erics Mutter.

»Das glaube ich nicht«, antwortete Jacky mit überzeugter Stimme. »Marta lebt seit der Trennung mit ihrem neuen Mann in München. Dort hat sie zwei Kinder mit ihm.«

Ich atmete erleichtert auf. Auch wenn diese Information noch lange nicht bedeutete, dass die Frau nichts mit der Sache zu tun hatte, hörte es sich so an, als führte sie ihr Leben weiter.

»Wir sollten uns trotzdem vergewissern, ob sie wirklich in München ist oder sich womöglich doch hier in der Gegend aufhält«, sagte ich und blickte hinüber zu Bender, der alles mitgehört hatte.

Er nickte und zwinkerte mir zu. »Selbstverständlich.«

»Gibt es jemanden, den wir übersehen haben?«, fragte ich in die Runde. Wieder einmal fühlte ich mich wie ein überforderter Seemann in den Weiten des Pazifiks. Auch wenn das hier kein Weltmeer war, sondern nur ein kleines Städtchen im kleinen deutschsprachigen Teil Belgiens.

»Es gibt noch diesen Beni vom Bootsverleih«, sagte Jacky. Seine blauen Augen leuchteten im Sonnenlicht. »Der hat damals wie besessen nach dem Eric gesucht. Hat sich natürlich auch Vorwürfe gemacht, dass er an dem Tag der Losverkäufe krank war und seinen Kumpel nicht begleiten konnte.«

Ich erinnerte mich nur schwach an den etwas ungeschickt wirkenden Gehilfen vom Bootsverleih, der der sportlichen Blondine beim Anbinden der Boote geholfen hatte.

»Wie heißt dieser Benjamin weiter?«, fragte Bender, während seine Augen das Display seines Handys fixierten.

»Sarlette«, sagte Jacky.

»Das ist ja interessant«, kommentierte Bender. Als ich ihn irritiert anschaute, fuhr er fort: »Ich habe hier gerade die Liste der Peugeot-206-Fahrer im Umkreis von fünfzehn Kilometern erhalten. Und einer von ihnen heißt Benjamin Sarlette. Er muss den Wagen gleich nach der Führerscheinprüfung gekauft haben, die er vor vier Wochen im achten Anlauf bestanden hat.«

»Das klingt so«, sagte ich, »als verfolge da jemand konsequent einen Plan.«

Ich stieg in den Pestla. Der Ledersitz brannte mir beinahe die Haut an Steiß und Armen weg. Es war kurz vor Mittag, und das Thermometer stand bei dreißig Grad. Augenblicklich fuhr ich die Scheiben herunter und drehte die Klimaanlage auf das Maximum. Dann rollte ich los.

Während Bender und Jacky in dem Passat in Richtung Norden fuhren, um dort den ehemaligen Pastor zu der auffälligen Jugoslawin vom 18. Juni 1992 zu befragen, schlug ich einen anderen Weg ein. Jacky hatte mir die Route mitten durch die Stadt empfohlen, dort sei bei gutem Wetter wie heute weniger los als auf der von Seetouristen überfluteten Umgehungsstraße. Ich musste zum Bootsverleih, wo Benjamin Sarlette, der damalige beste Freund von Eric Blockmans, als Handlanger arbeitete. Ich war überzeugt, dass die Ereignisse von damals und insbesondere der Tod des zehnjährigen Eric Blockmans mit dem

Entführungsfall der Keyzers in einem Zusammenhang standen. Ich wusste nur noch nicht, in welchem.

Allerdings wurde mir in dem warmen Auto ziemlich schnell bewusst, dass ich sehr müde war.

Reiß dich zusammen!

Bei der Fahrt durch die Kleinstadt verließ ich mich voll und ganz auf das Navi. Bereits nach wenigen hundert Metern fand ich mich jedoch vor einem Umleitungsschild wieder, das mich nach rechts auf eine lang gezogene, mit Birken gesäumte Straße leitete.

Wo wirst du am Ende rauskommen?

Ich erinnerte mich plötzlich wieder an Luc Keyzers Aussage über die Jugoslawin: »... die Frau wollte unbedingt weiter. Sie ist dann auch losgehumpelt, in nördliche Richtung.«

Luc Keyzer hatte sie von dem Haus seiner Oma aus gesehen. Das Haus, in dem er heute wohnte. Das Haus, das direkt in Waldnähe stand. Die Jugoslawin war also aus dem Wald gekommen, in dessen Nähe siebenundzwanzig Jahre später auch der Transporter der Keyzers verbrannt worden war.

Das ist doch kein Zufall!

Das bedeutete aber auch, dass sie nicht in der Nähe des Birnenwegs, also des vermuteten Tatorts im Fall Eric Blockmans, gesehen worden war. Allerdings hatte das nichts zu bedeuten, denn zwischen den beiden Orten lagen vielleicht gerade mal vier Kilometer.

Aber diese Jugoslawin war zu Fuß unterwegs.

So schnell hätte sie also nicht vom Birnenweg zum Wald gelangen können.

Was also hatte die Frau in dem Wald gemacht? Und warum zum Teufel war sie so aufgelöst gewesen? Ja, war gar zusammengebrochen?

Während ich in Gedanken nach Antworten suchte und hoffte, dass Bender und Jacky weiterführende Informationen von dem ehemaligen Pastor erhalten würden, fielen mir zum ersten Mal, wenn auch nur für einen kurzen Moment, die Augen zu.

Das fühlt sich gut an.

Ein Hupen ertönte – ich riss die Augen wieder auf.

Meine Güte! Willst du dich umbringen?

Kurz danach erreichte ich eine Kreuzung, an der das nächste Umleitungsschild stand. Ich hatte die Wahl zwischen den Richtungen »Venn« und »Birnenweg«.

Na klasse, jetzt bist du im Norden gelandet.

Ein Blick auf das Navi verriet mir, dass die Ankunftszeit sich um acht Minuten verzögert hatte.

Ich drückte aufs Gaspedal, fasste das Lenkrad fest mit beiden Händen und folgte dem Weg, den das Navi mir vorgab. Auf den ersten Metern der Strecke kam keine weitere Umleitung, die Straße war frei, und ihr Verlauf blieb gerade. Ich brauchte also nicht viel zu tun – und genau das wurde mir zum Verhängnis. Nach wenigen Minuten fielen meine Augenlider abermals zu. Im nächsten Moment wurde mein Körper durchgeschüttelt. Ich schaffte es, noch einmal kurz die Augen zu öffnen, doch als mein Kopf gegen die Seitenscheibe prallte, wurde alles schwarz.

24

Von einem dumpfen Brummen wurde ich wach. Ich schlug die Augen auf und starrte die glänzende weiße Raufasertapete über mir an. Ich dachte an nichts, fühlte mich wie benebelt. Als ich den Kopf zur Seite drehte, spürte ich den Wind, der durch das offene Fenster hereinströmte und die bunte Gardine weit ins Zimmer wehte. Ich blieb eine Weile so liegen, ohne zu wissen, wo ich mich befand oder wie ich hierhergekommen war. Erst nach einigen Minuten schaffte ich es, mich aufzuraffen. Und ich bereute es auf der Stelle.

Mein Kopf fühlte sich an, als wäre eine Elefantenherde darübergetrampelt. Außerdem blockierte mein Hals auf halber Strecke, als ich versuchte, ihn zu drehen. Ich hoffte, dass lediglich ein eingeklemmter Nerv und kein Wirbel in Mitleidenschaft gezogen worden war. Und erst als ich auf der Bettkante saß, durchfuhr mich Schmerz aus der seitlichen Bauchgegend. Das Gefühl kam mir bekannt vor. Ähnliche Schmerzen hatte ich schon einmal vor fünf Jahren durchstehen müssen. Damals hatte ich mir nach einem Radsturz eine Rippe gebrochen.

Verdammt!

Nur langsam kam die Erinnerung zurück. An die Autofahrt und die Umleitungsschilder. An die lange Straße, die von zahllosen Birken flankiert war. Und daran, dass ich mich müde ans Steuer gesetzt hatte.

Du bist in einen Sekundenschlaf gefallen!

Ich fühlte mich nach wie vor wie in Trance, konnte keinen klaren Gedanken fassen. Als ich den Blick durch das Zimmer schweifen ließ, soweit das mein steifer Nacken erlaubte, erkannte ich auf dem Tischchen an der Wand mein Handy wieder. Mühsam richtete ich mich auf und zwang meinen schwerfälligen Körper dazu, die paar Schritte dorthin zurückzulegen. Endlich beim Tischchen angekommen, entriegelte ich das Handy schnell.

Gut, den Code kennst du noch. So schlimm kann es um dich nicht stehen.

»13:42« erschien auf dem Display.

Drei Stunden hast du vergeudet!

»Fünf Anrufe in Abwesenheit«, las ich. Allesamt waren sie von Bender. Ich drückte auf Rückruf, doch das Signal schien nicht durchzukommen.

Diese verdammten Funklöcher!

Als ich ins Menü wechselte, bemerkte ich die kleine Eins über dem WhatsApp-Icon. Die Nachricht kam von Sina und war vor zehn Minuten eingegangen.

Du musst die Messengerdienste auf Vibrieren und die Anrufe auf lautlos gestellt haben.

Oder jemand anders hatte es so eingestellt.

Die Gedanken daran, wer mit meinem Handy gespielt haben könnte, verflogen, als ich die Nachricht las.

»Wir sitzen im Eiscafé am Dom. Bis gleich, freu mich ☺«

Ich hatte die Worte gerade gelesen, da wurden sie auch schon wieder von Sina gelöscht. Kommentarlos.

Direkt danach ging sie offline.

Was hat das zu bedeuten? Mit wem trifft sie sich?

Mit Mats, ihrem Ex?

Ich blieb etwa zwei Minuten lang an dem Gedanken hängen, bis ich endlich zur Besinnung kam. Zwei Menschen waren vor ungefähr vierzig Stunden entführt worden, und nach wie vor gab es kein einziges Lebenszeichen von ihnen. Lediglich zwei tote Tauben und zwei Särge, die in Auftrag gegeben worden waren, wiesen auf das hin, was der Entführer mit ihnen vorhatte. Wenn er es nicht bereits in die Tat umgesetzt hatte.

Du musst hier raus, Bender anrufen und diesem Beni einen Besuch abstatten!

Ich sah mich noch einmal in dem Raum um, griff nach meinem Portemonnaie, das noch auf dem Tisch lag, und lief dann aus der Tür. Ich gelangte in ein offenes Treppenhaus aus Holz und folgte den Stufen, die nach unten führten. Dort angekommen, öffnete ich die erste von zwei Türen in dem Flur. Ich betrat ein Zimmer, in dem eine Trage, ein Schreibtisch und mehrere Schränke standen. Es gab kaum einen Zweifel, dass ich mich in einem Arztzimmer befand.

Aber wem gehört es?

Ich begab mich zu dem Schreibtisch und warf einen Blick auf das Blatt Papier, das mitten auf dem ansonsten aufgeräumten Tisch lag. Es sah aus wie ein Bericht an einen Arztkollegen. Es gelang mir zwar nicht, die Unterschrift zu entschlüsseln, wohl aber konnte ich erkennen, wem der Briefbogen gehörte: Dr. François Bodart.

Arbeitet der nicht im Krankenhaus?

»Arzt für Allgemeinmedizin« stand neben seinem Namen.

Hat er dich hierhergebracht?

Ich wollte den Blick gerade wieder von dem Papier abwenden, als mir ein Name ins Auge fiel, der mir bekannt vorkam: Carolin Maton.

Das ist doch die Frau des Hotelbesitzers Karl Maton.

Meine Augen flogen über das Papier. Hastig suchten sie den Text nach der Kernaussage ab. Schließlich wurde ich fündig: *»... Frau Maton und ihr nahes Umfeld leiden unter den großen Schwankungen ihres Selbstempfindens und ihres Gemütszustands. Ich empfehle dringend eine intensive therapeutische Begleitung ...«*

Ich überflog den Text zweimal, aber leider musste ich feststellen, dass Dr. Bodart die Empfindungen Frau Matons nicht im Detail beschrieben hatte.

Was hat das zu bedeuten?

So interessant private Angelegenheiten anderer Menschen auch waren, musste ich mir doch eingestehen, dass das hier nichts mit dem Fall zu tun hatte. Ich wandte mich also wieder von dem Schreibtisch ab und richtete meinen Blick auf die kolossalen Aktenschränke, die ringsum an den Wänden standen. In einigen Regalfächern standen kleine, aus Holz geschnitzte Tiere. Hauptsächlich Elefanten, wie mir auffiel. Sie waren nach der Größe sortiert. Als ich mit dem Blick beim kleinsten angekommen war, kam mir ein Gedanke.

Wenn du schon mal hier bist, kannst du diesen Umstand auch zu Ermittlungszwecken nutzen.

Ich zögerte nicht lange und öffnete schon bald die Aktenschränke, um nach Patientennamen zu suchen, die mit dem Buchstaben »K« begannen. Dr. Bodart war Mitte sechzig – die Chancen, dass er noch nicht zu einem digitalen System übergegangen war, standen also gut. Wahrscheinlich pflegte er nach wie vor das analoge Karteikartensystem.

Bei »K« angekommen, wühlte ich mich vor bis zu der Akte »Keyzer, Tom«. Die Akte war dünn und auf den zweiten Blick auch enttäuschend. Keyzer war in fünfundzwanzig Jahren zweimal beim Arzt gewesen. Einmal vor elf und einmal vor zwei Jahren – beide Male steckte ein grippaler Infekt dahinter.

Such weiter!

Ich legte Tom Keyzers Akte zurück in den Schrank und zog den Hefter mit der Aufschrift »Keyzer, Grit« heraus. Die Mappe fühlte sich voller an. Wahrscheinlich war sie empfänglicher für Krankheiten als ihr Mann, dachte ich. Doch der Gedanke verschwand schnell, als ich die Mappe aufschlug und sah, warum sie vor zwei Wochen das letzte Mal bei Dr. Bodart in der Praxis gewesen war.

Patientin klagt über Übelkeit, Schwindel und Müdigkeit.
Verdacht auf Schwangerschaft. Urintest positiv.
➛ Überweisung zu Gynäkologen Dr. Brandt.

Die Notiz von diesem Tag endete an dieser Stelle. Ich wollte eine Seite weiterblättern, aber als ich Schritte auf dem Flur hörte, ließ ich davon ab. Postwendend schlug ich die Mappe zu und legte sie in den Schrank zurück, den ich daraufhin rasch wieder verschloss. Erst danach drehte ich mich zur Tür, die sich genau in diesem Moment öffnete.

»Hier stecken Sie also«, begrüßte mich Dr. Bodart mit einem

Lächeln. Angenehm ruhig kam er auf mich zu. Anstelle eines Kittels trug er ein grünes Polohemd zu einer weißen Stoffhose. Aufmerksam musterte er mein Gesicht. Das weiche graue Haar folgte jeder seiner geschmeidigen Kopfbewegungen. »Ihnen scheint es ja tatsächlich wieder besser zu gehen, Herr Donker.« Erwartungsvoll schaute er mich an.

»Na ja«, bekundete ich. »Mein Schädel brummt, und mein Nacken ist steif. Außerdem fühlt sich meine Rippe gebrochen an. Aber sonst ist alles gut.«

Der ironische Unterton in meiner Stimme entging ihm offenbar nicht. »Das legt sich schon wieder«, sagte Dr. Bodart. »Die Halswirbel wurden glücklicherweise nicht in Mitleidenschaft gezogen. Ihre Rippe ist lediglich geprellt. Ein Glück, dass Sie mit Ihrem Auto nicht auf die Gegenspur geraten, sondern im Graben gelandet sind. Sonst würden wir jetzt über andere Verletzungen sprechen.«

Im Graben gelandet? Wie sieht mein Pestla dann aus?

»Ihr Auto hat übrigens bis auf ein paar Schrammen nicht viel abbekommen. Es hat wohl denselben Schutzengel wie Sie gehabt. Bei Gelegenheit müssen Sie mir mal sagen, wo man den finden kann«, sagte er lächelnd.

»Ja, wenn ich ihm mal wieder begegne, denke ich an Sie«, sagte ich gedankenverloren. Eine Frage ging mir nicht aus dem Kopf. »Warum bin ich eigentlich hier und nicht in einem Krankenhaus?«

Dr. Bodart lachte laut auf. Seine makellosen Zähne kamen zum Vorschein. »Sie haben mir verboten, Sie zum Krankenhaus zu fahren. Sie hatten Angst, dass Sie dort nicht mehr rauskommen würden. Deshalb baten Sie mich darum, dass ich Sie bei mir in der Praxis untersuche.«

Bruchstückhaft kam die Erinnerung wieder. Tatsächlich war eine meiner schlimmsten Vorstellungen die, mein Leben lang an ein Krankenhausbett gefesselt zu sein. Und wahrscheinlich war die Angst direkt nach dem Unfall derart präsent gewesen, dass ich Dr. Bodart gebeten hatte, mich in seine Praxis zu fahren.

Von der musste er mir erzählt haben. Allerdings hätte ich ein solches Entgegenkommen von Dr. Bodart nicht erwartet, da er sich im Krankenhaus katholischer als der Papst gezeigt hatte. Ich hatte ihn als Menschen eingeschätzt, der nie von irgendwelchen Vorschriften abwich. Offensichtlich hatte ich mich geirrt.

»Aber eigentlich war es keine Bitte«, erklärte Dr. Bodart nach einer kurzen Pause. »Sie sagten nämlich, dass Sie die Keyzers finden müssten. Und wenn Sie nicht mehr aus dem Krankenhaus rauskämen, würden Sie mich für den Tod von Paul und Grit Keyzer verantwortlich machen.«

»Das habe ich gesagt?«, fragte ich schockiert.

Dr. Bodart nickte. Wahrscheinlich hatte ich ihn mit meiner Bitte in einen Gewissenskonflikt gestürzt.

»Entschuldigen Sie«, sagte ich und sah ihn an. Wir nickten einander verständnisvoll zu. »Und trotzdem haben Sie mich dann schlafen gelegt?«

Ich spürte zwar nach wie vor in jedem einzelnen Muskel die Folgen des grässlichen Cocktails aus Müdigkeit und Aufprall, aber im Moment ärgerte ich mich am meisten über die drei verschlafenen Stunden. Drei Stunden, die Paul und Grit Keyzer womöglich am Ende fehlten.

»Als ich an der Unfallstelle ankam und Sie mitnahm, sind Sie wach geworden. Während der Fahrt in meine Praxis sagten Sie mir, ich solle Ihnen ein Aufputschmittel geben, damit Sie weiterermitteln könnten. Sie hätten mich beinahe überzeugt. Doch nachdem Sie mir gesagt hatten, dass Sie seit mehr als vierundzwanzig Stunden ununterbrochen wach waren, habe ich nichts unternommen.«

»Sie haben mich schlafen gelegt«, entgegnete ich.

Dr. Bodart nickte.

»Das hätte ich gern selbst entschieden«, sagte ich bestimmt.

»Ihr Körper hat für Sie entschieden«, sagte Dr. Bodart. »Er benötigt Pausen. Sonst baut Ihre Leistung ab, und es kommt zu Aussetzern in Ihrem Gehirn.«

Da war er wieder, der Arzt, der glaubte, dass die Gesundung

eines einzelnen Menschen über allem anderen stand. Egal wie wichtig alles andere auch sein mochte. Ich ärgerte mich über seine Einstellung. Ich musste meine Wuttirade aber herunterschlucken, bevor ich sie beginnen konnte. Mein Handy klingelte.

»Ja, Donker«, meldete ich mich.

»Da sind Sie ja endlich!«, rief Bender erleichtert. »Geht's Ihnen gut?«

»Sagen wir, es geht. Wie weit sind wir?«, fragte ich. Meine persönlichen Leiden taten hier und jetzt nichts zur Sache.

»Sie sind ja lustig. Wir haben dem Pastor aus Weybach einen Besuch abgestattet. Der wusste nichts mehr. Hat Alzheimer, der arme Kerl. Na ja, danach sind wir rüber in den Nachbarort, wo der ehemalige Leiter des Jugendheims wohnt. Er erinnert sich zwar an die grünäugige Jugoslawin, weiß aber ihren Namen nicht mehr.«

»Hat er ein Register der damaligen Flüchtlinge?«

Ich vernahm ein leises Knacksen in der Nackengegend. Erleichtert drehte ich den Kopf nach rechts und links. Der Schmerz war verflogen.

»Fehlanzeige«, antwortete Bender. »Aber er hat auf Dr. Bodart verwiesen. Den hatte Jacky ja auch schon erwähnt. Bodart und seine Frau sollen Unterkünfte für einige Flüchtlinge vermittelt haben.«

»Interessant«, kommentierte ich vage.

Dr. Bodart hatte in der Zwischenzeit eine Akte aus seinem Schrank genommen und setzte sich damit an den Schreibtisch.

»Wussten Sie eigentlich, dass der Doktor auch eine Hausarztpraxis führt?«, fragte Bender.

»Davon habe ich gehört, ja«, sagte ich ausweichend.

»Sie können gerade nicht gut reden, oder?«

»Ganz genau.«

»Wo befinden Sie sich denn? Wissen Sie, dass Ihr Auto demoliert auf einer Wiese steht?«

Ich blieb stumm. Nicht weil ich nichts sagen wollte, sondern weil mein Kopf viel zu voll mit Gedanken war. Ich konnte mich nicht auf Worte konzentrieren.

Das müssen die Auswirkungen des Schlafmangels sein.

»Sind Sie etwa bei Dr. Bodart? Dann können Sie ihn ja gleich wegen der Jugoslawin fragen.«

»Kommen Sie in zehn Minuten hierher«, flüsterte ich. »Warten Sie draußen.«

Dann legte ich auf.

Als ich zu Dr. Bodart hinübersah, kramte er gerade in der Schublade seines Schreibtisches. Mir fiel ein Gemälde der Seelandschaft Weybachs auf, das hinter ihm an der Wand hing.

»Schön, nicht wahr?«, fragte er.

»In der Tat beeindruckend«, sagte ich. »Haben Sie das gemalt?«

»Meine Frau«, bekundete Bodart stolz und stand auf. »Ihr gehorchte der Pinsel, mir nicht«, sagte er mit einem Lächeln. »Malen Sie auch?«

»Nein«, gab ich zögerlich zu. »Aber meine Tochter fängt gerade an. Wenn ich es denn schaffe, ihr das Material zu besorgen.«

»Was benötigen Sie?«, fragte er.

»Sie wünscht sich eine Staffelei.«

»Ich habe noch welche. Sobald Sie wieder mobil sind, können Sie sich gern eine abholen kommen. Bei mir verstauben die eh nur.« Er stemmte seine Hände in die Hüften und lächelte.

Danach entstand eine merkwürdige Pause. Ich wollte etwas fragen, doch ich brauchte ein paar Sekunden, ehe mir meine Frage wieder einfiel.

»Herr Doktor, warum haben Sie eigentlich die Praxis und arbeiten zudem noch im Krankenhaus in der Notaufnahme?«

»Ach das. Die Praxis habe ich mit einunddreißig Jahren eröffnet. Ich habe sie zwischenzeitlich mal geschlossen, weil der Job im Krankenhaus mich so sehr beansprucht hat, aber bereits nach drei Jahren habe ich sie wiedereröffnet. Ich habe schnell eingesehen, dass ich nirgendwo so nah an dem Leben der Stadtbewohner bin wie hier in der Praxis. Heute arbeite ich zwei Tage die Woche in der Praxis und zwei Tage im Krankenhaus, aber auch nur mehr in beratender Funktion. Ich helfe gern, wenn ich gefragt werde.«

»So wie Sie 1992 den Flüchtlingen geholfen haben?«

Dr. Bodart konnte seine Überraschung über meine Frage nicht verbergen. »Ja, das gehörte auch dazu«, sagte er zögernd.

»Was genau haben Sie denn gemacht?«

»Wir haben uns um die Menschen gekümmert, die wegen des Krieges aus ihrem Heimatland flüchten mussten und hier weder eine Aufenthaltsgenehmigung noch ein Zuhause gefunden haben. Aber wissen Sie, Herr Donker, wir hängen das damals Geschehene nicht an die große Glocke. Es war nicht alles legal, was meine Frau und ich getan haben. Aber wir mussten es tun.« Er presste die Lippen zusammen, während sein Blick demütig nach unten gerichtet war.

»Anderen Menschen zu helfen, kann meiner Meinung nach nicht illegal sein«, sagte ich, und Dr. Bodart nickte still. »Was mich aber eigentlich interessiert, ist eine Frau. Sie hat womöglich 1992 mit ihren beiden Töchtern Unterschlupf bei Ihnen gefunden.«

»Da müssen Sie mir schon mehr Informationen geben«, sagte der Arzt schmunzelnd. »Damals waren viele Frauen mit ihren Kindern bei uns. Haben Sie ein Foto von ihr?«

»Leider nein. Laut Beschreibung war sie hübsch und hatte schulterlanges schwarzes Haar. Sie trug vornehmlich Jeans und T-Shirt. Markant sollen ihre grünen Augen gewesen sein.«

»Hmmm«, gab Dr. Bodart nachdenklich von sich. »Jetzt haben Sie mich. Die Beschreibung sagt mir etwas, ich sehe das Gesicht dieser Frau vor mir. Aber ich kann mir so schlecht Namen merken. Meine Frau war besser darin.«

Wieder nichts. Verdammt!

»Haben Sie noch Listen oder Fotos von damals?«, fragte ich ungeduldig.

Irgendetwas muss er doch haben!

»Nein, wir haben nichts dokumentiert. Zu unserer eigenen Sicherheit.«

Ohne Vorwarnung ereilte mich eine Niesattacke. Ich schaffte es noch, mir die Hand vor den Mund zu halten, und hatte auf einmal nasse Finger – doch das war mir egal. Denn die Schmerzen, die mich beim Niesen im Rippenbereich durchfuhren, fühlten sich an wie ein Dutzend spitzer Speere, die sich einen Weg durch meine Eingeweide bahnten.

»Sie brauchen eine Pause«, sagte Dr. Bodart in einem strengen väterlichen Ton und packte meinen Arm, um mich zu stützen.

»Dafür habe ich keine Zeit«, sagte ich.

Er sah mich mitleidvoll an, ehe er mich losließ und zu dem Medikamentenschrank hinübereilte. »Ich gebe Ihnen etwas.« Er öffnete eine Schublade und drückte eine Tablette aus der Verpackung in meine Hand. »Das hilft.«

Ich warf mir die Tablette ein. Danach begleitete Dr. Bodart mich nach draußen auf den mit altem Bruchstein gepflasterten Einfahrtshof. Bender und Jacky erwarteten mich bereits, sie winkten mir zu.

»Ich erinnere mich wieder«, sagte Dr. Bodart, als ich ihm gerade die Hand zum Abschied reichte. »Die Frau, die Sie suchen, hieß Marieta. Sie hatte zwei Töchter.«

»Sind Sie sich sicher?«, fragte ich.

Er nickte zügig.

Endlich ein Anhaltspunkt.

»Wissen Sie auch noch ihren Nachnamen?«, fragte ich ungeduldig.

»Nein. Sie waren aber nicht lange hier. Sind irgendwann Hals über Kopf von hier weg«, sagte Dr. Bodart, bevor er eine kurze Pause machte und mich schließlich mit starrem Blick ansah. »Sie könnten recht haben, dass irgendetwas mit ihr passiert ist.«

25

Sein Kopf pochte, während seine Atmung immer langsamer wurde. Die Luft in der Kiste war dünn und trocken. Seine Augen müde. Spätestens als der Hund die kleine Öffnung über seiner Stirn zugeschüttet hatte, war er verloren gewesen. Er würde sterben, da war er sich sicher. Doch er konnte nicht aufgeben. Als er panisch und mit ganzer Kraft nach allen Seiten hin ausgeschlagen hatte, hatte er ein loses Brett entdeckt. Es gab unter dem Druck seines Knies nach und gab einen etwa zwei Zentimeter breiten Spalt frei. Aber auch nur dann. Er musste immer wieder das Bein anheben.

Schon bald hatte er gemerkt, dass es seine Beine entlastete, wenn er die Pobacken zusammenkniff. Wenn die Luft nun wieder dünn wurde, hob er erst das Gesäß, dann sein Bein an. In der Folge strömte für ein paar Sekunden frische Luft herein.

Die vergangenen Minuten hatte er so zugebracht. Unzählige Male hatte er seine Muskeln angespannt. War in einer immer gleichen Position verharrt. Er hatte mit dem Krampf gerechnet, und trotzdem tat er unsagbar weh. Als er von seinem fünften Krampf heimgesucht wurde, lief der Schweiß bereits an Stirn und Schläfen herunter. Diesmal zog der Schmerz über seinen Rücken bis in den Nacken. Völlig kraftlos lag er am Boden. Keuchte und blies den aufgewirbelten Staub beiseite.

Wie lange werde ich das noch durchhalten?

Er wollte sich wiederaufrichten. Weitermachen. Den Hals in die Höhe heben und das Knie gegen das Brett drücken. Doch für beide Bewegungen fehlte ihm die Kraft. Er hatte schon einmal so am Boden gelegen. Damals, mit neun Jahren. Nach einem Kopfballduell beim Fußball. Der Gegner hatte den Ellbogen ausgefahren. Eine schwere Gehirnerschütterung sollte der Arzt später diagnostizieren. »Wir fahren ins Krankenhaus«, hatte sein

Vater gesagt. Er war sofort zur Stelle gewesen, hatte sich um Paul gesorgt, ihm gut zugeredet. »Du schaffst das, mein Sohn. Du bist ein tapferer Krieger, Paul.«

Er hatte ihn in den Arm genommen, auf die Stirn geküsst. Die ganze Nacht hatte er im Krankenhaus an seinem Bett gesessen. Er war für ihn da gewesen.

Warum will er mich jetzt umbringen?

Er war sich sicher, dass er vorhin den Transporter seines Vaters gehört hatte. So klang kein anderes Fahrzeug. War es der DNA-Test? Hatte er ihn gefunden? Und dadurch erfahren, dass er nicht Pauls Vater war?

»Ich weiß es nicht, mein Sohn. Wir werden es sehen«, pflegte er zu sagen, wenn Paul ihn mit Fragen löcherte. Oft blieb er einfach still. Manchmal aber gab er auch ganz klare Antworten.

»Warum hat mein Gegenspieler mir wehgetan?«

»Er wollte den Ball haben, Paul.«

»Den hätte er doch auch so haben können.«

»Du warst aber stärker als er.«

»Ich gewinne aber nicht jeden Zweikampf. Er hätte nur abwarten müssen, irgendwann hätte er den Ball bekommen.«

»Vielleicht wollte er nicht mehr abwarten. Du hast ihn ein paarmal ganz schön alt aussehen lassen.«

»Er hat unfair gespielt.«

»Das war ihm egal. Er wollte das, was dir gehörte. Dazu war ihm jedes Mittel recht.«

Die Krämpfe ließen langsam nach. Paul dachte an Ellie. Wenn er die Augen schloss, konnte er sie spüren. Er sah sie vor sich. Strich ihre blonden Haare beiseite, legte sie ihr hinter die Ohren. Dann küsste er sie.

Ich muss weiterkämpfen. Für sie.

Er ballte die Fäuste, biss die Zähne zusammen. Dann streckte er die Beine aus, so lang er konnte, um wenige Augenblicke danach den Rücken ein weiteres Mal anzuheben. Er schaffte es, das Knie in die richtige Position zu bringen. Es berührte das Brett. Der Spalt wurde größer. Licht fiel herein.

Und dann kam der Schmerz. So heftig, wie er ihn noch nie erlebt hatte.

Was zum Teufel!

Es war eine Stelle am Rücken, er spürte sie zum ersten Mal. Sie lähmte den gesamten Körper. Wie ein Sack Zement fiel Paul auf den harten Boden aus Holz.

Er schrie. Brüllte ihren Namen.

»Elliiie!«

Doch sie war nicht da. Sie konnte ihm nicht helfen.

Niemand konnte ihm helfen.

Denn wer auch immer ihn in diese Kiste gesperrt hatte, wollte, dass Paul starb.

Paul Keyzer verfluchte die Party am See. Das Saufgelage mit den Freunden. Den Alkohol, der ihn hatte eifersüchtig werden lassen. Er schlug mit den schwach gewordenen Armen und Händen gegen die Bretter über sich. Er weinte. Er wollte nicht mehr. Er legte seine Hände über Kreuz auf die Brust und schloss die Augen. Er war bereit zu sterben. Doch dann bemerkte er das Stück Plastik in seiner Hemdtasche.

26

»Marieta?«, hakte Jacky nach, während er auf dem Beifahrersitz seinen Tee schlürfte. »Der Name sagt mir nichts.«

»Ich höre ihn auch zum ersten Mal«, bekundete Bender, der den Polizei-Passat lenkte.

Mist.

Das hatte ich mir einfacher vorgestellt.

Ich nahm sofort das Handy in die Hand und wählte auf der Rückbank sitzend die Nummer des Meldeamts. Dort hoffte ich eine Auskunft zu den erteilten Aufenthaltsgenehmigungen in den Jahren 1992 und 1993 zu erhalten. Doch dann fiel mir ein, dass heute Sonntag war. Alle Ämter waren geschlossen. Jacky bot an, für diesen Zweck sein gutes Verhältnis zum Bürgermeister zu nutzen. Er wählte augenblicklich dessen Nummer, doch der Anruf blieb in der Mailbox hängen. Und während Jacky eine viel zu umständliche Erklärung formulierte, bekam ich die Folgen der Schlaflosigkeit zu spüren. Ich wurde plötzlich wahnsinnig müde und konnte nichts dagegen tun. Mir fielen die Augen zu.

Du hast doch gerade erst drei Stunden geschlafen.

Mit halbem Ohr hatte ich noch vernommen, dass Blockmans sich in dem Kloster in Aubel aufhielt. Es lag etwa eine halbe Stunde Autofahrt entfernt. Die Information hatte Bender von dem Kollegen erhalten, der Blockmans observierte. An sein Handy ging Blockmans jedoch nicht. Ich war zu müde, um auf diese Neuigkeit zu reagieren. Ich saß hinten, der schwarze Ledersitz war warm, und die kalte Luft, die die Klimaanlage im vorderen Bereich verbreitete, erreichte mich kaum. Während ich vor mich hin döste, rollte mein Kopf von einer Seite zur anderen. Als ich es schaffte, meine Augen kurz aufzuschlagen, sah ich, dass wir über eine Verkehrsinsel ruckelten. Hinter dieser entdeckte ich einen alten umfunktionierten Wohnwagen, auf dem mit großen schwarzen Lettern »Lisa's« geschrieben stand.

Er entpuppte sich als eine mobile Frittüre. Sie stand auf einem größeren Parkplatz, davor hatte sich eine Schlange aus knapp zwei Dutzend Menschen gebildet.

»Klasse Aktion von der Lisa«, lobte Jacky, während das Bild vor meinen Augen wieder verschwamm. »Alle Bewohner, die sich an der Suche beteiligen, kriegen Fritten umsonst.«

Hoffentlich finden die bald was, dachte ich benommen. Doch bereits im nächsten Moment wurde mir bewusst, dass jeder Fund wohl gleichzeitig eine Todesmeldung bedeuten würde.

»Laut Fred Malherbe helfen bereits zweihundert Leute mit«, sagte Bender anerkennend. »Dadurch kommt er auf die doppelte Stärke als allein mit seinen Männern.«

Mein Mund schmeckte nach Pappkarton, in meiner Nase glaubte ich den Geruch von Kaffee wahrzunehmen, obwohl ich wusste, dass es in diesem Auto keinen Kaffee gab. Mit jedem gescheiterten Versuch, meine Augen aufzuschlagen, wuchs das schlechte Gewissen. Da draußen lagen zwei Menschen in Särgen, und ich hatte nichts Besseres zu tun, als meinen Schlaf nachzuholen. Passte das zu einem Ermittler? Zu einem Kripoleiter der Provinz Lüttich?

Wach endlich auf, du Faultier!

Schließlich war es eine Vollbremsung, die mich aus meinem Schlummerzustand riss.

»Na, wen haben wir denn da?«, fragte Bender, dem die Müdigkeit nichts anzuhaben schien. Ich folgte seinem Blick, der in Richtung der auf Rot stehenden Ampel ging. Dahinter befand sich ein Unterstellplatz für Fahrräder. Und genau dort entdeckte ich den Porsche fahrenden Bruder von Lina Bleier. Simon Bleier hatte eine verbale Auseinandersetzung mit einem Skateboard tragenden Jugendlichen. Es war nicht zu erkennen, worum es bei dem Streit ging. Erst als die Ampel auf Grün sprang und wir wieder losfuhren, bemerkte ich, wie Simon Bleier dem Jungen ein kleines Plastiksäckchen übergab. Der Inhalt des Päckchens sah aus der Ferne aus wie weißes Pulver. Als wir an den beiden vorbeigefahren waren, blickte ich noch mal zurück und machte Jacky auf den Jungen aufmerksam, der mit seinem Skateboard in unsere Richtung rollte.

»Kennst du den?«

»Klar, das ist Timo Maton, der Sohn von Karl und Carolin Maton.«

Da sieh mal einer an.

»Kauft der Sohn des Hotelbesitzers öfter Drogen?«, fragte ich Jacky. Er kannte die Menschen aus dem Ort besser als ich.

»Da weiß ich nichts von. Aber bei der Mutter würde mich das nicht wundern«, antwortete er mehrdeutig.

»Was ist mit ihr?«, fragte ich, während mir die Zeilen, die ich in Dr. Bodarts Praxis gelesen hatte, wieder in den Sinn kamen: *»Frau Maton und ihr nahes Umfeld leiden unter den großen Schwankungen ihres Selbstempfindens und ihres Gemütszustands.«*

»Die Frau ist verrückt. Vor einem Jahr etwa hat sie die Lina, die Besitzerin des Pubs am See, zusammengeschlagen.«

»Wahrscheinlich hat sie das getan, weil Linas Bruder Drogen an ihren Sohn vertickt hat«, sagte ich.

»Die gehört in die Klapse! Die verhält sich komisch«, schob Jacky nach, ohne auf meinen Erklärungsversuch einzugehen.

»Ist sie dort schon mal gewesen, in der Klapse?«, fragte ich.

»Nicht dass ich wüsste«, sagte Jacky und warf einen umständlichen Blick nach hinten. »Was an der Sache aber außerdem merkwürdig war: Lina hat bereits zwei Tage nach dem Zwischenfall die Anzeige wieder zurückgezogen.«

»Na ja«, klinkte Bender sich ein. »Wahrscheinlich hat Carolin Maton Lina Bleier damit gedroht, den Drogenverkauf auffliegen zu lassen, wenn sie die Anzeige nicht zurückzieht.«

Jacky nickte müde. Und auch in meinen Ohren klang Benders Schlussfolgerung plausibel, doch sie erklärte noch nicht, weshalb Carolin Maton unter großen Schwankungen ihres Selbstempfindens litt und Dr. Bodart ihr dringend eine psychiatrische Begleitung empfohlen hatte.

Als wir die Zufahrt zu den drei Hotels am See passierten, hatten sich die Reihen parkender Autos gelichtet. Wir fuhren bis zu dem Bootsverleih vor, wo lediglich die Hälfte der Stellplätze belegt war. Für einen Sonntagnachmittag bei schönstem Sonnenschein eine schlechte Ausbeute.

Die Entführung der Keyzers lässt niemanden kalt.

Als wir uns auf den Bootsverleih zubewegten, erklärte die groß gewachsene Blondine gerade am Ufer einem niederländischen Paar die Funktionsweise des Bootes. Auf Nachfrage erzählte Jacky mir, dass ihr Name Nora Schanz war. Ihre freundlich lockere Art kam bei den Kunden sichtlich gut an. Sie bemühte sich, in ihrer Sprache mit ihnen zu reden. Wenn sie mit Niederländisch nicht weiterkam, nahm sie Hände und Füße zu Hilfe. Und als sie das Boot vom Steg löste und das niederländische Pärchen schließlich auf den See hinausfuhr, hatten alle Beteiligten ein Lächeln auf den Lippen.

Außer dem Gehilfen Benjamin Sarlette.

Sein Gesicht war emotionslos, sein Gang wirkte roboterhaft. Als er uns entdeckte, riss er erschrocken die Augen auf.

»Haben Sie doch noch Lust auf eine Bootstour bekommen?«, fragte Nora Schanz, während sie freudestrahlend über den Steg auf uns zukam. »Das Wetter ist ja astrein heute.« Sie drehte ihr Gesicht in Richtung Sonne. Dabei reflektierten ihre großen neumodischen Sonnenbrillengläser das Licht. Benjamin Sarlette folgte ihr, blieb dabei jedoch in sicherem Abstand hinter ihr zurück.

»Würden wir gern«, sagte ich und verzog enttäuscht das Gesicht, »aber uns fehlt die Zeit.«

Derweil rückte der runde Vollbartträger mit der Daytona-Beach-Kappe auf dem Kopf in mein Blickfeld. Er stand vor der offenen Eingangstür aus Fichtenholz. Rick Savelsberg, dem der Bootsverleih gehörte, hatte sich bisher mit einem Kunden hinter dem Bootshaus aufgehalten. Nun musterte er uns. Ich schenkte ihm zunächst kaum Beachtung.

Meine Aufmerksamkeit galt vielmehr Benjamin Sarlette im

Schatten seiner Kollegin. Die durcheinanderliegenden Haare und die Bartfusseln auf seinen Wangen konnten sein plötzliches Erröten nicht verbergen. Seine Augen waren nach unten gerichtet. Die Arme, die fast nur aus Haut und Knochen bestanden, waren leicht angewinkelt. Seine Hände krallten sich in den Gürtel, der die kurze blaue Hose vom Herunterrutschen am dünnen Körper abhielt.

»In den vergangenen Stunden habe ich öfter an den 18. Juni 1992 denken müssen«, begann ich und wartete gespannt auf seine Reaktion.

Aber von ihm kam nichts. Keine Bewegung. Kein Wort.

»Wissen Sie, was an dem Tag passiert ist?«, schob ich nach einem Moment hinterher.

»Ja«, brachte er schüchtern hervor und schaute kurz auf. »Eric ist an dem Tag gestorben.«

»Er ist nicht einfach gestorben. Ihr Schulfreund wurde getötet. Und zwar von einem Feigling, der Fahrerflucht begangen hat und bis heute nicht gefunden wurde«, sagte ich mit Nachdruck. Irgendwie musste ich ihn aus der Reserve locken.

Benjamin Sarlettes Blick sank wieder zu Boden.

»Er war doch Ihr Freund, oder?«, vergewisserte ich mich.

Mit zitternder Stimme antwortete er: »Ich hatte nie einen besseren. Eric hat mich immer beschützt.«

»Und was würden Sie mit dem Menschen machen, der Ihnen Eric genommen hat?«

Er ließ mit der Antwort auf sich warten. Ich konnte nicht einschätzen, ob er noch überlegte, was er sagen sollte, oder ob das zu Sagende bereits feststand und er lediglich zögerte, es auszusprechen. Jedenfalls herrschte für ein paar Sekunden vollkommene Stille.

»Einsperren«, brach es schließlich aus ihm hervor.

»Einsperren? Und niemals mehr rauslassen?«, fragte ich.

Wie in einem Sarg.

»Ja«, nickte er. Er hob den Kopf und sah mich zum ersten Mal richtig an.

Mir fiel auf, dass seine Augen feucht geworden waren. Nora Schanz, die nach wie vor an seiner Seite stand, nahm ihn in den Arm.

»Du musst das nicht machen«, flüsterte sie ihm zu.

Ich nutzte die Gelegenheit, um kurz mit Bender zu sprechen. »Was genau hat der Junge?«

»Eine geistige Behinderung.«

»Also sagt er uns die Wahrheit?«

»Die Frage ist doch eher, ob er zu solch einer Entführung samt der aufwendigen Planung überhaupt fähig ist.«

»Dann finden wir es heraus«, sagte ich und wandte mich wieder Benjamin Sarlette zu. »Herr Sarlette«, begann ich und wartete, bis er sich von Nora Schanz gelöst hatte. Mit dem Unterarm wischte er sich eine Träne aus dem Auge. Als er damit fertig war, fiel sein Blick wieder zu Boden.

»Wie fährt es sich mit dem neuen Auto?«

Mit zitternden Lippen antwortete er: »Gut.«

»Na ja, es ruckelt ein wenig«, ergänzte Nora Schanz und grinste. Offenbar versuchte sie, die Stimmung etwas aufzulockern.

»Bei einem Auto mit Baujahr 2008 kann man das erwarten«, kommentierte Bender unbeeindruckt. Er erweckte den Eindruck, jedes Ablenkungsmanöver im Keim ersticken zu wollen.

Ich räusperte mich, weil meine Kehle sich plötzlich furchtbar trocken anfühlte. Schließlich schaffte ich es durch mehrmaliges Schlucken, meine Stimme wiederzuerlangen.

»Herr Sarlette, wo waren Sie gestern um achtzehn Uhr?«

Sein Gesicht erstarrte, während er die Hände wieder im Hosengürtel vergrub. »Gestern?«, fragte er mit unsicherer Stimme.

»Ja, gestern«, bestätigte Bender.

»Um achtzehn Uhr«, begann Benjamin Sarlette zögerlich, »war ich mit meinem Hund spazieren.«

»Mit Ihrem Hund?«, fragte Bender skeptisch, während er zu mir herüberschielte.

»Ja, mit Chica.«

»Ist das Ihr Hund oder eine andere Person?«

»Meine Hündin.«

»Gut, aber sonst war niemand dabei?«

Sarlette schüttelte den Kopf. »Aber Mama weiß, dass ich im Wald war.«

Bender und ich schauten uns nachdenklich an.

»Sind Sie im Wald jemandem begegnet, der Sie mit Chica gesehen hat?«, fragte ich nach der kurzen Pause.

Benjamin Sarlette verneinte. »Chica will immer durch die Bäume. Wege mag sie nicht.«

»Das heißt, Sie haben kein Alibi«, resümierte Bender, bevor er gleich eine weitere Frage hinterherschob: »Warum haben Sie den Peugeot gekauft?«

Benjamin Sarlettes Blick suchte Halt. Er fand ihn aber nicht. Wie wild wanderten seine Augen umher.

Plötzlich löste sich Rick Savelsberg von seinem Kunden und schritt entschlossen, von energischen Armbewegungen begleitet, auf uns zu. »Lassen Sie doch endlich Benjamin in Frieden!«, fuhr er uns an. »Wozu soll er das Auto schon gekauft haben? Zum Fahren natürlich. Oder wofür kaufen Sie ein Auto?« Breitbeinig und mit verschränkten Armen baute er sich schützend vor Benjamin Sarlette auf.

»Die Sache ist so«, ergriff ich das Wort. »Ein grauer Peugeot 206 wird mit dem Entführungsfall der Keyzers in Verbindung gebracht.«

»Ja, dann vergleichen Sie die Kennzeichen, dann werden Sie sehen, dass Beni nichts damit zu tun hat«, bellte Savelsberg. Dabei setzte er einen verächtlichen Blick auf, der bewusst an uns vorbeiging.

»Wir haben leider kein Kennzeichen. Der Zeuge hat aber von oben sehen können, dass es ein hellgrauer Peugeot 206 Baujahr 2008 war«, sagte ich.

»Von oben?«, fragte Savelsberg belustigt. »Dann war es mit Sicherheit nicht Benis Auto. Sein Dach ist nämlich grün.«

»Was?«, fragte ich ungläubig.

Das ist doch ein schlechter Witz.

»Ja, sehen Sie doch selbst«, sagte Savelsberg und stapfte, ohne zu zögern, in Richtung des Parkplatzes. Dort angekommen, zeigte er auf den hellgrauen Peugeot 206. Bender und ich schritten hinterher. Doch bereits nach wenigen Metern sahen wir deutlich, dass Savelsberg die Wahrheit gesagt hatte. Bei dem Auto von Benjamin Sarlette handelte es sich um einen hellgrauen Peugeot 206 mit dunkelgrünem, etwas verwittertem Dach.

»Er kann eine Plane drübergeworfen haben«, flüsterte Bender mir zu.

Ehe ich auf seinen Einwand reagieren konnte, kläffte Savelsberg dazwischen: »Ihr sucht immer nur Schuldige. Wenn es keine Beweise gibt, denkt ihr euch: ›Egal, Hauptsache, wir haben jemanden, dem wir die Sache in die Schuhe schieben können.‹« Während er gesprochen hatte, war sein Kopf – oder besser gesagt das, was oberhalb des Vollbarts von dem Gesicht noch zu sehen war – feuerrot angelaufen. Und der brodelnde Vulkan wartete nun auf eine Reaktion von uns.

»Was ist noch mal mit dem Savelsberg damals gewesen?«, flüsterte ich Bender zu. Zwar hatte mir der Kollege die Info bereits zugetragen, aber ich erinnerte mich nicht mehr genau daran.

»Der wohnt in der Straße, in der Eric Blockmans das letzte Mal gesehen wurde. Und er hat am Tag nach Erics Tod seinen Wagen eingetauscht. Allerdings hatte er den neuen bereits vier Wochen vorher bestellt.«

Mich überkam ein unwohles Gefühl. Und das lag nicht an den Stichen in den Rippen.

»Wo waren Sie denn gestern um achtzehn Uhr, Herr Savelsberg?«

Entschlossen blickte er mich an. »Ich war im See schwimmen, wie jeden Samstag um die Zeit. Danach bin ich nach Hause zu meiner Frau, und wir haben zu Abend gegessen.«

»Für das Schwimmen gibt es sicherlich Zeugen?«, fragte ich.

»Hier gibt es immer Wanderer, die auf den See blicken. Vielleicht hat mich jemand erkannt, vielleicht aber auch nicht. Das müssten Sie dann schon selbst herausfinden. Dafür werden Sie ja immerhin bezahlt, nicht wahr?«, sagte er herausfordernd.

Was für ein überheblicher Kerl, dachte ich und hatte bereits eine passende Antwort im Kopf vorformuliert, als mich der Rolling-Stones-Song, der aus Jackys Handy dröhnte, aus dem Konzept brachte. Ich hatte mal in einer Dokumentation gesehen, dass die Konzentrationsfähigkeit unter Schlafentzug litt – im Moment machte ich die Probe aufs Exempel.

Stell dich nicht so an!

Meine Gedanken drehten sich im Kreis, ohne Möglichkeit, das Karussell anzuhalten. Mir war schwindelig. Es wurde zunächst hell, dann wieder dunkel.

Erst nach einer Weile – ich konnte im Nachhinein nicht mehr sagen, wie lange es gedauert hatte – hörte ich Jackys Stimme. Zuerst leise und verzerrt, schließlich lauter und deutlicher.

»Piet, hörst du mir zu?«

»Ja«, brachte ich hervor.

»Das war Titz, der Anwalt. Offenbar hat Tom Keyzer neue Infos für uns.«

Ich nickte, während mein Gehirn die Worte langsam verarbeitete. Mit einer Hand wischte ich mir übers Gesicht. Es fühlte sich kalt an. Ich zupfte an meiner Lippe.

»Fahren wir zu ihm«, sagte ich schließlich mit schwacher Stimme.

»Was machen wir mit den beiden?«, fragte Bender und hielt sich die Hand vor seinen Mund, als er gähnte.

Ich begriff nicht und blickte ihn fragend an.

»Na, Benjamin Sarlette und Rick Savelsberg«, erklärte Bender.

Junge, konzentrier dich!

Ich schloss für einen Moment die Augen. Es mussten am Ende ein paar Sekunden gewesen sein, aber das war mir letztlich egal. Weil es half. Denn als ich die Augen öffnete, war anscheinend alles wieder gut.

»Überprüfen Sie die Alibis, beantragen Sie einen Durchsuchungsbeschluss für das Zuhause der beiden sowie für alle Häuser, die sich auf dem Birnenweg befinden. Und lassen Sie Savelsberg observieren. Irgendwas ist hier faul.«

Frederic Titz stand bereits vor der verschlossenen braunen Tür aus Holz, die in das gelbe Klinkergebäude führte. Er hatte uns angeboten, zum Präsidium zu kommen, da es auf seinem Weg lag.

Sein Händedruck war schwach, seine Handflächen feucht. Jacky schloss auf, und wir traten ein. Bender blieb im Flur an einer der ausgelegten Plastikfolien hängen. Titz, der ihn befreien wollte, stieß in der Folge einen Eimer Farbe um. Zwar war dieser mit einem Deckel versehen, doch hatte er einen Riss bekommen. Grüne Farbe breitete sich rasch auf dem Boden aus. Da ich es zuerst bemerkte, stellte ich den Eimer wieder aufrecht hin und legte den Deckel so darüber, dass die Farbe weitestgehend geschützt blieb. Meine Rippen dankten es mir. Als ich meine Hände nach der Aktion betrachtete, entdeckte ich, dass mein gesamter Unterarm auf der Rückseite grün gefärbt war.

»Verdammt noch mal!«, fluchte ich. »Kann man den Kram hier nicht mal wegräumen?« Meine Augen suchten Jacky, fanden ihn aber nicht. Ich raunte unzufrieden und wies dann Herrn Titz, der Bender inzwischen von dem Plastik befreien konnte, den Weg in das große, freigeräumte Büro. Titz war ein schmaler Typ, trug einen feinen dunkelblauen Anzug und eine rote Krawatte. In seinen Haaren klebte Pomade oder etwas Ähnliches. Er sah aus wie das Mitglied einer Boygroup Anfang der Neunziger.

»Setzen Sie sich«, sagte ich, als wir in dem Büro angekommen waren. Während Titz noch überlegte, auf welche Seite des Stuhls er seinen Aktenkoffer stellen sollte, hatten Bender und ich bereits Platz genommen.

»Jemand einen Tee?«, vernahmen wir Jackys Stimme vom Flur.

Sag mir, dass das nicht wahr ist.

Einen Augenblick später lugte er durch den schmalen Türspalt.

Während Titz sich setzte, unterbrach ich Jacky, bevor er mit seinem Lieblingsthema beginnen konnte: »Nein, keinen Tee jetzt.«

Jacky blieb im Türrahmen stehen. Er machte große Augen. »Okay, war ja nur eine Frage.«

»Danke. Jetzt nicht«, bekräftigte ich.

Daraufhin verschwand er im Flur und wurde dabei von den Knistergeräuschen begleitet, die die ausgelegte Plastikfolie von sich gab.

Bender rieb sich nun auch die Augen. Gleichzeitig vernahm ich das laute Knurren seines Magens. Indes kratzte ich mich an den Augenbrauen, die von jetzt auf gleich furchtbar zu jucken begonnen hatten.

»Was haben Sie für uns?«, fragte ich Titz, der eine Mappe aus seinem Aktenkoffer zog.

Titz legte ohne Vorbehalte los. Und das, was er sagen sollte, hatte es in sich.

»Tom Keyzer erinnert sich an ein weiteres Detail aus dem Zimmer. Er bat mich, es Ihnen mitzuteilen.«

Endlich spricht der Kerl.

Ich war gespannt, was uns nach den bisher zurückhaltenden Infos zu dem Parkettboden, der Lampe an der Decke und dem aufgestellten Bett, in dem er gelegen hatte, nun erwarten würde. Bisher von Belang gewesen war lediglich das Kalenderblatt mit schicksalhaftem Datum. An dem Tag war Eric, der Sohn von Holger Blockmans, überfahren worden. Das Datum war zwar eine Spur, aber wir hatten noch keine Verbindung zu Tom Keyzer herstellen können. Ich hoffte, dass Titz uns nun das fehlende Puzzlestück liefern würde.

Er öffnete die auf dem Tisch liegende Mappe und zog ein

weißes DIN-A4-Blatt heraus. Dann legte er es quer auf den Tisch. »Das ist eine Zeichnung, angefertigt von Herrn Keyzer«, erklärte Titz. Von uns aus gesehen war unten ein Bett dargestellt. Oben rechts befand sich eine Tür, in der Mitte das besagte Kalenderblatt. Auf der linken Seite aber tauchte ein vollkommen neues Element auf. Dort nämlich war etwas, das aussah wie die Zeichnung einer Flussmündung auf einer geografischen Karte. Von oben nach unten verlief eine einzige Linie, die sich ungefähr in der Mitte der Wand in drei Ausläufer aufspaltete.

»Was ist das?«, fragte ich, während ich daraufzeigte.

»Das ist ein Riss in der Wand.«

»Ein Riss in der Wand«, wiederholte ich ernüchtert.

Was zum Teufel …

»Mensch, da hat der Herr Keyzer uns jetzt aber weitergeholfen«, sagte ich spöttisch. »Seine Frau und sein Sohn verkümmern unter der Erde, und da fällt dem Herrn auf einmal ein, dass sich in dem Zimmer, in dem er angeblich festgehalten wurde, ein Riss in der Wand befand.«

Ich wusste nicht mehr, was angemessen war und was nicht. Ich wusste nur, dass ich mich wahnsinnig ärgerte. Über Tom Keyzer, über die Faktenlage, einfach über alles.

Ungläubig sah ich zu Bender hinüber.

»Wir müssen es versuchen«, sagte er. Sein Gesichtsausdruck wirkte wenig zuversichtlich.

»Was versuchen, bitte?«, erkundigte sich Titz.

»Wir gehen mit der Zeichnung an die Presse. Vielleicht erkennt ein ehemaliger Mieter oder ein Eigentümer den Riss wieder«, antwortete Bender.

»Mein Mandant sagte mir, dass die Zeichnung vorrangig für Sie bestimmt sei. Ausdrücklich lautete seine Anweisung, dass die Zeichnung nicht publik gemacht werden darf«, sagte Titz und legte so selbstzufrieden die Lippen aufeinander, wie es nur Anwälte tun können.

»Unfassbar!«, sagte ich, während ich meine Ellbogen auf

den Tisch stützte und mit Schmerzen in den Rippen den Kopf schüttelte. »Was bringt uns diese Zeichnung denn dann? Glauben Sie, wir führen ein Rissregister aller Häuser in Belgien?«

Titz schluckte laut, verharrte aber in seiner Körperhaltung.

»Wann können wir wieder zu ihm?«, fragte ich, als ich merkte, dass meine vorige Frage nicht mehr beantwortet werden würde.

»Mein Mandant fühlt sich sehr schwach. Als ich eben sein Zimmer verließ, schlief er bereits wieder. Deswegen war es ihm wichtig, dass ich Ihnen die Zeichnung gebe.«

Ich erhob mich und stapfte wütend durch den Flur. Dabei trat ich die Plastikfolie vor mir her und versetzte den gestapelten Farbeimern einen Tritt. Ein Eimer flog im hohen Bogen bis ans Ende des Gangs.

Was für ein Spiel spielte Tom Keyzer? War er wirklich das Opfer, für das er sich ausgab? Spielte das Datum auf dem Kalenderblatt überhaupt eine Rolle in dem Entführungsfall, oder war es lediglich ein Ablenkungsmanöver von Keyzer? Wann hatte er erfahren, dass er nicht der Vater seines Sohnes war? Seit wann wusste er, dass seine Frau fremdging?

Wie lange hatte er all das ertragen?

Du kennst die Antworten nicht.

Wir sollten loslaufen. Leben retten. Stattdessen taumelten und stolperten wir. Wir kamen nicht weiter. Und wenn wir mal eine Antwort bekamen, tauchten im nächsten Moment fünf neue Fragen auf. Dabei brauchten wir doch Gewissheit. Dringend. Besser gestern als heute. Und inzwischen war mir dazu jedes Mittel, jeder Weg recht. Auch wenn der Weg womöglich in die Irre führte.

»Wir gehen mit der Zeichnung an die Presse«, sagte ich. Während ich sprach, blickte ich in das Gesicht von Frederic Titz. Zurückgelehnt saß er in seinem Stuhl und taxierte mich.

»Dann tragen Sie alle Konsequenzen für den Ausgang dieser Sache«, sagte er scharf.

»Das tue ich sowieso«, antwortete ich. »Ich werde mir nur

nicht vorwerfen lassen, eine Gelegenheit verpasst zu haben. Dann reagiere ich lieber jetzt, bevor es zu spät ist.«

Bender nickte mir betreten zu. »Wenn es nicht bereits zu spät ist.«

27

Es war kurz nach drei Uhr nachmittags, als ich mit der in Eupen liegenden ostbelgischen Kripozentrale telefonierte. Die zuständigen Personen sicherten mir zu, in der nächsten halben Stunde die Beschreibung der Wohnung, in der Tom Keyzer festgehalten worden war, zu veröffentlichen – und zwar in sämtlichen sozialen Netzwerken und allen Onlinezeitungen, die einen Bezug zu Ostbelgien hatten. Vorher hatten wir bereits von der Staatsanwaltschaft die Erlaubnis erhalten, alle Häuser, die am Birnenweg lagen, zu sichten. Das bedeutete, wir würden die Losverkaufsroute von Eric Blockmans aus dem Jahr 1992 noch einmal nachgehen.

Eigentlich gute Nachrichten also. Mit dem Riss hatten wir endlich etwas Konkretes in den Händen, das zumindest wiedererkannt werden konnte. Er machte das Gebäude unverwechselbar. Klar, er könnte jederzeit überstrichen oder mit Tapete überklebt werden, aber fest stand: Er gehörte zu diesem einen Gebäude. So wie ein bestimmter Fingerabdruck zu einem einzigen Menschen.

Andererseits war es nur ein Riss. Und welcher Eigentümer erinnerte sich schon an jeden Riss in seiner Wohnung?

Außerdem bewies ein Riss gar nichts. Selbst wenn wir ein Pendant zu der gezeichneten Version finden würden, wäre dieses noch lange kein Indiz für irgendeine Tat.

Tust du hier das Richtige?

Ein unwohles Gefühl überkam mich. Mein Magen zog sich zusammen. Ich krümmte mich, verspürte Hunger und gleichzeitig Übelkeit. Glaubten wir wirklich, dass uns dieser Riss zu den Vermissten führen würde?

Wie verzweifelt sind wir?

Nach den Telefonaten war ich an dem großen Tisch sitzen geblieben, während Bender aufgestanden war, um in der kleinen Küche etwas zu trinken.

Ich hielt die Augen geschlossen. Mein Kopf wurde von kalten Händen gehalten, die zweifellos mir gehörten, sich aber nicht wie meine anfühlten. Meine kribbelnden Arme stützten sich auf dem Tisch auf. Sie fühlten sich an, als würden sie jeden Moment nachgeben. Ich war müde und wollte einfach nur nach Hause. Wünschte mir nichts sehnlicher, als mit Sina in den Armen einzuschlafen. Ich sah sie vor mir, küsste ihre zarte Haut, sog den dezenten blumigen Duft ein, der sie umgab.

Ein lautes Klirren riss mich zurück ins Hier und Jetzt. Meine Augen öffneten sich schlagartig.

Trotz meiner schweren Beine stürmte ich in die Küche. Überall lagen Scherben aus Porzellan. Bender kniete auf dem Boden, mit dem Rücken zu mir. Mit der linken Hand warf er sich etwas in den Mund.

»Was ist passiert?«, fragte ich, weniger, um zu erfahren, wie das Porzellan auf dem Boden gelandet war, sondern mehr, um meine Anwesenheit anzukündigen.

Hastig drehte er sich um. In seinem Gesicht zeichnete sich noch der Schreck ab. »Die Teekanne ist runtergefallen.«

»Na, wenn es nur das ist«, entgegnete ich und fing an, Scherben aufzusammeln.

»Aber ich habe das hier gefunden«, sagte er euphorisch und streckte ein Paket schwarzen Tee in die Höhe.

Nach der bisherigen Ausbeute Spitzwegerich- und Kamillentee sowie dem seit Jahren abgelaufenen Instantkaffee schaffte es dieser Fund tatsächlich, meine Stimmung zu heben.

Kurz danach kippte ich die dreifache Portion in das Teesieb. Bender brachte währenddessen das Wasser zum Kochen. Als wir schließlich ein geeignetes Behältnis gefunden hatten, goss Bender das heiße Wasser über die getrockneten Gräser. Dampf stieg auf, und rasch verbreitete sich ein blumiger Duft, der Noten von Jasmin aufwies.

Endlich etwas Genießbares zum Trinken.

Im Flur hörten wir eine Tür knallen. Es musste Jacky sein, der sich vorhin aufs WC verzogen hatte. Wenig später stand er schnüffelnd im Türrahmen und starrte auf die Teeverpackung. »Seid ihr bescheuert?«

Schnell bewegte er sich auf die gefüllte Teekanne zu und hob das Sieb aus dem Wasser.

Ich sah ihn entgeistert an. »Was ist denn los? Ich hätte jetzt gern den Tee wieder.«

»Nein!«, fauchte er entschlossen wie eine Tigermutter, die ihre Kleinen beschützte. »Ihr hättet mich vorher fragen müssen.«

»Mein Gott, Jacky! Da draußen liegen irgendwo zwei Menschen unter der Erde, und du machst hier einen Aufstand wegen Tee?« Ich riss ihm das Sieb aus der Hand und knallte es wieder in die Kanne.

»Der ist verdammt teuer!«, brüllte er mich an. Sein Arm hob sich abermals in Richtung der Teekanne. Ich schaffte es jedoch, ihn davon abzuhalten, mir das Sieb ein zweites Mal zu entwenden.

»Setz es auf die nächste Spesenrechnung«, antwortete ich trocken. »Wir brauchen jetzt den Tee, sonst kippen wir um.«

Er ging auf Distanz. Nach einer Weile stützte er sich an der Küchenzeile ab und zog eine Schnute.

»Haben wir noch was von Blockmans gehört?«, fragte ich Bender. »Ich würde ihn gern zu dieser Marieta befragen.« Das Teewasser hatte in der Zwischenzeit eine dunkle Farbe angenommen.

»Der Kollege, der ihn observiert, hat vor einer halben Stunde gesimst, dass Blockmans wohl schon seit fast fünf Stunden im Kloster sitzt.«

»Ist das nicht etwas zu lange?«, entgegnete ich.

»Soll der Kollege mal nachschauen?«, fragte Bender vorsichtig.

»Ja, am besten bringt er ihn dann auch direkt ins Präsidium.«

Bender zog es vor, die Anweisung per Textnachricht durchzugeben. Auch wenn ich selbst ein Gespräch vorgezogen hätte, da es meiner Erfahrung nach Missverständnisse reduzierte, ließ ich es ihn auf seine Art und Weise machen. In jedem Fall aber war er mit der Textnachricht schneller durch, als ich es gewesen wäre. Seine langen Finger schwebten bereits nach kurzer Zeit nicht mehr über der glänzenden Oberfläche, sondern umklammerten fest das Handy. Bender räusperte sich, während er auf das Display starrte. »Vier Kollegen beginnen jetzt jeden Moment mit den Hausdurchsuchungen am Birnenweg.«

»Die sollen nicht nur auf den Riss achten, sondern auch Ausschau nach auffälligen Metallbefestigungen und spitzen Steinen in den Einfahrten der Häuser halten.«

Vielleicht befand sich die Tatwaffe, wenn man sie so nennen durfte, ja noch immer an Ort und Stelle.

Bevor ich das Sieb aus der Teekanne hob, sah ich Benders stilles Nicken. Seine Finger glitten in Rekordzeit über das Display des Smartphones. Doch dann, von einem Moment auf den anderen, hörte er plötzlich auf zu tippen. Sein Blick wurde starr, ehe er den Kopf hob und mich ansah.

»Laut Lina Bleier ging Grit Keyzer donnerstags Tennis spielen, oder?«, fragte er.

Ich nickte, ohne zu wissen, worauf er hinauswollte. Ich hob die Kanne an und goss den Tee in die Tassen, die ich vorhin aus dem Schrank genommen hatte.

»Gibt es in Vaals einen Tennisclub?«, fragte Bender in Jackys Richtung.

»Ja«, antwortete Jacky genervt. Offenbar wurmte ihn noch immer, dass wir uns ihm widersetzt hatten und gleich den teuren Tee trinken würden. »Er liegt gleich hinter der Grenze.«

Ich drückte zuerst Bender eine Tasse in die freie Hand, dann griff ich selbst nach dem Henkel der anderen Tasse. Von dem Zucker, den ich im Schrank gefunden hatte, warf ich zwei Stücke hinein. Dann nippte ich am Tee, merkte aber schnell, dass er noch zu heiß war.

»Es mag Zufall sein, aber ehrlich gesagt glaube ich nicht daran«, sagte Bender, bevor er einen großen Schluck von dem Tee nahm. Mit schmerzverzerrtem Gesicht schluckte er die heiße Flüssigkeit herunter. »Die Anrufe, die Grit Keyzer von der bisher unbekannten deutschen Nummer erhalten hat, wurden hauptsächlich donnerstagnachmittags getätigt. Und seit eben wissen wir, dass Karl Matons PayPal-Konto jeden Donnerstag mit vierzig Euro belastet wurde. Und zwar von einem Stundenhotel in Vaals.«

Bender und ich hatten uns augenblicklich auf den Weg zum Hotel Karl Matons gemacht. Indes hatte Jacky angeboten, sich der Truppe anzuschließen, die die Häuser am Birnenweg durchsuchte. Ich begrüßte seine Offerte – es brachte nichts, wenn wir zu dritt zu Maton fuhren.

Bender und ich verließen mit dem PP die Richtung See führende Hauptstraße so früh wie möglich und bogen in eine der ersten Seitenstraßen ab, die mit Ferienhäusern im Bungalowstil gesäumt war. Dort war der Verkehr quasi nicht vorhanden, und auch auf den Bürgersteigen war keine Menschenseele zu sehen. Erst vor dem letzten Haus in der Straße entdeckten wir Luc Keyzer. Er lud einen grauen Transporter mit Paletten voll. Vielleicht hat er einen Hausmeisterjob, dachte ich und bog auf der folgenden Kreuzung nach links in die Straße ab, die geradewegs auf die Hotels am See zuführte. Der Parkplatz war vielleicht bis zur Hälfte gefüllt. Bemerkenswert war, dass eine Handvoll Autos bekannten Pressevertretern gehörte. Wahrscheinlich lauerten sie am Seeufer auf Stimmenfang. Im Moment sah es aber nicht danach aus, als würden sie dort jemanden finden. Denn auf dem See fuhren weder Boote, noch schwammen in ihm Menschen. Vermutlich hielt die Furcht davor, dass Leichen darin gefunden wurden, die Menschen vom Wasser fern.

Als Bender und ich das Hotel Weybacher Hof betraten, blies uns die Klimaanlage mit voller Wucht ins Gesicht. Die Rezeption in der mit Blausteinfliesen ausgelegten Eingangshalle war nicht besetzt, und im vorderen Speisesaal war auch kein Mensch zu sehen. Doch von irgendwoher hörten wir Stimmen. Sie kamen von der Tür, die gegenüber dem Speisesaal lag.

»Es kann nicht schaden, wenn du dort noch mal hingehst«, vernahmen wir die Stimme eines Mannes.

»Nein, auf keinen Fall«, entgegnete eine Frau aufgebracht. »Der Typ übertreibt total. Der kann doch nicht einfach so über mein Leben entscheiden.«

Danach wurde es still. Bender und ich bewegten uns ein paar Schritte auf die Tür zu. Schließlich ertönte die Stimme des Mannes wieder.

»Tu es für uns«, sagte er in sanftem Ton.

»Für uns?«, wiederholte sie gequält, ehe ihre Stimme einen aggressiven Ton annahm. »Lass mich in Ruhe! Lass mich einfach nur in Ruhe!«

Doch der Mann gab nicht nach: »Überleg es dir noch mal.«

»Nein! Ich lasse mir nichts vorschreiben!«, brüllte die Frau. »Es funktioniert auch so!«

Einen Augenblick später schlug sie die Tür auf. So stark, dass diese beinahe aus den Angeln flog.

»Frau Maton«, begrüßte ich sie nüchtern.

Carolin Maton blieb einen Meter vor mir stehen. Sie trug ein leichtes Sommerkleid, an den Ohren blinkten silberne Creolen. In ihrem Gesicht brodelte es wie in einem Vulkan, bei dem alle Frühwarnsysteme Alarm schlugen. Die kleinen Augen waren gerötet, die schwarze Wimperntusche lief mitsamt den Tränen die Wangen herunter. Ihr Blick war schwach, das linke Augenlid zuckte. Ihre roten Lippen zitterten, so als wäre sie unentschlossen, ob sie gleich losweinen oder alles zerschlagen sollte. Die zierliche Frau entschied sich für die dritte Variante und zog entschlossen an mir vorbei. Sie verschwand durch den Speisesaal und schlug die Tür hinter sich zu.

»Frauen«, sagte Karl Maton, der lächelnd und mit offenen Armen die Empfangshalle betrat. »Ist es nicht immer das gleiche Theater?«

»Wie meinen Sie das?«, fragte ich, während ich ihn ohne Regung anschaute.

Brusthaare lugten aus dem hellblauen Hemd, dessen oberste

zwei Knöpfe nicht geschlossen waren. Unter den Achseln zeichneten sich kleine Verfärbungen ab.

Er ließ sich Zeit mit der Antwort, zog erst ein Gletscherbonbon aus der Tasche und warf es sich in den Mund. Selbstverliebt fuhr er sich mit der Hand durch das feine dunkelblonde Haar. »Na ja, man kann es ihnen nie recht machen.«

»Meinen Sie die beiden?«, fragte ich. Ein Versuch, ihn konkreter werden zu lassen.

»Die beiden?«, wiederholte er stutzig. Das Gletscherbonbon klackerte in seinem Mund von einer Seite zur anderen, und die Menthol- und Pfefferminzaromen verbreiteten sich langsam im Raum.

»Grit Keyzer und Ihre Frau.«

Plötzlich war es still. Keine blöden Sprüche mehr. Kein Klackern.

»Wissen Sie, dass Grit Keyzer schwanger ist?«, fragte ich, als keine weitere Reaktion von Maton folgte.

Sein Gesicht verfinsterte sich. Widerstrebend schüttelte er den Kopf.

Dass die Vermutung, die ich in der Akte von Dr. Bodart gelesen hatte, noch bestätigt werden musste, war mir klar. Aber mir schien der Moment günstig, um Karl Maton damit zu konfrontieren.

»Seit wann läuft das denn schon zwischen Ihnen und Grit Keyzer?«

Er schluckte laut. Dabei hielt er sich so aufrecht, als rede er sich gerade ein, dass er mit allem im Reinen war.

»Seit einem Jahr ungefähr.«

»Seit einem Jahr«, äffte ich ihn nach. »War da vielleicht auch mal was zwischen ihnen beiden vor ungefähr sechzehn Jahren?«

Matons Blick zuckte angestrengt durch den Raum.

»Sie wissen es also«, sagte er.

Volltreffer!

»Geben Sie zu, dass Paul Keyzer Ihr Sohn ist?«, vergewisserte Bender sich.

Das Bonbon klackerte, während Maton sich wiederholt durch das dunkelblonde Haar fuhr. Sein fester gewordener Blick richtete sich auf mich. »Ja, Tom hat so etwas angedeutet.«

Tom? Wusste Keyzer also doch, dass er nicht der Vater ist?

Ich sah ihn fragend an.

»Na ja, Tom war letzten Mittwoch bei mir und hat mich zur Rede gestellt. Ich hab ihm die Affäre mit Grit gebeichtet.« Maton schloss die Augen und wandte sich von mir ab. »Daraufhin ist er ausgerastet und hat Rache geschworen. Ich konnte doch nicht ahnen, dass er wirklich so etwas tun würde.«

28

Tom Keyzer hatte also doch von der Affäre seiner Frau gewusst. Und natürlich hatte dieser Umstand ihn gestört! Und zwar so sehr, dass er Rache geschworen hatte. Hatte er also doch Frau und Sohn entführt? Die beiden in Särge gesteckt und vergraben? Ich wollte es nicht wahrhaben.

Aber es sah ganz danach aus.

In dem Fall war ich ihm auf den Leim gegangen. Hatte ihm abgekauft, dass er in einem Zimmer festgehalten worden war. Ein Zimmer, in dem ein Kalenderblatt vom 18. Juni 1992 gehangen haben sollte. Selbst die von Titz übermittelte Aussage, dass eine Wand in dem Zimmer von einem außergewöhnlichen Riss geprägt war, hatte ich ihm geglaubt.

Das waren alles Lügen!

Sie hatten allein dem Zweck gedient, von ihm abzulenken. Und uns fehlzuleiten.

Und wir sind drauf reingefallen.

Bender und ich warfen uns in den PP, den ich so schnell wie möglich vom südlichsten Punkt der Stadt Richtung Norden in den Nachbarort befördern musste. Dorthin, wo sich das Krankenhaus befand, in dem Tom Keyzer auf der Intensivstation lag. Unterwegs versuchten wir, die zuständige Staatsanwältin zu erreichen – aber sie hob nicht ab.

Verdammt, sie muss doch in Bereitschaft sein!

Als sie den Anruf nach dem dritten Mal noch immer nicht annahm, suchte ich meine Kontakte nach Titz ab, Tom Keyzers Anwalt. Ich hatte bereits das grüne Zeichen mit dem Hörer gedrückt, das auf der Anzeige des Bordcomputers erschien, doch bevor das Tuten begann, streckte Bender seinen Finger aus und berührte das rote Hörerzeichen.

Irritiert schaute ich ihn an.

»Sollen wir nicht einfach zu Keyzer reingehen?«, fragte er.

Ich überlegte kurz. Die Wahrscheinlichkeit, dass Titz unser Anliegen, noch einmal mit Tom Keyzer zu sprechen, einfach abnicken würde, war verschwindend gering. Irgendeinen Vorwand zum Schutz seines Mandanten würde er schon finden. Er würde weiter auf Zeit spielen wollen. Und diese Zeit hatten wir definitiv nicht.

Eigentlich war Titz nur ein Störfaktor – und im Moment galt es, jeden Störfaktor aus dem Weg zu räumen. Auch wenn die Konsequenz der Verlust meines Jobs sein könnte.

Dein Job, der eh alles kaputtmacht.

Ich wusste nicht, woher dieser Gedanke auf einmal kam. Ich wusste nur, dass ich ihn nicht einfach abschütteln konnte. Ich erinnerte mich wieder an die von Sina an mich gesendete Nachricht von heute Morgen. Die Nachricht, die zunächst aufgeblinkt, dann aber kurze Zeit später wieder gelöscht worden war. *»Wir sitzen im Eiscafé am Dom. Bis gleich, freu mich ☺«*

Seither war keine weitere Nachricht mehr von ihr gekommen.

Schreib du doch was!

Nein, nicht jetzt. Du fährst, und Bender sitzt neben dir.

Ich musste an ein Gespräch denken, das Sina und ich vor etwa einem Monat geführt hatten. Wir hatten gerade miteinander geschlafen. Sie lag auf mir und kuschelte sich an mich, als sie fragte, ob ich mir eigentlich noch weitere Kinder wünschte. Liv war die gemeinsame Tochter mit meiner Exfrau Elise. Sina hatte bisher noch keine Kinder, und wenn sie ernsthaft darüber nachdachte, noch eins zu bekommen, war mit vierunddreißig Jahren langsam, aber sicher der Moment dafür gekommen. Ich war total überrumpelt gewesen von der Frage und hatte geantwortet: »Ich weiß es nicht.« Und im selben Moment bemerkte ich, wie das warme Funkeln in ihren Augen Zorn Platz machte. Sie drehte sich von mir weg und sagte: »Ist vielleicht besser, wenn nicht.«

Ich hätte mich ohrfeigen können! Allein mit ihrer Frage hatte sie mir signalisiert, dass sie sich ein Kind wünschte. Und dann hatte ich ihr solch eine plumpe Antwort serviert. Darüber hinaus bekam sie alle zwei Wochen mit, wie ich die Wochenenden mit Liv verkackte. Statt mit meiner Tochter zu spielen und zu malen, jagte ich Entführern und Mördern hinterher. War in meinem Leben Platz für ein zweites Kind?

Ist in deinem Leben überhaupt Platz für irgendeinen Menschen?

Ich vermisste Sina. Wenn es ihr Wunsch war, würde ich ein Kind mit ihr haben. Aber je länger ich darüber nachdachte, desto stärker drängte sich eine Frage in meinen malträtierten Kopf:

Würde sie sich das überhaupt antun?

»Donker?«, erreichte mich plötzlich eine Stimme. Sie klang leise, aber durchdringend.

Meine Gedanken an Sina ließen mich nur ungern los.

»Donker?«, sagte die Stimme wieder. Diesmal klang sie irritiert.

Zunächst glaubte ich, dass mit dem Auto etwas nicht stimmte. Aber es war alles in Ordnung. Ich hielt das Steuer fest in den Händen und fuhr auf der rechten Straßenseite.

»Hey, Donker?«, sagte die Stimme ein weiteres Mal, diesmal energischer. Sie gehörte Bender, das erkannte ich nun. Ich schüttelte mich und stieg langsam aus dem Gedankentunnel, in dem ich gefangen gewesen war.

Mit müden Augen blickte ich hinüber zu Bender. »Ja?«

»Das war das Krankenhaus«, sagte er aufgeregt, mit dem Handy in der rechten Hand. »Tom Keyzer ist nicht mehr in seinem Zimmer.«

Für halb vier am Nachmittag hatten die Radiologen die Untersuchung angesetzt. Sie hatte mit wenigen Minuten Verspätung begonnen und letztlich eine gute Viertelstunde gedauert. Nach der Untersuchung werteten die Ärzte in Ruhe die Röntgenbilder aus und stellten fest, dass der Patient keine schwerwiegenden Verletzungen aufwies. Währenddessen hatte Tom Keyzer sich auf der Toilette aufgehalten. Draußen vor der Tür hatte der

Wachposten gewartet, der ihn bis hierhin auf Schritt und Tritt begleitet hatte.

Nachdem fünf Minuten verstrichen waren, ging der Wachposten nachschauen. Er fand ein menschenleeres WC vor. Tom Keyzer musste die mit PVC-Paneelen verkleidete Decke geöffnet und über diese den hinter den Toiletten liegenden Notausgang erreicht haben. Hierüber hatte er dann mit großer Wahrscheinlichkeit das Krankenhaus verlassen.

Bender und ich alarmierten sofort Benders Männer und unmittelbar danach den von Fred Malherbe geführten Suchtrupp sowie das Team, das die Häuser am Birnenweg durchsuchte. Malherbe, der aufgrund der bisher erfolglosen Suche nach Grit und Paul Keyzer frustriert klang, erklärte sich zähneknirschend dazu bereit, ein paar von seinen Leuten abzugeben.

»Die Frau und den Jungen zu finden, erachte ich als wichtiger«, gab er zu bedenken.

»Das ist richtig«, entgegnete ich. »Aber wenn Tom Keyzer uns zu den beiden führt, müssen wir ihn finden, bevor er noch Schlimmeres mit ihnen anstellt.«

Malherbe überlegte kurz, bevor er entschlossen antwortete: »Ich schicke Ihnen sofort fünfzehn Mann. Und dann finden Sie den Mistkerl!«

»Danke«, sagte ich aufrichtig. »Wir geben unser Bestes.«

Und hoffen, dass es reicht.

Dr. Bodart, den ich kurz danach erreichen konnte, schätzte Tom Keyzers Fitness auf fünfundsiebzig bis achtzig Prozent. »Körperlich sollte er in Ordnung sein. Die Eintrübung seines Verstandes resultierte allein aus den Nachwirkungen des Rohypnols.«

»Also kann er eine Verfolgungsjagd durchhalten?«, fragte ich.

»Sie können nicht erwarten, dass er an der nächsten Ampel hechelnd stehen bleibt, wenn Sie das meinen«, entgegnete er nüchtern.

Hat der verdammte Kerl uns die ganze Zeit etwas vorgespielt?

Plötzlich sah ich Benders bleiche Hand vor meinen Augen zappeln.

Ich entschuldigte mich für einen Moment bei Dr. Bodart und schaltete das Handy auf stumm.

»Was ist denn?«, fragte ich besorgt.

»Der hat einen Krankenwagen gestohlen.«

Das wird ja immer besser!

Ich schaltete das Handy wieder auf laut und verabschiedete mich von Dr. Bodart. Dann gaben wir die Information, dass Tom Keyzer mit einem Krankenwagen mit dem Kennzeichen 1-TER-578 durch Weybach fuhr, an all die Personen weiter, mit denen wir gerade eben schon gesprochen hatten.

»Tom Keyzer, du verdammter Hund!«, fluchte ich, nachdem wir alle Kontaktmänner erreicht hatten. »Was hast du nur vor?«

War er aus dem Krankenhaus geflohen, weil er seiner Familie helfen wollte? Oder wollte er den beiden beim Sterben zusehen? Würde er jetzt das zu Ende bringen, was er vor zwei Tagen begonnen hatte?

Eins war in den Gesprächen mit Tom Keyzer deutlich geworden: Er hatte von Anfang an nicht mit offenen Karten gespielt. Dass er uns etwas verheimlicht hatte, war nicht zu übersehen gewesen. Die entscheidende Frage war deshalb: Was trieb diesen verwirrten Typen an? War es die Eifersucht, ja der Zorn, der dem mehrmals Gehörnten ins Blut geschossen war? Oder war die erlittene Erniedrigung, dass er nicht der Vater von Paul war, der Auslöser gewesen, der ihn vom gleichgültigen Schreiner zum kaltblütigen Mörder hatte werden lassen?

Mich beschlich das Gefühl, dass wir die ganze Wahrheit erst erfahren würden, wenn es zu spät war.

Wir müssen ihn finden!

Das war es, was zählte. Denn das, was ihn antrieb, konnte alles sein – oder nichts. Verlustangst oder Vergeltung. Das Leben oder der Tod.

Bender und ich waren wenige hundert Meter von der Schreinerei entfernt, als der Anruf von Gerrit Burma einging. Der Mann leitete die Sichtung der Häuser am Birnenweg.

»Haben Sie ihn gesehen?«, fragte ich sofort.

»Nein. Bisher haben wir weder Tom Keyzer noch den Riss in der Wand gefunden. Wir sind aber auch erst bei Haus Nummer vierzehn von siebenundfünfzig«, bekundete er mit einer müde klingenden Stimme.

»Das muss nichts heißen, Sie können den Riss bereits im nächsten Haus finden«, sagte ich mit aller Zuversicht, die ich aufbringen konnte.

»Ich rufe eigentlich wegen einer anderen Sache an«, begann er behutsam. »Hier hat uns ein Mann beobachtet, bestimmt über zwanzig Minuten lang. Schmaler Kerl, schwarze Haare, trägt ein paar Bartfusseln im Gesicht. Nach einer Weile bin ich zu ihm hin, wollte wissen, wer er ist. Da ist der Typ einfach abgehauen. Fährt ’nen grauen Peugeot, so ein kleines Ding.«

»Benjamin Sarlette«, sagte ich.

»Keine Ahnung. Er ist ja abgehauen, als ich mit ihm sprechen wollte.«

»Danke für den Anruf«, sagte ich und beendete im nächsten Moment das Gespräch. Dann setzte ich den Blinker und stoppte den Passat am Straßenrand. Direkt vor uns lag ein Kreisverkehr, bis zur Schreinerei waren es nur mehr hundert Meter.

»Bender«, richtete ich mich an den Kollegen. »Ich lasse Sie hier raus, okay? Ich muss Benjamin Sarlette finden. Ich glaube, er hat etwas mit der Sache zu tun.«

Bender nickte benommen, bevor er mühsam aufstand. »Passen Sie auf sich auf«, sagte er noch, bevor er die Tür von außen zuschlug. Ich fuhr in den Kreisverkehr, um ohne großen Aufwand auf die entgegengesetzte Spur zu gelangen. Als ich den Kreisverkehr passiert hatte und an der Stelle vorbeikam, an der ich Bender herausgelassen hatte, warf ich noch einen letzten Blick zu ihm hinüber. Er versteckte sich hinter einem Schild, aber ich sah ihn trotzdem. Wie bereits in der Küche des Präsidiums schmiss er sich auch diesmal irgendetwas ein.

War Benjamin Sarlette der einsame Rächer, der den siebenundzwanzig Jahre zurückliegenden Mord an seinem besten Freund Eric Blockmans vergolten hatte? Zur Tatzeit war er allein mit seiner Hündin im Wald spazieren gewesen, er fuhr einen grauen Peugeot 206 und hatte unseren Suchtrupp beobachtet, der die Häuser entlang von Erics Losverkaufsroute durchforstete. Je länger ich darüber nachdachte, desto mehr ärgerte ich mich darüber, dass wir nicht schon viel eher unseren Verdacht auf ihn gelenkt hatten.

Ich bretterte durch die Kleinstadt, fuhr neunzig in der Fünfzigerzone. Mehrere Bewohner zeigten mir den Vogel oder fluchten mir hinterher. Aber mir war das alles egal. Ich wollte so schnell wie möglich zum Bootsverleih. Und ich betete, dass ich dort Benjamin Sarlette antreffen würde.

Ich parkte direkt vor dem Steg, die schiefen Blicke der wenigen Touristen perlten an mir ab. Als ich ausstieg, kam Nora Schanz aus der kleinen Bude. Sie trug ein weißes Baseballcap von Nike, das ihren braunen Teint und ihre sportliche Figur betonte.

»Ist Benjamin Sarlette hier?«, rief ich auf halber Strecke zu ihr hinüber.

Obschon es auf den späten Nachmittag zuging, strahlte die Sonne immer noch unerbittlich vom Himmel.

»Nein!«, rief Nora Schanz zurück, während sie sich die Sonnenbrille aufsetzte. Ihr Tonfall verriet, dass sie nicht ganz verstand, warum ich mich zum zweiten Mal an diesem Tag nach ihrem Kollegen erkundigte. »Ist was mit ihm?«

Ich ging nicht auf ihre Frage ein, ich hätte eh nur eine spekulative Antwort geben können. »Wissen Sie, wo er steckt?«

»Nein, er ist eben weggefahren, hat mir aber nicht gesagt, wohin.« Sie richtete sich die Kappe, dabei kam der dunkle Ansatz ihrer blonden Haare kurz zum Vorschein. »Er war in den letzten Tagen öfter mal weg«, ergänzte sie nach einer kurzen Pause.

»Wie meinen Sie das?«, fragte ich neugierig.

»Na ja, seit er das Auto hat, ist er regelmäßig unterwegs. Vorher klebte er von morgens bis abends an mir«, sagte sie lächelnd.

»Er war also während der Arbeitszeit weg?«, fragte ich.

»Ja, in den vergangenen Tagen immer mal wieder. Das ist nicht schlimm, denn das, was er hier macht, fällt ja eh eher unter Beschäftigungstherapie. Seine Mutter hat ihm damals den Job organisiert. Ich glaube, er bekommt vierhundert Euro im Monat von Rick – nicht die Welt also.«

Benjamin Sarlette, was hast du vor?

»Wer weiß?« Nora Schanz strahlte mich mit ihren weißen Zähnen an. »Vielleicht hat er ja jemanden kennengelernt. Mich würde es jedenfalls für ihn freuen.«

Die Frage war nur, ob es die anderen freute, ihn kennenzulernen.

Ich blickte über Nora Schanz hinweg auf den See. Das Wasser glitzerte und schwappte gemächlich vor sich hin. In Ufernähe spiegelten sich Tannen und Fichten in der blauen Oberfläche. Sie sahen aus wie Pfeile, die sich auf mich zubewegten. Ich versuchte, einen Gedanken zu fassen, mich zu konzentrieren. Doch das seichte Hin und Her des Sees hypnotisierte mich regelrecht.

Denk nach!

Ich schlenderte ziellos über den Holzsteg, in der Hoffnung, durch die Bewegung meine Gedanken wieder in eine Struktur zu bringen. Nora Schanz stellte mir mit besorgter Stimme eine Frage, die ich aber nur halb wahrnahm. Denn meine Aufmerksamkeit richtete sich auf mein Handy, das soeben zu klingeln begonnen hatte. Mühsam zog ich es aus der Hosentasche und führte es ans Ohr. Am anderen Ende war Bender. Seine Stimme klang halb sachlich, halb resigniert.

»Er hat sich erhängt.«

29

In der weitläufigen Halle der Schreinerei war es furchtbar heiß. Die Luft stand. Bewegte sich keinen Millimeter. Die weit entfernten Stimmen hallten. Sie klangen hohl und hüllenlos, mein dumpfer Kopf konnte sie nicht zuordnen.

»Ganz hinten durch«, sagte der Polizist, der vorn am Eingang stand und meine Orientierungslosigkeit bemerkt haben musste. Ich nickte ihm dankbar zu und schritt verkrampft voran. Machte einen Bogen um die am Boden liegenden Bretter und das, was sonst noch da rumlag: Holzreste, Werkzeugteile, Nägel und Acrylpistolen. Mit gesenktem Haupt bewegte ich mich vorwärts. Mein Gang war schief, so empfand ich es zumindest. Meine Beine wackelten, Schweiß lief meinen Nacken herab.

Als ich die Hindernisse überwunden hatte und den Kopf wieder hob, war ich drei Meter von ihm entfernt.

Tom Keyzer war tot. Baumelte an einem Seil, das er am mittleren Leimbinder befestigt hatte. Der Hubwagen, mit dem er in diese Höhe transportiert worden war, stand direkt daneben.

Warum?

Hatte er Frau und Sohn entführt, sie in Särge gesteckt und dann vergraben? Und jetzt, wo die beiden mit hoher Wahrscheinlichkeit längst erstickt waren, hatte er sich aus dem Staub gemacht?

Ist das ein Schuldeingeständnis?

Es sah ganz danach aus.

Er war weggelaufen. Vor der Verantwortung. Und der Schuld. Und vor den Fragenden, die nun noch ratloser als zuvor im Diesseits zurückblieben.

»Glauben Sie, das war sein Plan?«

Ich hatte nicht bemerkt, dass Bender sich neben mich gestellt hatte. Seine Augen waren weit aufgerissen, als er mich ansah.

»Das ist die entscheidende Frage«, entgegnete ich nach einer kurzen Denkpause. »War er so ein guter Schauspieler, oder wurde er wie eine Puppe an unsichtbaren Fäden bewegt?«

»Vielleicht von beidem ein bisschen«, sagte Bender.

»Wie meinen Sie das?«, fragte ich, während mein Blick unwillkürlich zu dem am Seil hängenden Tom Keyzer hinüberschweifte. Das Gesicht war aufgedunsen und durch die Blutstauung blau angelaufen. Die Augen geöffnet, die Pupillen starr nach oben gerichtet.

»Ich denke, er hat geplant, seinen Sohn und seine Frau zu ermorden. Das Zimmer und das Kalenderblatt mit dem 18. Juni 1992 betrachte ich als falsche Fährten, die er für uns gelegt hat. Er wusste, dass wir auf das Datum anspringen würden – immerhin wurde an dem Tag der Sohn eines hiesigen Polizisten totgefahren. Als sich dann herausstellte, dass die Ablenkungsmanöver nicht so funktionierten, wie er sich das vorgestellt hatte, ist er nervös geworden. Der psychische Druck nach einem Mord ist nicht zu unterschätzen.«

Ich sagte erst mal nichts. Insgeheim hoffte ich, dass Bender noch eine weitere Variante im Köcher hatte.

»Oder Tom Keyzer verfolgte von Anfang an den Plan, sich am Ende umzubringen«, schob er schließlich hinterher.

Ich runzelte die Stirn. »In beiden Fällen hätte er einen eleganteren Plan entwerfen können, denken Sie nicht? Warum hat er sich zum Beispiel in der Industriezone von uns schnappen lassen? Er hätte doch wissen müssen, dass wir ihn orten, sobald er sein Handy einschaltet.«

Mit skeptischem Blick schüttelte Bender den Kopf. »Nein. Er war voll auf Drogen, war nicht bei sich. Vermutlich hat er es sich damit einfacher machen wollen.«

Ganz abwegig war die Erklärung nicht. Aber wirklich überzeugt war ich noch nicht.

»Die Motive –«, begann ich, doch Bender ließ mich nicht aussprechen.

»Keyzers Frau ging fremd. Zudem hat er kürzlich erfahren,

dass sein Sohn nicht von ihm stammt. Ich denke, das sollte reichen.«

Er hatte recht. Menschen hatten schon aus läppischeren Beweggründen gemordet. Zu dieser Theorie passte auch die Vergeltung, die Tom Keyzer Karl Maton angedroht hatte. Wie man es auch drehte und wendete: Das Szenario, das Bender präsentierte, klang immer wahrscheinlicher. Eine Sache aber war weiterhin unklar.

»Was ist mit den Anrufen, die Keyzer erhalten hat, kurz nachdem er in der Industriezone sein Handy aktiviert hatte?«

»Womöglich hatte er einen Komplizen«, antwortete Bender rasch. »Oder es war Zufall, dass er genau in dem Moment angerufen wurde.«

Zufälle waren selten eine befriedigende Erklärung. Natürlich wusste ich, dass sie hier und da vorkamen – nicht daran zu glauben, war also unsinnig. Aber ich konnte sie nicht ausstehen. Sie waren mir ein Dorn im Auge, und zwar so lange, bis der Zufall sich auflöste und die Dinge durch eine logische Verbindung einen Sinn ergaben.

»Übrigens«, fuhr Bender entschlossen fort. »Die Auswertung der Blutflecken auf dem T-Shirt von Tom Keyzer liegt vor. Das Blut stammt von seiner Frau.«

Diese Neuigkeit musste ich erst verarbeiten, während Bender bereits eine mögliche Erklärung parat hatte.

»Wahrscheinlich hat Grit Keyzer sich gewehrt, als ihr Mann sie in den Sarg legte.«

Mein Atem stockte. Ich spürte, wie sich in meinem Hals langsam Trockenheit ausbreitete. Ich hatte Benders Worte zwar verstanden, aber in meinem Kopf kreiste etwas ganz anderes.

»Ich darf nichts sagen.«

»Wie bitte?«, fragte Bender irritiert.

»Ich darf niemandem etwas sagen«, wiederholte ich in abgewandelter Form.

»Ich verstehe nicht, was Sie meinen«, bekundete Bender und sah mich verwirrt an.

»Das hat Tom Keyzer heute Morgen auf der Intensivstation gesagt, kurz bevor sein Anwalt das Zimmer betrat.«

Bender räusperte sich. »Ich fürchte, das war dann auch erfunden und erlogen.«

»›Wenn du das Zimmer wiederfindest, findest du deine Familie‹, soll der Entführer gesagt haben«, entgegnete ich.

In Benders Blick lag Skepsis. »Ein Satz, der in Hollywood sicher Anklang finden würde«, kommentierte er spöttisch.

»Das darf uns nicht daran hindern, ihn ernst zu nehmen. Und solange wir Grit und Paul Keyzer nicht gefunden haben, gehen wir jeder Spur nach.«

»Sie glauben dem Geschichtenerzähler also doch?«, fragte Bender überrascht.

Ich überlegte kurz, wie ich es erklären sollte, bis ich mich für die Wahrheit entschied.

»Ja«, sagte ich.

»Warum?«

»Weil ich seinen Blick gesehen hab, als er es mir sagte. Darin lag pure Angst.«

Meine Augen juckten. Ich drückte die Fingerspitzen auf die geschlossenen Lider. Hoffte so, die Augen etwas zu befeuchten. Aber es brachte nichts.

Benommen schielte ich auf das grüne Schild der Schreinerei. Spürte die Unzufriedenheit in mir aufsteigen. Denn unabhängig von der Frage, ob Tom Keyzer als Täter in Frage kam, waren wir mit der Suche nach den Vermissten keinen Schritt weitergekommen.

Ich versuchte, mich zu konzentrieren – doch es gelang mir nicht. Denn bei jedem Handyklingeln sprang mein Puls. Die Nachricht, dass die beiden gefunden worden waren, konnte jederzeit eingehen. Und als ich schließlich Malherbes Namen auf dem Handydisplay aufleuchten sah, erbebte mein ganzer Körper.

»Wie läuft die Suche?«, begann ich das Gespräch nach einer

kurzen Begrüßung. Seine Stimme schlich sich leise durch die Leitung. Ich bereitete mich auf das Schlimmste vor.

»Wir haben nichts Weiteres gefunden«, antwortete er.

Ich atmete tief durch, ohne sagen zu können, ob die Nachricht nun positiv war oder nicht.

»Wo suchen Sie denn gerade?«, fragte ich, um einen Überblick darüber zu bekommen, wie lange die Suche noch andauern würde.

»Nach wie vor im Venn. Aber wir haben gerade mal ein Zehntel der Fläche geschafft, die das Moor für sich beansprucht«, sagte er hörbar resigniert. »Wir haben hinter der Industriezone begonnen und arbeiten uns Richtung Norden vor. Außerdem haben wir die Seeufer nach Spuren untersucht. Dort war aber nichts zu finden, das auf den Transport von Särgen hindeuten würde.«

Die Suche wird noch lange dauern.

»Möchten Sie das gesamte Venn absuchen?«, fragte ich.

Das Hohe Venn: eine Fläche von mehr als fünftausend Hektar in Belgien. In Deutschland betrug sie noch einmal mehr als das Doppelte.

»Ich suche so lange, bis wir die beiden finden«, sagte er mit fester Stimme.

»Daran habe ich keinen Zweifel«, beruhigte ich ihn. »Was ich meine, ist: Sie haben den Wald und die Seeufer bereits abgesucht. Genauso die Werkstatt von Tom Keyzer und sein Zuhause. Aber was ist mit den Wiesen und Feldern, die sich in dem Ort verteilen? Haben Sie hier auch gesucht?«

»Noch nicht«, sagte er und schnaufte. »Aber der Plan sieht vor, dass heute Abend zwei Dutzend von meinen Männern dorthin wandern.«

»Okay«, sagte ich, doch Malherbe fiel mir sofort ins Wort.

»Hören Sie«, begann er vertraulich. »Ich weiß nicht, ob das alle Männer durchhalten. Die Sumpflandschaft ist schwer passierbar, die Suche ein Knochenjob. Wir bewegen uns sehr langsam vorwärts, und die meisten von uns sind seit vierundzwanzig

Stunden auf den Beinen. Einige werden sich diese Nacht hinlegen müssen. Die Hunde streiken seit dem frühen Nachmittag und liegen erschöpft im Zelt. Ich habe bereits Verstärkung angefordert, aber die ist frühestens in der Nacht hier.«

»Was ist mit den Stadtbewohnern, die Ihnen zu Hilfe kamen?«, fragte ich.

»Dort, wo das Gelände zugänglich ist, können sie helfen. Aber in den Sumpflandschaften des Venns behindern sie unsere Arbeit mehr, als dass sie uns helfen.«

»Weil sie sich in Gefahr bringen«, ergänzte ich.

»Genau«, bestätigte er nüchtern, bevor er noch ein letztes Mal ausholte. »Herr Donker, wir werden suchen, bis wir die beiden gefunden haben, aber mit jeder Minute schwindet die Hoffnung, sie lebend aus diesen Särgen zu holen. Was wir brauchen, ist ein Hinweis. Wir müssen den Radius eingrenzen, sonst sind wir noch Tage mit der Suche beschäftigt. Und dann …«, stockte er. »Dann hilft auch kein Beten mehr.«

Malherbes düsterer Ausblick deckte sich mit den Worten von Gerrit Burma, der die Häuser am Birnenweg nach dem Riss in der Wand absuchte. Er war inzwischen bei Haus einundzwanzig angelangt, hatte bisher aber ebenfalls keine neue Spur gefunden.

Das war unser großes Problem: Es gab mit dem Selbstmord von Tom Keyzer zwar ein neues Ereignis. Allerdings brachte es keine wirklich neuen Erkenntnisse hervor – zumindest keine gesicherten.

War der Riss in der Wand eine weitere Lüge? Oder war er womöglich der entscheidende Hinweis zu dem Aufenthaltsort von Grit und Paul Keyzer? Zum jetzigen Zeitpunkt hatten wir keine Antworten auf diese Fragen. Der Selbstmord hatte nur noch mehr Fragezeichen hinterlassen. Wie man das Blatt auch wendete, uns blieb nichts anderes übrig, als Tom Keyzers Story zu glauben. Das Kalenderblatt mit dem 18. Juni 1992 und die Zeichnung des Risses in der Wand als Wahrheit anzuerkennen. Mangels Alternativen.

Das bedeutete dann aber, dass es jemand anderen als Tom Keyzer geben musste, der die Entführung der Keyzers geplant und durchgeführt hatte. Und zu der Frage, wer dieser Jemand sein mochte, fiel mir nur die Person ein, die ich bereits aufsuchen wollte, bevor ich über Tom Keyzers Suizid informiert worden war.

Benjamin Sarlette.

Er war der beste Freund des am 18. Juni 1992 umgekommenen Eric Blockmans. Er fuhr einen grauen Peugeot 206. Und er hatte die Truppe um Gerrit Burma beobachtet, während diese die Häuser auf dem Birnenweg durchsucht hatte. Er war unser Hauptverdächtiger, und es war höchste Zeit, ihn endlich zu finden.

Ich hatte mich allein auf den Weg zu seinem Zuhause gemacht. Es lag im Nordwesten des Städtchens, ein paar hundert Meter hinter dem Birnenweg. Von hier aus hatte man einen schönen Blick auf die Wiesen und Felder, die bis in das Tal, das die Grenze zwischen Weybach und dem Nachbarort Teunen bildete, hineinliefen. Unten auf einer Obstwiese sah ich ein paar Kinder spielen. Nur leise vernahm ich ihr entferntes Kichern.

Das Zuhause der Sarlettes war eine mit roten Klinkern versehene Doppelhaushälfte, in der Benjamin gemeinsam mit seiner Mutter lebte. Nachdem ich die Klingel gedrückt hatte, rief mich Bender vom Präsidium aus an. Er bestätigte, dass nun zehn Einsatzkräfte nach Benjamin Sarlette suchten. Zu Hause war er nicht, das hatte Bender bereits von Sarlettes Mutter erfahren.

Als die Tür sich öffnete, legte ich auf. Benjamin Sarlettes Mutter sah mich an, ohne etwas zu sagen. Das ernste Gesicht war von zahlreichen Falten geprägt. Ich schätzte die Frau auf Mitte siebzig, ihren Sohn musste sie spät bekommen haben. Ich stellte mich höflich vor. Sie bot mir etwas zu trinken an, ich willigte auf einen Kaffee ein.

Vielleicht hat sie ja einen, der schmeckt und wachrüttelt.

Sie hantierte mehrere Minuten in der Küche herum. Mein Angebot, ihr zu helfen, hatte sie überhört. Sie servierte den Kaffee angestrengt und mit zitternder Hand.

»Benjamin war in den letzten Tagen selten hier«, begann sie mit kratziger Stimme das Gespräch.

»Seltener als vorher?«, fragte ich, ohne zu spezifizieren, was ich unter »vorher« verstand. Ich setzte voraus, dass sie dasselbe meinte.

Sie nickte.

»Seit wann ist er denn seltener hier?«

Frau Sarlette bewegte die Lippen, als müsste sie nachrechnen. »Seit Donnerstag. Ich habe ihn nur zweimal kurz zu Gesicht bekommen. Das war gestern und heute Morgen, jeweils um sieben Uhr morgens. Er frühstückte allein und war dann schnell aus dem Haus. Das war schon ungewöhnlich, denn eigentlich frühstücken wir immer zusammen und lassen uns Zeit damit.«

Freitag wurden die Keyzers entführt. Seit Donnerstag ist er seltener zu Hause.

»Haben Sie mit ihm gesprochen? Was hat er gesagt?«

Ich nippte an dem Kaffee. Der war gut. Kakaonote. Kräftig.

»Nichts, glaube ich«, sagte sie unsicher. »Benjamin war nie ein großer Redner. Aber in den vergangenen drei Tagen ist er tatsächlich sehr still gewesen.«

Verdammt! Was hat das zu bedeuten?

»Aber ...« Sie brach ab.

»Ja?«, fragte ich und beobachtete ihren verängstigten Gesichtsausdruck. Sie zögerte, das, was ihr gerade eingefallen war, auszusprechen. Erst nachdem sich eine Träne aus ihrem Auge gelöst hatte, öffnete sie langsam ihren Mund.

»Als er heute Morgen ging ... da hat er mich umarmt. Das hat er das letzte Mal vor siebenundzwanzig Jahren getan.«

»Nach dem Tod von Eric«, ergänzte ich, bevor ich wieder zu der Tasse griff. Zunächst nippte ich lediglich, dann aber trank ich den Kaffee in einem Zug aus.

Sie räusperte sich. Weitere Tränen liefen aus ihren Augen und fielen dumpf auf den Teppichboden.

»Heute Morgen drückte er mich ganz fest. ›Bis bald, Mama‹, sagte er noch, dann ging er zur Tür raus.«

30

Ganz genau verfolgte Dana Mamas Bewegungen. Wie sie das Fenster mit der Flüssigkeit aus der grünen Flasche einsprühte. Den Schwamm in das dampfende Wasser tunkte und damit das große Fenster in der Küche einseifte. Dann zu dem Fensterwischer griff, mit dem sie das Wasser und die Seife fein säuberlich vom Glas abzog, ehe sie mit dem Leder die kleinen verbliebenen nassen Stellen aufwischte.

Das Abziehen mit dem Wischer gefiel Dana am besten. Während Mama das kleine Fenster im Wohnzimmer einseifte, konnte Dana nicht anders. Sie musste es selbst ausprobieren, es Mama nachmachen. Erst sprühte sie das andere, große Fenster im Wohnzimmer mit dem grünen Spray ein, dann nahm sie den Wischer und zog ihn über das Fenster. Ein Quietschen ertönte.

»Dana?«, fragte Mama.

»Ja«, antwortete sie unbekümmert.

»Weißt du, wo mein Wischer ist?«

»Den hab ich doch«, sagte sie.

Mama blickte auf und sah, was Dana gerade machte.

»Och Dana!«, rief sie entnervt. »Du bist mir echt 'ne Hilfe. Da hatte ich doch schon sauber gemacht.«

»Jetzt sind die Fenster zweimal geputzt«, sagte Dana und grinste.

»Ja«, antwortete Mama emotionslos. Dann ging sie in die Küche und öffnete den Kühlschrank. Sie nahm eine Flasche mit blauer Flüssigkeit heraus, davon trank sie in letzter Zeit gern. Sie drehte den Stopfen ab und füllte das Glas halb voll. Dann griff sie nach der Orangensaftflasche und füllte das Glas damit auf. Der Glasinhalt verfärbte sich sekundenschnell grün. Dana stand mit offenem Mund davor.

»Was ist das?«, fragte Elena, die vom Sofa vor dem Fernseher aufgestanden war und sich neben ihre Schwester gestellt hatte.

»Blue Curaçao«, antwortete Mama, ehe sie sich einen ersten Schluck genehmigte.

Dana und Elena sahen sich an und kicherten los.

»Blu Kuh rasa?«, fragte Elena albern.

»Nichts für kleine Kinder«, entgegnete Mama.

»Ist das Alkol?«, hakte Elena nach.

Mama nickte.

»Aber du hast gesagt, dass Alkol nicht gut ist.«

Mama nickte wieder. »Manchmal machen Menschen Sachen, die nicht gut sind, obwohl sie wissen, dass sie einem mehr schaden als nutzen.«

»Ich nicht«, sagte Elena überzeugt.

»Hm«, gab Mama von sich. »Und was ist mit deinem Fläschchen und deinem Schnuller?«

Elena schaute betreten zu Boden.

»Soll ich dich mal daran erinnern, was der Arzt dazu gesagt hat?«

Elena schüttelte heftig den Kopf.

»Er sagte, dass deine Zähne ganz schief werden, wenn du weiter daran nuckelst.«

»Mir egal«, sagte Elena pampig, während sie die Arme verschränkte.

Ein Glockenschlag ertönte. Er kam von der Kirche draußen.

Mama blickte nervös zu der Uhr auf, die in der Küche an der Wand hing.

»Mist, schon zwölf Uhr«, fluchte sie.

Sie nahm noch einen großen Schluck von dem grünen Getränk, bevor sie das Glas abstellte und ihre Haare zu einem Zopf band.

»Dann zeigt mal, wie groß ihr seid. Mama muss noch mal kurz weg«, sagte sie in die Richtung ihrer Kinder. »Dana, du legst dich jetzt gleich zum Mittagsschlaf hin. Und Elena, du schaust nach ihr, okay?«

Die beiden Schwestern nickten. Ihre Augen verfolgten jede Bewegung ihrer Mutter beim Aufbruch.

»Und bitte nicht nach draußen gehen, ja?«

»Ja, Mama«, antwortete Elena. Sie ließ die Schultern hängen. »Wann kommst du denn wieder?«

»Mama ist bald wieder da«, sagte sie und küsste die beiden auf die Stirn. Dann schnappte sie sich ihre Handtasche, drückte die Klinke der Haustür herunter und verließ die Wohnung.

31

Nach meinem Besuch bei Benjamin Sarlettes Mutter hatte ich mehrmals versucht, Bender telefonisch zu erreichen. Doch jedes Mal, wenn die Verbindung sich gerade aufgebaut hatte, brach sie im nächsten Moment wieder ab. Nur ein einziges Mal hielt sie so lange, dass ich Benders Stimme vernehmen konnte. »Kommen Sie ins Präsidium. Es gibt Neuig–«, hatte er eindringlich gesagt, ehe das Funkloch seine Worte verschluckte.

Fünf Minuten nach dem Kurztelefonat erreichte ich das Polizeigebäude. Über die Abdeckfolie hinweg stapfte ich in das Büro, in dem sich Bender und Jacky aufhielten. Ich war überrascht, den Teemagier hier zu sehen, hatte er doch eigentlich bei der Suche nach dem Riss in den Häusern am Birnenweg helfen wollen.

»Habt ihr den Riss gefunden?«, fragte ich hoffnungsvoll.

»Nein«, antwortete Jacky knapp. Er blieb auf dem Stuhl am Tisch sitzen, drehte seinen Körper aber uns zu. Sein Gesicht war rot vor Anstrengung. »Ich habe einen Anruf von der Gerichtsmedizin erhalten. Und jetzt bin ich hier, weil ich weder dich noch deinen jungen Kollegen telefonisch erreichen konnte.«

Also noch jemand mit Funklochproblemen.

»Wie auch immer«, sagte Bender genervt. Er sprang von seinem Stuhl auf und stellte sich in die Mitte des Raums. Seine glasigen Augen schienen fast nicht mit der raschen Bewegung seines Kopfes mitzukommen. »Die Gerichtsmedizin hat inzwischen herausgefunden, dass Tom Keyzers Tod nur wie ein Suizid aussehen sollte.«

»Wie bitte?«, fragte ich verdutzt, während ich mich an die Wand lehnte. Mit meinen Fingern tastete ich die Oberfläche ab, aber sie war endlich trocken.

»Wenn ein Mensch sich erhängt, kommt es in der Regel zu einem Genickbruch«, führte Bender aus. »Tom Keyzer weist zwar einen Genickbruch auf, der befindet sich aber seitlich statt hinten, also an der falschen Stelle.«

Ich blickte ihn fragend an. »Und was heißt das?«

Bender verschränkte die Arme. »Er war schon vorher tot. Vermutlich ist er gestürzt und mit dem Kopf auf einen Gegenstand geprallt. Das wäre eine Erklärung für den seitlichen Genickbruch. Dafür spricht auch die Wunde über dem Ohr.«

Heilige Scheiße!

»Das bedeutet, Tom Keyzer ist nicht am Strick gestorben«, resümierte ich das soeben Gehörte. »Er wurde nachträglich aufgehängt, um es wie einen Freitod aussehen zu lassen.«

»Genau«, bestätigte Bender.

»Dann hat er also wahrscheinlich die Wahrheit gesagt, was den 18. Juni 1992 und den Riss in der Wand betrifft.«

Bender nickte.

»Und das heißt auch, dass das Ganze jemand anderes inszeniert haben muss.«

Bender nickte mit Nachdruck. »Aber wer?«, fragte er grimmig.

»Benjamin Sarlette«, sagte ich. »Er hat damals mit Eric Blockmans seinen besten Freund verloren und fährt einen grauen Peugeot 206. Im Moment weiß niemand, wo er sich aufhält. Das ist auch deswegen besorgniserregend, weil er sich in den letzten Tagen merkwürdig verhalten haben soll.«

Jacky begann zu lachen. »Verhält der Kerl sich jemals normal?«

»Er ist behindert, das steht außer Frage, und dafür kann er nichts. Aber offenbar war er sehr kurz angebunden und hat sich von seiner Mutter, na ja, für seine Verhältnisse unüblich herzlich verabschiedet.«

»Vielleicht sind bei ihm die alten Erinnerungen wieder hochgekommen. Geistig Beeinträchtigte sind prinzipiell sensibler als Normalos«, erklärte Bender und rümpfte zweifelnd die Nase. »Aber als Täter kommt er tatsächlich nicht in Frage. Ich habe mich da noch mal erkundigt: Benjamin Sarlettes IQ liegt irgendwo zwischen fünfunddreißig und neunundvierzig. Bei allem Respekt, aber ich glaube nicht, dass er dazu imstande wäre, die drei Keyzers zu entführen. Geschweige denn, sie zu töten.«

Meine Haut kribbelte am ganzen Körper, insbesondere aber im Gesicht. Ein weißer Flimmer zog über mein Blickfeld.

Was ist nur los mit dir?

»Denken Sie an die toten Tauben. Der Entführer wollte damit etwas andeuten – das passt nicht zu Benjamin Sarlette«, fuhr Bender fort.

Er hat recht.

Ich ärgerte mich. Darüber, dass ich meinen Fokus so sehr auf den jungen Mann gelegt hatte. Dabei hatte ich komplett außer Acht gelassen, dass er beeinträchtigt war. Eine derart aufwendige Tat wollte, nein, konnte nicht zu seinen geistigen Kapazitäten passen.

Was hast du dir nur dabei gedacht?

Ich entschuldigte mich und machte mich auf den Weg zum WC. Im selben Moment meldete sich Jacky zu Wort. Er hatte den Arm um die Rückenlehne seines Stuhls gelegt und klammerte sich daran fest. »Die Frage ist doch eigentlich: Was haben die Keyzers Schlimmes verbrochen, dass ihnen jemand so etwas antut?«

Ich nahm die Frage mit an das Waschbecken, das in den Toilettenräumen an der Wand hing. Sie geisterte mir durch den Kopf, während ich im Spiegel in meine fürchterlich aussehenden Augen blickte. Die Lider waren rot umrandet, im Weißen der Augen kreuzten sich mehrere Blutäderchen.

Was hast du erwartet? Du bist seit Stunden auf den Beinen. Hattest zudem einen Autounfall!

Ich ließ kaltes Wasser laufen und wusch mir erst die Augen, dann das Gesicht. Doch das Kribbeln meiner Haut hörte nicht auf. Ich bückte mich also noch etwas tiefer und hielt den ganzen Kopf unter Wasser. Zehn, zwanzig, dreißig Sekunden. Dann hörte das Kribbeln auf. Ich drehte das Wasser ab und griff nach dem Handtuch. Nach dem Trockenrubbeln blieb das Kribbeln aus. Aber die Frage, sie war wieder da.

Was haben die Keyzers so Schlimmes verbrochen?

Sie begleitete mich auf dem Weg zurück ins Büro. Weiter weg, aus einem anderen Raum, ertönte Jackys Stimme. Offenbar telefonierte er mit jemandem. Als ich unser gemeinsames Büro betrat, dachte ich zunächst, es wäre leer. Doch dann, beim zweiten Hinsehen, entdeckte ich Bender. Er stand in der hinteren rechten Ecke, mit dem Rücken zu mir gewandt.

»Alles in Ordnung bei Ihnen?«, fragte ich ihn.

»Ja«, sagte er gepresst. Ein Schluckgeräusch ertönte. Erst danach drehte er sich um.

»Sie nehmen doch nichts, oder?«

Bereits heute Nachmittag hatte ich beobachtet, wie Bender sich etwas in den Mund geworfen hatte.

»Das geht Sie nichts an«, erwiderte er ungewohnt barsch, ehe er den Blick von mir abwandte.

»Hören Sie, wir sind alle müde und erschöpft. Ich weiß nicht, was Sie nehmen, aber übertreiben Sie es nicht mit den Dingern.«

»Tee, die Herren?«, fragte Jacky, der das Telefonat offenbar beendet hatte.

Bender und ich sahen uns an und schüttelten beide den Kopf.

»Stimmt etwas nicht?«, fragte Jacky, als er unsere versteinerten Mienen musterte.

»Nein, alles gut, Jacky«, beruhigte ich ihn. »Wir wissen nur gerade nicht weiter.«

»Kein Anhaltspunkt«, bestätigte Bender nüchtern.

»Tom Keyzer war 1992 sechzehn, Grit Keyzer vierzehn«, resümierte ich. »Was sollen die beiden damals verbrochen haben? Er hatte gerade seine Lehre begonnen, und sie war eine normale Schülerin. Absolut nullachtfünfzehn.«

»Ja«, sagte Jacky. »Ich denke, der nächste Schritt wäre, die Schulfreunde von damals zu befragen.«

Bender und ich gaben beide nachdenkliche Laute von uns.

»Vielleicht wissen die ja was«, bekräftigte Jacky seinen Vorstoß.

Tatsächlich wäre das der nächste logische Schritt, wenn wir nicht bald auf eine neue Spur stießen. Wenngleich dabei die Gefahr bestand, dass die Kosten-Nutzen-Analyse erschütternd unvorteilhaft ausfallen würde.

Ein klirrendes Geräusch unterbrach die Konversation. Es kam vom Flur her und hörte sich so an, als drehte jemand einen Schlüssel im Schloss.

»Holger«, flüsterte Jacky.

Ich blickte zu Bender, der auf sein Handy starrte und mir eine SMS zeigte. Sie stammte von dem Wachposten, der Blockmans in den letzten Stunden observiert hatte.

»HB kommt jetzt zu euch. Er war bis gerade im Kloster.«

In Jeans und Sportschuhen betrat Blockmans das Büro. Der Ledergeruch seiner Jacke verbreitete sich rasch im ganzen Raum. Bevor er uns zunickte, begrüßte er das Jesusbild mit einem Kreuzzeichen.

Nach acht Stunden im Kloster kann das nicht schaden.

»Herr Blockmans, danke, dass Sie gekommen sind«, begann ich. Ich verkniff mir den Seitenhieb, dass er sicher auch eher hätte hier sein können. Mir stand im Moment nicht der Sinn nach Gesprächen, die zu nichts führten. Ebenso wenig hielt ich es für nötig, ihn darüber aufzuklären, dass Tom Keyzer inzwischen tot war. Als Täter kam Blockmans aufgrund des Klosteraufenthalts nicht in Frage. Und trotzdem wurde ich das Gefühl nicht los, dass er uns etwas verheimlichte. Also fuhr ich augenblicklich mit der Befragung fort.

»Wie Sie wissen, möchte der Entführer der Keyzers auf irgendeine Begebenheit hinweisen, die sich am 18. Juni 1992 ereignet hat.«

Ich vernahm ein schüchternes Räuspern von Blockmans. Jacky tat es ihm gleich, als würde er seinen Kollegen unterstützen wollen.

»Können Sie uns bitte einmal genau schildern, wie Sie den Tag damals erlebt haben?«

Blockmans nickte wie in Zeitlupe. Im gleichen Tempo begab er sich zu einem der Stühle, die rings um den Tisch standen. Während er sich setzte, blieb ich stehen, andernfalls wäre ich sicher eingeschlafen.

»Ich habe Eric um kurz vor acht zur Schule gebracht. Danach bin ich zur Arbeit gefahren. Um zehn Uhr rief die Klassenlehrerin an und sagte, Benjamin wäre krank. Sein Partner für den Losverkauf fiel also aus. Die Lehrerin wollte Eric nicht allein auf die Straße lassen. Sie hat gefragt, ob sie Eric mittags nach Hause bringen kann. Zu dem Zeitpunkt dachte ich noch, dass sie überreagiert. Eric war immerhin zehn, ich dachte, er schafft das auch allein. Jedenfalls sagte ich ihr dann, dass ich ihn begleiten würde, wenn ich keinen Notfall reinbekäme. Er könne aber schon mal starten, wenn ich nicht pünktlich da sein sollte. Ich würde ihn dann schon finden.«

Sein Blick war nach unten gerichtet, die Hände lagen ineinandergefaltet.

Stille.

»Dann aber kam ein Notfall rein«, sagte ich als Anstoß.

»Ein anonymer Anrufer erreichte mich im Präsidium. Er sagte, dass jemand von einem schwarzen Lieferwagen aus Häuser ausspähen würde. Er sei in Richtung Wald gefahren.«

»Wann war das?«, fragte ich.

»Gegen zwölf«, antwortete Blockmans.

Gegen zwölf Uhr hatte der Busfahrer Eric Blockmans am südlichen Ende des Birnenwegs herausgelassen. Von dort aus war er der Straße Richtung Norden gefolgt.

»Dann sind Sie dem Transporter hinterher?«

Er nickte.

»Haben Sie ihn gesehen?«

»Nein«, sagte er bestimmt.

»Laut Routenplaner beträgt die Strecke Präsidium–Wald aber doch nur zehn Minuten«, sagte ich irritiert. »Nehmen wir mal an, dass Sie noch zwanzig Minuten mit der erfolglosen Suche verbracht haben, dann liegen wir insgesamt bei dreißig Minuten. Vom Wald bis zur Mitte des Birnenwegs sind es fünfzehn Minuten. Das Ganze macht zusammen fünfundvierzig Minuten. Wenn Sie also um zwölf gestartet sind, hätten sie um Viertel vor eins bei Ihrem Sohn sein können. Sie waren aber erst um kurz nach halb zwei auf der Straße, um nach ihm zu suchen. Was haben Sie in der zweiten Dreiviertelstunde gemacht?«

Jacky zischte empört. Ich spürte seinen vorwurfsvollen Blick. Und am liebsten hätte ich mich anders ausgedrückt. Aber ich wusste, dass ich nur mit der schroffen Art ans Ziel kommen würde.

»Ich habe länger gesucht«, nuschelte Blockmans und blickte unsicher auf.

»Sie sind dem Transporter eine Stunde lang hinterhergefahren, ohne ihn ein einziges Mal gesehen zu haben?«, fragte ich misstrauisch.

»Nein, keine Stunde. Aber 'ne halbe.«

»Und dazu existiert kein Bericht, nehme ich an«, sagte ich, obschon ich die Antwort bereits kannte.

»An dem Tag ist sein Sohn gestorben«, flüsterte Jacky bewusst laut durch den Raum.

»Dann haben wir noch immer eine Lücke von fünfunddreißig Minuten.«

»Nun ist aber mal gut«, sagte Jacky fest, während er seine Hand auf Blockmans' Schulter legte. »Komm, Holger, das musst du dir nicht antun.«

Blockmans verharrte jedoch auf seinem Stuhl. »Ich war einkaufen.«

»Einkaufen«, wiederholte ich, ohne zu wissen, was ich mit dieser Antwort anfangen sollte.

Blockmans nickte.

»Und wo?«

»Eine Cola für mich und eine Limo für Eric«, antwortete er.

»Wo?«, fragte ich beharrlich.

Jacky schüttelte den Kopf und verdrehte die Augen. »Das muss doch nicht sein«, sagte er.

»In ›Tinas Corner‹«, sagte Blockmans schließlich.

»Das liegt am unteren Waldende, kurz vor dem See«, erklärte Jacky misslaunig.

Ich blickte zu Bender, der – so deutete ich das Zusammenziehen seiner Augenbrauen und das darauffolgende Zücken seines Handys – das sofort checken wollte. Beweise wie etwa einen Kassenzettel gab es für diese Aussage eh keine mehr. Blockmans war damals nicht befragt worden. Zu keinem Zeitpunkt war damals der Verdacht aufgekommen, dass er mit dem Tod seines Sohnes etwas zu tun haben könnte.

»Nach Ihrem Einkauf in ›Tinas Corner‹ haben Sie sich dann auf den Weg Richtung Nordwesten gemacht, wo Sie Ihren Sohn entlang des Birnenwegs suchten.«

Blockmans nickte.

»Ohne sonst irgendwo angehalten zu haben?«, fragte ich.

»Auf direktem Weg.«

»Nun wissen wir aber von Luc Keyzer, dass er Sie damals angehalten hat, um Ihnen etwas zu sagen. Ihm war eine Frau aufgefallen. Erinnern Sie sich?«

Blockmans' Reaktion blieb komplett aus. Seine Hände waren nach wie vor ineinandergefaltet. Allerdings bemerkte ich, dass er die Daumen gegeneinanderpresste.

»Hübsche Frau mit schulterlangem schwarzem Haar. Sie trug Jeans und T-Shirt. Markant müssen ihre grünen Augen gewesen sein. Offenbar war sie Jugoslawin. Erst ein paar Monate vor diesem Tag im Juni war sie mit ihren zwei Töchtern hierhergeflüchtet. Offenbar hatte die Frau an dem Tag einen Nervenzusammenbruch oder so was. Und ein paar Tage nach dem Ereignis hat man sie wohl auch nicht mehr in der Stadt gesehen.«

Stille.

Dann, nach etwa einer halben Minute, zog die Tristesse allmählich Blockmans' Mundwinkel nach unten. Er schloss die Augen und schlug sich die Hände vors Gesicht.

Klasse, Piet!

Hatte mich mein Gefühl, dass Blockmans etwas vor uns verbarg, etwa getäuscht?

Verärgert blickte Jacky mich an. »Was soll das?« Dann nahm er Blockmans in den Arm. Tröstend klopfte er ihm auf die Schulter.

Ich blickte betreten drein. Bewegte mich langsam auf Blockmans zu, um ihm meine Entschuldigung anzubieten.

»Donker«, flüsterte Bender jedoch, bevor ich dazu kam.

Ich ging zurück und stellte mich neben den jungen Kollegen.

»›Tinas Corner‹ hat erst im April 1993 eröffnet.«

»Und was war dort vorher?«

»Eine Wohnung.«

»Das heißt –«, begann ich.

»Dass Blockmans dort 1992 nicht einkaufen war.«

Wusste ich doch, dass er etwas zu verbergen hat.

Ich wollte Blockmans gerade mit der neuesten Erkenntnis konfrontieren. Er hatte sich soeben aus Jackys Arm gelöst und blickte gedankenverloren durch den Raum. Doch dann klingelte mein Handy. Die Nummer war unterdrückt, die Chancen standen also gut, dass es einer der anderen Polizisten war. Ich nahm ab.

»Herr Donker?«

Die liebliche Stimme gehörte einer Frau. Sie klang sympathisch. Aber das, was sie mir zu sagen hatte, riss mir den Boden unter den Füßen weg.

»Liz Krefel hier. Ich leite die Spurensuche am Seeufer. Wir haben eine Leiche.«

32

Jeder Atemzug kostete Kraft. Kraft, die er schon seit einigen Minuten nur mehr mit Widerwillen aufbrachte. Nacken und Rücken, in denen die Muskeln anfangs noch mit Krämpfen gegen die Tortur protestiert hatten, fühlten sich an wie eine einzige schwere Last. Wie ein großer Eichenbalken. So einer wie der, den Papa letztes Jahr in den Sommerferien, als Paul ihm in der Werkstatt half, verarbeitet hatte.

Die Werkstatt. Paul hatte die Ferien immer dort verbracht. Als Kind hatte er Holzfiguren geschnitzt, Michel aus Lönneberga nachgeahmt. Doch während Michel eingesperrt seinem Hobby nachgehen musste, genoss Paul alle Freiheiten dieser Welt. Zudem erfüllte ihm sein Vater jeden Wunsch. Hatte ihm ein Etagenbett gebaut, später ein Fußballtor und ein Baumhaus. Im Gegenzug half Paul seinem Vater bei kleineren Arbeiten, später auch bei umfangreicheren.

Dieses Jahr würde Papa allein zurechtkommen müssen.

Vielleicht will er das ja.

Die Frage beschäftigte ihn immer wieder. Paul wusste nicht, wer ihm das antat. Anfangs hatte er an seinen Vater gedacht. Dazu passte der Transporter, den Paul wiedererkannt hatte. Und die Tatsache, dass sein Vater nicht sein leiblicher Vater war. Ein Polizist würde diese beiden Punkte hervorheben, aber Paul wusste es besser.

Niemals würde Papa mir etwas antun.

Aber er hatte auch keine Alternative. Kannte niemanden, der ihm etwas antun wollte. War es ein heimlicher Verehrer von Ellie? Ein Psychopath, der Paul aus dem Weg räumen wollte?

Er fand keine Antworten auf seine Fragen. Und irgendwann wurden sie abgelöst von der Angst, die sich von Minute zu Minute immer mehr manifestierte.

Wird man dich rechtzeitig finden?

Diese Frage war eigentlich keine Frage mehr. Er kannte die Antwort. Die Anstrengung, die er für jeden Atemzug aufbringen musste, würde er nicht mehr lange bewältigen können. Es konnte sich nur mehr um Minuten handeln. Er würde in dieser Kiste sterben, daran zweifelte er nicht mehr.

Seine wachsende Angst stammte mehr aus den möglichen Antworten auf die Frage: *Wann wird man dich finden?*

Im Fernsehen hatte er vor ein paar Wochen einen Bericht über einen Kriminalfall gesehen, in dem das Opfer erst zwanzig Jahre nach seinem Tod gefunden wurde. Bei der Bergung kam ein Skelett zum Vorschein.

So will ich nicht gefunden werden.

Lieber wäre es ihm, bald nach seinem Tod gefunden zu werden. Wenn sein Körper noch frisch aussah und die Identifizierung rasch vonstattengehen konnte.

Und dann kam er, der Moment, in dem ihm alles egal wurde. Er kündigte sich an. Paul wusste nicht mehr, ob seine Augen geöffnet oder geschlossen waren. Jedes Gefühl war ihm abhandengekommen. Das trockene Kratzen im Hals und die Last auf Nacken, Schultern und Rücken überlagerten alles.

Er versuchte, sich Ellie vorzustellen. Wie er sie in den Arm nahm, küsste, den Duft ihrer Haut einsog. Aber es wollten keine Bilder mehr vor seinem inneren Auge entstehen. Es war so weit. Und es störte ihn nicht. Er wollte nur noch, dass es aufhörte.

Der Schmerz. Die Dunkelheit. Sein Leben.

33

Ich sah nur kurz hin, und doch wusste ich sofort, dass ich die Bilder nicht aus dem Kopf kriegen würde.

Nie mehr.

»Da wollte jemand auf Nummer sicher gehen«, murmelte der in einem weißen Überzug steckende Mann von der Spurensicherung, der ein Foto nach dem anderen von der Leiche schoss. Ich sagte nichts. Zu sehr beschäftigte mich die Frage, warum jemand einem geistig beeinträchtigten Menschen derart viele Schläge verpasst hatte, dass sein Gesicht vor lauter Blut und Schwellungen nicht mehr wiederzuerkennen war.

Hinter mir war das Knacken trockener Äste zu hören. Bender näherte sich dem Tatort, der einige Meter über dem See lag. Wir standen mitten auf einem Hang, der mit Kiefern und Tannen bewachsen war.

»Haben wir die Tatwaffe?«, fragte Bender.

»Nein, noch nicht«, antwortete der Mann von der Spurensicherung. »Aber wir gehen von einer Eisenstange oder einem Baseballschläger aus.«

Ich schluckte schwer und schloss die Augen. Begrüßte die Dunkelheit, die sich über alles legte.

»Donker?«, vernahm ich Benders Stimme.

Verzögert öffnete ich die Augen wieder. Die Wimpern an Ober- und Unterlid klebten aneinander, als wären sie eins. Ich befreite sie, indem ich meine Hand darüberwischte. Erst dann entdeckte ich die kleine Frau, die unmittelbar vor mir stand.

»Liz Krefel, wir haben telefoniert.«

Wir gaben uns die Hand. Sie führte einen Schäferhund, der neben ihr saß. Sein Blick war auf den See gerichtet. Er bellte, als er die Entenfamilie auf dem Wasser entdeckte.

»Wann haben Sie ihn gefunden?«, fragte ich.

»Vor einer halben Stunde, also kurz nach neunzehn Uhr.

Wir hatten unsere Suche an den Seeufern eigentlich schon abgeschlossen und befanden uns auf dem Rückweg. Wir wollten danach mit den Booten rausfahren.«

Sie starrte mich mit ihren kleinen blauen Augen in Erwartung einer weiteren Frage an. Ich tat ihr den Gefallen.

»Wie lange könnte er dort schon gelegen haben?«

»Seit Viertel nach sechs«, sagte sie, während sie auf ihrem Handy die Daten des GPS-Trackingsystems ihrer Mitarbeiter abrief. »Das war das letzte Mal, dass jemand von uns mit einem Spürhund hier vorbeigegangen ist. Da lag hier sicher noch keine Leiche. Die hätten wir bemerkt.«

Ich betrachtete den Schäferhund, der die Enten inzwischen aufgegeben hatte. Er schmiegte sich an die Polizistin und nahm das ihm angebotene Leckerli dankbar an. Blinzelnd schluckte er es herunter.

»Dann war es nicht unser Freund Blockmans«, flüsterte Bender mir zu.

Ich nickte. Blockmans war zu dem Zeitpunkt bei uns im Präsidium gewesen.

Auf dem Weg, der das Ufer entlangführte, entdeckte ich Benjamins Kollegin Nora Schanz. Sie kam mit langen Schritten auf uns zu. Wenige Meter dahinter folgte ihr Rick Savelsberg, der Besitzer des Bootsverleihs. Er keuchte und schnaufte. Als er den Tatort aus der Ferne sah, wurde er langsamer.

»Können Sie den Tatort mit Band absperren?«, bat ich die eifrige Kollegin.

Sie nickte und hatte bereits die erste Linie von einem Baum zum anderen gezogen, als Nora Schanz den Tatort erreichte. Ich baute mich vor ihr auf. »Das schauen Sie sich besser nicht an.«

Ich machte meine Schultern so breit, wie ich konnte – aber es brachte nichts. Nora Schanz war knapp eins achtzig groß und konnte ohne großen Aufwand an mir vorbeisehen. Sie schlug sich die Hände vors Gesicht.

»Oh mein Gott …«

Ich legte meine Hand auf ihre Schulter, doch sie schlug sie augenblicklich beiseite. Sie löste sich von mir und warf die blonden Haare nach hinten, die sich aus ihrem Zopf gelöst hatten. Dann quollen Tränen aus ihren Augen hervor und liefen über ihr Gesicht. »Beni«, stammelte sie. »Mein Junge.«

Die Trauer überwältigte sie. Doch schon bald verwandelte sich ihr Gesicht in eine aggressive Maske. »Wer macht so was?«, warf sie mir entgegen. »Wer zum Teufel macht so etwas?« Sie schlug auf mich ein, auf Kopf und Brustbein. Ich dachte an meine geprellten Rippen und hoffte, dass sie keine davon traf. Doch ihre Schläge waren kraftlos, zu sehr lähmte sie der Schock. Ich drückte sie an mich und legte zögernd meine Arme um ihren Körper.

»Wir werden den Mörder finden«, flüsterte ich ihr zu.

Ihr Körper zitterte. Sie legte ihren Kopf auf meine Brust und weinte, voller furchtbarer Fassungslosigkeit über die Tat. Währenddessen musterte Rick Savelsberg mit in die Hüften gestemmten Armen die Leiche seines verstorbenen Gehilfen. Bis auf das wilde Schnaufen gab er keinen Laut von sich. Er hätte auch einen Vogelschwarm beobachten können, so unbeteiligt wirkte das mit dunklen Augenringen und schwarzem Vollbart versehene Gesicht.

Mit dem Kerl stimmt etwas nicht.

Nach einer Weile hatte sich Nora Schanz gefasst. Sie setzte sich in der Nähe auf einen Baumstumpf und trank einen Tee, den ihr Liz Krefel nach Verrichtung der Absperrarbeiten eingeschenkt hatte. Rick Savelsberg gesellte sich stumm dazu, trank jedoch nichts.

Bender und ich entfernten uns einige Meter, bis wir außer Hörweite waren.

»Warum Benjamin Sarlette?«, fragte Bender.

Das fragte ich mich auch, seit ich seine Leiche gesehen hatte. Immerhin war er bis vor einer halben Stunde noch unser Hauptverdächtiger gewesen. Der graue Peugeot 206, die Freundschaft zu Eric Blockmans, sein merkwürdiges Verhalten in den letzten

Tagen – es passte alles zusammen. Doch nun war er tot. Ermordet. Auf brutale Weise erschlagen.

»Vielleicht hat er etwas über den Täter herausgefunden. Ist ihm zu nahe gekommen«, sagte ich. Wenngleich es nur eine Vermutung ohne jeden Anhaltspunkt war.

»Hmmm«, gab Bender nachdenklich von sich. »Da könnte was dran sein. Gerrit Burma hat ihn doch bei den Häusern am Birnenweg bemerkt. Vielleicht hat Benjamin Sarlette den Entführer gesehen.« Er sah mich eindringlich an. »Ich werde Burma sofort anrufen.«

Während Bender das Handy zückte, bemerkte ich weitere Menschen, die über den Uferweg entschlossen auf uns zuschritten. Es waren zehn, wenn ich richtig zählte. Einer von ihnen trug eine Kamera auf dem Arm.

Liz Krefel schaltete schnell und klappte in Rekordzeit einen Sichtschutz auf. Ich half ihr dabei, ihn im Boden zu verankern.

»Ich kann das übernehmen, wenn Sie möchten«, bot die Kollegin der Spurensicherung an und nickte in Richtung der herannahenden Personen.

»Dafür wäre ich Ihnen dankbar«, sagte ich. Für die lästigen Fragen der Presse hatte ich im Moment keinen Nerv.

Ich bat Rick Savelsberg und Nora Schanz, mir zu folgen. Ein Foto der trauernden Kollegin würden die Reporter diesmal nicht bekommen. »Erzählen Sie denen von der Presse nicht zu viel«, sagte ich zu Liz Krefel, bevor ich Bender, der nach wie vor telefonierte, einen Wink gab, mir ebenfalls zu folgen. Wir verabschiedeten uns und fanden bereits nach ein paar Metern einen Weg, der etwas höher lag als der eigentliche Uferweg. Die vielen Tannen, die davorstanden, fungierten als Sichtschutz.

»Burma hat alle Häuser durchsucht«, sagte Bender, nachdem er das Gespräch beendet hatte. Er sprach leise, damit Nora Schanz und Rick Savelsberg, die einige Meter vor uns gingen, nichts mitbekamen.

»Und?«, fragte ich erwartungsvoll.

Das trockene Holz, über das wir schritten, knackte.

»Nichts. Kein Zimmer, kein Riss. Auch keine Metallstange, auf die Eric damals gefallen sein könnte.«

Wieder eine Spur, die sich in Luft auflöst.

»Verdammt!«, fluchte ich. »Wir stehen also wieder ganz am Anfang.«

Es hatte sich schnell herumgesprochen, dass unweit des Seeufers eine Leiche lag. Auf dem Parkplatz, den die Hotels und der Bootsverleih sich teilten, hatten sich ungefähr fünfzig Menschen versammelt. Es war schwer zu erkennen, ob es sich um Touristen oder um Stadtbewohner handelte – wahrscheinlich war es ein Gemisch aus beidem. Im Endeffekt war es auch egal, wichtig war nur, dass sie uns vom Hals blieben. Bender und ich waren vollkommen platt. Die Müdigkeit hatte uns wieder eingeholt, und ich befürchtete, dass sie uns nicht mehr loslassen würde.

Wir müssen weitermachen.

Doch was sollten wir als Nächstes tun?

Tom Keyzer wurde ermordet, Benjamin Sarlette totgeschlagen. Darüber hinaus war das Zimmer mit dem Riss in der Wand genauso unauffindbar wie Grit und Paul Keyzer. Unser Plan, wenn wir je einen gehabt hatten, war nun endgültig dahin. Wir mussten ganz von vorn anfangen – auch wenn es dafür längst zu spät sein mochte.

Als wir den Bootsverleih erreicht hatten, holte Nora Schanz für jeden eine Flasche Cola aus dem Kühlschrank. Das Kaltgetränk und vor allem das darin enthaltene Koffein rüttelten mich wieder wach. Und während ich versuchte, meine durcheinandergeratenen Gedanken zu ordnen, fiel mir vor dem Weybacher Hof ein Mann auf. Er hob zwei Koffer in den Kofferraum eines Mercedes-Geländewagens. Zu dem blau-weiß karierten Hemd trug er eine beige Stoffhose und braune Lackschuhe. Ich brauchte keinen zweiten Blick, um zu erkennen, um wen es sich handelte.

Karl Maton.

Die gewellten dunkelblonden Haare fielen unverwechselbar nach hinten. Jedoch kam mir die Art, wie er sich bewegte, seltsam vor. In Eile war er gestern schon gewesen – das war es nicht, was mich störte. Das Merkwürdige war, dass ihm die Gelassenheit, die Ich-stehe-über-allem-Aura abhandengekommen schien. Wild schob er die Koffer von einer Seite zur anderen und fuchtelte nervös mit dem Feuerlöscher herum, der in dem kleinen Kofferraum offenbar störte. Als er schließlich wie gejagt um sich blickte, hätte jedes Kind die Unruhe in seinen Augen erkennen können. Und vermutlich war es genau dieser Blick, der mich daran erinnerte, was Maton erst heute Nachmittag zu mir gesagt hatte.

»Tom hat Rache geschworen.«

Rache für die Affäre, die Maton mit Grit Keyzer hatte?

Inzwischen stand ein großes Fragezeichen hinter Tom Keyzers vermeintlicher Absicht, seiner Familie etwas anzutun. Wahrscheinlicher war, dass Tom Keyzer wirklich nicht gewusst hatte, wo sich Frau und Sohn aufhielten. Wenn er sie finden wollte, durfte er nichts sagen – so lautete die Anweisung des Entführers.

»Was ist, wenn Grit und Paul Keyzer nie verbuddelt worden sind?«, fragte Bender, der offenbar denselben Gedankengang hatte wie ich.

»Dann feiert Karl Maton bald Reunion mit seiner Geliebten und ihrem gemeinsamen Sohn.«

Als Bender und ich den Eingangsbereich des Hotels betraten, zog Karl Maton gerade einen weiteren Rollkoffer über den Boden. Wir versperrten ihm den Weg. Seine Augen sahen wie zugefroren aus, als er uns erkannte. »Ich habe jetzt keine Zeit für Sie, tut mir leid«, sagte er, ehe er sich an uns vorbeischob.

»Gehen Sie zu Ihrer zweiten Familie?«, fragte Bender, während wir uns umdrehten.

Die Vorstellung, dass Grit Keyzer und ihr Sohn Paul in irgendeinem Hotelzimmer auf Karl Maton warteten, erschien mir unwirklich. Und doch sah es inzwischen ganz danach aus, als wäre genau dies der Plan gewesen.

Maton stoppte. Eine Weile stand er mit dem Rücken zu uns. Schließlich drehte er sich um. »Ja«, sagte er betreten.

Was? Gibt er es tatsächlich zu?

»Hätten Sie das nicht einfacher haben können?«, fragte ich.

Matons Gesicht nahm augenblicklich einen demütigen Ausdruck an. »Glauben Sie mir … Ich habe das alles nicht gewollt. Aber es ist nun mal so geschehen. Ich nehme die Verantwortung auf mich.«

»Was redest du da?«, ertönte plötzlich eine Frauenstimme aus dem Flur. Schuhe klackerten auf den Fliesen und kamen näher. Und einen Augenblick später tauchte Carolin Maton im Türrahmen auf.

In dem rot-weißen Kleid wirkte sie zierlich. Die dünnen, bis zum Nacken reichenden schwarzen Haare wippten im Gleichtakt mit den großen silbernen Creolen an ihren Ohren. Ängstlich blickte sie ihren Mann an.

»Komm zu mir«, flüsterte Karl Maton seiner Frau zu.

»Warum erzählst du so was?«, fragte sie voller Unverständnis, während sie seiner Bitte nachkam und die drei Meter Entfernung zwischen ihnen schloss.

»Mach dir keine Sorgen«, flüsterte er und drückte ihr einen Kuss auf die Stirn. »Es wird alles wieder gut.«

Daraufhin sah Carolin ihren Mann irritiert an. Ihr linkes Augenlid zuckte. »Natürlich wird es das –«, begann sie, ehe ihr Mann überstürzt nach ihren Händen griff. »Pst«, sagte er. »Du brauchst nichts zu erklären. Vertrau mir einfach!«

Die Tür, die nach draußen führte, öffnete sich. Nora Schanz betrat den Eingangsbereich. Sie sah abgekämpft aus, die Trauer hatte sie sichtlich im Griff.

»Wir wollten nur mal fragen, ob Sie uns noch brauchen«, sprach sie in meine Richtung. »Ansonsten würden wir –«

»Gehen Sie zurück!«, rief ich ihr zu.

Doch bevor ich die Worte ausgesprochen hatte, riss Karl Maton sie ohne Vorwarnung an sich und hielt ihr eine Pistole an den Kopf.

Dieser Idiot!

Carolin schrie laut auf. Bender und ich zogen unsere Waffen. Doch Karl Maton ließ sich nicht beirren. Er bewegte sich mit Nora Schanz als Geisel durch die Tür. »Komm jetzt!«, rief er seiner Frau zu.

Sie zögerte.

»Seien Sie vernünftig! Lassen Sie Frau Schanz gehen«, sagte ich eindringlich.

Karl Maton schüttelte vehement den Kopf. »Los!«, brüllte er seiner Frau zu. Sie folgte ihm endlich.

»Machen Sie keine Dummheiten. Wir können über alles reden«, versuchte ich ihn zu besänftigen.

»Ich hätte vorher besser achtgeben müssen«, sagte er, während er mit den beiden Frauen durch die Tür schritt. »Jetzt ist es zu spät zum Reden.«

Als sie draußen waren, bewegten sie sich schnell auf Matons Auto zu. Er wies seine Frau an zu fahren, Nora Schanz und er nahmen hinten Platz. Keine zehn Sekunden später waren sie weg. Bender und ich rannten ihnen hinterher, holten alles aus unseren Körpern, was in uns steckte. Doch da war nicht mehr viel. Unsere Muskeln versagten. Abgesehen davon war der Mercedes schneller im dreistelligen Stundenkilometerbereich angekommen, als wir bis fünf zählen konnten.

Verdammt!

Frustriert blickten wir der Karosse hinterher. Sie würde hinter der nächsten Kurve aus unserem Blickfeld verschwinden. Doch dann geschah es. Wir hatten bereits unsere Handys gezückt, um eine Fahndung herauszugeben, als der Mercedes plötzlich ins Schlingern geriet. Eine Gruppe Rennradfahrer war den Flüchtenden entgegengekommen. Bei dem Ausweichmanöver hatte Carolin Maton die Kontrolle über das Fahrzeug verloren. Und so knallte der Mercedes ungebremst gegen eine der Birken, die den Weg zum See säumten.

34

Eine große Dampfwolke stieg auf, direkt über der zerquetschten Motorhaube. Der Motor zischte und rumorte, während uns der Geruch von verbranntem Gummi entgegenblies. Als wir uns dem Fahrzeug näherten, war von den Insassen nichts zu hören.

Wahrscheinlich stehen sie noch unter Schock, versuchte ich mir einzureden. Dabei hätte ich es besser wissen müssen.

Wir öffneten zuerst die hinteren Türen. Ich sah Karl Maton.

»Alles in Ordnung?«

Er kniff die Augen zusammen. Aus einer Platzwunde am Kopf quoll Blut.

»Meine Frau«, krächzte er. Er wollte sich aus der Senke drücken, in die sein Körper durch die Schieflage des Autos geraten war, aber seine Kraft reichte nicht aus. Ich hielt ihm meine Hand hin und half ihm, aus dem Auto zu steigen. Maton humpelte zur Fahrertür hinüber und legte seine blutverschmierte Hand um den Türgriff. Aber die durch den Aufprall stark verbogene Tür öffnete sich nicht.

»Sie ist bewusstlos!«, rief Bender von der anderen Wagenseite herüber. Er beugte sich über Nora Schanz' Körper. Im nächsten Moment schob er seine Arme unter ihren Rücken und ihre Beine und hob sie aus dem Wrack. Derweil griff ich nach einer Decke, die auf dem mittleren Sitz lag, und breitete sie auf dem schmalen, neben der Straße verlaufenden Grasstreifen aus. Hierauf konnte sie liegen, bis der Krankenwagen eintraf.

In der Zwischenzeit hatte Bender seine Finger an Nora Schanz' Hals gelegt. »Ihr Herz schlägt noch«, stellte er fest. Mein Blick flog wieder hinüber zu Maton, der wie wild an der Tür rüttelte. Aber er bekam sie nicht geöffnet, sie war zu stark verbogen. Ich krabbelte über den Rücksitz ins Auto und hoffte, Carolin Maton auf diesem Weg aus dem Fahrzeug entfernen zu können. Ich legte meinen rechten Arm um ihren Oberkörper und versuchte, ihren Körper zu mir zu ziehen. Schon bald musste ich mir jedoch eingestehen, dass ich sie nicht bewegen konnte. Keinen Zentimeter.

Der Schlafentzug hat dir die Kraft genommen.

»Carolin, hörst du mich?«, sprach Maton zu seiner bewusstlosen Frau. »Wir holen dich hier raus.«

Bender eilte mir augenblicklich zu Hilfe. Er erreichte über den Beifahrersitz ihre Beine und versuchte sie aus dem Pedalraum zu heben. Er wandte all seine Kraft auf. Sein Gesicht war schmerzverzerrt. Aber als ich Carolin Matons Füße sah, wurde mir bewusst, dass wir sie ohne geeignetes Werkzeug nicht befreien würden. Denn die Füße waren eingeklemmt. Das verbogene Blech hatte sie so stark gegen die Armatur gedrückt, dass es keinerlei Bewegungsspielraum gab.

Deswegen konntest du sie nicht zu dir ziehen.

»Mein Gott, worauf warten Sie? Holen Sie meine Frau da raus!«, rief Maton. In seinem Blick vermischten sich Unverständnis und Panik.

Ich blieb stumm. Erst wollte ich noch etwas überprüfen, an das ich bisher nicht gedacht hatte. Ich legte meinen Finger auf ihre Hauptschlagader.

Mein eigenes Herz pochte wie wild. Doch an der Stelle, auf der mein Finger lag, fühlte ich nichts.

Kein Klopfen. Kein Puls. Nichts als abkühlende Haut.

»Ich wollte das nicht«, wimmerte Karl Maton. Seine feinen Haare hatten mittlerweile ein Eigenleben angenommen und standen wild in alle Himmelsrichtungen ab.

Sieben Minuten dauerte es, bis die Feuerwehr vor Ort war. Die Männer sprangen mit schwerem Werkzeug aus ihrem roten Mobil, befreiten Carolin Maton aus dem Wagen und wandten direkt danach Wiederbelebungsmaßnahmen an. Doch das änderte nichts. Sie konnten nur das feststellen, was wir seit einigen Minuten wussten: Carolin Maton war tot.

Und auch um Nora Schanz, die hinter Carolin und neben

Karl Maton gesessen hatte, stand es nicht gut. Sie atmete zwar, hatte aber bisher nicht das Bewusstsein wiedererlangt. Ihr Körper schien oberflächlich von Verletzungen verschont geblieben zu sein, jedoch standen die Chancen hoch, dass sie ein Schädel-Hirn-Trauma erlitten hatte. Der Notarzt wollte sich nicht festlegen und ließ sie für weitere Untersuchungen ins im Nachbarort Niederfeld gelegene Krankenhaus transportieren.

»Dich trifft keine Schuld, Carolin«, sagte Maton, während die Sanitäter eine Decke über den Körper der Toten legten.

Carolin Maton traf in der Tat keine Schuld. Auch wenn sie am Steuer gesessen und das Auto gegen den Baum manövriert hatte, gab es für den Unfall in meinen Augen nur einen Schuldigen: Karl Maton. Er hatte Nora Schanz als Geisel genommen, um gemeinsam mit seiner Frau zu fliehen. Vermutlich hatte er seine Frau mit dieser Aktion derart nervös gemacht, dass sie zu schnell gefahren war, um bei etwas Unvorhergesehenem noch kontrolliert ausweichen zu können.

Ich taxierte ihn, versuchte etwas in seinem Gesicht zu lesen.

Dieser in Selbstmitleid badende Egoist!

Was hatte der selbstverliebte Gockel nicht schon alles angerichtet? Und was würde er noch anstellen?

»Sagen Sie uns jetzt, wo sich Grit und Paul befinden!«

Mit verquollenen Augen sah er mich an. »Ich weiß es nicht.«

Dieser verlogene Mistkerl!

»Eben haben Sie noch kluge Sprüche geklopft. Dass Sie es eher hätten sehen müssen und so was. Erzählen Sie also keinen Scheiß. Sagen Sie uns, wo die beiden stecken!«

»Ich wollte –«

»Sie wollten das nicht, schon klar.« Ich verlor die Kontrolle über mich und packte ihn am Kragen. Er rang nach Luft.

»Ich wollte …«, begann er ein zweites Mal. Ich ließ ihn los, bereit, ihm eine herunterzuhauen. Aber diesmal redete er weiter: »… mit Carolin fliehen. Um sie zu beschützen.«

»Na, das ist Ihnen ja wunderbar gelungen«, kommentierte Bender spitz.

»Wovor wollten Sie sie beschützen?«, fragte ich.

Er schluckte angestrengt und senkte den Blick. »Grit und ich hatten seit jeher eine besondere Beziehung zueinander. Carolin wusste das. Sie war schon immer eifersüchtig auf Grit. Seit dem Tag, an dem wir uns kennenlernten. Bereits nach ein paar Wochen begann sie damit, meine Klamotten zu durchsuchen, Nachrichten auf meinem Handy zu lesen. Mir hinterherzufahren. Es war ein Tick.«

»Sie wusste von Ihrer jüngsten Affäre mit Grit«, stellte ich fest.

»Ja«, gab er betreten zu. Mit dem Unterarm wischte er sich eine Träne aus dem Auge. »Vor knapp einem Jahr funkte es wieder zwischen mir und Grit. Es war auf dem Weinfest im Nachbarort. Wir gingen zusammen nach Hause, hielten irgendwann Händchen. Nachher landeten wir im Bett. Ich weiß, wir haben beide Familie, wir spürten aber, dass wir füreinander bestimmt waren. Ich legte mir ein zweites Handy zu und suchte mir einen neuen Warenlieferanten für das Hotel, der in Vaals seinen Sitz hat. Irgendwie schaffte ich es, die Beziehung zu Grit vor Carolin zu verheimlichen.«

Ich erinnerte mich wieder an die Abrechnungsbelege von Matons PayPal-Konto. Darauf befanden sich monatliche Abbuchungen von einem Stundenhotel in Vaals.

»Dachten Sie zumindest«, sagte Bender.

»Ich weiß nicht, wie Carolin davon erfahren hat. Sie hat mich nie damit konfrontiert. Aber als ich hörte, dass Grit entführt worden war, war mir klar, dass sie dafür verantwortlich war.«

Wenn Carolin Maton seit einer gefühlten Ewigkeit unter Eifersuchtsgedanken gelitten hatte – und das lange Zeit, ohne Schaden anzurichten –, musste es einen entscheidenden Auslöser für ihre Tat gegeben haben, etwas, das das Fass zum Überlaufen gebracht hatte.

»Ich denke, es war ein schleichender Prozess«, sagte Maton. »Erst vor einem Jahr hat sie Lina verletzt.«

Ich sah ihn verdutzt an.

»Ich hatte was mit ihr, bevor die Sache mit Grit wieder anfing. Wir haben uns jeden Mittwoch um zehn Uhr abends bei ihr im Pub getroffen.«

»Mensch, Sie sind ja ein Traum von einem Ehemann«, spottete ich. »Wusste Carolin, dass Sie der Vater von Paul sind?«

Er schüttelte den Kopf. »Von mir hat sie es nicht erfahren.«

»Aber vielleicht von Ihrem Sohn Timo. Der es wiederum von Paul Keyzer erfahren haben könnte«, hielt ich ihm entgegen.

Er nickte benommen.

Womöglich war es die Kombination der beiden Neuigkeiten gewesen, die Carolin zum Handeln verleitet hatte: zum einen, dass die beiden zusammen ein inzwischen fünfzehnjähriges Kind hatten, und zum anderen, dass sie seit Kurzem wieder miteinander schliefen. Ich erinnerte mich an die Zeilen, die ich in der Akte von Dr. Bodart gelesen hatte: *»Frau Maton und ihr nahes Umfeld leiden unter den großen Schwankungen ihres Selbstempfindens und ihres Gemütszustands. Ich empfehle dringend eine intensive therapeutische Begleitung.«*

Nun war es zu spät. Die Auswirkungen von Carolin Matons krankhafter Eifersucht hatten sich nicht auf ihr nahes Umfeld begrenzt. Nein, sie hatte ihre »Kontrahentin« und deren Familie eiskalt ausgelöscht.

»Aber warten Sie mal«, sagte Bender, während er einen Schritt auf Maton zumachte. »Wenn Sie nicht wissen, wo sich Grit und Paul Keyzer befinden, dann wollten Sie mit Ihrer Frau also nur flüchten, um sie in Sicherheit zu bringen?«

Maton blinzelte scheu zu ihm hoch, dann senkte er wieder den Blick. Bender hatte ihn ertappt.

»Ich habe zwei Flugtickets von Frankfurt nach Bali gekauft. Ich wollte Carolin zeigen, dass sie jederzeit frei sein kann. Ich dachte, dass sie gesteht, wenn sie sich sicher ist, dass ich bei ihr bleiben werde. Das hätte ich für sie getan.«

»Aber erst nachdem Ihnen klar geworden war, dass für Grit Keyzer keine Hoffnung mehr besteht«, sagte ich, um seine verschwommene Wahrnehmung wieder geradezurücken. »Und jetzt ist Ihre Frau auch tot. Was haben Sie sich nur dabei gedacht?«

Und niemand weiß, wo sich Grit und Paul Keyzer befinden.

Ich schloss die Augen. Unwillkürlich presste ich meinen Ober- und Unterkiefer aufeinander, als veranstaltete ich ein Kräftemessen. Ich drückte meine Fingernägel so fest in die Handfläche, bis es wehtat.

Dieser Idiot!

Regungslos stand er vor mir. Hielt sich geduckt wie ein Hund, dem man Schläge androhte.

»Unglaublich«, zischte Bender und maß ihn mit einem verachtenden Blick. »Ich muss telefonieren«, sagte er dann mit gedämpfter Stimme zu mir, »mit dem Staatsanwalt und meinem Team.«

Letzteres bat er darum, das Haus sowie das Hotel der Matons auf verwertbare Spuren zu untersuchen. Natürlich erhofften wir uns Hinweise auf die Entführung der Keyzers und womöglich auf den Aufenthaltsort der beiden Vermissten.

Noch ehe Bender das Telefonat beendet hatte, drehte sich plötzlich Karl Maton zu mir um. Seine glasigen Augen waren weit aufgerissen, seine Lippen zitterten. »Ich muss Ihnen noch etwas sagen.«

Was kommt jetzt?

Ich sah ihn angespannt an. Ich hatte keine Vorstellung davon, was ich zu erwarten hatte.

»Tom ist meinetwegen gestorben«, sagte er und schluchzte auf.

Was?

»Als ich im Radio hörte, dass er aus dem Krankenhaus geflohen war, bin ich direkt zur Werkstatt gefahren. Und tatsächlich kam er fünf Minuten später dort an. Ich hab ihn zur Rede gestellt, hab ihn gefragt, ob er Grit und Paul entführt hat. Ich wusste eigentlich, dass Carolin dahintersteckte, aber ich wollte … dass er es war. Er stritt es ab. Ich bedrängte ihn, sagte ihm, dass er es gewesen sein muss. Schließlich stolperte er über eines der Hölzer am Boden und schlug mit dem Kopf auf den hervorstehenden Sockel der Sägemaschine. Er war sofort weg …«

Maton wandte sich ab. Blickte die lange Straße hinunter, die ins Dorfzentrum führte.

»Und danach haben Sie ihn an den Strick gebunden, um es wie einen Selbstmord aussehen zu lassen«, schlussfolgerte ich.

Er nickte schwach. »Carolin konnte ihre Eifersucht immer gut verbergen. Niemand hat etwas mitbekommen.« Maton schlug sich die Hände vors Gesicht.

»Aber Sie sagten doch, dass Tom Keyzer Ihnen mit Rache gedroht habe«, erinnerte ich ihn an seine Aussage von vor ein paar Stunden.

»Er hat mir nie gedroht. Wusste gar nichts von der neuen Affäre zwischen Grit und mir. Das habe ich alles erfunden, um den Verdacht auf ihn zu lenken.« Maton wimmerte.

Aber das ist nicht logisch.

»Warum hat Ihre Frau Tom Keyzer in dem Zimmer eingeschlossen und nicht etwa seine Frau Grit?«, fragte ich.

Maton löste die Hände von seinem Gesicht. Er sah mich aus glasigen Augen an. »Sie hasste Tom. Sie konnte seine Gleichgültigkeit nicht ausstehen. Sie verstand nicht, wie es ihm egal sein konnte, dass seine Frau fremdging.«

Das konnte eine Erklärung sein. Und trotzdem gab es noch immer eine Unstimmigkeit. Wenn Carolin Maton die Entführerin war, dann musste sie auch das Zimmer, in dem Tom Keyzer festgehalten worden war, präpariert haben. Also hatte sie auch das Kalenderblatt dort angebracht.

Was hat sie mit Eric Blockmans' Tod zu tun?

»Was ist mit dem 18. Juni 1992? Warum spielte Ihre Frau auf dieses Datum an?«

Matons Blick ging ins Leere. Seine Stimme war schwach. »An dem Tag hatten Grit und ich unseren ersten Kuss.«

Ach du Scheiße!

»Sie hatten schon damals etwas mit Grit Keyzer?«

»Ja«, gestand er kleinlaut ein. »Nach der Hälfte der Route

haben wir damals aufgehört. Hinter der Kreuzung sind wir hinüber zu der Obstwiese. Dort haben wir uns dann geküsst.«

Die Obstwiese.

Sie befand sich, umgeben von einigen brachliegenden Äckern, in einem kleinen Tal, gleich hinter der Feldmannstraße.

»Sie haben Ihre Route also nicht zu Ende gemacht?«, fragte ich.

»Nein«, sagte er leise.

Heilige Scheiße!

»Bis wohin genau sind Sie gekommen?«

»Wir sind die Feldmannstraße bis zu der Kreuzung mit dem Birnenweg entlanggegangen. Dann sind wir auf den Birnenweg gewechselt und von dort aus auf die Wiese.«

Ich schaute Maton in die Augen, aber er schaffte es nicht, meinem Blick standzuhalten.

Der Hotelbaron hat noch mehr zu verbergen.

Aber was?

Eric Blockmans war stark religiös erzogen worden. Er war ein gutmütiger Kerl gewesen. Was hätte er gemacht, wenn er die beiden gesehen hätte? Wenn er gemerkt hätte, dass sie ihre Route abbrachen?

»Er hat Ihre Route übernommen«, sagte ich. Sein Blick traf meinen. Ganze fünf Sekunden lang schaffte Maton es diesmal, mir in die Augen zu schauen. Danach schloss er sie und nickte langsam.

Das darf nicht wahr sein.

»Sie verlogener Idiot!«, schimpfte Bender.

»Das sagen Sie uns jetzt? Siebenundzwanzig Jahre danach?«, fragte ich.

»Wir waren damals vierzehn. Wir hatten Angst«, erklärte er.

In mir brodelte es. Fassungslos blickte ich ihn an.

»Sie waren ein wichtiger Zeuge und haben das, was sie gesehen haben, für sich behalten!«

»Es hätte doch nichts geändert. Ich hab kein Auto gesehen, also auch nicht den Täter.«

Meine Halsschlagader pulsierte.

»Haben Sie noch mal mit Eric Blockmans gesprochen, bevor er Ihre Route übernommen hat?«

»Ja. Er sagte, er würde beide Routen zu Ende machen, wenn wir gehen wollten. Wir haben ihm dann unsere Lose gegeben. Später, bei seiner Leiche, wurden aber komischerweise keine Lose gefunden – also weder seine noch meine. Ich habe dann hinterher den Wert meiner Lose von meinem Taschengeld bezahlt, damit es nicht auffiel.«

Schön die weiße Weste behalten.

»Und wohin genau ist Eric Blockmans gegangen?«

»Er hat den Weg zur Feldmannstraße eingeschlagen, dachte ich. Sicher bin ich mir aber nicht. Grit und ich hatten nur Augen füreinander«, sagte er.

»Und das war das letzte Mal, dass Sie ihn gesehen haben?«, fragte ich.

»Ja«, antwortete er nickend.

Bender und ich schauten uns an. Wir wussten beide, was das bedeutete. Eric Blockmans war zum Unfallzeitpunkt nicht, wie wir bisher angenommen hatten, dem Birnenweg gefolgt. Nein, er hatte sich auf der Feldmannstraße befunden. Und damit auf einer Straße, der wir bisher keinerlei Aufmerksamkeit geschenkt hatten.

35

Unmittelbar nach dem Gespräch mit Karl Maton kontaktierten wir Fred Malherbe und Gerrit Burma. Sie sollten sich so schnell wie möglich die Feldmannstraße sowie die hinter dem Birnenweg liegende Obstwiese vornehmen. Aufgrund dessen, was Maton uns über den ersten Kuss mit Grit Keyzer berichtet hatte, lag der Verdacht nahe, dass die Särge dort vergraben waren.

Bender fuhr, ich telefonierte. Erst mit Malherbe, dann mit Burma. Als ich fertig war, starrte ich das Foto auf meinem Handydisplay an. Es zeigte Sina und Liv, beide hielten ein Eis in den Händen und strahlten um die Wette. Sehnsucht erfüllte mein Herz. Und genau in dem Moment, in dem ich dachte, dass ich den beiden etwas schreiben sollte, erhielt ich eine Nachricht von Sina.

»Ich habe Liv gerade nach Hause gebracht.«

Mir steckte ein dicker Kloß im Hals. Die Nachricht enthielt keinerlei Emotion. Sina schickte weder einen Kuss noch ein »Ich freu mich«.

Selbst schuld.

Ihr Status zeigte sie noch ein paar Sekunden als online an, dann war sie plötzlich weg. Ich formulierte eine nette Antwort, löschte sie aber nach dem Durchlesen wieder.

Das bringt nichts. Du musst sie anrufen, wenn das hier vorbei ist.

Einige Zeit blickte ich gedankenverloren auf mein Handy. Erst als eine neue Nachricht einging, wussten meine Finger wieder, was zu tun war. Es war ein Foto aus den Neunzigern, Jacky hatte es geschickt. Zu erkennen war eine groß gewachsene Frau um die dreißig. Sie war hübsch und schwarzhaarig – das konnte man erkennen, obschon das Foto schwarz-weiß war. An die Beine der Frau lehnten sich zwei Mädchen. Eines der beiden hielt ein Plüschtier in den Händen. Unter dem Foto stand ein kurzer Text: »Marieta besuchte mit ihren Töchtern die Senffabrik Schlegel.«

Das war also Marieta. Die Jugoslawin, die am 18. Juni 1992 eine Art Nervenzusammenbruch erlitten hatte.

Ist sie für unseren Fall noch von Bedeutung?

Luc Keyzer hatte sie in der Nähe des Waldes gesehen, also am anderen Ende des Ortes – weit weg von der Obstwiese und der Feldmannstraße. Weit weg von den Orten, an denen Eric Blockmans' Spur aufhörte.

Ihr Nervenzusammenbruch muss einen anderen Grund gehabt haben.

Ich zoomte in das Bild hinein, um ihr Gesicht näher zu betrachten. Leider war die Qualität nicht so gut, damals wurden die Bilder noch analog in der Zeitung gedruckt. Doch dann fiel mir die Kette um ihren Hals auf.

Es ist die gleiche, die Malherbe im Wald gefunden hat.

Ich suchte das Bild von Malherbe und zeigte dem fahrenden Bender die Bilder nacheinander.

»Das ist ja krass«, bestätigte er. Trotz der schlechten Qualität des alten Fotos konnte man mit ziemlicher Sicherheit sagen, dass es sich um ein und dieselbe Kette handelte. »Fragt sich nur«, sagte Bender, »was das zu bedeuten hat.«

Wir parkten am Birnenweg. Von dort aus gelangte man am schnellsten zu Fuß und querfeldein zu der Obstwiese, die Karl Maton uns beschrieben hatte. Malherbe suchte mit ungefähr dreißig Leuten und einer Handvoll Spürhunde bereits das Feld ab. Als er uns bemerkte, grüßte er kurz aus der Ferne. Er war nicht zufrieden mit dem bisherigen Verlauf der Suche. Wie auch?

Nicht, dass es an ihm lag, dass Grit und Paul Keyzer noch nicht gefunden worden waren. Dafür konnte er so wenig wie die Heuschrecke, die vor uns im Gras auf und ab hüpfte. Nein, die unbefriedigende Spurenlage, gepaart mit dem Zeitdruck durch die Särge, kreierte ein Umfeld, in dem jeder normal tickende Mensch üble Laune bekommen hätte.

Auf einem Tisch, der mitten auf der Wiese aufgebaut war, stand eine große Thermoskanne. Ich schnappte mir einen Becher von dem danebenstehenden Stapel und füllte ihn mit Kaffee. Dann warf ich mir eine der Schmerztabletten ein, die Dr. Bodart mir mitgegeben hatte, und kippte das schwarze Getränk hinterher. Ich ließ meinen Blick über die Obstwiese schweifen. Löwenzahn und Narzissen genossen die letzten warmen Sonnenstrahlen, die Kirschblüten tauchten die Landschaft in ein weiches Weißrosa. Im Hintergrund brummten Bienen und summten Fliegen. Eine Idylle, konnte man meinen.

Werden wir hier das Rätsel lösen?

Wie jedes Mal bei Sucheinsätzen, nach Stunden der Recherche und zahlreichen Befragungen, fieberten wir der Auflösung entgegen – auch dann, wenn sie den Tod beinhaltete. Diese Möglichkeit, so gern man sie auch ausschließen würde, schwirrte immer irgendwo im Hinterkopf herum. Doch solange die Vermissten nicht gefunden wurden, obsiegte meist der Optimismus, man bangte und hoffte, dass alles gut ausgehen würde – so war es zumindest in den ersten paar Stunden. Allerdings sanken, je länger die Suche andauerte, die Chancen, die Vermissten lebend zu finden. Und in einigen Fällen holte einen dann irgendwann die finstere Realität ein.

Der Zwiespalt zerreißt dich irgendwann.

Inmitten dieser grausamen Gefühlsachterbahn erreichte mich der Anruf, der uns endlich auf den richtigen Pfad bringen sollte. Es war ein Gespräch, das über das Präsidium an mich weitergeleitet worden war. Als ich es annahm, meldete sich ein Mann mit tiefer Stimme.

»Jürgen Malchow, guten Tag. Ich habe die Zeichnung des Risses auf Facebook gesehen. Ich bin mir ziemlich sicher, dass in einer meiner Mietwohnungen ein solcher Riss in der Wand ist.«

Obschon wir das Foto im Netz geteilt hatten, war ich bei solchen Anrufen prinzipiell skeptisch. Es gab einfach zu viele Menschen, die ihre eigene Person wichtiger nahmen als die

Aufklärung eines Verbrechens. Aber dieser Mann klang beängstigend seriös.

»Haben Sie die Wohnung schon betreten?«, fragte ich.

»Nein, ich wollte zuerst Sie informieren.«

»Das ist gut. Ist die Wohnung derzeit vermietet?«

»Ja«, sagte er. Eine Spur von Sorge mischte sich in seine Stimme. »Vor vier Wochen hat eine Frau die Wohnung angemietet. Über Airbnb.«

Treffer!

Carolin Maton hatte also vor vier Wochen mit den Planungen begonnen.

»Wo liegt die Wohnung, und wann können Sie dort sein?«

»Ich bin in fünf Minuten vor Ort. Die Wohnung liegt in der dritten Etage. Die Adresse lautet Feldmannstraße 7.«

Das Gebäude in der Feldmannstraße 7 hatte mit den danebenstehenden Häusern 9 und 11 eine Besonderheit gemein: Es lag nicht direkt an der Straße, sondern etwas zurückgesetzt in einer Art Anliegerstraße, die an dieser Stelle in einer Sackgasse endete.

Als wir vor dem weiß verputzten Mehrfamilienhaus mit Satteldach ankamen, hatten die Feuerwehrmänner bereits ihr Werkzeug ausgepackt – doch der Eigentümer der Wohnung kam gerade noch rechtzeitig. Der drahtige Mann Anfang vierzig drückte dem Leiter des bewaffneten Einsatzteams den Schlüssel in die Hand. Kurze Zeit danach waren wir im Haus. Flur und Treppenhaus waren mit Marmorfliesen ausgestattet, ich schätzte die Bauausführung auf die siebziger Jahre. Wir eilten dem Einsatzteam hinterher, nahmen zwei Stufen auf einmal, einen Aufzug gab es nicht. Als wir oben angekommen waren und die Einsatzkräfte den Schlüssel ins Schloss schoben, wagte ich einen Blick durch das Fenster nach draußen. Von hier aus konnte man auf die Feldmannstraße blicken, ungefähr fünfzig Menschen standen dort. Sie mussten die Aufregung mitbekommen haben und warteten sicherlich auf Neuigkeiten.

Dann stürmten die Einsatzkräfte die Wohnung und gaben

wenige Augenblicke später grünes Licht. Bender und ich sahen uns an. Er nickte entschlossen, als wollte er sagen: »Jetzt haben wir es bald geschafft.«

Mein Herz begann wie wild zu schlagen. Je weiter wir in die Wohnung vordrangen, desto lauter wurde das Pochen in meiner Brust. Und als wir das Schlafzimmer betraten, erbebte mein ganzer Körper.

Verdammte Scheiße!

Wir sahen all das, was Tom Keyzer uns geschildert hatte: das Bett, die Fesseln, die schwere Lampe aus Glas an der Decke. Auch den Abreißkalender mit dem Kalenderblatt vom 18. Juni 1992, der an der Wand hing. Dort war auch eindeutig das Rissgeflecht zu erkennen, das Tom Keyzer aufgezeichnet hatte. Eine Sache jedoch hatte er nicht erwähnt – vermutlich hatte der Zettel noch nicht auf dem Boden gelegen, als er hier festgehalten wurde. Ich ging in die Hocke, um zu lesen, was darauf stand. Als ich es erkannte, blieb mein Herz fast stehen.

50°26'21.1''N 6°12'24.4''E.

36

Bender und ich schauten uns an, doch keiner von uns sagte ein Wort. Uns war auch so klar, was die Zeichen in dieser Anordnung bedeuteten: Es waren Koordinaten.

Dort werden wir sie finden.

Augenblicklich sprang ich auf und machte mich auf den Weg nach draußen. Bender eilte mir hinterher. Kurze Zeit später saßen wir in dem PP. Ich tippte die Koordinaten ins Navi ein und wartete, bis der Suchvorgang beendet war.

Warum dauert das nur so lange?

Wie besessen verfolgte ich das kreisende Element auf dem Bildschirm, das sich nach einer gefühlten Ewigkeit in eine Karte verwandelte. Aber das Ergebnis war erfreulich: Die Strecke bis zum Ziel betrug gerade einmal siebenhundert Meter.

»Das ist ja ganz in der Nähe«, kommentierte Bender.

Kurz danach ertönte die weibliche Stimme des Navis: »Das Ziel befindet sich auf unwägbarem Gelände.«

Ich zoomte in die Karte hinein, zielte dabei direkt auf das wehende schwarz-weiße Fähnchen. Ich erkannte ein Maisfeld, konnte es aber der realen Umgebung, an die ich mich erinnerte, nicht zuordnen. Ich zoomte wieder heraus und musterte die umliegende Landschaft. Das Maisfeld lag knapp fünfzig Meter neben der Obstwiese. Malherbes Männer waren also nur ein paar Schritte von dem angegebenen Ort entfernt.

Während ich das Auto auf die Straße brachte, gab Bender Malherbe die Koordinaten durch. Zwei Minuten später erreichten wir die Stelle auf dem Birnenweg, an der wir durch den Stacheldrahtzaun hindurch auf die Wiese im Hinterland gelangen konnten. In der Ferne beobachteten wir, wie sich der Suchtrupp wie eine Ameisenkolonie auf einen Acker zubewegte. Mais war dort keiner, die Aussaat hatte vermutlich erst vor wenigen Tagen stattgefunden. Bender und ich begannen zu laufen, es ging bergab. Wir steuerten geradewegs auf die Obstwiese zu. Kurz vor dem Übergang von einer Wiese zur anderen bremsten wir ab und zwängten unsere müden Körper durch den Stacheldrahtzaun hindurch. Als das geschafft war, eilten wir schwer atmend weiter. Die Stelle, die die Koordinaten bezeichnet hatten, lag nur wenige Meter hinter der Obstwiese. Der Boden war aufgelockert.

Malherbe und ein paar seiner Männer hatten bereits damit begonnen, an der Stelle Erde wegzuschaufeln. Als wir nur mehr wenige Meter von ihnen entfernt waren, hielt einer von Malherbes Männern inne.

»Da ist was«, sagte er mit fester Stimme.

Augenblicklich stachen zwei weitere Männer ihre Schaufeln in die Erde. Ein dumpfes Geräusch ertönte. Die Männer schaufelten nun nicht mehr, sondern schoben mit angespannten Muskeln die Erde beiseite. Dabei gingen sie behutsam vor. Die Augen aller Anwesenden fokussierten die dünne Erdschicht. Sie betrug hier nicht mehr als dreißig Zentimeter. Schon nach kurzer Zeit kamen darunter grobe Holzbretter zum Vorschein. Sie waren ungefähr zwanzig Zentimeter breit und zwei Meter lang. An den Enden waren sie jeweils mit zwei Nägeln befestigt. Es bestand kein Zweifel: Vor uns in der Erde lag ein Sarg.

»Brecheisen!«, rief Malherbe.

Ein junger Kollege kam mit zwei Eisenstangen angerannt. Er reichte sie an zwei erfahrenere Kollegen weiter. Sie legten das Eisen unter den Brettern an, der eine am unteren, der andere am oberen Ende. Angestrengt kniffen sie die Augen zusammen und bliesen die Backen auf, während sie sich gegen die Stangen stemmten. Endlich sprangen die Nägel hoch. Insgesamt waren es fünf Bretter, allesamt lagen sie eng aneinander. Es dauerte ein paar Sekunden, ehe zwei entfernt werden konnten und der Blick in das Innere frei wurde.

Eine Frau.

Sie lag mit dem Gesicht nach oben. Die weiße Bluse war verschmiert, so wie es aussah, mit Dreck und Blut. Ihre blonden

Haare verteilten sich auf dem Boden des Sargs. Ich starrte die Frau an. Die blasse spitze Nase, die blauen Lippen, die geschlossenen Augen. Vor uns lag Grit Keyzer. Sie atmete nicht mehr.

Wir sind zu spät.

Sanitäter hoben sie vorsichtig aus dem Sarg, legten sie auf eine Trage. Trugen sie zum Krankenwagen, der bis auf die Wiese vorgefahren war. Ich beobachtete sie dabei. Einträchtiges Kopfschütteln.

Erst als ich den Blick von ihnen abgewendet hatte, bemerkte ich, dass Malherbes Männer gerade dabei waren, weitere Bretter von Erde zu befreien, nur zwei Meter von dem soeben freigelegten Sarg entfernt.

Der Junge.

Ich hastete hinüber und vernahm das Keuchen der Schaufler. Ich zählte die Bretter, um abzuschätzen, wie lange die Freilegung dauern würde. Die Breite des Sargs schien in etwa die gleiche zu sein, jedoch waren es diesmal nur vier Bretter statt fünf. Es gab fingerbreite Spalten dazwischen.

»Was ist das?«, fragte einer der Männer. Sein Finger zeigte auf ein längliches Stück Plastik, das aus einer der Spalten ragte. Es sah aus wie ein Stift.

»Das ist ein Trinkhalm!«, rief ein anderer. Und genau in dem Moment wurde das zweite Brett herausgehebelt. Ich wagte einen Blick in das Innere der Kiste. Paul Keyzer lag – wie seine Mutter – auf dem Rücken. Auch seine Augen waren geschlossen. Allerdings steckte in seinem Mund der Trinkhalm.

»Atmet er noch?«, fragte Bender.

Der Mann, der das zweite Brett entfernt hatte, beugte sich vor und legte seinen Finger auf den Hals des Jungen. »Sein Puls ist schwach. Aber er lebt«, sagte er, ehe er aufsprang und sich mit seinem Kollegen daranmachte, die zwei restlichen Bretter zu entfernen.

Ein Glück!

Es gelang ihnen schnell, den Rest auszuhebeln. Gemeinsam

hoben sie Paul Keyzer aus dem Sarg und legten ihn auf eine Trage. Kurz danach konnte er mit Sauerstoff versorgt werden.

»Sieht so aus, als hätte der Strohhalm ihm das Leben gerettet«, sagte Bender. Er strahlte zum ersten Mal seit einer gefühlten Ewigkeit. »Woher hatte er das Ding nur?«

»Gute Frage«, bekundete ich. Der Strohhalm war länger als die herkömmlichen aus dem Supermarkt. Er war genau das Instrument, das er gebraucht hatte, um in diesem Gefängnis aus Holz und Erde zu überleben.

In meinem Kopf dröhnte die Müdigkeit. Augen und Mund fühlten sich furchtbar trocken an. Ich zog eine Flasche Wasser aus der Kiste, die in dem Kofferraum des Einsatzwagens der Suchstaffel stand. Ich nahm ein paar Schlucke, ließ dabei den Blick schweifen. Sah, wie die Krankenwagen wegfuhren. Wie Malherbe sich den Schweiß von der Stirn rieb. Die Obstwiese, die Felder sowie das dazugehörige Maisfeld hatte er nicht auf dem Radar gehabt – das machte er sich nun sicherlich zum Vorwurf. Als mein Blick nach oben in Richtung Birnenweg wanderte, sah ich dort ein Mädchen stehen. Sie war zierlich und hatte lange blonde Haare. Wie festgewurzelt stand sie da. Auch als ich auf sie zuging, rührte sie sich nicht.

»Ellie«, sagte ich, als ich sie erkannte. »Das hättest du dir besser nicht angesehen.«

»Ist er tot?«, fragte sie, während eine Träne aus ihrem linken Auge kullerte.

»Paul lebt. Aber seine Mutter hat es nicht geschafft.«

Sie schlug sich die Hände vors Gesicht und fing bitterlich an zu weinen. Ich wollte sie nicht ungefragt in den Arm nehmen, deshalb reichte ich ihr ein Taschentuch und redete ihr gut zu. Sie wischte sich das Gesicht trocken und putzte ihre Nase.

Als sie schließlich wieder meinem Blick begegnete, sprach ich an, was mich seit ein paar Minuten beschäftigte. »Paul hatte einen Trinkhalm bei sich. Nur weil er damit die Oberfläche erreichen konnte, konnte er Sauerstoff aufnehmen. Und somit überleben.«

Weitere Tränen quollen aus ihren blauen Augen.

»Die gab es Freitag auf der Party. Paul und seine Kumpels haben sie zusammengeknickt und in den Hals der Bierflaschen gesteckt«, erklärte sie schluchzend.

»Warum tut man so etwas?«

Sie schien sich ein wenig zu fangen. »Dadurch fließt das Bier schneller in den Mund. Die schlucken dann nicht mal mehr.«

Die Methode kannte ich noch nicht. Aber zumindest wusste ich jetzt, woher Paul den rettenden Strohhalm hatte. Vermutlich hatte er ihn während der Party in seiner Hosen- oder Hemdtasche verstaut. Und der Entführerin Carolin Maton war er nicht aufgefallen. Oder er war ihr aufgefallen, und sie hatte ihm keine Bedeutung beigemessen.

»Dann war das Trinken doch noch für etwas gut, oder?«, fragte Ellie zögerlich, während sie sich mit meinem Taschentuch übers Gesicht wischte.

»Ja«, antwortete ich. »Sieht ganz so aus.«

37

Als sich die Wiese bei Anbruch der Dämmerung allmählich leerte, stand Fred Malherbe der Presse Rede und Antwort. Seine Verärgerung von vorhin war verflogen. Zufriedenheit prägte nun sein Gesicht. Und je länger ich ihn beobachtete, desto besser ging es auch mir. Uns war zwar nicht zum Feiern zumute, dafür wog der Tod von Grit Keyzer zu schwer. Damit hatte der Fall nach den Toden von Tom Keyzer, Ben Sarlette und Carolin Maton bereits sein viertes Opfer gefordert. Jedoch, und das stimmte uns alle zufrieden, hatten wir das Leben von Paul Keyzer gerettet. Und mit Carolin Maton hatten wir die Täterin ausgemacht.

Ich zwinkerte Bender zu, als er mir entgegenkam. Seine Augen waren klein.

Auch ihm fehlt der Schlaf.

»Die von der Rechtsmedizin haben gerade angerufen. In Carolin Matons Jackentasche wurden Flunitrazepamtabletten gefunden.«

»Aber das ist doch –«, begann ich.

»… das Zeug, das Tom Keyzer im Blut hatte«, beendete Bender den Satz.

»Unfassbar«, konnte ich nur mehr hervorbringen. »Und das alles nur, weil ihr Mann untreu war.«

»Augen auf bei der Partnerwahl«, kommentierte Bender trocken.

Partnerwahl.

Ich dachte an Sina. Daran, dass ich sie bald wieder in die Arme schließen konnte. Ich würde mich für alles entschuldigen, ihr eine Rückenmassage geben und die leckerste Pasta kochen, die sie je gegessen hatte. Doch vorher musste ich noch den Anruf entgegennehmen, der gerade auf meinem Handy einging.

»Dr. Bodart«, meldete sich der Herr, als ich das Gespräch

annahm. Bender und ich verständigten uns per Handzeichen, dass er diesmal fahren würde. Wir stiegen in den Passat ein.

»Hallo, wie geht es Ihnen?«, fragte ich Dr. Bodart, in der Hoffnung, er würde mir schnell verraten, was ihm auf dem Herzen lag.

»Alles gut. Ich wollte Ihnen nur kurz etwas mitteilen.«

»Schießen Sie los«, entgegnete ich.

»Ich hörte davon, dass Carolin Maton im Verdacht steht, die Entführerin zu sein.«

Ich gab lediglich ein zustimmendes Brummen von mir. Zwar gab es kaum einen Zweifel mehr daran, dass sie es gewesen war, aber solange die Ermittlungen nicht offiziell abgeschlossen waren, durfte keine Bestätigung nach außen dringen.

»Da Frau Maton verschieden ist«, fuhr Dr. Bodart fort, »habe ich beschlossen, mich selbst von meiner Schweigepflicht zu entbinden.«

Was kommt jetzt?

Ich erinnerte mich an die Aktennotiz, die ich in Dr. Bodarts Praxis gelesen hatte. An die *Schwankungen ihres Selbstempfindens*. Nun war ich neugierig zu erfahren, ob er das bestätigen würde oder womöglich sogar noch mehr Infos anzubieten hatte.

»Danke, dass Sie uns helfen«, schoss ich bewusst Lorbeeren voraus.

»Frau Maton kam vor zwei Jahren zu mir in die Praxis. Sie sagte, ihr Mann halte es nicht mehr mit ihr aus. Sie sei misstrauisch und eifersüchtig. Sie durchforste sein Handy und spioniere ihm nach. Er werde das nicht mehr lange mitmachen, befürchtete sie. Ich verwies sie an eine befreundete Therapeutin. Sie schlug für den Beginn wöchentliche Sitzungen vor. Am Anfang lief es gut – im ersten Jahr ließ Frau Maton keine Sitzung aus. In der Folge schwächte sich die Eifersucht ab, und ihr Selbstwertgefühl bekam Auftrieb. Nach dem Sommerurlaub aber kam sie nur noch unregelmäßig zu den Sitzungen: Die Eifersucht nahm wieder zu, ihr Selbstwertgefühl sank. Immer öfter sprach sie von *ihr*. *Sie*, die alles zerstörte.«

»Grit Keyzer«, vermutete ich.

»Frau Maton hat nie einen Namen genannt.« Bodart schwieg kurz, dann fuhr er fort: »In den letzten Monaten kam sie fast gar nicht mehr zu den Sitzungen. Und wenn sie da war, redete sie von einer Verschwörung, die ihr Mann gemeinsam mit *ihr* gegen sie angezettelt habe.«

Ich räusperte mich. Die Beschreibung passte nur zu gut zu dem, was wir ansonsten über Carolin Maton wussten.

»Das hört sich stark nach Verfolgungswahn an«, stellte ich fest. »Haben Sie versucht, Sie zu einem längeren Aufenthalt in einer Psychiatrie zu bewegen?«

Die Verbindung schien plötzlich weg zu sein.

Verfluchte Funklöcher!

Doch dann rauschte es grässlich. Ich hielt instinktiv das Handy vom Ohr weg. Erst als ich Dr. Bodarts Stimme wieder hörte, führte ich das Handy wieder näher heran.

»… und das hat meine Kollegin auch versucht. Aber, Herr Donker, erzählen Sie einem Verrückten mal, dass er verrückt ist. Der wird am Ende Sie für verrückt erklären. Er selbst aber wird davon überzeugt bleiben, alles richtig –«

Wieder unterbrach das Rauschen Dr. Bodarts Redefluss.

Eigentlich, dachte ich, hatte er mir alles gesagt. Ich durfte die Informationen sowieso nicht für die Ermittlungen benutzen. Sie konnten allein als ein weiterer Baustein der Gesamtlogik in diesem Fall dienen. Und das taten sie. Denn es bestand kein Zweifel mehr daran, dass Carolin Maton aus Eifersucht Menschen entführt und getötet hatte. Sie musste Grit Keyzer gehasst haben. Nur so war es zu erklären, dass sie die ganze Familie auslöschen wollte. Erschreckend war vor allem, dass ihr der 18. Juni 1992, den Karl Maton als den Tag des ersten Kusses mit Grit Keyzer bestätigt hatte, so sehr in Erinnerung geblieben war. Offenbar hatte sie in dem Tag den Ursprung allen Übels gesehen. Warum sonst hätte sie ihn als Aufhänger der Entführung verwenden sollen? Obschon die Matons damals noch gar kein Paar gewesen waren, hatte Carolin Maton sich wahrscheinlich so stark auf Grit Keyzer als die Zerstörerin ihrer Ehe eingeschossen, dass die Auslöschung der Keyzers ihr als die einzige Lösung erschienen war. Benjamin Sarlette hatte Carolin Maton sehr wahrscheinlich beobachtet und womöglich bei etwas ertappt. Eventuell hatte er sie sogar direkt damit konfrontiert – was ihm dann zum Verhängnis geworden war.

Ihr Mann Karl hatte sich wohl von Anfang an gedacht, dass sie etwas mit der Entführung zu tun haben musste. Deswegen hatte er sich auch nie nach Fortschritten bei den Ermittlungen erkundigt – sein Fokus lag voll und ganz auf dem Verhalten seiner Frau. Verzweifelt hatte er noch versucht, aus Tom Keyzer in dessen Werkstatt ein falsches Geständnis herauszukitzeln. Als er dieses nicht bekommen hatte, war er wütend geworden. Und hatte seinen besten Freund umgebracht. Gut, es war ein Unfall gewesen, aber das änderte nichts an der Faktenlage. Der Fall war klar. Und die Vermissten – wenn auch nur einer der beiden überlebt hatte – waren gefunden worden. Das hieß für Bender und mich, dass wir unsere Arbeit beendet hatten. Und uns endlich schlafen legen durften.

Wir waren gerade vor dem Präsidium angekommen. Ich quälte mich aus dem Auto, mein linkes Bein war während der Fahrt eingeschlafen. Ich versuchte mir nichts anmerken zu lassen und humpelte auf Bender zu.

»Wir haben es geschafft«, sagte ich, während ich ihm auf die Schulter klopfte. »Jetzt geht's ab nach Hause.«

Benders Blick wanderte zu der Frittüre auf der anderen Straßenseite. Das gelbe Neonlicht strahlte bis zu uns herüber. Ein grauer Peugeot 306 fuhr auf den Parkplatz neben der Frittenbude. Ein kleiner Mann mit Bauchansatz stieg aus und näherte sich dem Imbiss. Er trug eine braune Lederjacke und hellblaue Jeans über alten Sportschuhen.

Bender und ich sahen uns an.

»Ich gönne mir noch eine Fritte«, sagte Bender. »Mögen Sie auch eine?«

Bender und ich bestellten das Gleiche: eine Fritte spezial mit frischen Zwiebeln und eine Dose Cola. Wir stellten uns draußen an einen der Stehtische und schlemmten wie in Trance die ersten mit Mayonnaise und Curryketchup überhäuften Fritten. Ich kippte einen Schluck Cola hinterher, ehe ich tief und zufrieden einatmete. Sina kochte eher gesundheitsbewusst. Das war gut für den Bauchumfang und den Teint, aber ab und zu sollte man sich auch was Gutes tun.

Blockmans stand in etwa drei Metern Entfernung an einem anderen Tisch. Wir sahen ihn von der Seite. Gierig biss er in seine Boulette und schlürfte sein Bier. Uns schenkte er keine Aufmerksamkeit.

»Sie haben uns noch nicht verraten, wo Sie nach der angeblichen Verfolgungsjagd am 18. Juni 1992 wirklich einkaufen waren«, sagte Bender zu ihm.

In »Tinas Corner«, wie er behauptet hatte, war er nicht gewesen. Der Laden hatte erst ein Jahr später Eröffnung gefeiert.

Blockmans reagierte immer noch nicht auf uns. Wir näherten uns seinem Tisch. Stellten uns ihm direkt gegenüber. Blockmans spießte mit einer kleinen gelben Gabel zwei Fritten auf einmal auf und schob sie sich genüsslich in den Mund. Sein Kopf war so tief über den Tisch gebeugt, dass ich von ihm nur den Scheitel sehen konnte.

»Vielleicht kann ich Ihnen auf die Sprünge helfen«, sagte Bender und legte sein Handy auf den Tisch. Auf dem Display war die Kette mit den grünen Steinen zu erkennen, die Malherbe im Wald gefunden hatte.

Nur zaghaft hob Blockmans den Kopf und richtete seinen Blick auf das geöffnete Foto.

Währenddessen kam mir ein fürchterlicher Gedanke: Was, wenn Carolin Maton ihr Wissen mit Blockmans geteilt hatte? Wenn sie ihn von dem, was zwischen Karl Maton und Grit Keyzer gelaufen war, in Kenntnis gesetzt hatte? Davon, dass die beiden Turteltauben damals ihren Losverkauf an der Feldmannstraße abgebrochen und Eric ebendiese Route überlassen hatten? Eric hatte sterben müssen, weil Karl und Grit sich küssen wollten – so hatte sie es ihm vermutlich präsentiert.

Hat sie ihn so als Komplizen gewonnen? Ihn für ihren grausamen Plan eingenommen?

Nein, das kann nicht sein! Er war zu den Tatzeiten im Kloster.

»Die Kette gehörte Marieta«, sagte Bender.

Blockmans' Blick wurde starr.

»Was haben Sie mit ihr gemacht?«

»Ich habe sie an dem Tag nicht gesehen«, sagte Blockmans.

»Ich sehe doch, wie die Sache Sie belastet«, sagte ich. »Es ist Zeit für die Wahrheit. Danach fühlen Sie sich besser, ich verspreche es Ihnen.«

»Ich würde jetzt gern …« Doch er brach ab und musste laut schlucken. Sein Blick schweifte ins Leere.

»Sie waren mit ihr im Wald, nicht wahr?«, fragte Bender.

Blockmans nickte zögerlich. Es dauerte eine Weile, ehe er wieder das Wort ergriff. »Ich habe sie gegen Mittag zu Hause abgeholt und bin mit ihr in den Wald gefahren«, sagte er nüchtern.

»Was haben Sie dort mit ihr gemacht?«, fragte Bender.

Blockmans haderte. »Ich hab ihr gesagt, sie soll sich ausziehen.« Sein Mund verzog sich, sein Wimpernschlag wurde schneller. »Hab ihr versprochen, dass sie dann mit ihren Töchtern in unserem Land bleiben darf.« Er schloss vor Scham die Augen.

Dieses miese Schwein!

Mit einem Mal wurde mir furchtbar übel.

»Sie haben diese Frau vergewaltigt«, konstatierte Bender angeekelt.

Deswegen war Marieta derart aufgebracht an Luc Keyzers Haus vorbeigelaufen. Und deswegen hatte Blockmans nicht auf Luc Keyzers Hinweis reagiert. Er hatte nur zu genau gewusst, weshalb sie so aufgewühlt gewesen war.

Blockmans öffnete wieder die Augen und sah Bender betreten an. »Und dafür büße ich bis heute.«

»Ihre Tat ist verjährt«, sagte Bender, dessen Gesicht völlige Verachtung ausdrückte.

»Ja, ist sie. Aber glauben Sie mir: Ich hasse mich jeden Tag dafür, dass ich es getan habe. Ich war ein anderer Mensch. Ich dachte, ich stünde über den Dingen. Heute weiß ich, dass diese Rolle nur Gott gebührt. Er richtet über mich.«

Nach unserer Rückkehr ins Präsidium zogen Bender und ich uns zurück. Jeder in seine Ecke, ohne ein Wort zu wechseln. Wir waren sprachlos. Aber unsere Gedanken wollten keine Ruhe geben. Im Versuch, das Grässliche zu verstehen.

Verstehen wirst du es nie!

Natürlich würden wir die Informationen, die wir von Blockmans hinsichtlich der Geschehnisse um Marieta erhalten hatten, der Polizeidirektion des Landes zutragen. Sie würde dann eine Entscheidung über seine berufliche Zukunft fällen. Aber das würden wir morgen tun.

Jetzt wird erst mal geschlafen.

Als ich durch das Fenster nach draußen blickte, sah ich in der Ferne zahllose Lichter über den See schwimmen. Jacky schrieb mir im selben Moment per SMS, dass Weybachs Einwohner Kerzen in kleine Holzschälchen gestellt und auf den See hinausgeschickt hatten. Die Bevölkerung gedachte der Opfer.

Wenigstens ein Lichtblick in dieser dunklen Welt.

Zehn Minuten vergingen, ehe es uns gelang, uns aufzuraffen und langsam unsere Sachen zusammenzusuchen. Wie sollte man nach solch einer Nachricht den Fall abschließen? Mappe zu, Akte ablegen. Was sich physisch mittels eines Handgriffs oder eines Mausklicks erledigen ließ, hinterließ in der Psyche tiefe Spuren. Wie oft hatte ich schon daran gedacht, den Job an den Nagel zu hängen. Dem Bösen den Rücken zu kehren.

Aber sobald die Meldung kam, dass es einen neuen Fall gab, packte mich immer der Sog. Augenblicklich. Ich handelte instinktiv, automatisch. Es war, als wäre der Drang, das Böse zu jagen, in meine DNA geschrieben. Er steckte in mir drin, er begleitete mich auf Schritt und Tritt. Und doch wusste ich nur zu gut: Wer ständig ins Dunkle blickte, den begleiteten die schwarzen Bilder ein Leben lang.

Das plötzliche Klingeln an der Tür unterbrach meine Gedanken. Es war Jürgen Malchow, der Eigentümer des Hauses, in dem sich die Wohnung befand, in der Tom Keyzer festgehalten worden war.

»Ihre Kollegen sagten, ich solle mich bei Ihnen melden.« Der drahtige Mann klang beinahe gleichgültig. Inmitten der Aufregung um die vergrabenen Särge war er als Informationsquelle komplett untergegangen. Ein Glück, dass die Kollegen mitgedacht hatten.

Also noch eine Befragung, danach kannst du ins Bett, sagte ich mir, bevor ich Malchow bat, sich zu setzen. Er nahm Platz und erklärte, dass ihm das Haus vor zwei Jahren vererbt worden sei. Er kenne die Ortschaft, sein Wohnsitz liege nur ein paar Autominuten entfernt. Die insgesamt fünf Wohnungen biete er per Airbnb an, die Schlüsselübergabe oder besser gesagt der Zugang zu den Wohnungen erfolge über ein Codesystem.

»Seit wann ist die Wohnung an den heutigen Mieter vermietet?«, fragte ich, während Malchow die an der Wand stehenden Farbtöpfe skeptisch musterte.

»Seit dem 1. April. Ende der Laufzeit ist der 31. Mai«, antwortete er faktensicher.

»Wissen Sie, wer die Wohnung gebucht hat? Haben Sie einen Namen?«

»Sie hat mir eine Mail geschickt. Darin hat sie mit ›Lynn Tanner‹ unterschrieben.«

»Lynn Tanner«, wiederholte ich, bevor ich Bender fragend ansah.

»Merkwürdig«, erwiderte dieser, während sein Blick auf dem Hauseigentümer verharrte. »So heißt doch die nette Tochter aus der TV-Serie ›Alf‹, die in den neunziger Jahren lief.«

Er zückte sein Handy und tippte den Namen als Suchbegriff ein. Einen Augenblick später zeigte er mir das Display. Ein hübsches junges Mädchen mit braunen Locken, die zeittypisch mit Haarspray fixiert worden waren.

»Sie haben recht«, sagte ich. »Der Name ist also ein Fake.«

Bender zuckte mit den Schultern. »Sieht so aus.«

»Wie auch immer«, schaltete Malchow sich wieder ein. »Gezahlt hat sie bar. Hat das Geld in meinen Briefkasten gelegt.«

Natürlich kein persönlicher Kontakt.

»Wenn der Name ein Fake ist, ist die Mailadresse also die einzige sichere Spur«, stellte Bender fest. »Könnten Sie mir die Mails weiterleiten?«

Malchow nickte nüchtern.

»Wenn Lynn Tanner nicht der Name des Entführers ist, können wir auch nicht mehr sicher sein, dass es sich um eine Frau handelt«, sagte ich.

»Doch«, sagte Malchow mit energischer Stimme. »Sie hat mich angerufen.«

»Was?«, brach es überrascht aus mir heraus. »Wann war das?«

»Irgendwann in der ersten Aprilwoche. Wir hatten am Haus ein Problem mit dem Codesystem. Die Verbindung zwischen der Anlage und dem Türöffner funktionierte nicht richtig. Zudem hatte der Aufzug eine Panne. Die Frau hat gesagt, dass das auf keinen Fall noch mal passieren dürfe. Sie sagte, sie habe ein wichtiges Projekt vor sich, da müsse alles perfekt laufen.«

Ein wichtiges Projekt. Die Entführung von drei Menschen.

»Ist Ihnen irgendetwas aufgefallen? Klang ihre Stimme vielleicht eigenartig?«

»Sie hörte sich nicht so an, als wäre sie verzerrt, wenn Sie das meinen«, sagte Malchow. »Ich glaube, die Stimme war echt. Sie klang hoch.«

Bingo! Carolin Maton hatte eine hohe Stimme.

»Da war noch was«, fuhr Malchow fort. »Sie benutzte immer so ein eigenartiges Wort. Ich komm jetzt nicht drauf. Aber es war irgendwie altmodisch.«

»Gut«, sagte ich. »Kontaktieren Sie uns, sobald es Ihnen wieder einfällt. Wir werden die Wohnung noch ein paar Tage oder Wochen in Anspruch nehmen müssen. Dafür haben Sie sicher Verständnis, oder?«

»Habe ich eine Wahl?«, fragte er ebenso rhetorisch, wie ich es getan hatte. »Als ich das Haus vor zwei Jahren geerbt habe, hat man mir erzählt, dass ihm eine gute Seele innewohnt. Die muss ihm wohl irgendwie abhandengekommen sein«, fügte er betreten hinzu.

Ich verstand nicht recht, was er uns damit sagen wollte. Vielleicht war ich auch einfach zu müde, um es zu verstehen. »Warum eine gute Seele?«

»Na ja, irgendwann in den Neunzigern hat der damalige Eigentümer dort wohl Flüchtlinge untergebracht.« Er sagte es so, als sei der Umstand allseits bekannt. Dabei war er in dem Ort genauso fremd wie wir. »Ich glaube, es war ein Doktor«, erklärte er weiter. »Ja, ich bin mir eigentlich sicher, dass es ein Arzt war.«

»Dr. Bodart«, sagte Bender verwundert. »Hat er Marieta und ihre beiden Töchter dort untergebracht?«

38

Ein Sonnenstrahl fiel direkt in ihre Augen. Der Rollladen ließ sich nicht mehr komplett schließen, durch die oberen zwei Lamellen drang immer ein wenig Licht in das Zimmer ein. Am Vormittag strahlte die Sonne auf die Wand, am frühen Nachmittag, wenn Dana aufwachte, auf das Bett.

Sie blieb noch liegen. Nahm ihr Micky-Maus-Plüschtier in den Arm und kroch unter die Decke, die sie im Schlaf weggestrampelt hatte. Sie döste wieder ein. Aber nur kurz. Sie hörte das Wimmern aus dem Wohnzimmer. Die zittrige Stimme ihrer Mutter.

Sie schob die Decke von sich und bewegte sich schlaftrunken zum Bettrand. Langsam trugen ihre kleinen Füße sie ins Wohnzimmer. Sie sah zuerst den Doktor. Er stand im Türrahmen. »Dana«, sagte er mit weicher Stimme. Sie ging an ihm vorbei, betrat das Wohnzimmer. Sah Mamas Rücken. Sie kniete am Boden. Sie drehte ihren Kopf zu Dana, als sie das Mädchen bemerkte. Ihre Augen waren rot und glasig. Mama stand auf, kam mit offenen Armen auf sie zu. »Dana«, sagte sie mit zittrigen Lippen. Doch Dana wollte die Umarmung nicht und riss sich los. Mama versuchte, wieder nach Dana zu greifen und zu verhindern, dass sie in die Mitte des Raums schaute. Dana schlug wild um sich, sie schrie und weinte zugleich. Sie spürte, dass etwas nicht stimmte. Sie sah die Scherben, die verstreut auf dem Teppichboden lagen. Die Lampe aus Glas, die nicht auf den Boden gehörte. Doch das, was ihr am meisten Angst machte, war, dass Elena, die unter der Glaslampe lag, sich nicht bewegte.

Alf, ihr Plüschtier, lag neben ihr. Ihre Hand schien sich nach ihm auszustrecken, doch sie erreichte ihn nicht.

Dana wollte fragen, was mit ihrer Schwester los war. Warum sie am Boden lag. Nicht einfach aufstand. Laut loslachte und mit ihr spielte. Doch Dana bekam keinen Ton heraus.

Schließlich packte Mama sie, lief mit ihr auf dem Arm in die Küche und setzte sie dort ab. Dana sah ihr hinterher, wie sie Richtung Kühlschrank ging, diesen öffnete und die blaue Flasche herausnahm. Dana hörte das Glucksen, das erschöpfte Keuchen. Dann das Weinen.

»Ist Elena tot?«, fragte Dana.

Mama weinte. Ihre Augen waren voller Schmerz.

»Hat die Lampe sie totgemacht?«

Mama nickte.

»Aber der Mann hat sie doch festgemacht.«

Sie hatte ihn gesehen, den Mann mit dem Tattoo.

»Was ist das?«, hatte Dana ihn gefragt und auf das Tattoo gezeigt.

»Ein Indianer«, hatte er geantwortet. »Du kennst doch sicher Cowboys, nicht wahr?«

Dana hatte genickt, ohne zu wissen, wovon er sprach.

»Indianer sind die Ureinwohner Amerikas. Sie waren vor den Cowboys da und verteidigten ihre Kultur. Na ja, ist eine längere Geschichte.«

»Eine längere Geschichte?«, hatte Elena gefragt. Die beiden Mädchen hatten albern aufgelacht.

Er war auf seine Leiter gestiegen. Dana und Elena hatten beobachtet, wie er die Schrauben in die Decke gedreht hatte. Vier Stück.

»Du bist vier Jahre alt?«, hatte er Elena gefragt. »Das ist ja ein Zufall. Ich habe genau vier Schrauben.«

Er hatte extra die langen genommen, hatte er ihnen erklärt, damit die Lampe auch hielt.

Mama kniete sich neben Dana hin, legte ihre Arme um sie und drückte sie ganz fest. Als sie Dana wieder losließ, durfte Dana sich etwas Süßes aussuchen und Limo dazu trinken. Dann schaltete Mama den Fernseher ein.

»Bleib ruhig hier sitzen, dann wird alles gut. Mama muss noch etwas mit dem Doktor besprechen.«

Sie aß die Waffel, die Mama ihr gegeben hatte, zügig auf. Die Fanta schaffte sie nicht ganz. Sie stellte die halb volle Dose auf dem Tisch ab. Über den Bildschirm flackerten Biene Maja und ihr Freund Willy. Doch Danas Blicke galten allein den Fotos ihres Papas.

Sie sah ihn an, den Mann, den sie nur von den Fotos her kannte. Sie musterte ihn. Die schwarzen Haare, den Schnurrbart, die kleinen Augen. Dann blinzelte sie hinüber zu ihrer Schwester, die reglos am Boden lag. Sie hoffte, dass Elena jeden Moment aufspringen würde. Zu ihr herüberkommen, sie ärgern, sie aufziehen. Doch sie kam nicht. Dana überlegte, zu ihr zu gehen, sie wach zu machen, damit sie mit ihr spielen konnte. Aber sie vertraute Mama, die gesagt hatte, dass alles gut werden würde, wenn sie ruhig sitzen bliebe. Dann schaute Dana wieder zu den Fotos von Papa. Und mit jeder weiteren Sekunde, die sie diesen ihr fremden Mann anstarrte, wurde ihr umso klarer, was geschehen würde. Sie brauchte dafür nicht mal mehr ihre Mama zu fragen, die noch immer mit dem Doktor sprach. Dana kannte die Antwort, die Mama ihr geben würde. Ja, neben den Fotos von Papa würde auch eins von Elena stehen. Sie wusste, dass der Tod ein fester Bestandteil ihres Lebens war. Früher und heute. Für immer und ewig.

39

Knapp vierzig Stunden. So lange waren Bender und ich inzwischen auf den Beinen. Bis auf ein paar Stündchen – ich nach meinem Unfall mit dem Pestla, Bender war am Schreibtisch eingenickt – hatten wir durchgearbeitet. Unsere Konzentration ließ merklich nach, die Müdigkeit zehrte an unseren Kräften. Und wir wünschten uns nichts sehnlicher herbei als ein paar Stunden Schlaf. Doch nach der neuesten Erkenntnis, die uns das Einwohnermeldeamt bestätigt hatte, konnten wir nicht anders. Wir mussten weitermachen. Das Haus, in dem Tom Keyzer festgehalten worden war, hatte 1992 Dr. Bodart gehört. Und genau von diesem erwarteten wir nun Antworten.

Bender und ich hatten uns direkt auf den Weg zu seinem heutigen Zuhause gemacht. Das imposante Bruchsteinhaus lag im Sandweg. Die kleine Seitenstraße verband die Feldmannstraße und den Birnenweg. Dr. Bodarts Haus lag gerade einmal dreißig Meter Luftlinie von dem Mehrfamilienhaus entfernt, das ihm einst gehört hatte. Wir klingelten sowohl an der Haustür als auch an der nur drei Meter danebenliegenden Tür zu seiner Praxis. Es schien niemand da zu sein.

Ich wählte also seine Mobilnummer an. Vernahm wenige Augenblicke später seine klare Stimme.

»Dr. Bodart«, meldete er sich gut gelaunt.

»Herr Dr. Bodart, wir möchten mit Ihnen sprechen«, sagte ich. »Wo können wir Sie finden?«

»Ha!« Er lachte auf, bevor sich ein lautes Rauschen in die Leitung schlich. »Ich bin auf dem Weg zu einem Kongress in Köln. Ich hoffe, es ist nichts Dringendes?«

Im Hintergrund erkannte ich das Tosen der Autobahn. Dieses ging aber rasch in ein viel lauteres Rauschen über. Ich regelte die Lautstärke der Freisprechanlage runter. Währenddessen hielt mir Bender sein Handy vor die Nase. Ich erkannte die Website des regionalen Radiosenders. Benders Finger zeigte auf einen Satz in dem angezeigten Text, es schien sich um das Kommentarfeld unter einem Bericht zu handeln:

H1-Peter: Wer sind denn die Opfer, wenn man fragen darf? Und wie geht es ihnen?

Teenieweenie: Carolin Maton war die Fahrerin, sie ist tot. Ihr Mann Karl Maton ist leicht verletzt (glaube ich). Und Nora Schanz (vom Bootsverleih) liegt auf der Intensiv (Koma?). Zum Hergang: Die Matons wollten flüchten. Ich denke mal, dass irgendwas mit dem Hotel schiefgelaufen ist. Wenn jemand mehr weiß, gern melden …

Schulterzuckend blickte ich Bender mit nüchterner Miene an. Der Gerüchteküche konnten wir nichts entgegensetzen. Zumindest zum jetzigen Zeitpunkt noch nicht.

»Herr Donker, sind Sie noch da?«, hörte ich Dr. Bodart, als das Rauschen endlich abgeklungen war.

»Ja, ich bin da. Aber die Verbindung ist schlecht.«

»Ich sitze im Auto. Ansonsten rufe ich Sie später zurück.«

»Nein, wir versuchen es so«, sagte ich und legte los. »Sie haben bis vor einigen Jahren ein Mehrfamilienhaus in der Feldmannstraße besessen. Dort haben Sie auch Flüchtlinge untergebracht. Darunter war eine gewisse Marieta mit ihren beiden Töchtern.«

»Ja«, sagte er. »Meine Frau war bei dieser Aktion federführend. Sie hatte ein gutes Herz.«

»Nun, der Entführer der Keyzers hat in einer Wohnung in ebendiesem Haus Tom Keyzer festgehalten. An der Wand hing ein Kalenderblatt mit dem Datum 18. Juni 1992.«

Ich verstummte kurz, weil ich ein Kratzen im Hals spürte. Dr. Bodart blieb still.

»Wir wissen weiterhin«, fuhr ich nach einem kurzen Räuspern fort, »dass an diesem 18. Juni 1992 Eric Blockmans tödlich angefahren wurde. Außerdem wissen wir, dass besagte Marieta einen guten Grund hatte, sauer auf Blockmans zu sein.«

»Warum sollte sie sauer auf ihn gewesen sein?«, fragte er.

»Er hat sie zu etwas gezwungen«, sagte ich.

Ich machte nun bewusst eine Pause, in der Hoffnung, Dr. Bodart würde selbst die richtige Schlussfolgerung daraus ziehen. Und tatsächlich, er tat mir den Gefallen.

»Und jetzt glauben Sie, Marieta hätte Eric umgebracht?«

»Ja«, sagte ich.

Eine längere Pause entstand. Allein das Tosen der Autobahn war zu hören. Ich blickte in die Fenster der alten Eingangstür aus Holz, die in Dr. Bodarts Haus hineinführte. Die Scheinwerfer des Passats spiegelten sich in dem Glas. Ich bestaunte die großen, schön gespaltenen Bruchsteinblöcke, die die Tür umrahmten. Über dem Fenstersturz las ich eine Jahreszahl: 1848.

»Aber so war es nicht«, sagte Dr. Bodart plötzlich. An dem lauten Atemgeräusch, das darauf folgte, erkannte ich, wie schwer ihm diese Worte fielen.

»Meine Frau hatte Marieta und ihren beiden Töchtern kostenfrei eine Wohnung zur Verfügung gestellt. Sie hatten keine Aufenthaltsgenehmigung und einen Nachnamen, der ihnen das Leben weiter erschwerte. Aber sie waren unheimlich dankbar, als wir ihnen unsere Hilfe anboten«, erzählte Bodart. Kurzes Schweigen. »Und nun zu dem 18. Juni 1992.« Seine Stimme nahm plötzlich einen anderen, traurigeren Klang an. »Ich hatte gerade den letzten Patienten aus meiner Praxis verabschiedet und wollte etwas zu Mittag essen, als Marieta panisch an der Tür klopfte. ›Elena nicht atmen‹, sagte sie aufgeregt. ›Ich nach Hause kommen. Elena nicht atmen.‹ Dann forderte sie mich auf, ihr zu folgen. Ich rannte hinter ihr her, quer durch die Gärten auf das Haus zu. Hinauf in die dritte Etage …«

Unversehens krachte es in der Leitung. Das Rauschen war zurückgekehrt. Und es verschwand nicht mehr. Ich drückte das Handy ganz fest an mein Ohr, nur so konnte ich Dr. Bodarts Worte verstehen.

»… Elena lag auf dem Sofa, ihr Gesicht war blass. Ich fühlte ihren Puls. Sie atmete nicht. Ich versuchte, sie wiederzubeleben. Drückte ihren Brustkorb und flößte ihr Luft ein. Minutenlang ging das so, bis der Krankenwagen endlich da war.«

Das Rauschen in der Leitung wurde stärker. So laut, dass es schmerzte. Aber ich drückte mein Handy noch fester ans Ohr, denn ich wollte die Geschichte zu Ende hören, bevor die Verbindung ganz abbrach.

»Ich wollte … Ich wollte es nicht wahrhaben. Erst … erst als die Sanitäter eine Decke über sie legten, sah ich ein, dass sie tot …«

Tot war das letzte Wort, das ich hörte, bevor das Rauschen förmlich explodierte und ich das Handy reflexartig von meinem Ohr wegriss. Als ich das Telefon kurz danach wieder zurück ans Ohr führte, hörte ich nur mehr ein langes Tuten. Die Verbindung zu Dr. Bodart war abgebrochen. Ich wählte noch einmal seine Nummer. Doch wieder ertönte nur der monotone Piepton.

Ohne einen klaren Gedanken fassen zu können, ließ ich meinen Blick über die Einfahrt vor Dr. Bodarts Haus wandern. Sie war mit schönem altem Bruchstein bepflastert. Ringsherum blühten bunter Flieder und Lavendel. In den Ziergräsern zirpte eine Grille.

»Eine Tochter von Marieta ist gestorben«, sagte ich zu Bender. »Auch am 18. Juni 1992.«

»Woran ist sie gestorben?«, fragte er, ohne zu zögern.

»Das hat Dr. Bodart nicht gesagt. Sie lag bewusstlos auf dem Sofa, als Marieta nach Hause kam.«

»Aber das ist ja ein noch viel stärkeres Motiv«, sagte Bender.

»Für wen?«, fragte ich.

»Na, für Marieta. Nehmen wir mal an, mit der Tochter ist etwas passiert, als Marieta Blockmans in den Wald folgen musste. Marieta wird doch die Schuld dafür, dass sie ihre Tochter nicht vor dem Tod bewahren konnte, bei Blockmans suchen.«

»Und dann hat sie Rache an Blockmans genommen, indem sie Eric angefahren hat«, sagte ich.

Nein, das passt zeitlich nicht.

»Aber Blockmans ist viel schneller aus dem Wald zurückgekehrt als Marieta«, wandte ich ein. »Außerdem hatte er ein Auto und sie nicht. Er hätte seinen Sohn doch viel eher gefunden als sie.«

»Nicht unbedingt«, argumentierte Bender. »Blockmans suchte ihn auf dem Birnenweg. Eric hatte aber die Route von Grit und Karl in der Feldmannstraße übernommen. Marieta hätte ihn also schon früher sehen können.«

Ist das plausibel?

»Es muss im Affekt passiert sein«, sagte ich.

»Mit Sicherheit«, sagte Bender und nickte. »Wie du mir, so ich dir.«

40

Würden wir nach der Lösung des Entführungsfalls der Familie Keyzer auch das Schicksal des 1992 verstorbenen Eric Blockmans aufklären? Es sah ganz danach aus.

Vieles sprach dafür, dass Marieta 1992 den zehnjährigen Eric angefahren hatte. Aus Rache. Weil Erics Vater sie missbraucht hatte, während zu Hause ihre Tochter ums Leben gekommen war.

So muss es gewesen sein.

Zwei wichtige Fragen waren jedoch noch nicht beantwortet: Was war die Ursache für den Tod der kleinen Elena gewesen? Und mit welchem Auto hatte die fußläufige Marieta Eric überfahren?

»Ich hab von den Kollegen den Zugang zum serbischen Einwohnerregister erhalten«, sagte Bender euphorisch. »Wie lautet Marietas Nachname?«

Ich steuerte den Passat auf die Straße. Bender saß mit aufgeklapptem Laptop auf den Schenkeln neben mir.

»Wissen wir nicht. Aber«, erinnerte ich mich an das Telefonat mit Bodart zurück, »sie muss einen Namen gehabt haben, der ihr das Leben erschwert hat. Am besten fragen wir ihn«, sagte ich, während ich seine Nummer wählte. Doch statt seiner Stimme ertönte ein bekannter Ton. »Besetzt.«

»Der ihr das Leben erschwert hat«, wiederholte Bender nachdenklich. »Ich suche schon mal nach allen Marietas, die eine Tochter namens Elena hatten. Mal sehen, wer dann noch übrig bleibt.«

»Durchsuchen Sie mal das Internet nach jugoslawischen Kriegsverbrechern«, gab ich als Tipp.

»Klar, wird gemacht«, antwortete Bender, während er eifrig auf der Tastatur tippte.

Indes beschlich mich ein ungutes Gefühl. Obschon wir so

kurz davorstanden, auch den alten Fall um den kleinen Eric zu lösen, traute ich dem Braten nicht ganz. Oder besser gesagt, ich glaubte nicht an den Zufall, der sich hier andeutete.

Warum hatte Carolin Maton für ihren Plan ausgerechnet die Wohnung in der dritten Etage ausgewählt, in der am 18. Juni 1992 die kleine Elena tot aufgefunden worden war?

Bitte lass es einen Zufall sein.

Zwischen den beiden Ereignissen gab es objektiv gesehen keine Verbindung. Der einzige Grund für die Entführung der Keyzers war Carolin Matons Eifersucht. Dann war es auch ein Zufall gewesen, dass am 18. Juni 1992 die kleine Elena in der Wohnung gestorben war und sich im selben Moment Grit Lässig, spätere Keyzer und Karl Maton zum ersten Mal in der Obstwiese geküsst hatten. Es gab keine Verbindung zwischen den Ereignissen. Dachten wir.

Während Bender das Internet und das serbische Einwohnerregister auf Marieta durchsuchte, grübelte ich mir ein Loch in den Bauch. Ich steuerte zwar den Wagen, aber weder Bender noch ich wussten, wohin wir als Nächstes fahren sollten. Zusätzlich nagte die Müdigkeit an meinen Nerven. Immer lauter verlangte mein Körper nach Schlaf. Ich sah mich gezwungen, anzuhalten. Wir schlitterten auf den grünen Seitenstreifen der Straße. Ich atmete tief durch, ehe ich mich bei Bender entschuldigte. Er bot mir an, das Steuer zu übernehmen. Aber dazu kam es nicht. Denn zuvor erreichte uns ein Anruf von Jürgen Malchow – und der veränderte alles.

»Herr Donker, mir ist wieder das aus der Mode gekommene Wort eingefallen, das die Mieterin der Wohnung während unseres Telefonats benutzt hat.«

»Ich höre«, sagte ich gespannt.

»Als ich ihr versicherte, dass nach der Systemneuprogrammierung der Türsprechanlage wieder alles wie vorher laufe, antwortete sie: ›Astrein.‹«

Mein Herz stolperte.

»Das Wort hatte ich seit Jahren nicht gehört, deshalb kam es mir so seltsam vor«, führte Malchow weiter aus.

Und da wurde mir mit einem Mal klar, um wen es sich bei der Mieterin der Wohnung handelte. Auch mir war es so ergangen wie Malchow. Ich hatte das Wort jahrelang nicht mehr gehört. Bis heute am frühen Nachmittag. Als Nora Schanz mich zu einer Bootstour hatte überreden wollen, indem sie sagte: »Das Wetter ist ja astrein heute.«

Die Stationsschwester hatte eine beruhigende Stimme. Sie bestand darauf, dass ich sie mit Théa ansprach. Théa bestätigte uns, dass Nora Schanz nach wie vor in ihrem Zimmer lag und schlief. »Bis sie aufwacht, können noch ein paar Stunden vergehen. Wenn Sie Pech haben, werden es Tage. Ein Schädel-Hirn-Trauma haut den fittesten Tiger aus den Latschen. Ich werde sie aber in jedem Fall im Auge behalten, bis Sie hier sind«, versprach sie, während wir über die Landstraße in den Nachbarort Niederfeld Richtung St.-Helena-Krankenhaus rasten. Die Nadel auf dem Tachometer erreichte schnell den dreistelligen Bereich. Wir überholten mehrere Pkws, die graubraune Vennlandschaft zog im Dunkeln an uns vorüber. Zwei Rehe überquerten gemächlich die Straße vor uns. Unschuldig starrten ihre Augen in das grelle Scheinwerferlicht. In letzter Sekunde hüpften sie uns aus dem Weg.

Das war haarscharf!

»Wir sollten Dr. Bodart fragen, ob er zum Krankenhaus kommen kann. Er hat mit Sicherheit noch mehr Infos zum Tod von Marietas kleiner Tochter«, sagte ich. Ich kniff meine Augen zusammen, in der Hoffnung, eine feuchtigkeitsspendende Träne würde sich lösen. Vergebens.

»Mache ich sofort«, antwortete Bender abwesend. Angespannt starrte er auf den Bildschirm seines Laptops, ehe er plötzlich »Bingo!« aufschrie.

Bender grinste, allerdings nur zwei Sekunden lang. Dann nahm sein Gesicht wieder ernstere Züge an.

»Laut serbischem System ist Marieta Mladic 1964 in Sarajevo geboren. Ihr Mann ist 1991 im Bosnienkrieg gefallen. Die beiden haben zwei Töchter: Elena, vier Jahre alt, und Dana, drei Jahre alt. Das alles mit Stand 1992.«

Ich vernahm das Klicken des Laptoptouchpads.

»In Deutschland erhielt Marieta Mladic mit ihrer Tochter Dana im Dezember 1992 – wohlbemerkt sechs Monate nach dem 18. Juni – eine Aufenthaltserlaubnis. Von Elena gibt es absolut keine Spur, fast so, als hätte es sie nie gegeben. Im März 1993 heiratete Marieta in zweiter Ehe Herrn Igor Schanz und nahm seinen Nachnamen an – ihre Tochter Dana, deren zweiter Vorname übrigens Nora lautet, natürlich auch.«

Unwillkürlich wandte ich den Blick von der Straße ab und sah Bender in die Augen. »Nora Schanz ist Dana Mladic?«

»Ja«, antwortete Bender. In seiner Stimme lag das gleiche Unbehagen, das ich in mir spürte.

Was hat sie nur vor?

»Dann hat Tom Keyzer wahrscheinlich etwas mit dem Tod ihrer Schwester zu tun.«

»Sieht stark danach aus«, sagte Bender, als mein Handy zu klingeln begann.

Ich drückte auf den grünen Hörer, betätigte den Lautsprecher und legte das Handy auf die Mittelkonsole.

»Herr Donker, hier spricht Théa vom St.-Helena-Krankenhaus.«

Sie klang nun nicht mehr ruhig. Ganz im Gegenteil, sie war komplett außer Atem.

»Ja, was gibt es?«, fragte ich, von einer bösen Vorahnung erfüllt.

»Nora Schanz. Sie liegt nicht mehr in ihrem Bett.«

41

Nora Schanz, die attraktive Blondine vom Bootsverleih. Diese sympathische Frau, die immer ein Lächeln auf den Lippen hatte.

Hat sie die Keyzers entführt?

Als sicher galt, dass Nora die Tochter Marietas war. Ebenso stand fest, dass Noras Schwester Elena am 18. Juni 1992 ihr Leben verloren hatte. Wir kannten die Todesursache der Kleinen nicht. Allerdings ahnten wir, dass Tom Keyzer irgendwie darin verwickelt sein musste.

»Sie liegt nicht mehr in ihrem Bett.«

Während der Fahrt zum Krankenhaus wiederholte ich Schwester Théas Worte noch einmal.

»Sie wird es auf den Jungen abgesehen haben«, sagte Bender.

Nora Schanz, was hat Tom Keyzer dir angetan?

Wenige Minuten nach Schwester Théas Anruf erreichten wir das Krankenhaus. Bender und ich sprangen aus dem Auto und rannten auf den Herrn am Empfang zu.

»Wo liegt Paul Keyzer?«, fragte ich, während ich ihm meine Dienstmarke entgegenhielt.

Angespannt tippte er den Namen in den PC ein. »Intensivstation, Zimmer vier.«

Wir sprinteten los, die Richtung kannten wir. Tom Keyzer hatte auch hier gelegen.

»Warten Sie!«, rief der Empfangsmitarbeiter uns hinterher. »Ein Arzt wird Sie begleiten.«

Aber da waren wir bereits im Treppenhaus verschwunden. Wenige Sekunden später betraten wir den grünen Linoleumboden und hielten Ausschau nach dem Zimmer mit der Nummer vier.

1, 2, 3, … 5? Verdammt, wo ist die 4?

Mein Herz raste.

»Hier!«, flüsterte Bender. Er war mir zwei Meter voraus. Die Tür stand offen.

Sie ist hier.

Geräuschlos bewegten wir uns vorwärts, hielten unsere Waffen mit beiden Händen vor uns. Ich betrat das Zimmer als Erster. Sah Paul in einem Bett liegen. Er schlief. Nora Schanz stand neben dem Bett, direkt neben Pauls Kopf. Mit der linken Hand stützte sie sich auf der Bettkante ab. Sie schien uns nicht zu bemerken.

Vorsichtig bewegte ich mich zu ihr hinüber, versuchte, mich anzuschleichen. Doch dann knarrte die Tür hinter mir.

Nora Schanz drehte sich blitzartig um. Ich richtete die Waffe auf ihr schmerzverzerrtes Gesicht. Dann erst sah ich, dass sie in der rechten Hand eine lange Sezierschere hielt, die nur wenige Millimeter von Paul Keyzers Halsschlagader entfernt war.

»Hauen Sie ab!«, fauchte sie mit abgekämpfter Stimme.

Paul Keyzer schrak auf. Bender trat an meine Seite, ebenfalls die Waffe auf Nora Schanz gerichtet.

»Wir gehen erst, wenn wir die Wahrheit gehört haben.«

»Die Wahrheit«, wiederholte Nora Schanz abfällig. »Die Wahrheit ist, dass Tom Keyzer meine Familie auf dem Gewissen hat.«

Wütend starrte sie mich an.

»Tom Keyzer ist tot. Lassen Sie den Jungen in Frieden«, sagte ich eindringlich.

»Frieden herrscht erst, wenn auch er tot ist.«

Was hat diese Frau nur so verbittert?

»Sagen Sie uns, was damals am 18. Juni 1992 geschehen ist«, forderte ich.

Ihre Augen schielten zur Klinge des Messers. Sie führte sie wieder bis an die Halsschlagader des Jungen heran. Ängstlich versuchte er sich aufzusetzen, aber das Messer hielt ihn zurück.

»Ein paar Tage vor dem 18. Juni kam ein junger Mann in unsere Wohnung. Er sollte eine Lampe aus Glas aufhängen, meine Mutter hatte sie geschenkt bekommen.« Nora Schanz löste ihren Blick von der Klinge und drehte sich wieder zu uns um. Ich sah keinerlei Regung in ihrem blassen Gesicht.

»Am 18. Juni fiel diese Lampe um die Mittagszeit von der Decke, direkt auf meine Schwester Elena. Laut meiner Mutter war sie auf der Stelle tot. Ich selbst war zu dem Zeitpunkt gerade mal drei Jahre alt. Hab geschlafen, als es passiert ist. Ich wurde erst später wach. Durch die Schreie und das Weinen meiner Mutter … Sie ist nie darüber hinweggekommen.«

Ihre Augen wurden feucht. Ihre Lippen bebten.

»Als Flüchtling ohne Aufenthaltsgenehmigung konnte sie nicht zur Polizei gehen. Sie hatte keine Chance, den Täter zu belangen. Das belastete sie zusätzlich. Sie trank viel: Wodka, Gin, Whisky – alles durcheinander. Morgens nach dem Aufstehen fing sie an, mittags war sie voll. Jeden Tag, von Montag bis Sonntag – jeden Tag die volle Dröhnung. Zwei Jahre konnte sie sich noch in ihrem Job als Putzfrau halten, dann wurde sie gefeuert. Danach war es komplett aus. 1997 ist sie dann vor den Zug gesprungen.«

Nora Schanz' Gesicht verzog sich zu einer geisterhaften Maske. Sie unterdrückte ihre Tränen. Ihre kalten Augen starrten ins Leere. Ich überlegte, ihr in die Schulter zu schießen.

Die Klinge befindet sich zu nah an Paul Keyzers Hals.

»Wenn sie in unserer Wohnung in Frankfurt auf dem Sofa ihren Rausch ausschlief, legte ich mich oft zu ihr. Ich wusste nicht, ob es ihr gefiel oder ob es sie störte. Ich glaube, sie fühlte gar nichts. Manchmal fragte ich sie, wer der junge Mann war, der die Lampe aufgehängt hat. Ihre Antwort war immer die gleiche: ›Ich habe ihn gesucht, aber nie gefunden. Und selbst wenn wir ihn finden würden, könnte er Elena nicht zurückbringen.‹ Dann begann sie meist zu weinen, gab mir einen Kuss auf die Stirn und drehte sich weg.«

Die scharfe Klinge grub sich in die Haut des Jungen. Paul Keyzer schielte auf das Messer. Um ein paar Millimeter Abstand davon zu gewinnen, drückte er seinen Rücken gegen die Matratze.

»Auch wenn ich wusste, dass irgendwo da draußen der Mörder meiner Schwester frei herumlief, habe ich auf die Worte meiner Mutter vertraut. Ich habe nie nach dem jungen Mann gesucht. Ich hätte ihn auch nicht beschreiben können, wenn mich jemand nach seinem Aussehen gefragt hätte. Seine Augen waren blau, das wusste ich noch, weil ich ihm bei der Verabschiedung nach dem Anbringen der Lampe in die Augen gesehen hatte. Letztlich war es ein glücklicher Zufall, der mich auf ihn aufmerksam gemacht hat.«

Ein furchterregendes Grinsen spielte über ihr Gesicht.

»Alles begann vor knapp anderthalb Jahren. Ich hatte gerade eine kräftezehrende Beziehung zu einem Junkie hinter mich gebracht und litt an einer verschleppten Lungenentzündung. Nach zwei schlecht laufenden Jobs stand ich bei meinem neuen Arbeitgeber wieder mal auf der Kippe. Es war ein verschissener Montagmorgen, als ich in dem kalten Wartezimmer meiner Hausärztin saß. Zeitschriften lagen wie auf einem Wühltisch kreuz und quer herum. Eine fiel mir auf. Sie lag mit der Rückseite nach oben und zeigte einen gut aussehenden Mann. Er machte Werbung für Baumaschinen.«

Bender hatte bei der Vermögensanalyse der Keyzers herausgefunden, dass Tom Keyzer sich nach dem Konkurs seines ersten Unternehmens mit Modeljobs für eine Baufachfirma über Wasser gehalten hatte.

»Ich erkannte ihn sofort – dank dem Indianertattoo. Nach all den Jahren reichte ein Blick, um den Moment von damals zu rekonstruieren. Alles war plötzlich wieder da. Und mit einem Mal war mir klar, dass er genau das durchleben sollte, was ich durchgemacht hatte.«

In ihrem Gesicht lag eine Mischung aus Selbstzufriedenheit und Hass.

»Sie haben Grit und Paul Keyzer verbuddelt, um Tom Keyzer leiden zu sehen?«, fragte ich entsetzt. »Die konnten doch überhaupt nichts dafür ... wussten wahrscheinlich noch nicht einmal etwas von Ihrer verstorbenen Schwester.«

Aus eiskalten Augen sah sie mich an. »Sie haben recht. Die beiden sind genauso unschuldig wie meine Schwester, die von einer herunterfallenden Lampe erschlagen wurde. Genauso unschuldig wie meine Mutter, die vor lauter Schmerz ihrem Leben selbst ein Ende setzte.«

»Unschuldig wie die zwei toten Tauben«, kommentierte Bender und wies damit auf die Parallelen hin, die nicht von der Hand zu weisen waren. Parallelen, die für Gänsehaut sorgten, als nun endlich deutlich wurde, worauf Nora Schanz damit anspielte.

»Sie haben das alles geplant«, konstatierte ich. »Sie haben sich gedacht, dass Tom Keyzer festgenommen wird, wenn Sie ihn in der Industriezone aus dem Auto werfen.«

Nora Schanz nickte.

»Das war Benjamin Sarlettes Auto, oder?«, fragte Bender. »Sie haben eine Plane drübergelegt.«

Ein weiteres Nicken. Jedoch keine Träne, kein hämisches Grinsen.

»Haben Sie ihn auch –«, begann Bender, doch Nora Schanz fiel ihm ins Wort.

»Er hat mir nachspioniert. Blöde Fragen gestellt. Ein ähnlicher Fall wie dieser Arbeitskollege von Grit Keyzer.«

»Michael Meller«, rief ich mir in Erinnerung. Er war vor zwei Wochen mit einem Drahtseil in einem Parkhaus in Köln erwürgt worden.

»Genau. Er hat mich dabei ertappt, wie ich Grit Keyzer ausgekundschaftet habe.«

»Und dann haben Sie ihn einfach umgebracht«, sagte ich fassungslos.

Und das alles, um ihren Plan geheim zu halten. Den Plan, der wie Zufall aussah, in Wahrheit aber aus perfide zusammenpassenden Einzelteilen bestand.

»Keyzer befand sich in polizeilichem Gewahrsam. Wurde der Entführung von Sohn und Frau verdächtigt«, sagte ich langsam. »Er hat sich in Schweigen gehüllt. Weil Sie ihm gedroht haben, seine Familie umzubringen, sobald er den Mund aufmacht. Er durfte so viel sagen wie ein Flüchtling ohne Aufenthaltserlaubnis. Sie haben ihn mundtot gemacht.«

Ich vernahm ein Geräusch aus Richtung der Tür. Als ich hinter mich blickte, entdeckte ich Ellie. Sie stand mit offenem Mund im Türrahmen.

»Er sollte leiden, dieser gleichgültige Tölpel. Nachdem ich ihn in der Industriezone auf die Straße geworfen hatte, habe ich sein Handy aktiviert. An der nächsten Telefonzelle habe ich dann angehalten und ihm meine Anweisungen durchgegeben: dass er das Zimmer wiederfinden muss, um seine Familie zu retten. Und dass er der Polizei nichts sagen darf. Aber ich wusste, dass er den Mund nicht halten wird.«

Nora Schanz' Blick war streng. »Hätte er Ihnen doch nur nicht erzählt, wie es in dem Zimmer aussah.«

»Er hat zunächst gezögert«, sagte ich. »Mit dem blutigen T-Shirt, den Sargplänen, den durch Drogen verursachten Erinnerungslücken und der unterstellten Eifersucht war er unser Hauptverdächtiger. Und als dann noch rauskam, dass Paul nicht sein Sohn ist, schien es hinsichtlich des Motivs keine Zweifel mehr zu geben.«

Sie lächelte schwach. »Für den letzten Punkt trage ich keine Verantwortung.«

Das wird das Strafmaß nicht mildern.

»Sie sind gut in Form«, bekundete ich beim Anblick ihres durchtrainierten Körpers. »Aber wie haben Sie die Keyzers überlisten können?«

»Etorphin«, sagte sie mit einem verschmitzten Lächeln. »Damit habe ich sie erst mal betäubt. Die Frau hat sich am stärksten gewehrt, hätte sich fast von mir losgerissen. Die beiden Männer waren k. o., ehe sie etwas mitbekamen.«

»Und die Särge?«, hakte Bender nach. »Wie haben Sie die ins Grab befördert?«

Sie lachte verhalten auf. »Keyzer war ja so nett, sie für mich in den Transporter zu stellen. Dann bin ich mit dem Transporter über die Obstwiese auf den Acker, und dort habe ich sie über zwei Langbalken als Schienen in die Grube reinrutschen lassen. Ich wusste, dass der Bauer für Samstag die Aussaat plante. Er hat dann dankenswerterweise meine Spuren mit seinen Traktorreifen überfahren.«

Durchgeplant. Von A bis Z.

»Und die Gruben, wer hat die ausgehoben?«, fragte Bender.

»Darum habe ich mich in der Nacht vor der Entführung gekümmert«, sagte sie und grinste. »Danach war ich so fertig, dass ich gezweifelt hab, ob ich am nächsten Tag überhaupt fit genug wäre für die Entführung. Aber als ich am Morgen aufwachte, hatte ich keine Zweifel mehr. Es musste getan werden.«

Eiskalt. Anders kann man einen solchen Plan nicht durchziehen.

»Haben Sie an Tom Keyzers Flucht aus dem Krankenhaus mitgewirkt?«, fragte Bender.

»Nein. Aber mir war klar, dass er alles daransetzen würde zu fliehen. Nur so hätte er seiner Familie helfen können. Glaubte er zumindest.«

Ein selbstzufriedenes Seufzen entwich ihren Lippen. Ihr Hass auf den verstorbenen Schreiner kannte nach wie vor keine Grenzen.

»Sie wollten, dass Tom Keyzer konfus wirkt«, sagte ich. »Nicht mehr glaubwürdig. Und dass wir ihn als Mörder seiner eigenen Familie festnehmen.«

»Er sollte die gleiche Ohnmacht spüren, die meine Mutter durchlebt hatte. Er hätte es verdient, hilflos mitanzusehen, wie seine Frau und sein Sohn sterben.«

»Seine Flucht hatten sie also eingeplant. Sie hatten die Koordinaten in dem Zimmer in der Feldmannstraße bereitgelegt, sind davon ausgegangen, dass er es wiederfinden würde. Aber offenbar konnte er sich nicht an den Standort des Hauses erinnern. Er hat stattdessen seine Schreinerei aufgesucht – wahrscheinlich, um dort in alten Auftragsbüchern nachzusehen, wo er am 18. Juni 1992 gearbeitet hat. Doch dann kam Karl Maton und stellte ihn zur Rede.«

»Dieser Hotelschönling hat alles kaputtgemacht. Erst tötet

er Keyzer, und dann nimmt er mich als Geisel«, zischte Nora Schanz voller Zorn.

»Und doch behielten Sie selbst in dieser Notsituation einen kühlen Kopf. Als Maton Sie als Geisel nahm, nutzten Sie den Moment, um Carolin Maton die Flunitrazepamtabletten unterzujubeln. Das war Ihr Notfallplan.«

Sie nickte. »Als Maton zu euch Bullen zurückblickte, habe ich ihr die Tabletten in die Jacke gesteckt. Danach habe ich das Lenkrad umgerissen.«

Diese Frau kennt überhaupt keine Skrupel.

»Fast hätte es geklappt«, sagte ich. »Wären Sie nicht bewusstlos geworden, hätten Sie danach noch ausreichend Zeit gehabt, die für Tom Keyzer in der Feldmannstraße hinterlegten Koordinaten zu entfernen und Ihre Flucht zu planen. Dann hätten wir keinen Anhaltspunkt für den Fundort gehabt.«

Nora Schanz lächelte verstohlen. Ihr Blick war eindringlich, der Wahnsinn greifbar.

»Zum Glück bekommt man immer eine zweite Chance im Leben«, sagte sie, bevor sie sich umdrehte und das Messer in die Haut des Jungen drückte.

»Dana!«, rief plötzlich eine tiefe Männerstimme aus dem Hintergrund. Ich traute mich nicht, den Blick von Nora Schanz abzuwenden. An Pauls Hals lief ein dünnes Rinnsal Blut herunter. Deshalb spähte ich nur kurz zum Türrahmen hinüber. Neben Ellie stand ein alter Bekannter.

»Dr. Bodart«, sagte Nora Schanz verwundert und wandte sich wieder dem Raum zu. Ich folgte mit meiner Waffe ihrer Bewegung.

»Du hast dich verändert«, sagte Dr. Bodart mit heiserer Stimme. »Früher hattest du schwarze Haare. Und die funkelnden grünen Augen deiner Mutter.«

»Na ja, ich bin älter geworden, habe mir die Haare blond gefärbt und trage blau gefärbte Kontaktlinsen«, sagte sie mit einem fast schüchternen Lächeln auf den Lippen.

Dr. Bodart stieß ein leises Zischen aus, das wohl seine Verblüffung zum Ausdruck bringen sollte. Aber Nora Schanz ließ sich davon nicht beeindrucken. Ihre Miene war mit einem Mal wieder finster. »Was tun Sie hier?«

»Ich möchte dir helfen«, sagte Dr. Bodart, während er einen vorsichtigen Schritt in den Raum hineintat.

Sie sah ihn mit bitterer Belustigung an. »Meine Familie ist tot. Mein Vater ist im Krieg gefallen, meine Schwester wurde von einer Lampe erschlagen, und meine Mutter ging an der Trauer darüber zugrunde. Ihnen allen ist Leid widerfahren. Unverschuldetes Leid. Ich bin die letzte Überlebende und stehe kurz davor, Gerechtigkeit walten zu lassen. Wie wollen Sie mir also helfen?«

»Ich helfe dir, die Wahrheit zu finden«, sagte Dr. Bodart.

Irritiert starrte Nora Schanz den Arzt an. »Was kommt jetzt? Alte Geschichten über meine Mutter?«

»Nein«, sagte Dr. Bodart bestimmt. »Ich meine die Wahrheit über dich.«

Die Klinge hatte sich wenige Zentimeter von Paul Keyzers Hals entfernt. Angespannt schielte er auf das funkelnde Metall.

»Als deine Mutter am 18. Juni zu mir gerannt kam und mich in eure Wohnung rief«, fuhr Dr. Bodart fort, »da lag keine Lampe auf dem Körper deiner Schwester.«

Nora Schanz sagte nichts. In ihrem Gesicht lagen Verwirrung und Skepsis. Ihre Augen hingen an Dr. Bodarts Lippen.

»Elena lag auf dem Teppich. Ihre Haut war kalt und blass. Meine Reanimationsmaßnahmen schlugen fehl, vermutlich hatte ihr Herz versagt.«

»Ihr Herz? Mit vier Jahren versagt doch nicht einfach so das Herz«, entgegnete sie ungläubig.

»Nein, nicht einfach so, da hast du recht. Sie wurde vergiftet.«

»Vergiftet?«, wiederholte Nora Schanz noch ungläubiger als zuvor. »Okay, sie aß immer alles, was sie kriegen konnte. Trank morgens, mittags und abends ein Fläschchen. Aber wo sollte da Gift drin gewesen sein?«

Dr. Bodart sah bedrückt aus. »Als ich die Wohnung betrat,

stand auf dem Couchtisch ein Fläschchen. Und auf der Spüle in der Küche stand eine offene Flasche Klarspüler für die Spülmaschine.«

»Sie soll sich selbst vergiftet haben?« Nora Schanz lachte auf. »Das ist echt das Blödeste, das ich je gehört habe.«

»Du hast sie vergiftet, Dana«, sagte Dr. Bodart, während er Nora Schanz eindringlich ansah.

Mit einem Mal wurde ihr Gesicht aschfahl.

»Ich habe doch geschlafen«, sagte sie mit verlorenem Blick.

»Du musst das Fläschchen gemacht haben, bevor deine Mutter dich schlafen gelegt hat. Deine Mutter sagte, dass du in dieser Zeit gern mit ihr zusammen Fläschchen zubereitet hast. Manchmal hast du es auch selbst versucht, obschon sie es dir verboten hatte. Sie muss das von dir gemachte Fläschchen übersehen haben, bevor sie sich mittags aufmachte ... Sie sagte, sie sei an diesem Tag schon morgens sehr aufgewühlt gewesen.«

Marieta hatte sich sicherlich bereits im Stressmodus wegen Blockmans befunden. Und nur weil sie nicht zu Hause gewesen war, war Elena gestorben.

»Das heißt ...«, begann Nora Schanz, während ihre Hände zu zittern anfingen. »Ich habe Elena umgebracht.«

Die Hand, in der sie das Messer hielt, entfernte sich langsam vom Hals des Jungen.

Jetzt könntest du einen Angriff wagen.

»Ja«, antwortete Dr. Bodart und schloss gequält die Augen. »Deine Mutter und ich haben dann die Lampe auf deine Schwester gelegt. Wir wollten nicht, dass du erfährst, woran sie wirklich gestorben ist.«

»Deswegen hat er das Mehrfamilienhaus im Herbst 1992 verkauft«, flüsterte Bender mir zu. Lediglich mit einem halben Ohr nahm ich die Worte des Kollegen auf. Denn meine Aufmerksamkeit galt nach wie vor Nora Schanz.

Wie benommen setzte sie sich auf die Bettkante. Beide Hände hingen kraftlos an ihrem Körper herunter. Nur noch schlaff hielt sie das Messer fest.

»Deswegen hat meine Mutter Tom Keyzer nie mit der Lampe konfrontiert«, sagte sie schwach.

Ich machte langsam einen Schritt auf sie zu.

Es fehlt nicht mehr viel, dann kannst du ihr das Messer entreißen.

»Es ist alles meine Schuld«, sagte sie und schüttelte langsam den Kopf.

Ich machte einen weiteren Schritt auf sie zu. Nur noch eine Armlänge trennte mich von ihr. Doch dann geschah es. Ohne Vorwarnung. Sie packte den Griff des Messers wieder fester und zog sich die Klinge über den Hals. Blut spritzte aus der Wunde. Mit verdrehten Augen sackte sie auf die Knie.

Dr. Bodart legte sie umgehend auf den Rücken und versuchte, die Blutung zu stillen, während ich auf den Flur rannte und ärztliche Verstärkung herbeirief. Zwei Kollegen Bodarts eilten herbei und beugten sich ebenfalls über Nora Schanz. Der Boden um sie herum war dunkelrot. Die Blutlache dehnte sich mit jeder Sekunde weiter aus. Ich trat an die Seite der zitternden Ellie und verfolgte die hastigen Bewegungen der Ärzte. Sehr bald aber wurde uns allen klar, dass der Tod heute einen weiteren Menschen fordern würde. Bereits nach ein paar Sekunden schloss Nora Schanz die Augen und schlief für immer ein.

Montag, 6. Mai

42

Wie leer gefegt war der beliebte Badeort am Tag nach den fürchterlichen Ereignissen. Am Morgen waren die Neuigkeiten über die Mordserie durch die Presse und die sozialen Medien gegangen, danach hatten auch die hartnäckigsten Seebesucher das Weite gesucht. Bis auf eine Handvoll Pressewagen war der große Parkplatz vor den Hotels frei. Eine sich unwirklich anfühlende Stille erfüllte das ansonsten so lebhafte Städtchen. Allein auf dem See sorgte eine Entenfamilie für etwas Lärm und Bewegung. Kleine Wellen kräuselten das Wasser, sie verebbten jedoch kurz vor dem Ufer. Sonnenschein und blauer Himmel bemühten sich redlich, unsere Gemüter aufzuhellen. Doch sie schafften es nicht. Denn der Schock von gestern saß noch immer tief.

Nora Schanz wurde von den Bewohnern als stets hilfsbereit und freundlich beschrieben. Niemand hatte sie im Verdacht gehabt, diese sympathische und hübsche Mitarbeiterin vom Bootsverleih, die vor knapp einem halben Jahr nach Weybach gezogen war. Allerdings hatte auch niemand von ihrer Vorgeschichte gewusst. Das Böse schlich sich meist mit leisen Schritten an. Erst wenn die fürchterlichen Taten vollstreckt waren, erfuhr das Umfeld die Wahrheit über diesen Menschen. Dann aber war das grausame Spiel bereits aus. Und der Vorhang gefallen.

Nachdem Paul Keyzer und seiner Freundin Ellie am gestrigen Abend eine psychologische Betreuung zur Seite gestellt worden war, hatte ich mich für einen Moment zurückgezogen. Weit weg von den Stimmen, in eine stille Ecke. Ich hatte mich ausgelaugt gefühlt. Hatte nicht mehr gehen können, meine Beine kaum mehr gespürt. Eine gefühlte Ewigkeit hatte ich gedankenlos neben dem Getränkeautomaten in der Empfangshalle des Krankenhauses gesessen und den grünen Linoleumboden angestarrt. Nach einer Weile war Bender zu mir gekommen und hatte mir eine Cola in die Hand gedrückt. Er hatte für uns zwei Zimmer in dem Nachbarhotel des Weybacher Hofs gebucht. Auch ihm war es nicht gut gegangen, aber irgendwie hatte er es geschafft durchzuhalten. Dennoch war auch er gestern Abend nicht mehr nach Hause gefahren. Abgesehen davon, dass keiner von uns beiden sich in unserem Zustand in ein Auto hätte setzen dürfen, mussten die Ereignisse am heutigen Morgen und Vormittag aufgearbeitet werden.

Ich hatte Sina gestern Abend vor dem Zubettgehen noch geschrieben, dass ich sie um einen weiteren Tag vertrösten müsse. Sekunden danach hatte ich hinterhergeschoben, dass es mir leidtue, das ganze Wochenende im Einsatz gewesen zu sein. Keine Antwort.

Vor der Versammlung im Präsidium schaute ich noch mal aufs Handy. Sina hatte immer noch nicht auf meine Nachrichten reagiert.

Diesmal wird ein Blumenstrauß nicht reichen.

Ich ließ das Handy wieder in der Hosentasche verschwinden. Solange ich hier war, musste ich mich auf die Aufklärung des Falls konzentrieren. Danach würde ich mich mit aller Energie um meine Beziehung zu Sina kümmern. Und zu meiner Tochter.

Bender und ich standen den protokollierenden Kollegen in den Räumlichkeiten des Präsidiums Rede und Antwort. Die am Morgen angerückten Anstreicher waren wieder nach Hause geschickt worden. Warme Sonnenstrahlen erhellten das große Büro, in dem wir zusammensaßen und die Ereignisse Revue passieren ließen. Kopfschütteln war von allen Seiten die häufigste Reaktion. Nicht etwa, weil Bender, ich oder einer der anderen beteiligten Kollegen in den vergangenen zwei Tagen irgendetwas falsch gemacht hätten. Nein, diese Reaktion drückte die Fassungslosigkeit über den von Nora Schanz entworfenen perfiden Plan aus, den sie bereit gewesen war, in seiner ganzen grausamen Konsequenz durchzuführen. Und erst recht verschlug es den Kollegen den Atem, als sie erfuhren, dass Nora

Schanz mit den Keyzers die falschen Personen ins Visier genommen hatte. Sie war einer Täuschung erlegen, zu der ihre Mutter und Dr. Bodart sich damals entschlossen hatten, um die kleine Dana, wie sie damals noch alle nannten, zu schützen.

Das wahre Entsetzen des Falls entfaltete sich, als wir uns vor Augen hielten, dass Tom Keyzer nie eine Chance gehabt hatte, sich an die Ereignisse des 18. Juni 1992 zu erinnern. Er hatte nicht ahnen können, dass die damals von ihm aufgehängte Lampe lange Zeit als Todesursache herhalten musste. Er, seine Frau und sein Sohn – auch wenn Letzterer überlebte – waren von Beginn an zum Tode verurteilt gewesen.

»Das zeigt, dass Nora Schanz von der Idee, die Keyzers umzubringen, besessen war. Sie lebte mit der Überzeugung, dass Tom Keyzer für den Tod ihrer Schwester verantwortlich war – das war ihr ja auch so von ihrer Mutter und Dr. Bodart bestätigt worden. Die Begleitumstände wie der Freitod der Mutter sowie die eigenen persönlichen Schicksalsschläge ließen dann den Wahn in ihr wachsen, der sie letztlich dazu animierte, ihren grausamen Plan umzusetzen«, sagte die Psychologin, die der Befragung beiwohnte.

Die Wahrheit, dass sie, Nora Schanz, ihre eigene Schwester vergiftet hatte, hatte sie nicht verkraften können. Diese Neuigkeit hatte sie mit voller Wucht getroffen. Ihr auf einen Schlag das genommen, wofür sie noch gelebt hatte: die Möglichkeit der Rache am Mörder ihrer Schwester.

Der darauffolgende Selbstmord war nicht nur der einzige Ausweg gewesen, sondern der logische Schluss ihrer Biografie.

Keinerlei Schuld auf sich geladen hatte allerdings Carolin Maton, entgegen allen Vermutungen seitens ihres Ehemanns und Dr. Bodarts. Zwar schien sie tatsächlich an einer schwereren Form von Eifersucht gelitten zu haben, Mordgedanken aber seien ihrerseits nie zum Ausdruck gebracht worden, wie mir die behandelnde Psychologin am Telefon freundlicherweise bestätigte.

Der durch Karl Maton initiierte Fluchtversuch, der mit dem

Tod Carolins geendet hatte, war also aus Sorge geschehen, die auf Vermutungen gründete, nicht auf Tatsachen.

Auch als Komplizin schied Carolin Maton aus. Nora Schanz hatte die Entführung der Keyzers in Eigenregie geplant. Dabei war sie gar so perfide vorgegangen, dass sie die Särge für Paul und Grit von Tom Keyzer selbst hatte anfertigen und, wie auf Bestellung, sogar in den Transporter stellen lassen. Auf ihn sollte der Verdacht fallen, für die Entführung verantwortlich zu sein. Alles sollte so aussehen, als hätte er Frau und Sohn in Särge gesteckt und lebendig begraben. Motiv: Eifersucht. Ganz Weybach hätte die Story geschluckt. Tom Keyzer hätte bis ans Lebensende hinter Gittern bleiben müssen, ohne jemals zu erfahren, wer und vor allem warum man ihm das angetan hatte. Durch seinen vorzeitigen Tod aber, den Karl Maton zu verantworten hatte, war Nora Schanz' Plan plötzlich in Schieflage geraten. Zwar war sie vorher schon leichtsinnig geworden und hatte unerwartet Benjamin Sarlette aus dem Weg räumen müssen, der sie auf der Suche nach der Wahrheit um den Tod seines alten Freundes Eric Blockmans in der Nähe der Wohnung ertappt hatte. Doch nach Tom Keyzers Tod hatte sie improvisieren müssen. Schadensbegrenzung üben. Ihr Opfer und Sündenbock war tot.

Nora Schanz hatte mit Carolin Maton zwar rasch eine Ersatzschuldige gefunden, aber dass sie selbst für mehrere Stunden bewusstlos sein würde, damit hatte sie nicht gerechnet. Allein dieser Umstand hatte es uns ermöglicht, die für Tom Keyzer bestimmten Koordinaten in dem Zimmer zu finden und Paul Keyzer in letzter Sekunde noch lebend zu bergen. Es war ein kleiner Lichtblick in der finsteren Welt, die uns in den vergangenen zwei Tagen beinahe verschluckt hätte. Auch wenn die Trauer über die Toten überwog, konnten wir inzwischen wieder mehr oder weniger beruhigt durchatmen.

Die Befragungen hatten den gesamten Vormittag in Anspruch genommen. Ein paar wenige Detailfragen waren übrig geblieben. Wir würden sie an einem anderen Tag in der Woche klären. Jacky, Bender und ich hatten nichts dagegen. Wir freuten uns, dass der nervenaufreibende Fall vorbei war und wir endlich nach Hause durften. Wir einigten uns darauf, gemeinsam noch eine Kleinigkeit zu essen, und zwar in einem kleinen Restaurant, das unweit des Präsidiums lag. Der Koch war zwar bereits etwas klapprig unterwegs, aber er servierte die besten Königinnenpastetchen, die ich je gegessen hatte. Dazu gab es ein helles Brice, ein lokales Bier aus Hombourg. Wir redeten über die neuesten Fußballergebnisse, die wir aufgrund des aufreibenden Wochenendes erst jetzt erfahren hatten, und über schöne Reiseziele in Belgien. Darüber, dass die Zeit für einen Titel für Standard Lüttich mal wieder reif war, darüber, auf welchen Terrassen in Gent und Brügge man am besten ein Trappistenbier genießen konnte, und wie sehr wir den Verkehr in Brüssel verfluchten. Es tat gut, über leichte Themen zu reden. Runterzukommen. Zu essen und zu trinken, die Arbeit und den familiären Stress auszublenden. Das dauerte nicht lange, vielleicht eine Stunde. Aber es reichte, um mich wieder zu erden. Um mir aufs Neue klarzumachen, dass das, was ich tat, richtig war.

Nach dem Essen bestellten Bender und ich Kaffee. Jacky wählte natürlich einen Tee, einen milden Sencha, der die Lebensdauer verlängerte, wie er uns erklärte. Nachdem der Besitzer die Getränke an den Tisch gebracht hatte, kamen wir auf Blockmans zu sprechen. Und damit wurde es, kurz bevor wir getrennte Wege gehen sollten, mit einem Mal noch mal ernst in unserer lockeren Runde.

»Er ist wirklich am Ende«, sagte Jacky. Ich konnte in seinem angespannten Gesicht erkennen, wie sehr ihn das Schicksal des Kollegen traf. »Er hatte gehofft, endlich die Person zu finden, die Eric auf dem Gewissen hat.«

»Was nicht ist, kann ja noch werden«, entgegnete Bender, bevor er seinen Seitenscheitel mit der Hand nachzog.

»Sie meinen, der Fall könnte neu aufgerollt werden?«, fragte Jacky zaghaft.

»Ja, ich denke, er könnte zumindest einen Antrag auf Wiederaufnahme stellen. Immerhin wissen wir jetzt, dass Eric Blockmans kurz vor seinem Tod noch mal die Straße gewechselt hat. Vielleicht ergeben sich durch diese Ortsverlagerung neue Sichtweisen. Genau zu prüfen wäre auch, inwieweit Marieta als Täterin in Frage käme. Sie hätte ein starkes Motiv gehabt. Ich denke, Blockmans sollte es auf jeden Fall versuchen.«

Jacky umklammerte mit beiden Händen die heiße Tasse. »Das würde ihm sicherlich Hoffnung geben, jetzt, wo er beurlaubt ist und noch nicht feststeht, mit welchen Konsequenzen er rechnen muss … Er hat es nicht leicht.«

»Na ja, er hat eine Frau zu sexuellen Handlungen gezwungen. Dass währenddessen sein Sohn gestorben ist, ist ein unglücklicher Zufall, mindert aber in keiner Weise den Schweregrad seiner Tat«, sagte ich, bevor ich den letzten Schluck meines Kaffees hinunterkippte.

»Sein Gewissen lässt ihm keine Ruhe«, sagte Jacky, der sein Getränk bisher nicht angerührt hatte. »Er betet rund um die Uhr, hofft auf Vergebung. Weiß natürlich um seine Schuld. Wenn Erics Mörder doch gefunden würde – ich glaube, das würde ihm helfen.«

Jacky leerte nun in einem Zug seine Tasse. Dann stand er auf und reichte uns etwas grobmotorisch die Hand. »Danke, ich werde noch kurz bleiben und einen weiteren Tee trinken«, sagte er und setzte sich mit bedrückter Miene wieder hin.

Ein wenig überrumpelt von dem vorzeitigen Händedruck, verließen Bender und ich alsbald das Restaurant. Wir hatten den Eindruck, dass Jacky allein sein wollte.

Als wir draußen standen, bot Bender mir den Handschlag an. Ich zögerte jedoch, darauf einzugehen. Es gab noch eine ungeklärte Sache zwischen uns. Und ich kam nicht umhin, ihn darauf anzusprechen.

»Die Pillen, die Sie geschluckt haben. Nehmen Sie die öfter?«

Er nickte, betreten wie ein Schüler, den man beim Schummeln erwischt hatte.

»Sind das Aufputschmittel?«

Sollte es so sein, musste ich prüfen, ob die Pillen mit der Ausübung seines Berufs vereinbar waren. Ich konnte mir schönere Aufgaben vorstellen. Zumal ich Bender aufgrund seiner tadellosen Arbeit sehr schätzte.

»Nein«, sagte er zaghaft. »Das sind Tabletten gegen meinen Krebs.«

Oh mein Gott! Und du dachtest, er nimmt Drogen.

»Sie haben Krebs?«

Ich konnte es nicht überprüfen, aber ich war mir ziemlich sicher, dass mein Gesicht zum ersten Mal seit langer Zeit vor Scham rot anlief.

Bender sah mich mit seinen kleinen braunen Augen durch seine moderne Brille hindurch an. Sein Gesicht war kreidebleich. Leichte Schweißtropfen lagen auf seiner Haut.

»Ja, Prostata. Mittwoch beginnt die Chemo.«

Ich wollte irgendetwas Aufbauendes sagen. Aber bis auf platte Sprüche fiel mir nichts ein. Also ließ ich es bleiben.

»Haben Sie jemanden, der bei Ihnen ist?«

Er nickte zuversichtlich. »Meine Freundin. Sie gibt mir Kraft.«

»Das ist gut«, sagte ich. Mir fiel auf, wie wenig ich doch über das Privatleben meiner Kollegen wusste. Ich reichte ihm noch einmal die Hand. »Ich wünsche Ihnen viel Kraft. Lassen Sie mal von sich hören!«

»Ja, mache ich«, sagte Bender. »Mit Sicherheit.«

Dann ging er in Ruhe zu seinem Auto. Und während er davonfuhr, fragte ich mich, ob ich ihn noch einmal wiedersehen würde.

43

Nach der Verabschiedung von Bender war auch für mich der Moment gekommen, Weybach zu verlassen. Als ich Samstag gegen Mittag hierhergefahren war, hatte mich nur ein Gedanke beschäftigt: Ich wollte eine Malstaffelei für meine Tochter Liv kaufen. Inzwischen war der Verkäufer der Malstaffelei tot, das Geschenk befand sich in der unter Verschluss stehenden Werkstatt. Wenn ich aber meine Tochter nach meiner Dauerabwesenheit nicht komplett vergraulen wollte, musste ich kurzerhand eine Alternative auftreiben.

Und da kam Dr. Bodart ins Spiel. Er hatte ja angeboten, mir eine der alten Staffeleien seiner Frau zu schenken. Sie war bereits vor einigen Jahren verstorben, und er selbst malte nicht. Bevor die Dinger also noch mehr Staub sammelten, wollte ich mir eine in den Kofferraum packen. Weil das Haus von Dr. Bodart eh auf meinem Heimweg lag, zwang ich die wieder aufkommende Müdigkeit kurzerhand in die Knie und machte mich auf in den Sandweg.

Als ich mit meinem BMW, der zwischenzeitlich von einem Garagisten aus Weybach repariert worden war, in die Einfahrt hineinfuhr, rollten die Reifen langsam über die Pflastersteine, die den gesamten Hof bedeckten. Ich stieg aus und schlenderte gemächlich zur Haustür. Spürte die unebenen Steine unter meinen Füßen, betrachtete das große Haus, das in blauem Bruchstein gemauert war. Zwischen den Steinen klebte dicker Mörtel.

Ich klingelte. Ein albernes Musikstück ertönte im Inneren des Hauses. Für einen kurzen Moment schloss ich die trockenen Augen und sog die Wärme der Sonnenstrahlen in mich auf, die mir auf den Rücken schienen. Der angenehme Duft von Lavendel erreichte meine Nase.

Bald bist du zu Hause.

Als ich drinnen Schritte hörte, öffnete ich die Augen wieder.

Ich bemerkte das Beet mit dem lilafarbenen Gewächs neben der Haustür.

Mist, du wolltest doch Blumen für Sina besorgen.

Die Tür ging auf.

»Herr Donker«, sagte Dr. Bodart. Er klang angenehm überrascht. »Ich dachte, Sie hätten uns bereits verlassen.«

»Es gab heute Morgen noch einiges zu klären«, sagte ich. »Ich bin wegen der Malstaffelei hier, von der Sie sagten, Sie könnten sie entbehren.«

Für einen Moment war es mir peinlich, ihn nach dem, was vorgefallen war, nun wegen der Malstaffelei zu belästigen.

»Natürlich, für Ihre Tochter, nicht wahr?«, fragte er und fasste sich amüsiert an die Stirn. »Kommen Sie rein. Ich bin gleich zurück.«

Während ich über die Türschwelle ins Hausinnere trat, eilte der Doktor die Kellertreppe hinunter.

Ich lehnte die Haustür an und ließ meinen Blick durch den großen, mit Blaustein ausgelegten Flur schweifen. Die mit Lehm verputzten Fachwerkwände waren mit schönen Gemälden behangen, darauf zu erkennen war größtenteils die Landschaft des Hohen Venns. Unten hörte ich Dr. Bodart Kisten verrücken. Er ächzte angestrengt.

»Kann ich Ihnen helfen?«, rief ich die Treppe hinunter.

Was willst du mit deiner angeknacksten Rippe groß helfen?

»Nein«, keuchte er. »Ich muss mir bloß Platz verschaffen, um heranzukommen.«

»Gut, sonst sagen Sie Bescheid«, sagte ich.

Als ich mich umdrehte, bemerkte ich, dass eine Tür in dem weiterführenden Flur hinter der Kellertreppe ein Stück offen stand. Sonnenstrahlen fielen durch den Türspalt ein. Ich folgte ihnen, schritt leise hinüber zur Tür und drückte sie langsam auf. Wie fremdbestimmt setzte ich einen Fuß vor den anderen. Betrat den Raum und ging geradewegs auf das Bild an der gegenüberliegenden Wand zu. Es war wunderschön.

Sie war wunderschön.

Das musste Dr. Bodarts Frau sein, ein Selbstporträt, vermutete ich. Mit kräftigen Acrylfarben hatte sie die Leinwand gefüllt. Weiche Haut und tiefe blaue Augen gemalt. Jede einzelne Strähne des glänzenden schwarzen Haares konnte man erkennen. Bestimmt eine halbe Minute lang vergaß ich beim Betrachten die Zeit und alles, was um mich herum passierte. Nur langsam kehrte ich zurück ins Hier und Jetzt. Ich vernahm ein Geräusch aus dem Keller. Es klang wie das Aufeinanderprallen zweier Holzstücke.

Er hat die Staffelei gefunden.

Und du kannst Liv doch noch glücklich machen.

Ich wandte mich von dem Bild ab, auf dem Dr. Bodarts Frau zu sehen war. Betrachtete nun die zahlreichen anderen Gemälde, die ringsum an den Wänden hingen. Das dunkelbraune Parkett knarrte, während ich langsam von einem Bild zum nächsten ging. Eine Abbildung des Hauses von Dr. Bodart weckte mein Interesse. Ich trat ganz nah an das Gemälde heran, bemerkte auch hier den feinen Pinselstrich. Das Gemälde war mit Aquarellfarben gemalt. Es wirkte wesentlich bodenständiger als das der Frau. Doch je länger ich es ansah, desto ungeduldiger wurde ich. Etwas störte mich an dem Bild. Ich wusste nur noch nicht, was.

Ich spürte das Handy in meiner Hosentasche vibrieren, aber ich drückte den Anruf weg. Ich würde später zurückrufen, sagte ich mir.

Unmittelbar danach vernahm ich Schritte im Flur. Hastig eilte ich zur Tür, Dr. Bodart hantierte auf der anderen Seite mit dem Holz, das konnte ich hören. Ich wollte das Zimmer verlassen, doch dann wurde mir plötzlich klar, was mich an dem Bild gestört hatte. Aber um sicher zu sein, musste ich es mir noch einmal ansehen.

Los, mach schnell!

Ich versuchte, die großen Schritte abzufedern, mit denen ich über das Parkett ging, damit es keine Geräusche von sich gab. Im Flur war nichts mehr zu hören.

Egal jetzt. Schau dir das Gemälde an!

»Verdammte Scheiße«, sagte ich leise. Ich stand direkt davor. Es war genau so, wie ich erwartet hatte.

»Herr Donker?«, rief Dr. Bodart.

Ich schaffte es noch, mich von dem Bild abzuwenden, ehe er ins Zimmer trat.

»Ich bin hier«, sagte ich, als er mich bereits sah. Ich fühlte mich ertappt und versuchte ihn abzulenken. Wies auf das große Porträt der Frau mit den blauen Augen und den schwarzen Haaren. »Ist das Ihre Frau?«

»Ja«, sagte er mit einem zufriedenen Lächeln, während er mit der Hand durch sein feines weißes Haar fuhr. »Sie war wunderschön, nicht?«

»Ja, das war sie«, bestätigte ich. Ein paar Sekunden lang betrachteten wir schweigend das Porträt. Der blumige Geruch einer teuren Hautcreme lag in der Luft.

»Ich wollte Ihnen noch etwas erklären«, sagte Dr. Bodart schließlich. Langsam wandte er sich in meine Richtung. »Ich weiß, ich hätte es Ihnen schon früher erzählen sollen.«

»Was meinen Sie?«, fragte ich.

»Na, was mit der kleinen Elena passiert ist. Aber ich hatte Angst, dass mir zum Vorwurf gemacht wird, einer Flüchtlingsfamilie Asyl gewährt zu haben. Außerdem wollte ich nicht wahrhaben, dass Dana – oder Nora, wie sie sich genannt hat – so grausam sein könnte.«

Er blickte betreten drein. Tappte währenddessen mit dem rechten Schuh einen leisen Rhythmus auf dem Parkett.

»Machen Sie sich keinen Kopf«, sagte ich. »Wir haben alles getan, was in unserer Macht stand, nicht wahr?«

»Natürlich«, sagte er und nickte.

Indes gingen mir Benders Worte über den Tod von Eric Blockmans durch den Kopf: »*Vermutlich wurde er von einem Auto angefahren und ist mit dem Hinterkopf gegen einen großen Stein oder ein Metallgeländer geprallt. Der Aufprall hat den Genickbruch verursacht.*«

Noch einmal betrachtete ich das gemalte Bild, das Dr. Bodarts Haus zeigte. Versuchte, mir dabei nichts von meinen Gedanken anmerken zu lassen. Ich ließ meine Augen über die große Einfahrt schweifen, über den Bruchstein, der bis zur Haustür lag.

Und mit einem Mal machte es klick.

»Da hatte sie ihre große Schaffensphase«, sagte Bodart und lächelte. Mit verschränkten Armen richtete er seine Aufmerksamkeit nun auf das Gemälde des alten Bruchsteinhauses. Vermutlich war er meinem Blick gefolgt.

»Ein schönes altes Bauernhaus«, kommentierte ich.

»Genau. Es wurde 1848 erbaut«, sagte Dr. Bodart und grinste stolz.

»Ich weiß«, entgegnete ich. »Wann hat Ihre Frau das Bild gemalt?«

Seine glatten Wangen zuckten. »Hm«, gab er grübelnd von sich. »Mitte der Neunziger wahrscheinlich.«

»Hat Ihre Frau irgendwo das genaue Datum vermerkt?«, fragte ich.

»Nein, ich glaube nicht. Sie sagte immer, Zeit spiele keine Rolle. Sie komme und gehe, und irgendwann fresse sie dich auf.«

Unbeeindruckt versuchte ich, seine Mimik zu deuten. Er gab sich locker und freundlich. Aber auf mich wirkte beides aufgesetzt.

»Ich gehe jede Wette ein, dass sie es vor 1992 gemalt hat.«

Er blinzelte irritiert. »Ich verstehe nicht ganz, worauf Sie hinauswollen.«

»Ich denke, das verstehen Sie sehr wohl«, sagte ich. »Warum sonst hätten Sie den antiken Schuhabstreifer aus Gusseisen neben der Haustür entfernen sollen? Das Lavendelbeet, das sich jetzt dort befindet, hätten Sie auch an anderer Stelle setzen können.«

Das war reine Spekulation, doch eigentlich war ich mir sicher.

Burmas Männer hatten ihren Fokus hauptsächlich auf die

Feldmannstraße und den Birnenweg gelegt und dort nach Zäunen gesucht, auf die Eric Blockmans gefallen sein könnte. Aber nicht wirklich gewürdigt hatten sie den auf der Karte kaum erkennbaren Sandweg. Der kleine Verbindungsweg zwischen den beiden Straßen war übersehen worden. Gut möglich, dass Eric Blockmans diesen Weg entlanggegangen war, als er von der einen auf die andere Straße wechseln wollte.

Aber selbst wenn Burmas Männer den Sandweg untersucht hätten, wäre ihnen der simple Fußabtreter, an dem die Landwirte vergangener Jahrhunderte ihre Schuhe vor dem Eintritt ins Haus gesäubert hatten, nicht aufgefallen. Denn heute war er weg. Irgendwann war er entfernt worden. Allein auf dem Gemälde war er noch zu erkennen.

Unvermittelt zog Dr. Bodart einen Elektroschocker hervor und richtete ihn auf mich. »Waffe und Handy«, sagte er mit fester Stimme.

Du Idiot!

Ich reichte ihm mein Handy. »Meine Waffe liegt im Auto.«

»Glaub ich Ihnen nicht«, sagte er barsch.

Ich zog mein T-Shirt hoch und drehte mich einmal um meine eigene Achse. »Zufrieden?«, fragte ich.

Er lächelte angespannt.

»Sie haben den Jungen nicht gesehen, nicht wahr?«, fragte ich.

»Nein«, sagte er und schüttelte den Kopf. Sein Blick ging ins Leere. »Ich hatte gerade meinen letzten Patienten verabschiedet und mich ins Auto gesetzt. Ich wollte über Mittag einen Computer kaufen. Ich saß bereits im Auto, als er die Einfahrt betrat. Hab ihn beim Zurücksetzen nicht gesehen. Weil ich das feuchte Handtuch weggezogen hab, das ich am Vorabend nach dem Tennisspiel über den Sitz gehängt hatte.« Er machte eine Pause. Die Sache ließ ihn nicht kalt. »Der Aufprall war dumpf. Das Geräusch verfolgt mich noch heute. Jede Nacht träume ich davon.«

Seine Lippen zuckten. Seine Hand, mit der er den Elektroschocker hielt, zitterte. »Als ich ausstieg, lag der Junge am Boden. Mit großen Augen sah er mich an. Zunächst konnte ich kein Blut erkennen, ich dachte, dass er gleich wieder aufstehen würde. Aber als ich seinen Oberkörper anhob und sah, wie sein Kopf widerstandslos nach hinten fiel, war mir klar, dass er … dass er tot war.«

»Die Todesursache war ein Genickbruch«, hatte in dem Autopsiebericht gestanden.

Dr. Bodart drückte Daumen und Zeigefinger in die geschlossenen Augen und rang sichtlich mit den Tränen. Ich schielte auf den Elektroschocker, überlegte, einen Angriff zu starten. Aber nur ein Knopfdruck würde reichen, um mich zu grillen.

»Was haben Sie dann gemacht?«, fragte ich.

Nach ein paar Sekunden öffnete er die glasigen Augen wieder. »Ich hob ihn in den Kofferraum. Wollte mit ihm ins Krankenhaus. Dachte, dass man vielleicht doch noch was machen könnte.«

»Dort sind Sie aber nicht hingefahren«, entgegnete ich.

»Nein, bin ich nicht«, sagte er, bevor er in die Augen seiner Frau auf dem großen Gemälde schaute. Ein paar Sekunden dauerte es, ehe er sich wieder mir zuwandte.

Versuch's jetzt!

»Elena hat mich gesehen.«

Elena? Noras Schwester?

Ich schluckte schwer. Unfähig, etwas zu sagen.

»Sie kam ab und zu bei uns vorbei, hauptsächlich wegen der Süßigkeiten, die meine Frau ihr und ihrer Schwester mitgab. Sie stand auf einmal in unserem Garten. Ihr Blick traf den meinen. Sie hatte gesehen, wie ich Eric in den Kofferraum gehievt habe.«

Oh mein Gott, was hat er mit ihr gemacht?

Dr. Bodart spreizte die Finger seiner rechten Hand und warf einen strengen Blick auf die gepflegten Nägel. Nach kurzer Zeit hatte sein penibler Blick ein kleines Korn gefunden. Fein säuberlich glitt er mit einem Finger der anderen Hand unter den betroffenen Nagel und reinigte ihn.

»Ich bin dann mit ihr rauf. Die Tür zu ihrer Wohnung war glücklicherweise nicht abgeschlossen. Ihre Schwester schlief, und ihre Mutter war nicht zu Hause. Ich habe ihr dann gesagt, dass Eric übel geworden sei. Er habe etwas Falsches gegessen, erzählte ich ihr. Und damit ihr nicht auch schlecht werde, müsse sie die Medizin trinken, die ich ihr gleich geben würde. Ein Cocktail aus Milch, Spülmittel und viel Zucker.«

Fassungslos sah ich ihn an. »Sie waren das. Sie haben ihr das Fläschchen verabreicht«, sagte ich völlig konsterniert.

»Ja«, sagte Dr. Bodart. »Aber sie hat die Hälfte wieder ausgespuckt. Ich musste also improvisieren. Und da erinnerte ich mich glücklicherweise daran, was unser Teeliebhaber Jacques Monnard mir einmal gesagt hat. Ich sollte mich in Acht nehmen vor dem Stechapfel, der sich auf meiner Wiese breitmachte. ›Eins der wenigen Kräuter, das ich nicht in mein Teesieb werfen würde. Es schnürt Ihnen innerhalb weniger Sekunden die Kehle zu‹, hatte er gesagt. ›Am besten komplett entfernen‹, riet er mir.«

Datura stramonium oder der Gemeine Stechapfel ist ein Unkraut mit tief gezähnten Blättern und weißen trichterförmigen Blüten. Bereits geringe Mengen gleich welchen Pflanzenteils rufen Sinnestäuschungen und Atemlähmung hervor.

»Was haben Sie gemacht?«, fragte ich wütend.

»Ich habe dem Mädchen einen Tee zubereitet mit Blüten und Blättern des Stechapfels, etwas Pfefferminze und viel Honig. Den hat sie komplett ausgetrunken.«

Du krankes Schwein!

»Sie haben nicht nur Eric Blockmans auf dem Gewissen, sondern auch Elena Mladic.«

»Es war eine Kurzschlussreaktion. Ich habe nicht überlegt, ob das, was ich tat, richtig oder falsch war. Ich habe es einfach gemacht. Ich dachte, wenn rauskäme, dass ich einen kleinen Jungen überfahren habe, dann wäre nicht nur mein Ruf als Arzt ruiniert. Nein, dann würden auch die ganzen Flüchtlinge, die Asyl bei uns gefunden haben, auf der Straße landen.«

Ich konnte nicht fassen, was ich da hörte.

»Sie haben zwei Kinder getötet, eines aus Unachtsamkeit, das andere eiskalt. Alles, was Ihnen wichtig war, waren Ihr Ego und Ihr beschissener Ruf als seelsorgender Arzt.«

Er nickte benommen. Seine Hand und der Elektroschocker machten die Bewegung mit. »Heute weiß ich, dass es falsch war.«

Ich machte einen Schritt auf ihn zu. »Die Einsicht kommt etwas spät, finden Sie nicht?«

Ohne Vorwarnung schossen zwei Hakenpfeile aus dem Elektroschocker und erwischten mich an Hals und Schulter. Ungebremst und schreiend vor Schmerz fiel ich zu Boden. Mehrere Sekunden lang krampfte mein gesamter Oberkörper.

Mein Gott, will er dich umbringen?

Erst als mir die Luft wegblieb, hörte der Spannungsimpuls auf. Ich wollte aufatmen, aber mein Atmungsapparat übernahm nicht auf Anhieb den Befehl aus der Großhirnrinde. Ich sog krampfhaft Luft ein, während meine Kiefer wie Feinde gegeneinanderdrückten. Dr. Bodart beobachtete mich, das nahm ich nach einiger Zeit wieder wahr. Seinem Gesicht konnte ich jedoch nicht ablesen, was er dabei empfand.

»Kommen Sie mir nicht zu nah«, sagte er trocken.

Du fühlst dich unantastbar, nicht wahr, du scheinheiliger Dreckskerl?

»Erzählen Sie weiter«, keuchte ich. »Sie haben dem Mädchen das Fläschchen verabreicht und es aufs Sofa gelegt. Und dann?«

»Bin ich zurück in mein Haus. Hab ein Butterbrot gegessen. Dann klingelte schon bald Marieta an der Haustür. Wir sind zusammen hoch in die Wohnung. Ich versuchte Elena zu reanimieren, natürlich vergebens – dann bestätigte ich ihren Tod. Danach haben wir die Lampe auf sie gelegt.« Er schluckte schwer. Warf den Kopf nach hinten und blickte die Decke an. »In der folgenden Nacht, als ich sicher war, dass meine Frau fest schlief, bin ich in den Nachbarort gefahren und habe den Jungen in dem Waldstück hinter dem Rastplatz abgelegt. Die Lose, die er bei sich trug, habe ich allesamt zu Hause im Kamin verbrannt.«

»Das ist so krank«, stieß ich aus, während ich mich langsam wieder aufrichtete.

Dr. Bodart. Das Monster, getarnt als edler Retter.

Ich ekelte mich. Kam aus dem Entsetzen nicht mehr heraus.

»Wusste Ihre Frau davon?«

Ein Schatten huschte über Bodarts Gesicht, zeitgleich vernahm ich aus dem Flur ein leises Knacksen.

Sind deine Kollegen angekommen?

Er schüttelte den Kopf. »Sie hätte es nicht verkraftet.«

Der Kerl gehörte hinter Gitter. Riegel vor und die Schlüssel bis ans Ende der Tage unter Verschluss halten.

Aber wie willst du ihn überlisten?

In dem Moment bewegte er sich mit dem Elektroschocker in der Hand auf mich zu. Einen Meter vor mir blieb er stehen und richtete das Gerät auf meinen Kopf. Seine Hand zitterte. Ich fixierte seine Augen.

Er bringt dich um.

Plötzlich knallte es. Der Elektroschocker zersprang in tausend Teile, Dr. Bodart fiel zu Boden. Polizeieinsatzkräfte stürmten den Raum und legten ihm Handschellen an. Während er am Boden lag, blickte er zu dem Bild seiner Frau auf. Er spiegelte ihr Lächeln, voller Bewunderung. Er begann, mit dem Bild zu reden. Anfangs versuchte ich noch zu entschlüsseln, was er sagte, letztendlich aber war es mir egal. Ganz gleich, wie er sich sein Leben schönredete: Er war ein hinterhältiges Monster. Der Mörder zweier unschuldiger Kinder.

»Ihre Frau scheint Sie wirklich zu lieben«, sagte der Einsatzleiter, während er mir kumpelhaft auf die Schulter klopfte.

»Meine Frau?«, wiederholte ich irritiert.

»Sina Kasper«, sagte er. »So heißt sie doch, nicht?«

Meine Atmung stockte. Ich nickte schwach.

»Sie hat uns angerufen. Sie hat das Gespräch zwischen Ihnen und dem Doc über Ihr Handy mitgehört.«

Der Anruf, den ich weggedrückt habe.

Ein anderer Polizist reichte mir mein Handy, das er soeben Dr. Bodart weggenommen hatte. Tatsächlich sah ich in der Chronik ein zwanzigminütiges Telefonat mit Sina. Ich hatte ihren Anruf also nicht weggedrückt, sondern das Handy lediglich auf lautlos gestellt.

Sina hat dir das Leben gerettet.

Ein bedrückendes Schuldgefühl überfiel mich. Schweren Herzens beobachtete ich, wie Dr. Bodart aus dem Raum geführt wurde. Wie er sich ein letztes Mal an mich wandte. Die feinen weißen Haare fielen ihm ins Gesicht.

»Wir haben viel Gutes getan.«

Ich konnte nicht fassen, dass er sich nach solch einem Geständnis noch immer erlaubte, derart selbstgerecht zu sein. Doch ich reagierte viel zu spät. Zu viele Eindrücke waren auf mich eingeprasselt, ich war wie betäubt.

»Sie haben zwei Kinder getötet«, entgegnete ich, nachdem er den Raum bereits verlassen hatte. Und als er schließlich abtransportiert wurde, war mir zum Heulen zumute – aber es kamen keine Tränen. Ich taumelte über die große Einfahrt, versuchte, einen klaren Gedanken zu fassen. Doch wo ich auch hinsah, waren Betrug und Mord.

Wirst du jemals wieder den Glauben an das Gute im Menschen wiederfinden?

Kraftlos setzte ich mich auf die Pflastersteine am Boden. Hielt die Hände vors Gesicht und lauschte meinem Atem. Ich sehnte mich nach Geborgenheit und wollte nur noch eines: endlich nach Hause, meinen Liebsten einen Kuss geben.

44

Bevor ich nach Hause gehen durfte, war ich gezwungen, meine Aussage über die abscheulichen Taten von Dr. Bodart zu machen. Allen, die mir zuhörten, stockte der Atem. Sie konnten nicht glauben, wie so etwas hatte passieren können. Niemand hatte es gesehen. Das Böse. Das verborgen unter uns lebte.

Ich erzählte ihnen alles. In der Hoffnung, danach nicht mehr damit behelligt zu werden. Denn je länger die grausamen Taten meine Gedanken bestimmten, desto tiefer wurde der schwarze Graben in meinem Herzen.

»Ich reiße dem Kerl die Eingeweide raus«, zischte Jacky, als er erfuhr, dass Dr. Bodart die beiden Kinder auf dem Gewissen hatte und dabei die damals als wohlwollenden Ratschlag gegebene Information zu dem giftigen Stechapfel für die Ermordung der kleinen Elena missbraucht hatte.

»Für heute ist mir der Appetit auf Tee vergangen«, sagte Jacky geknickt.

Dr. Bodart hatte uns alle getäuscht. Marietas Selbstmord, Noras Rachefeldzug und letztlich ihr Freitod – das alles war eine Folge der Taten des Doktors gewesen. Seine grausamen Handlungen hatten den Stein ins Rollen gebracht. Er hatte Marieta und ihre Tochter Dana – die spätere Nora – auf eine falsche Fährte gelockt. Er hatte ein böses Spiel gespielt, aus dem nur er als Gewinner hervorgehen konnte.

Nach meiner Aussage schlug die Müdigkeit mit voller Wucht zu. Die Ermittler, die ihrem Protokoll bisher penibel gefolgt waren, hatten glücklicherweise ein Einsehen mit mir. Ich stellte keine Fragen mehr, als man mir sagte, dass mein BMW, den ich vor Bodarts Haus stehen gelassen hatte, hergebracht worden war und startklar vor dem Präsidium stand. Mir war alles egal. Das Einzige, das für mich zählte, war: Ich durfte endlich nach Hause.

Ich hatte Sina kurz nach der Festnahme Dr. Bodarts angerufen. Sie atmete erleichtert auf, als sie meine Stimme hörte.

»Du hast alles mitgehört?«, fragte ich.

»Ja«, sagte sie beklommen. »Parallel dazu habe ich deine Kollegen angerufen.«

»Du hast mir das Leben gerettet! Danke!«

Sie lachte kurz auf, sagte aber nichts darauf. Erst nach einem Augenblick der Stille ergriff sie wieder das Wort. »Wann kommst du?«

»Heute Abend«, sagte ich. »Diesmal wirklich. Ich freu mich auf dich.«

Wieder Stille.

»Ich warte auf dich.«

Die Fahrt nach Hause verlief ruhig. Der Pestla ruckelte wie eh und je. An der ersten Tankstelle kaufte ich mir eine kalte Cola. Sie sorgte dafür, dass mir die Augen nicht zufielen.

Als ich den Großteil der Strecke hinter mich gebracht hatte, klingelte mein Handy. Es war Jacky.

»Zu Beginn eine Nachricht zum Durchatmen«, sagte er nach einer kurzen Begrüßung. »Grit Keyzer war nicht schwanger.«

Puh. Wenigstens hier hat Gott Gnade walten lassen.

»Und jetzt kommen wir zu den weniger erfreulichen Dingen«, kündigte er an. »Du glaubst nicht, wie weit die Manipulationen unseres Doktors gegangen sind. Als du bei ihm warst, hast du die Akte von Carolin Maton gelesen, richtig?«

»Ja«, antwortete ich.

»Er hat zugegeben, den Text dramatisiert zu haben. Darüber hinaus habe er Karl Maton angerufen und ihm erzählt, der Zustand seiner Frau hätte sich verschlimmert.«

Deshalb also die widersprüchliche Aussage der Therapeutin, die mir bescheinigt hatte, dass mit Carolin Maton bis auf eine vertretbare Eifersucht alles gut gewesen war.

»Er hat uns so manipuliert, dass wir Carolin Maton verdächtigten«, sagte ich. »Und genauso hat er am Ende Nora Schanz mit einer Lüge dazu bewogen, sich umzubringen.«

»Unfassbar«, kommentierte Jacky.

Währenddessen fiel mir noch eine Sache ein, die mich furchtbar wurmte. »Aber was ist mit der Narbe auf der Stirn von Lina Bleier? Hat Carolin Maton ihr die zugefügt?«

»Genau«, antwortete Jacky prompt. »Das war Carolin Maton. Sie hat ihr eine gewischt, weil die Bleier-Geschwister Drogen an ihren Sohn verkauft haben. Karl Maton hat aber geglaubt, dass es seinetwegen geschehen ist. Er hatte nämlich vor der Wiedervereinigung mit Grit eine kurze Affäre mit Lina Bleier.«

Ich räusperte mich. »Ja, wenn man so egozentrisch denkt wie Karl Maton, kann man alles auf sich beziehen«, entgegnete ich.

»Da hast du den Nagel auf den Kopf getroffen. Aber jetzt kommt er ja hinter Gitter, genauso wie der feine Dr. Bodart. Bei dem haben wir übrigens eben noch ein Plüschtier gefunden«, sagte Jacky, bevor er eine Pause machte. »Und zwar Alf.«

»Alf«, wiederholte ich langsam.

Da war doch was.

»Du weißt schon, der außerirdische Hund«, sagte Jacky. »Lief in den Neunzigern im Fernsehen.«

Ich nickte benommen.

»Nora Schanz hatte ihre Mails an den Eigentümer der Wohnung mit ›Lynn Tanner‹ unterschrieben«, sagte ich. »Das war …«

»Genau, das war in der Serie ›Alf‹ die Tochter der Familie, in der Alf untergekommen war.«

Ich war sprachlos. Vor Angst, was da noch kommen mochte.

»Jetzt fragst du dich sicherlich, was das Plüschtier bei Dr. Bodart zu suchen hatte«, sagte Jacky.

»Sag schon!«, entgegnete ich mit trockenem Mund.

»Wir vermuten, dass es Noras Schwester gehört hat. Wenn man ganz genau hinsieht, erkennt man es auf dem alten Foto, das wir von Marieta, Elena und Nora haben.«

Ich nickte, auch wenn mir klar war, dass Jacky mich nicht

sehen konnte. Sprechen konnte ich nicht. Ich versuchte es nicht einmal.

Was für ein Monster.

»Übrigens soll ich dir großen Dank von Holger ausrichten. Er ist zwar traurig, weil er nun die unglücklichen Todesumstände seines Sohnes kennt, im Endeffekt aber auch froh, endlich Gewissheit zu haben.«

»Gern geschehen«, brachte ich heraus. Meine Gedanken verweilten noch immer bei Dr. Bodart.

Der skrupellose Kindermörder.

»Unser Doktor bekommt auf jeden Fall eine Sonderbehandlung im Knast. Darauf kann er sich verlassen«, sagte Jacky.

»Das hoffe ich«, bekräftigte ich.

Danach verabschiedeten wir uns und vereinbarten, am nächsten Tag noch einmal zu telefonieren.

Inzwischen war es halb acht am Abend. Ich nahm eine Ausfahrt früher, um eine Staffelei aufzutreiben, vielleicht in einem Spielzeugladen. Die von Dr. Bodart hatte ich in Weybach gelassen. Auch wenn Liv niemals von den fürchterlichen Ereignissen erfahren würde, sollte sie nicht auf dem Geschenk eines Kindermörders das Malen erlernen.

Und ich wurde tatsächlich noch fündig. Zwar nicht in einem Spielwarenhaus, aber in einem Atelier, das zufällig eine Abendvernissage veranstaltete und nebenher alte Werkzeuge verkaufte.

Zwanzig Minuten später kam ich endlich zu Hause in Aachen an. Ich beeilte mich, hüpfte fast zur Tür. Nervös und voller Vorfreude schloss ich auf. Sina stand im Flur, sie musste mich gehört haben. Ich legte meine Arme um sie und hob sie hoch. Dann küssten wir uns. Erst als ihre Füße wieder den Boden erreichten, fiel mir ihr ernster Blick auf.

»Was ist los?«, fragte ich.

Ihre Augen sahen an mir vorbei. Und erst jetzt bemerkte ich die beiden Koffer, die neben der Haustür standen.

»Nein«, sagte ich geschockt. »Du darfst nicht gehen.«

»Du wirst dich nie ändern, Piet.«

»Doch. Ich sehe selbst, dass ich was falsch mache. Ich werde mich bessern.«

Eine Träne kullerte aus ihrem rechten Auge. »Das sagst du jedes Mal.«

Sie hat recht.

Mehrmals hatte ich bereits Besserung gelobt, doch jedes Mal hatte ich Sina enttäuscht.

»Wohin gehst du?«, fragte ich.

»Zu meinen Eltern«, sagte sie nüchtern. »Mein Vater wartet unten.«

»Lass mich die Koffer tragen«, sagte ich.

Sie schüttelte den Kopf. Dann nahm sie die beiden Koffer und trat vor die Haustür.

»Ich liebe dich«, sagte ich.

»Ich liebe dich auch, Piet«, sagte Sina, während sie sich eine Träne von der Wange wischte. »Aber du tust mir nicht gut.«

Dann ging sie hinaus.

Die Wohnung war halb leer. In dem Schuhregal standen nur noch meine Paare. Ich öffnete den Kleiderschrank. Auch hier das gleiche Bild. Sinas Sachen waren weg.

Sie war ausgezogen. Einfach so.

Nein, nicht einfach so. Sie hatte deine leeren Versprechen satt!

Ich raufte mir die Haare.

Verdammt noch mal!

Ich öffnete die Kühlschranktür. Ein übersichtliches Stück Pizza lag auf einem kleinen Teller, daneben befand sich eine Ecke Göhltaler Käse.

Ich machte mir ein Peak auf und ließ mich mit dem Bier, dem Stück Pizza und dem Göhltaler in den Sessel im Wohnzimmer fallen. Wie in Trance starrte ich die Wand an. Mein Gehirn war angesichts der vielen Eindrücke der vergangenen drei Tage und der zu kurz gekommenen Erholung schlicht überfordert. Meine

Augen brannten. Ich rieb sie ein paar Sekunden lang, danach ging es besser.

Leg dich ins Bett!, sagte ich mir und war bereits dabei aufzustehen, als mir die Kinderzeichnung auf dem Couchtisch auffiel. Ich zog sie näher und betrachtete sie. Auf ihr waren Mann, Frau und Kind gemalt, darunter stand »Papa, Mama und Ich«. Zweifellos die Schrift von Liv. Ein Lächeln zog über mein Gesicht.

Für Liv sind Sina und ich eine kleine Familie.

Vielleicht überlegt Sina es sich ja noch mal.

Doch als ich hoffnungsfroh das Bild beiseitelegen wollte, fiel mir auf, was der Papa und die Mama am Hals trugen. Jeweils eine Herzhälfte aus Weißgold. So wie Elise und ihr neuer Macker eine trugen.

Liv hat nicht Sina und dich gezeichnet. Nein, deine Tochter hat Elise und ihren Herrn Zelfer gemalt. Er ist nun ihr Papa.

Mir wurde schlecht. Kalter Schweiß schoss mir aus allen Poren.

Dein Leben läuft aus dem Ruder.

Was war von mir übrig geblieben? Von dem Menschen Piet Donker? Ich war ein Getriebener. Jagte Entführern und Mördern hinterher, rettete Menschenleben und sammelte Opfer auf – doch was war mit mir selbst? Mit meinen persönlichen Beziehungen? Wer kümmerte sich um meine Freunde? Um Sina und um Liv?

Wenn ich es nicht tat, würde es jemand anderes tun. Das war die logische Folge.

Niemand wird auf dich warten.

Danksagung

Zuallererst bedanke ich mich bei Ihnen, liebe Leserinnen und liebe Leser. Dafür, dass Sie bis zum Ende durchgehalten haben. Ich hoffe, ich konnte Sie mit »Tod im Hohen Venn« unterhalten.

Ich würde mich freuen, wenn Sie mir Ihre Meinung zum Buch schreiben.

Besuchen Sie mich unter:
www.stephanhaas.com

Auf dem Weg zum fertigen Buch haben mich verschiedene Menschen unterstützt und begleitet. Ich möchte im Folgenden diesen Personen meinen herzlichen Dank aussprechen:

Meinem Literaturagenten Kai Gathemann, der mir jederzeit großartig mit Rat und Tat zur Seite steht und sich für meine Projekte und Ideen einsetzt.

Den Mitarbeitern des Emons Verlags danke ich für die professionelle Arbeit und die tolle Betreuung. Insbesondere danke ich Lothar Strüh, der das Lektorat durchgeführt und dem Text den letzten Schliff verpasst hat.

Ein besonderer Dank geht an meine Frau Hanna und meine Kinder, die mir die Kraft und Energie geben, mit denen ich meine Projekte umzusetzen vermöge.

Ein herzlicher Dank gilt meinen Eltern und Schwiegereltern sowie meinen Geschwistern für die Unterstützung und das Auffangen von Aufgaben, die man als dreifacher Familienvater nicht immer im Alltag unterzubringen vermag. Ohne euch wäre das alles nicht möglich.

Daneben gilt mein Dank Dr. Damien Nyssen für die hilfreichen und nützlichen Informationen.

Und schließlich danke ich all den Buchhändlern und Verkäufern, die das Buch bestellen, lesen, verkaufen und weiterempfehlen.

Stephan Haas
im Juni 2021

STEPHAN HAAS
BELGISCHE FINSTERNIS
Kriminalroman
emons: